教育部人文社会科学研究规划基金项目
"文学视域下的民间述史研究"（项目编号：14YJA751019）成果

# 文学视域下的
## 民间述史研究

Wenxue Shiyuxia De Minjian Shushi Yanjiu

任雅玲 张爱玲 著

中国社会科学出版社

# 图书在版编目(CIP)数据

文学视域下的民间述史研究/任雅玲,张爱玲著.—北京:中国社会科学出版社,2017.4
ISBN 978-7-5161-9928-2

Ⅰ.①文… Ⅱ.①任…②张… Ⅲ.①民间文学—文学研究—中国 Ⅳ.①I207.7

中国版本图书馆CIP数据核字(2017)第039795号

---

| 出 版 人 | 赵剑英 |
|---|---|
| 选题策划 | 刘 艳 |
| 责任编辑 | 刘 艳 |
| 责任校对 | 陈 晨 |
| 责任印制 | 戴 宽 |

---

| 出　　版 | 中国社会科学出版社 |
|---|---|
| 社　　址 | 北京鼓楼西大街甲158号 |
| 邮　　编 | 100720 |
| 网　　址 | http://www.csspw.cn |
| 发 行 部 | 010-84083685 |
| 门 市 部 | 010-84029450 |
| 经　　销 | 新华书店及其他书店 |

---

| 印　　刷 | 北京明恒达印务有限公司 |
|---|---|
| 装　　订 | 廊坊市广阳区广增装订厂 |
| 版　　次 | 2017年4月第1版 |
| 印　　次 | 2017年4月第1次印刷 |

---

| 开　　本 | 710×1000　1/16 |
|---|---|
| 印　　张 | 16.25 |
| 插　　页 | 2 |
| 字　　数 | 269千字 |
| 定　　价 | 60.00元 |

---

凡购买中国社会科学出版社图书,如有质量问题请与本社营销中心联系调换
电话:010-84083683
**版权所有　侵权必究**

# 目　录

**第一章　民间述史概述** …………………………………… （1）
　　第一节　什么是民间述史 …………………………………… （1）
　　第二节　民间述史的演变历程 ……………………………… （3）
　　第三节　民间述史研究综述 ………………………………… （8）

**第二章　民间述史的特性** ………………………………… （18）
　　第一节　品位多级的文体样式 ……………………………… （18）
　　第二节　历史追忆的微观视角 ……………………………… （24）
　　第三节　独具魅力的地域底蕴 ……………………………… （31）
　　第四节　行动诗学的民间立场 ……………………………… （43）
　　第五节　新媒体时代的文化共享 …………………………… （51）

**第三章　民间述史的多元价值取向** ……………………… （55）
　　第一节　文学价值 …………………………………………… （55）
　　第二节　史学价值 …………………………………………… （59）
　　第三节　民俗学价值 ………………………………………… （63）

**第四章　民间述史热因探析** ……………………………… （67）
　　第一节　尴尬的纯文学处境 ………………………………… （67）
　　第二节　包容的主流意识形态 ……………………………… （70）
　　第三节　觉醒的公民意识 …………………………………… （73）
　　第四节　助攻的新媒体平台 ………………………………… （77）

## 第五章　民间述史个案解读 ……………………………………… (81)

 第一节　姜淑梅：传奇奶奶的原生态叙事 ……………………… (81)
 第二节　饶平如：九旬老人的怀念之作 ………………………… (94)
 第三节　张泽石：一位老兵的战俘人生 ………………………… (107)
 第四节　梁鸿：一位学者的乡土关怀 …………………………… (121)
 第五节　沈博爱：一代农人的乡村记忆 ………………………… (131)
 第六节　张郎郎：诗性与真实性的回归 ………………………… (144)
 第七节　关庚：老北京的流年留影 ……………………………… (154)
 第八节　秦秀英：记录变迁的农民笔记 ………………………… (166)
 第九节　许燕吉：名门之后的底层叙事 ………………………… (178)
 第十节　刘梅香：祖孙两代的心灵对话 ………………………… (194)
 第十一节　赖施娟：知识分子的成长记录 ……………………… (205)
 第十二节　侯永禄：农村历史的本色书写 ……………………… (215)
 第十三节　丁午：艰难岁月的童话表达 ………………………… (227)
 第十四节　马宏杰：底层关怀与民俗传承 ……………………… (241)

## 后记 ……………………………………………………………………… (253)

# 第一章 民间述史概述

## 第一节 什么是民间述史

什么是民间述史？通俗地说，就是普通公民（非专业作家、非历史学家）以亲历者身份讲述的大历史背景下的个人史、家族史，或者以田野调查的方式记录的普通人原生态生存状况的小历史。民间述史大多以抗战、反右、"文化大革命"、知青上山下乡等大历史事件为背景，回忆个人或家族的小历史，使读者透过血肉丰满的小历史形象地感知国家、民族的大历史。目前为止，这类作品还没有统一的名称，个人史、小民史、私人史、平民史、公民史等都是媒体给予它的称号，本书统称为民间述史或平民非虚构写作。

民间述史是非虚构文学的一部分。近年来，图书市场频爆冷门，"私人史""个人史"等平民非虚构文学作品成为图书市场的畅销热点，不仅获得了出版界的青睐，也赢得了读者的追捧。一些普通民众不仅能写史出书，而且作品还能在年度好书榜名列前茅。如姜淑梅的《乱时候，穷时候》《苦菜花，甘蔗芽》、沈博爱的《蹉跎坡旧事：一代中国农人的耕读梦》、许燕吉的《我是落花生的女儿》、饶平如的《平如美棠：我俩的故事》、吴国韬的《雨打芭蕉：一个乡村民办教师的回忆录（1958—1980）》、赖施娟的《活路》、马宏杰的《西部招妻》《最后的耍猴人》、关庚的《我的上世纪：一个北京平民的私人生活绘本》、张泽石的《我的朝鲜战争：一个志愿军战俘的六十年回忆》、张郎郎的《宁静的地平线》等，都获得了读者的青睐。

退休教师沈博爱的《蹉跎坡旧事：一代中国农人的耕读梦》获"国家记忆2013·年度公民写史"奖；姜淑梅老人的《乱时候，穷时候》曾在北京"快书包"销量排行榜中排名第一。民间述史作品的畅销并非偶然,它是在开放的政治环境下,受众日益增长的多维审美需求的体现,受众可从中获得虚构文学所不具备的一种审美体验。

民间述史作品被读者喜爱的原因之一应是它来自民间,是通俗的大众化的私人叙事。它不同于来自官方的大历史、大叙事,它是来自小人物笔下的小历史、小叙事,是"文学化历史写作"。民间述史作品的内容来自个人的见闻、经历与感受,但又能与国家、民族的历史相整合,是在历史行进中默默无闻的个人或群体鲜活细微的生活记录,其作者是未经过历史学专业训练的普通公民,但正是这些纯粹的草根作者让我们感受到了历史的好看与精彩。民间述史具有鲜明的平民特性,是属于老百姓自己的私人记忆和文学作品,是老百姓对个人与国家、民族历史的审美性回忆与反思,是我国宝贵的非物质文化遗产。民间述史以文学的形式展现平民在大历史背景下的个人生活,具有浓厚的草根生活属性,是官方的宏大历史所不可替代的。

与官方正史相比,民间述史作品通俗易懂,展现个人经历,回忆个人的爱情、婚姻、家庭生活与成长历程,传承民族风俗,丰富历史细节,记录平民细腻的生命体验。这些小历史、小叙事侧重个人经历与感受的描述,是纯粹的私人历史记忆与叙事,它贴近普通百姓的生活,是对官方宏大历史叙事的解构,也是对其最好的补充。与专业作家笔下文学色彩浓郁的非虚构作品相比,有的平民非虚构作品虽文笔略显稚嫩、粗糙,但通俗易懂,体式灵活,更贴近平民的阅读水平,能激起人们读史的兴趣,满足人们对宏大历史细节的追问,也促使人们反思历史。同时,博客等新媒体也为平民非虚构作品提供了传播平台,为平民写史与读史提供了更便捷的路径。

一些专家学者从历史文本的角度研究民间述史,认为民间述史取材源自亲身经历,描写细腻,确实可视为国家宏大历史的有益补充,但从"史"的角度来看,民间述史的真实性与准确性还难以令人充分信任,既不能确保每位述史者的记忆都是百分之百真实可信,也不能限制述史者在回忆时掺杂个人的主观感受。不过,当我们从文学视角观照民间述史时,却会被它们生动与可爱的面孔所打动,自传体、绘画体、散文体、小说体、报告文学体、社会调查等多种多样的民间述史作品各显神通，体裁灵活多变，取材自由广泛，地域色彩浓厚，这是实实在在、地地道道的"人民的文艺"。

习近平总书记在文艺工作座谈会的讲话中指出，"社会主义文艺，从本质上讲，就是人民的文艺"。习总书记强调，"人民是文艺创作的源头活水，一旦离开人民，文艺就会变成无根的浮萍、无病的呻吟、无魂的躯壳"。习近平总书记的讲话虽然面向的是文艺工作者，希望他们能为人民创作出优秀的文艺作品，但相信习总书记也一定希望"人民"也能创作出属于自己的优秀的文艺作品。从这一点来说，从文学视域研究民间述史可以彰显社会主义核心价值观，可以深化中华民族文化传统的历史记忆，可以充分利用民间文化资源推动社会文化大发展、大繁荣，这也是文艺工作者的神圣职责。

## 第二节 民间述史的演变历程

20世纪90年代末之前，我国也有很多个人史、回忆录，这些作品通常被称为"报告文学"或"传记"，但它们的作者大多是伟人、名人，鲜有普通的小人物。虽然40年代末及60年代初，国家曾倡导"诉苦""忆苦思甜"——写"三史"，即工厂史（公社史或生产队史）、街道史、家史，但那主要是一种歌功颂德的政治行为，不是个人行为，而且那些所谓的家史都是高度概念化的产物，与真正意义上的小民述史是有本质区别的。

1999年，64岁的喻明达出版的《一个平民百姓的回忆录》曾被视为第一部民间述史作品。其实，当代第一部民间述史作品应是张泽石的自传体纪实作品《我从美军集中营归来》，因为这部作品出版于1988年，当时张泽石在北京市科学技术协会负责行政工作，不是专业作家，也不是作协会员。不过，因当时没有民间述史这个名称，这类作品都被归到了报告文学类。1989年，《我从美军集中营归来》荣获"北京市建国40周年优秀报告文学作品奖"，张泽石也被北京市作家协会吸收为会员。

喻明达的《一个平民百姓的回忆录》出版后得到认可。评论家们认为这是对"宏大历史叙事的必要补充"。钱理群也指出："过去我们阅读的历史都是重大人物或者重大事件的历史，实际上普通老百姓的历史更有意思。像喻先生，在五六十年代，他是革命和改造的对象，他们这样一批人在历史剧变中的思想、感情、遭遇在过去的历史中几乎是空缺。但是这段历史是很有意义的。特别是研究近半个世纪的中国历史，很重要的就是看这一阶层。现有书本只提供正规的历史叙述，忽略了根本没有进入历史研究的那一部分，而这其中有很多真切的东西，这对以后的历史研究是很有意义的。"①

自1988年至今的二十几年间，民间述史作品逐渐增多，并得到更多关注。

2006年创刊的《读库》是本杂志，发表的作品有很大一部分就是民间述史作品。如《私人编年史：我的1966》《私人编年史：我的1976》《私人编年史：我的1978》《我是六零后》《北大荒》《武斗》等。这些作品记录的都是"文化大革命"前后的个人经历与见闻，描述了在国家政治动荡的历史时期个人生活与命运的变化，使《读库》这本杂志有了独特的文化意义与人文品位。2010年，《读库》荣获了"2010知识中国"年度图书奖项；2011年，由搜狐"读书"等媒体发起的首届2011创意出版评选，《读库》获得了"MOOK创新品牌"提名与"789特别推荐奖"，还荣获了深圳读书月组委会颁发的"年度致敬民营出版策划机构"奖。这些奖励应是对《读库》出版创意的肯定。

2007年与2008年形成了民间述史作品出版热的第一个小高峰。或许是受"百家讲坛"引发的读史热的影响，受众对回忆录、传记等个人史读物也产生了浓厚兴趣。关庚的《我的上世纪：一个北京平民的私人生活绘本》（2007年）、张世英的《归途：我的哲学生涯》（2008年）、仓生的《我是农民》（2008年）等都在这几年出版。这些作品都是以普通百姓的视角来述说自己身处其中的大历史，如《我的上世纪：一个北京平民的私人生活绘本》是建筑师关庚用手绘的六百余幅图画和五百余篇短文来再现20世纪老北京的风土人情，《我是农民》是一位湖南农民对自己所经历过的抗战、解放、土改、"文革"等人生历程

---

① 陈晓梅：《〈一个平民百姓的回忆录〉引人关注》，《中华读书报》1999年3月31日第1版。

的回顾。这些作品凭借个人经历生动、细微地反映了民族历史。金雅认为:"传记、访谈、回忆录这些从私人角度观照历史的私人史读物因其立足于普通人的视角,感性、生动而备受读者喜爱,不仅具有历史价值,也具有很强的可读性。"①

2010年,《人民文学》自第2期起增设了"非虚构"栏目,10月又提出"人民大地·行动者"非虚构写作计划,倡导写作主体进行贴近生活的"非虚构"写作。梁鸿的《中国在梁庄》正是在此时推出的,这无形中对民间述史的创作起到了推动作用。很快,又有一些文学刊物设立了"非虚构"作品栏目,如《作家》《天涯》《厦门文学》等。《人民文学》不仅推出了一系列"非虚构"作品,还召开了"非虚构:新的文学可能性"研讨会等学术研究活动。2011年,"非虚构写作"引起了评论界更为广泛的关注,王晖、周蒋芬、李云雷、张柠等都撰文论述了"非虚构写作"的特色、价值等相关问题。

2013年,民间述史作品大量涌现,一批老人成为个人历史的记录者,他们的作品也成为了图书市场的热点。在"国家记忆·致敬历史记录者"活动中,沈博爱的《蹉跎坡旧事:一代中国农人的耕读梦》一书获奖。赖施娟的《活路》、李昆武的《一个中国人的一生》、饶平如的《平如美棠:我俩的故事》、吴国韬的《雨打芭蕉:一个乡村民办教师的回忆录(1958—1980)》等作品都是年度公民写史的候选书目。新历史合作社(活动的主办方)总编辑唐建光认为,"这两三年内地出现的平民写史,在一定程度上受到2010年这种文人写史风向的带动"。的确,2010年以来,作家们创作的述史类作品日益增多,如乔叶的《拆楼记》、韩东的《知青变形记》、杨显惠的《甘南纪事》、藏小平的《回忆我的父亲母亲》、周同宾的《一个人的编年史》、孙惠芬的《生死十日谈》、郑小琼的《女工记》、张健的《北大荒演出队的1976》、王宏甲和刘建的《农民:一户中国农民的百年历史》、何建明的《江边中国》、向思宇的《中国代课教师》、徐怀中的《底色》、叶广芩的《张家大哥》等非虚构作品都引起了较大反响,还有台湾作家龙应台的

---

① 金雅:《私人史热闹——08历史读物市场》,《中国图书商报》2009年1月6日第28版。

《大江大海1949》、张婉典的《太平轮1949》、亮轩的《飘零一家：从大陆到台湾的父子残局》等。这些作品能将平民百姓的经历与家国命运相融合，但这些专业作家笔下的平民史与普通百姓笔下的平民史又有不同。唐建光认为："沈博爱他们并没有记录家国史的自觉，只是真实记录自己目力所及的事件。这个意义上应该可以把他们定义为'平民写史'，是不同于文人，更不同于官方，不同于学术界的历史叙述。如果说文人知识分子的历史写作是基于一种历史的自觉、认知和反省，那么这些普通人的写作更多是对自己人生经历的回望，也可说是自省，但并不是站在历史的高度，不会发现自己的命运和国家命运是如此相关联和有交集。"① 确实如此，从史学研究的角度看，平民写史意义并不大，因为作者的视角决定作品缺少史的深度与广度，但民间述史作品内容的生动性与写法的灵动性是官方历史所不具备的。从文学创作的角度看，民间述史作品在语言、构思等方面也不如专业作家所写的述史类作品更精彩，但民间述史作品真实的现场感与亲历性还是给予读者强烈的震撼与感动。

唐建光还对沈博爱的《蹉跎坡旧事：一代中国农人的耕读梦》给予了充分肯定，认为"这本书所讲述的历史我们可以在很多其他类似的记述中看到，包括其所经历的土改、'文革'、平反等。在这个层面上，我不觉得它有什么突破意义上的进展。但我们对其投以极大的关注，除了这本书的写作水准不错，出版前后有很多知名学者予以推荐和支持，更重要的还在于，人们其实是通过这样的写作窗口看到个人写史的前景，我们对这种写作潮流持以一种鼓励态度"②。专业作家也好，平民百姓也好，他们笔下的历史都是官方的宏大历史所无法展现的生动、细化的历史，相似的历史体验使曾经身处其中的读者产生了强烈的共鸣，勾起了读者的阅读兴趣，也促使更多的平民拿起笔来记录自己的历史。这些都是宝贵的非物质文化遗产，应大力倡导使之成为文学创作的一种潮流。同时，更重要的是引导受众文化消费的转向。

一些网站和出版机构也关注到民间述史这一热点，开始着手进行相

---

① 蒲湘宁：《不必急于给平民史命名》，《深圳商报》2014年2月10日第A11版。
② 同上。

关推动民间述史写作的工作。如新历史合作社除主办"国家记忆·致敬历史记录者"活动外，还计划做如下工作："第一，将所有已出版、未出版的平民记录都整理归纳。在中国民间，散落着千万'蹉跎坡旧事''穷时候，乱时候'，我们要把它们发掘出来。第二是培训交流，计划请一些历史和媒体圈的学者为其开个人历史写作培训班。第三是采集。有些人不愿写，我们会去做采集系统，将他们的历史记忆记录下来。第四是出版，先以网络或数字化出版，再将优秀的作品做成纸质出版物。这样，每个人只要能写出来，就可以传播出版。"总编辑唐建光说："新历史合作社推出的'我的历史'公民写史项目，除了采集整理已出版和未出版的个人史作品，还有另一个核心，即是建立一个'我的历史'图书馆，专门用来收集、整理和储存这些平民历史的作品内容。这些工作短期内没有商业目标，目前中国对民间历史的关注也还远远不够，打捞民间记忆会是一个漫长的过程。去年这批平民史的出现，是一个良好信号，我觉得未来将会成为潮流。"[1]

除出版机构外，民间述史作品成为文化消费热点也依赖于一些述史作者自觉不懈的努力。有一些写作者完全凭个人力量写作和出版述史作品，如湖北恩施的退休教师吴国韬就动用了个人多年积蓄自费出版了100多万字的述史作品——《雨打芭蕉：一个乡村民办教师的回忆录（1958—1980）》。语文出版社的推荐语写道："这是中国乡村版的《追忆似水年华》。作者用亲身经历和遭遇，展示了1958年至1980年间武陵山区一个民办教师的心路历程，是中国乡村教育的缩影。"[2] 笔者采访吴国韬时，他透露正在写第二部关于乡村教育的述史作品。像吴国韬这样的民间述史作者多是退休的普通知识分子，他们不是为了当作家而写作，也不是为了赚钱而写作，他们最初只是想记录个人过往难忘的生活，但作品问世后的良好反响激励他们继续创作下去。

虽然很多学者认可民间述史作品是对宏大历史叙事的鲜活补充，但目前来看，从文学视域对民间述史作品进行研究的成果还较少，也缺少

---

[1] 蒲湘宁：《不必急于给平民史命名》，《深圳商报》2014年2月10日第A11版。
[2] 吴国韬：《雨打芭蕉：一个乡村民办教师的回忆录（1958—1980）》封面，语文出版社2013年版。

系统性，故需要有更多研究者参与进来，诠释民间述史作品的文本特征，研究作为非物质文化遗产的民间述史作品创作的规律。仅从历史学或社会学的视角看待民间述史作品，不能充分反映其丰富的文化内涵，因此突破既有的思维方式，从文学层面解读民间述史的文本特征与社会功能，是提升民间述史研究品质的新视角。

## 第三节 民间述史研究综述

虽然民间述史作品数量不多，但随着新媒体的出现，民间述史写作给文学界带来了革命性意义。如何充分利用这些民间文化资源，推动社会文化的发展与繁荣，这是值得深入研究的课题。目前，已有一些评论者关注到了民间述史作品，并进行了相关研究。通过分析相关研究资料，我们总结出民间述史研究主要有五方面内容：

第一，民间述史叙事理论研究。

有关民间述史的叙事理论研究还比较薄弱，我们把民间述史归为"非虚构文学"这一大类中，在中国知网上能搜索到的相关研究成果也不多，自1980年至今，只有不足百篇。我们能检索到的第一篇此类论文是董鼎山发表在《读书》（1980年第4期）上的《所谓"非虚构小说"》。这篇论文从美国作家诺曼·梅勒的非虚构小说《刽子手之歌》出版时在体裁上的争议开篇，一步步引导读者弄清楚什么是非虚构小说。董鼎山指出，"非虚构小说"这一概念是美国作家杜鲁门·卡波特于1965年提出的，那年杜鲁门·卡波特的《在冷血中》成为畅销书，这本书用小说笔法写了一桩真实的谋杀案，"卡波特花了二年余时间，到凶案地点查勘，向四邻五舍访问，并在狱中与等待死刑的两个凶手长谈，把所记录的材料，写成一本小说性的，有对白、有描写的书"[①]。卡波特自认为这是一本"非虚构小说"，是他创造的"新的艺术形式"。董鼎山认为虽然"非虚构小说"这一概念是卡波特最早提出的，但这种写作形式并非他最早使用，我国20世纪30年代流行的报告文学将文艺与新闻报道合为一体，其实也可算是一种"非虚构小说"，在美国称

---

① 董鼎山：《所谓"非虚构小说"》，《读书》1980年第4期。

之为"新新闻写作",如夏衍的报告文学《包身工》就属此列。"所叙的全是实事,而所用的是小说技巧。"① 这就是"非虚构小说"。1987年,王晖、南平在《对于新时期非虚构文学的反思》一文中把报告文学、口述实录体定位为"完全非虚构",把纪实小说定位为"不完全非虚构",指出新时期非虚构文学正"全方位跃动"。②

2000年之前,有关国外"非虚构文学"写作理论的研究较多,占相关研究的三分之二左右,如陆文岳的《新新闻报道与非虚构小说》(《外国文学研究》1990年第4期)、张中载的《纳丁·戈迪默与〈自然变异〉——虚构与非虚构,界限何在?》(《外国文学》1993年第1期)、司建国的《美国非虚构小说简论》(《西北师大学报》(社会科学版)1996年第6期)、邱岭的《非虚构传统——论日本现代私小说与古典文学》(《福建师范大学学报》(哲学社会科学版)1999年第4期)等。这些论文有启蒙的味道,重在引导与争鸣,对国外非虚构文学的概念、发展演变的历程、代表性作家作品及相关争议进行了介绍与评析,这些研究成为我国"非虚构文学"创作与理论研究的最好铺垫。

2000年之后,尤其是2010年以来,随着国内非虚构文学作品增多,相关研究也迅速增多,如夏榆的《非修辞的生活,非虚构地写作》(《当代作家评论》2010年第2期)、吴琦幸的《论亚纪实传统和非虚构小说》(《文艺理论研究》2010年第6期)、李云雷的《我们能否理解这个世界?——"非虚构"与文学的可能》(《文艺争鸣》2011年第3期)、张文东的《"非虚构"写作:新的文学可能性?——从〈人民文学〉的"非虚构"说起》(《文艺争鸣》2011年第3期)、霍俊明的《"非虚构写作":从文学"松绑"到"当代"困窘》(《文艺争鸣》2012年第1期)、蒋进国的《非虚构写作:直面多重危机的文体变革》(《当代文坛》2012年第3期)、龚举善的《"非虚构"叙事的文学伦理及限度》(《文艺研究》2013年第5期)、李丹梦的《"非虚构"之"非"》(《小说评论》2013年第3期),等等。这些研究成果视野逐渐

---

① 董鼎山:《所谓"非虚构小说"》,《读书》1980年第4期。
② 王晖、南平:《对于新时期非虚构文学的反思》,《华中师范大学学报》(人文社会科学版)1987年第1期。

文学视域下的民间述史研究

由国外转移至国内,由对非虚构文学相关理论的介绍式研究转为理论探析式研究。研究的面更广,研究的内容更为深入,对非虚构文学的理论建构具有重要的意义。

在这些研究成果中,任雅玲的《文学视域下的民间述史研究》较为系统地对我国民间述史作品的文体类型与文本特征进行了梳理,该文将民间述史作品分为"自传体、绘画体、散文体、小说体、报告文学体、社会调查"① 等多种类型,同时也较为全面地评析了有代表性的民间述史作品。

近年来,口述历史的研究也越来越受重视,如2012年中国传媒大学成立了崔永元口述历史研究中心,重点进行口述历史的研究工作,收集、整理口述历史资料,举办相关学术活动,开展相关学术研究与传播、交流工作。崔永元口述历史团队2002年就开始进行口述历史的研究工作,现在已积累了大量的视频、实物、图文等资料。在中国知网上,以"口述史"为关键词,可以检索到一千五百余篇文献,核心期刊论文二百四十余篇。熊月之的《口述史的价值》、王铭铭的《口述史·口承传统·人生史》、陈献光的《口述史二题:记忆与诠释》等研究口述史的成果都产生了较大影响。虽然我们研究的"民间述史作品"与"口述历史"有差异,但口述史方面的相关研究也给我们提供了有益的启示。

相比2000年之前的非虚构文学叙事理论研究,上述研究成果更为全面、深入,无论是在非虚构文学写作的理论探讨与争鸣方面,还是在具体作品的叙事理论解读方面,都有更高的学术价值。这些研究为非虚构文学作品的发展起到了推动作用,也益于读者更深入地理解非虚构文学作品。

第二,民间述史作品价值研究。

这类研究比例较大,占研究资料的百分之二十左右。大部分研究者都对民间述史作品持肯定的态度。他们认为正是这些草根作者所展示的普通人的生活弥补了官方正史的不足,为历史增添了鲜活的细节。如王晖认为:"历史书写要重视时代更迭的'大历史',也要重视民间百姓

---

① 任雅玲:《文学视域下的民间述史研究》,《当代作家评论》2014年第6期。

第一章　民间述史概述

日常生活的'小历史',也就是微观个人'毛茸茸'的具体历史生活。"① 张伊认为民间述史作品所反映的是"当事人身处其中的大背景,折射的是政治与社会变迁;当个人的记忆与公共事件重叠,私人记录就成为宏大叙事中最生动的面孔,也因此具有了超越个体记忆的价值"②。王春瑜认为民间述史作品频繁出版是好事,"人们可以按照自己的记忆写出自己眼中的往事,这至少是文化宽容的表现"③。

上述文章并不注重对民间述史文本进行深度的文化解读,它们大多从出版的视角出发,分析民间述史类作品或相关出版物的文化内涵与产业价值,如对大量刊发非虚构作品的《读库》,有评论者写出了《〈读库〉:三位一体的出版策略》《〈读库〉的文化消费》《杂志书:出版业市场的灵感与挑战——以〈读库〉为例》等文章,在《杂志书:出版业市场的灵感与挑战》一文中,李静提出:"《读库》把焦点对准'改革开放后中国现在进行时',以纪实的方式展示一代人的生活经历,勾勒时代的轨迹,为有思想、有知识、有文化的读者留下思考与判断的空间。较之当今传媒普遍存在的虚浮与浅泛,《读库》让读者感受到真实和真诚,而这一编辑方针也需要通过杂志书这一兼具深度文字与连续出版形式的载体来实现。"④ 显然,这类文章更关注的是民间述史类作品给出版业带来的商业价值与社会意义。

蒋进国在《非虚构写作:直面多重危机的文体变革》一文中分析并总结了非虚构写作的三个意义,即"探索新的叙事路径","重塑当代知识分子的社会担当","文学追问社会、叩问心灵的行动力"⑤。显然,从作者提出的第二点意义来看,作者将非虚构写作定位于作家写作,排除了非作家的个人化写作。这说明评论者对非虚构写作概念的界定还存在着差异。

也有一些论文拓展开来,对包含民间述史作品在内的所有"非虚

---

① 陈克海:《"毛茸茸"的个人史》,《全国新书目》2010年第4期。
② 张伊:《个人史扩展的私人记忆》,《中国图书商报》2011年4月1日第3版。
③ 孙红:《图书市场流行"个人史"》,《北京晨报》2004年8月12日第A18版。
④ 李静:《杂志书:出版业市场的灵感与挑战——以〈读库〉为例》,《出版广角》2012年第12期。
⑤ 蒋进国:《非虚构写作:直面多重危机的文体变革》,《当代文坛》2012年第3期。

构"作品的价值进行探讨,如张柠、许姗姗在《当代"非虚构"叙事作品的文学意义》一文中指出,"'非虚构'的意图其实更应该是'非虚伪',告别虚伪的形式,描绘真实,寻求语言的在野状态,从中汲取力量,这才是非虚构小说的真正意义所在,也是我们应该延续和提倡的写作精神"①。卢永和在《"非虚构"与文学观的转向》一文中指出:"'非虚构'是当下文坛的一个热词。'非虚构'作为文学观念的倡导,是对20世纪虚构文学的反拨,也是传统文学的一种精神回归。'非虚构'创作重新强调文学对社会现实的介入,目的是治疗文学的形式虚浮症,提升文学的思想质地。而从人类书写历史的发展而言,虚构文学与非虚构文类经过长期的分野后重新走向合一,这是新世纪书写文化的一道标志性景观。"② 任雅玲的《平民非虚构写作的文化建构及其反思》从"文化共享""文化传承""文化反思"三个方面分析了平民非虚构写作的文化价值。她指出,"当我们从文化视角观照平民非虚构作品时,会被它生动与质朴的面孔所打动。尤其在新媒体时代,平民非虚构作品以其鲜明的民间立场为受众所接受与认可,它使文化消费日益多元化,满足了百姓文化共享的需求,成为百姓反思与传承传统历史与文化的便捷路径"③。

可见,评论家们对包含民间述史在内的非虚构类作品还是持肯定态度的。在当下纯文学遭遇尴尬的语境下,非虚构写作激发起人们的阅读热情,拓展了文学的现实指向,使文学大众化、日常化成为可能。正如霍俊明所说:"当'文学''非虚构'和'写作'一起试图以新的方式、新的可能和新的空间来唤起文学力量和打破传统文学秩序的时候,其遭受到的挑战和难度是难以预见的。而在这一点上我承认和支持'非虚构写作',尽管其学理上有诸多难以自圆其说的缺陷。但是作为一种写作和阅读以及社会精神事实而言,我认为这种类型的写作具有传

---

① 张柠、许姗姗:《当代"非虚构"叙事作品的文学意义》,《中国现代文学研究丛刊》2011年第2期。
② 卢永和:《"非虚构"与文学观的转向》,《湖北大学学报》(哲学社会科学版)2011年第6期。
③ 任雅玲:《平民非虚构写作的文化建构及其反思》,《求索》2016年第3期。

统意义上的文学所不具备的新的对话能力和发现能力。"①

第三，民间述史作品文本研究。

虽然民间述史作品已引起了读者的关注，但对民间述史作品进行深入解读的研究成果还不多。

在现有研究成果中，对梁鸿的《中国在梁庄》《出梁庄记》两部作品的评价最多，有肯定，也有批评，贺仲明在《如何让乡村说出自己的声音——读梁鸿〈中国在梁庄〉〈出梁庄记〉有感》一文中对《出梁庄记》的叙述模式给予肯定，他指出："《出梁庄记》超出了我们常见的对乡村和'农民工'们的叙述模式，实现了对'农民工'和乡村世界更深层也更真实的讲述。表现之一，是揭示了农民（'农民工'）的深层生活和精神世界。与访问者梁鸿的亲切关系和梁鸿的平等态度，让梁庄的'农民工'们坦率自如地讲述了他们进入城市后的种种生活经历和遭遇，细致地表达了他们对城市的复杂感受。'农民工'们的话语非常质朴，在他们的讲述中，没有我们经常看到的传奇故事，没有着意的渲染和夸张，但却真实地展现了这些在城市中挣扎着的农民们的生活面貌，道出了他们的真实心声。……表现之二，是对乡村文化世界的深度思考。作品写的虽然是城市中的打工农民，但通过这些'农民工'的生活和心灵叙述，让我们真切地体会到了乡村文化在现实中的变异和发展。'农民工'的生活是复杂的，从空间来说，他们在城市生活应该属于城市人，但在精神上，他们又与乡村有着不可分割的关系。他们是当前社会文化从传统向现代转型最直接的承受者和体现者，因此，在他们的生活世界中，乡村文化、乡村伦理发生了很复杂的变迁，他们的身上，更深刻地折射着文化变迁的轨迹和脉络。"② 陈剑晖的《因为真实，所以感人——评〈中国在梁庄〉的成功与不足》一文则在肯定《中国在梁庄》真实性的同时，也指出了其不足，认为"正由于缺乏足够深入的理性分析和结构上不够集中紧凑，使得《中国在梁庄》虽然真实

---

① 霍俊明：《"非虚构写作"：从文学"松绑"到"当代"困窘》，《文艺争鸣》2012 年第 1 期。

② 贺仲明：《如何让乡村说出自己的声音——读梁鸿〈中国在梁庄〉〈出梁庄记〉有感》，《文艺争鸣》2013 年第 7 期。

感人，却称不上深刻厚重"①。还有评论者认为："《中国在梁庄》不是敞开式的，而是单向度的，人们常常发现对某一个社会现象只有作者的思考，而没有留给读者思考的余地，这也影响了这部作品对现实的深度思考，而这一缺陷也与它的'非虚构'文学的名头有关。"②

台湾学者齐邦媛的《巨流河》也引起了评论家的争议。这部作品是自传式民间述史，总计40多万字。作者回忆了自1924—2009年间自己与家人的人生历程。在中国知网上能检索到40余篇相关评论文章，评论的角度也很广泛。有的从学术价值角度评析，有的从艺术价值角度评析，有肯定，也有批评。如陈辽在《一部爱国的但被偏见引入误区的回忆录——评齐邦媛的〈巨流河〉》一文中认为齐邦媛在历史的书写上存在一定的误区，他指出："自传体的回忆录，所叙写的，所告知于世人的，应该限定于她亲历、深知的范围内。《巨流河》作为一部爱国的成功的回忆录，就是因为作者所写的那部分内容，都是她亲历、深知的。而她之所以在关于共产党在抗日战争的作为问题上和国民党何以失去大陆问题上进入误区，因为她在这两个问题上都已越过了她所亲历、深知的范围。她是在少女时期度过抗日战争的，在青年时期度过国共内战的，见闻仅局限在学校内，她并未亲历、深知抗日战争和内战的全过程。加之，她又有偏见，这又怎么能避免进入误区呢？"③

而李建立在《〈巨流河〉：大时代的表情、呼吸与体温》一文中则提出了相反的观点，他以《巨流河》中父亲齐世英的形象为例，指出："书中对齐世英'温和洁净'的评价可谓平正，无论是他与妻子的相濡以沫，还是在抗战大局中为国家为民族尽心尽力，都与所谓'党国'官员的印象颇为不同。这也是以记忆方式存在的私人性质的叙述最有力量的地方：它们并不直接参与对历史结论的修正，而是专注于个人在大时代中的沉浮。当时代这种抽象的概念具体到个人、家庭、地域，甚至

---

① 陈剑晖：《因为真实，所以感人——评〈中国在梁庄〉的成功与不足》，《文艺评论》2012年第3期。
② 许俊莹：《"非虚构"文学的无力——从〈中国在梁庄〉说开去》，《九江学院学报》2014年第4期。
③ 陈辽：《一部爱国的但被偏见引入误区的回忆录——评齐邦媛的〈巨流河〉》，《世界华文文学论坛》2012年第12期。

阶层的层面，就没有办法用盖棺定论的断言加以解释。一个时代的存活乃是立体的、全景式的，因其太复杂而难以定义，但它在时间（记忆）和空间（建筑）的维度都留有印记。刚性的历史事件之下还有许多柔性的欢乐、苦难、血泪、激情、信仰和迷茫，而人的记忆更侧重的往往是敏锐的感觉而非刚性的判断。"[1] 在这里，李建立肯定了齐邦媛讲故事的方式，他认为应该允许一个故事使用不同的讲法，因为无论哪种讲法，呈现给读者的都是"大时代的表情、呼吸和体温"[2]，读者可以从这样的故事中自己去感受、触摸并反思历史。

上述评论能够对民间述史作品进行客观解读，有利于读者了解民间述史作品，扩大民间述史作品的影响。当然，也有一些民间述史作品出版或发表后，反响不大，评论较少，还需要有更多评论者对民间述史作品投以更多关注的目光。

第四，民间述史作品作者研究。

这类文章大多是对民间述史作者进行深入访谈，如对民间述史作者的采访或对其作品的推介评述，宣传色彩较强，理论深度不足。这类文章数量较多，如《60 岁认字，70 岁写书的姜淑梅》《从传奇奶奶姜淑梅说起》《一位志愿军老兵的战俘人生》《一位北京平民的私人史》《"小民往事"为何这么红？》《许燕吉：历经磨难，九死不悔》《饶平如：一生无长物，人间有佳话》等。

蒲湘宁在《"小民往事"为何这么红？》一文中指出，平民史的作者无一例外是世纪老人，"他们均非职业作家，也非精英翘楚，他们只是普通的平民百姓，客观记叙了过往的见闻经历"。"在这些讲故事的老人中，由于相似的年龄背景，都不约而同写到上世纪的动荡经历。他们的写作缘由简单质朴，基本都出于记录自身生活故事的愿望。"[3]

从这些推介或采访类文章中我们对民间述史作者有了更多了解，他们大多是世纪老人，没有经过专业的写作训练，但他们都历经坎坷，阅历丰富，且坚忍顽强，每位作者写书的经历都是一个令人钦佩的励志故

---

[1] 李建立：《〈巨流河〉：大时代的表情、呼吸与体温》，《当代作家评论》2012 年第 1 期。

[2] 同上。

[3] 蒲湘宁：《"小民往事"为何这么红？》，《深圳商报》2014 年 2 月 10 日第 A11 版。

事。如《乱时候，穷时候》的作者姜淑梅，她是一位真正的草根小民，60岁之前还不认字，75岁才开始学写作，至今已出版了四本书。姜淑梅老人不仅记忆力好，而且乐观、坚强、执着。《我是落花生的女儿》的作者许燕吉虽出身名门，受过良好的教育，但她却由一名知识分子变身为右派、囚犯，后来为生活所迫，这位才女竟嫁给了目不识丁的老农民。虽历尽磨难，饱受屈辱，但她一直乐观、坚强，不仅挺过了那段艰难的岁月，还拿起笔记录下了家国的苦痛记忆。《胡麻的天空》的作者秦秀英是个农民，1947年出生的她只念过一年半小学，65岁那年在儿媳的指点下开始做自然笔记。起初，儿媳只是为了让老太太排遣寂寞，把在公园里照的各种植物的照片放电脑里，让秦秀英画。画完后，儿媳还让她标上花名、日期、地点和天气情况。虽然60多岁才开始查字典学文化，但秦秀英熟悉她所画的植物、家畜、农事，68岁出版的《胡麻的天空》图文并茂地讲述了一个农民眼中的世事人生和社会变迁。《平如美棠：我俩的故事》的作者饶平如1922年出生，当过国民党军官，1958年被送到安徽劳动改造，一去22年。妻子去世后，他用文字和图画讲述了他和妻子的爱情故事，2013年该作品出版。吴国韬1942年出生，72岁出版了《雨打芭蕉：一个乡村民办教师的回忆录（1958—1980）》，书写了他1958年至1980年间在武陵山区的教学生涯。读者通过他的执教经历可以感受到一个普通民办教师的生存艰难与人生世事，而这也恰是我国特殊时期农村教育的缩影。

　　任雅玲指出："这些平民写作者之所以能写出这些作品，也有很多客观因素在起作用，有的是因为受过良好的教育，如张泽石是清华大学的高材生，赖施娟是大学的教授；有的是家庭文化氛围浓郁，培养了自身良好的人文修养，如许燕吉的父亲是著名作家许地山，饶平如的父亲是有名的律师，妈妈是个能吟诗作画的才女；有的是因为有'良师'指点，如姜淑梅有个当作家的女儿指点，秦秀英有我国最早的自然笔记倡导者之一的儿媳指点。没有这些客观因素的潜在作用，这些普通百姓写出优秀的非虚构作品也是很难的事情。"[①]

　　应该说，民间述史的作者不仅是文坛的宝贵财富，也是国家的宝贵

---

① 任雅玲：《"接地气"的平民非虚构写作》，《文艺评论》2016年第3期。

第一章 民间述史概述

财富,他们丰富了历史,留下了宝贵的非物质文化遗产。

第五,民间述史作品困境研究。

唐建光认为个人写史的实践会面临许多困境,"一是出口,因为商业出版的门槛较高,多数个人史因于作品质量或出版经费,无法面市;二是质量,多数写作者缺乏必要的历史学训练与写作能力,其写作内容不具备出版或史料价值;三是组织,目前的个人史、口述史多为个体行为,缺少组织、培训、协同与整合"[①]。许荻晔也认为许多民间述史作者并未接受过学术训练,"其史观、叙事或推论等方面可能存在问题"[②]。

民间述史研究者普遍认为,民间述史的写作主体还缺少专业的写作素养,在作品的整体构思、语言表达等方面都缺少创意,往往需要出版社对其作品进行包装才能产生良好的社会反响。如《家国十年1966—1976:一个红色少女的日记》就是编辑王宝生在原稿的基础上进行了深入加工,"为了冲淡日记的平铺直叙,增加了作者的'补记'和润色;还邀金春明、吴福辉、何振邦、张颐武和王海泉等人为相关内容撰写了考证、评述和矫正等。除了文字的深度加工,珍贵的老照片和'红宝书'式的独特装帧设计也是该书提升编辑含量的方式。应该说,从策划之初,《家国十年》就对文本和市场都进行了充分的考虑。因此,无论题材、编排还是设计,都较好地符合了那个时代'过来人'的阅读口味"[③]。经过编辑的加工,这本一个普通女孩在"文革"十年的私人日记打动了读者,两个多月就销售了3万册。倘若没有编辑的加工,这本日记可能无法与读者见面。

从上述例子可以看出,民间述史的写作与出版等环节都有困境需要突破,包括民间述史所依托的非虚构作品的理论研究也需要逐渐形成体系,使创作与评论很好地对接。相信随着人们对非虚构作品研究的增多,民间述史作品会得到越来越多的关注,这些困境会被逐一破解。

---

① 许荻晔:《历史的承前启后需要公众参与》,《东方早报》2013年11月22日第7版。
② 同上。
③ 张伊:《个人史扩展的私人记忆》,《中国图书商报》2011年4月1日第3版。

# 第二章 民间述史的特性

## 第一节 品位多级的文体样式

民间述史作品的写作者大都未经过专业的写作训练，或许正因这一点，他们在创作上更少束缚，这在文体的选择上有非常突出的体现。卡波特认为："非虚构小说将不会被纪实小说所混淆，它是一种既通俗有趣又不规范的形式。它允许使用小说家所有的手段，但是它通常包括的既不是有说服力的客观事实，也不是诗人高度的艺术虚构，这种形式是可以通过探索达到的。"[①] 的确，民间述史作品的创作手段是丰富多样的，如作者在文体的选择上就是自由而灵活的。

由于民间述史作品的题材广泛又琐碎，战争、政治运动、情感经历、家常掌故、个人琐事等都是其选材范畴。在选择与民间述史的内容、主题相适应的话语方式方面，民间述史的作者表现出了独到的眼光，他们并不拘泥于个人史写作常用的传记体，所选取的文体样式颇为丰富，有自传体、绘画体、散文体、小说体、报告文学体、社会调查等多种类型。民间述史文本品位多级的文体样式源于创作主体的个性差异与受众的多品位阅读需求。这些非虚构的原生态叙事体式不仅弥补了中国现当代文坛所缺乏的民间记录，而且丰富了非虚构文学作品的文体类型。

自传体的民间述史较为多见，它是一种以第一人称进行叙述的人物传记或回忆录。它常以个人或家族的历史来映照国家、民族的历史。如

---

[①] [美] 约翰·霍格韦尔：《非虚构小说的写作》，仲大军、周友皋译，春风文艺出版社1988年版，第137页。

沈博爱的《蹉跎坡旧事：一代中国农人的耕读梦》、吴国韬的《雨打芭蕉：一个乡村民办教师的回忆录（1958—1980）》、国亚的《一个普通中国人的家族史》、吕景旭的《风雨人生》、茅家升的《卷地风来：右派小人物记事》、郑延的《人生之曲：我和我的一家》等，都是传记体民间述史。许地山的女儿许燕吉著的《我是落花生的女儿》也在此列。书中叙写了在日本占领香港后，作者随母亲辗转漂泊，以及作者因"反革命罪"入狱六年，与第一任丈夫离婚，为生存嫁给目不识丁的老农等传奇经历。许燕吉书写了个人百味杂陈的80年离奇人生体验，让读者感受到的是20世纪中国真实、残酷的历史。国亚的《一个普通中国人的家族史》也是自传体民间述史，其叙述的时间跨度大，从19世纪中叶一直写到21世纪初，是一个普通中国家庭历经150余年的家族史。虽然该书的作者不是专业作家，小说的语言也非常平实，但该书却在网上赢得了上千万次的点击量，可见小人物的历史还是能引起读者的广泛共鸣。沈博爱的《蹉跎坡旧事：一代中国农人的耕读梦》虽然记录的是作者一生的坎坷经历，但日寇侵华、"文革"等历史背景也折射了一代人的苦痛记忆。沈博爱经历过战乱，1958年被打成右派，因"反革命罪"被判刑5年，一生历经磨难。沈博爱的个人史其实是中国许多小人物的历史，我们在追寻那些名人、伟人光辉足迹的同时，也应该了解这些被历史的洪流淹没的小人物，他们同样具有坚韧的生命力和不朽的人性光辉。

图文互涉体民间述史作品以照片、漫画、手绘画等为主体，附配少量叙述性文字，是图文并茂的互文性文本，视觉形象与文字表述相得益彰。

这类作品形象直观，照片与图画犹如锦上添花、画龙点睛，使文字更易于理解。形象直观的照片或图画与质朴、通俗的语言相映衬，显示了平民非虚构作品的生动性与灵动性，为受众喜闻乐见。如李昆武的《从小李到老李：一个中国人的一生》、关庚的《我的上世纪：一个北京平民的私人生活绘本》、秦秀英的《胡麻的天空》、丁午的《小艾，爸爸特别特别地想你》、饶平如的《平如美棠：我俩的故事》等就属此类。

这类作品的体例大致有三种：一是文字与珍贵的历史照片相映衬。

如张泽石的《我的朝鲜战争：一个志愿军战俘的六十年回忆》、马宏杰的《西部招妻》《最后的耍猴人》等。马宏杰是摄影师，《最后的耍猴人》是他用了十二年的时间跟踪拍摄的河南新野耍猴人的故事，不仅留下了最后的耍猴人的许多珍贵照片，也记录了我国耍猴历史的兴衰，是一部耍猴人的史诗。

二是文字与手绘画相映衬。如秦秀英的《胡麻的天空》、关庚的《我的上世纪：一个北京平民的私人生活绘本》、沈博爱的《蹉跎坡旧事：一代中国农人的耕读梦》、饶平如的《平如美棠：我俩的故事》等。饶平如在妻子去世后，手绘了十八册画作回忆他们美好的爱情与婚姻生活，同时配上自创或改写的一些诗词文字，由此使这部作品充满深情并令人感动。《蹉跎坡旧事：一代中国农人的耕读梦》的作者沈博爱在书中附上了几十幅钢笔画插图，那是作者自20世纪50年代开始留下的浏阳各地原始写生记录。

建筑师关庚1939年出生于北京，在典型的北京四合院里长大，他的《我的上世纪：一个北京平民的私人生活绘本》由六百余幅绘图与五百余篇短文组成，生动传神地展现了作者上世纪的私人生活故事，同时也让读者看到了上世纪北京的文化风俗，被誉为"北京20世纪清明上河图""流年留影的世纪中国烟云"。作品以纯粹的平民视角，真实记录了老北京人的家长里短，人生百味。作品涵盖的内容极为广泛，既有老北京人的小乐趣、小坎坷、小命运，又有国家民族的大悲欢、大事件、大历史。这是一位亲历者带着体温的记忆，比官方的大历史更能让人触摸到历史的真实。这种图文互动式的民间述史作品不追求叙事的精雕细刻，不注重人物形象的刻画，而是以图带史，以文解图，用形象丰富的图片展示历史记忆碎片，给人一种真切的现场怀旧感。

三是文字与漫画相映衬。如丁午的《小艾，爸爸特别特别地想你》、李昆武的自传体长篇漫画《从小李到老李：一个中国人的一生》等。《小艾，爸爸特别特别地想你》是作者下放期间写给八岁女儿的信，为了让识字不多的女儿能够看懂信的内容，漫画家丁午的信主要以漫画为主，文字则言简意赅，通过白描的手法叙述漫画的内容，语言幽默，富有童趣、童真，文字是对漫画最好的补充，两者配合能达到令人过目不忘的效果，更具感染力。《从小李到老李：一个中国人的一生》

第二章　民间述史的特性

是漫画家李昆武的自传体长篇漫画作品，作品分"多难""转折""兴邦"三册，书写了一个家庭在"大跃进""文革"前后与改革开放等大历史背景下的兴衰，堪称一部"平民漫画史诗"。该作品以三千余幅漫画为主，兼配一些简洁明快的叙述性文字，真实且形象、生动地再现了中国底层百姓自20世纪50年代至今曲折而又丰富的人生历程。该书与其他民间述史不同的还有两个方面：一是该书由中国的李昆武与法国的欧励行合作完成；二是2010年前后先在法国、德国、西班牙等国家出版，获多项国外漫画大奖后，2013年才在中国大陆出版，并获中国国际漫画节"中国漫画大奖"。可见，绘画体民间述史在国外也有大量的受众。

这些图文并茂的作品能将纷繁复杂的故事直观地展示出来，真实生动，具有别其一格的观赏价值，可以说一图胜千言。作品中的照片或图画都能敏锐地抓取事物的特征或细节，给予受众强烈的视觉冲击，满足了受众的娱乐式阅读需求，能激发受众的阅读兴趣，加深其印象，赢得受众的共鸣与认同，更易于为受众接受。这一点已被评论者所认可，"生活图像化状况见于新世纪文学写作，一个直接结果便是文学写作对于生活图像化的随顺，并在随顺中形成比上世纪末更为突出的图像化写作的特点"[①]。

的确，在当今这个读图的时代，插图本平民非虚构作品的出版与流行也是新媒体时代阅读图像化的体现，读者追求的是视觉快感，是阅读的形象与轻松。一些读者打开一本书，可能更喜欢从图片看起。有的没有时间或耐心读长篇幅的图书，一目了然的照片或图画更易于为读者接受，而且能较快地让受众进入情境，产生身临其境之感。当然，这种文体因为穿插了大量的照片、图片、绘画作品，某种程度上也打断了文字的连贯性，使内容显得零散，故事情节之间的联系被弱化。但是因为这些照片或图画直观、传神，文字通俗、生动，更能唤起受众的记忆，使受众不厌倦。

散文体民间述史是以散文的形式回忆过去生活的作品，如姜淑梅的《乱时候，穷时候》《苦菜花，甘蔗芽》、野夫的《江上的母亲：母亲失

---

[①] 王纯菲：《新世纪文学的图像化写作与文学的越界》，《文学评论》2008年第1期。

踪十年祭》《乡关何处》《身边的江湖》、张建田的《我是大田人：献给上世纪五六十年代出生的人》、张郎郎的《宁静的地平线》、赖施娟的《活路》等都属此类。

《乱时候，穷时候》《苦菜花，甘蔗芽》是散文体民间述史的代表性作品。生于1937年的姜淑梅是那个乱穷年代的亲历者与见证人。她的前两本书都是由单篇千字左右的散文组成，共110余篇，叙写的是作者所经历的战乱与饥荒年代的人与事。作者完全将历史化为个人的切身感受，故事真实、感性、传神，语言通俗简洁，令读者有真切的现场感，感觉离历史的真相更近了一步。作家王小妮在《乱时候，穷时候》序言中称赞作者是中国"最后的讲故事的人"①。姜淑梅的第三本书《长脖子女人》是一部民间故事集，情节曲折，给读者以强烈的阅读快感，但已不属散文范畴。

赖施娟的《活路》也是散文体的民间述史，这部作品以家族史为核心，追述20世纪40年代以来个人的成长经历与家族历史的变迁。这些文章起初作为随笔发布在赖施娟的博客上，后来才结集出版。

张建田的《我是大田人：献给上世纪五六十年代出生的人》则是由60多篇散文组成的，有《我是大田人》《红旗漫卷岩城》《我的1966年》《目睹武斗》《饥馑的日子》《重温父亲的"检查书"》《父亲被揪斗记》《想起"游街示众"》《票证的年代》《土堡情》《远逝的水井》《旧居琐记》等作品，作者追忆了自1956年至1976年这二十年间自己在南方一个小县城所经历的往事，如"大跃进"、"四清"运动、武斗硝烟、牛棚生涯、上山下乡等，同样是个人与国家命运的交织。在那个物质匮乏、风雨飘摇的岁月，个人是微不足道的，但恰恰是这些小人物的遭遇能让我们从一个侧面真切地窥探到五味杂陈的历史的真实面貌，从而触动内心深处那个柔软的角落。

小说体民间述史的代表作是野夫的《父亲的战争》（历史小说）、《1980年代的爱情》（半自传体小说）。《父亲的战争》的主人公是野夫的父亲，在解放初期的剿匪运动中，野夫的父亲是主要的参与者与领导

---

① 王小妮：《讲故事的人出现了》，见姜淑梅《乱时候，穷时候》，浙江人民出版社2013年版，第5页。

者。野夫为我们展现的是一部关于军人与草寇、忠义与残暴、政治与伦理的纪实小说,情节曲折,意蕴厚重。湖南农民仓生写的《我是农民》也属于这类作品。作者以第一人称叙事视角,朴实地讲述了20世纪30年代之后湖南山民们艰难的生活历程,作者历经日寇入侵、抗日战争、解放战争、"大跃进"、"文化大革命"、改革开放等重大历史时期,做过樵夫、农民、工人等,人生经历丰富、曲折。虽然情节的曲折性还不是很强,语言也略显平实,但作者把自己身边的人和事与国家重大历史事件的风云变幻相融合,真实可信。

张泽石的《我从美军集中营归来》(1989年)、《战俘手记》(1994年)、《我的朝鲜战争:一个志愿军战俘的六十年回忆》(2000年)等是报告文学体民间述史的代表性作品。在这些作品中,张泽石回忆了自己在朝鲜战争中受伤被俘及归国后坎坷的政治遭遇。历史细节真实细腻,令人震撼。作者对我国传统战俘观与战争观的反思也极具历史文化内蕴,引人深思。

梁鸿的《中国在梁庄》与《出梁庄记》属于田野调查类民间述史,是以学者的视角,以口述实录、跟踪走访、实地探访的形式写出的民间述史作品,曾获"《亚洲周刊》2010年度非虚构类十大好书"等奖项。在评论界,梁鸿的这两部作品也都获得了高度评价,"可以说,《中国在梁庄》之后,梁鸿已进入了一种'激情燃烧'的生命状态,那就是将学术思想与文学性创造融为一体,创造出独特的中国非虚构写作品格。这也表现在其日渐成熟的非虚构的方法论和叙事策略"[1]。作为文学博士与大学教授,梁鸿对自己曾生活过的故乡——河南穰县梁庄的审视既凝结了深厚感情,又充满了理性思考与探究。梁鸿把农村留守儿童、农民养老与医疗、农民婚姻危机、进城农民工等问题通过一个个典型的人物及其人生故事展示在读者面前,彰显了近半个世纪梁庄农民的历史命运、生存状态与精神图景。十八岁的高三尖子生看了黄碟后用农具打死八十二岁的独居老婆婆再施行强奸,九岁的女孩被六十五岁的曾当过民办教师的邻居老头用糖诱奸,五十一位梁庄的打工者漂泊在外的

---

[1] 房伟:《梁庄与中国:无法终结的记忆——评梁鸿的长篇非虚构文学〈出梁庄记〉》,《文艺争鸣》2013年第7期。

辛酸历程……这些真实的人物与事件给予受众的冲击力是虚构文学作品难以企及的。梁鸿在坦诚、冷静地记录客观事实的同时，也加入了自己的疑惑、追问、议论与呼号，体现出强烈的历史使命感与社会责任感，彰显了其高度的忧患意识与悲悯情怀。

民间述史作品也有日记体式，如侯永禄的《农民日记》、王振忠的《水岚村纪事：1949年》等。《水岚村纪事：1949年》是以江西水岚村村民詹庆良1949年的日记为主线来书写徽州文化。王振忠是复旦大学历史系的教授，是研究徽州文化的学者，他在旧书摊上买到詹庆良日记的抄写本，并使之重见天日。詹庆良写日记时还是一位满怀人生梦想的山村少年，他在日记中记录了天灾战乱下的1949年中国偏僻农村细腻、琐碎的生活实况与村民焦虑、迷茫的心理体验。日记体的民间述史作品给读者以更真实的阅读感受。

文体类型的多样性使民间述史作品的写法更为灵活，无论叙事文本、叙事话语，还是叙述视角与叙述结构都充分彰显了民间述史作品的魅力与个性，使作品更具可读性，也越来越接近历史真实。

## 第二节　历史追忆的微观视角

民间述史作品的价值首先体现在它是个人史与国家、民族史的有机融合，是国家、民族史的生动细化与鲜活补充。相比于宏大的历史书写，民间述史聚焦历史追忆的平民化微观视角，具有更浓郁的文学性，可读性更强。它通过普通百姓的视角鲜活地再现社会的变迁，演绎历史的传奇。姜淑梅的《乱时候，穷时候》既书写了新中国成立前战乱时百姓的惨状，又回忆了新中国成立后的三年自然灾害时期自己饥饿时的痛苦；许燕吉的《我是落花生的女儿》既展现了20世纪中国残酷的历史，又演绎了自己命运多舛的传奇人生；沈博爱的《蹉跎坡旧事：一代中国农人的耕读梦》既再现了我国极"左"时期的各类"运动"，又倾诉了作者身处其中的坎坷与磨难。

以张泽石的《我的朝鲜战争：一个志愿军战俘的六十年回忆》为例，作品既记录了惊心动魄的朝鲜战争，又如实反映了自己被俘及归国后的曲折经历。作为历史的见证人与亲历者，张泽石让我们看到了大时代中小人物的平凡故事与生活细节。试看《我的朝鲜战争：一个志愿军战俘的六十年回忆》的一部分目录：跨过鸭绿江大桥；被凝固汽油弹烧焦的战友；用步枪干掉鬼子飞机；手榴弹炸毁了重型坦克；我踩在了战友遗体上；美国兵的搜身比赛；战俘营里的鸿门宴；争取大囚牢里的小自由；绝食换回14位战友；交换伤病战俘；体验"脱胎换骨"；"停课闹革命"；戴着"叛徒"帽子工作；为六千难友和为自己申冤；太平洋岸边的追悼会……一个个令作者刻骨铭心的人生瞬间，一个个令读者惊心动魄的历史细节，确实不愧为民族史缩影的最鲜活的例证，既是为无数无声消亡的人代言，也是宏大历史叙述的生动细化与鲜活补充。正如美国女出版人凯瑟琳·格雷厄姆在自传《个人史》获得了普利策奖后接受采访时所说："虽然书名叫作《个人史》，但它的确也是很多其他事情的历史。"[1]

《我的朝鲜战争：一个志愿军战俘的六十年回忆》中有一段描写一位战友被美国空军投下的"火焰流"烧死的画面：

敌机编队飞过来了！公路上我们的人员大都已疏散到山林与河滩上，只有盖上伪装网的炮车和骡马停在紧靠山壁公路旁的阴影里。我躲在离公路不远的树丛中警惕地注视着愈来愈近的敌机群，半空中亮起了一串带降落伞的照明弹，炮车和骡马被凸显出来。第一架敌机向炮车扫射了，中了弹的炮车迅猛开动起来向前飞驰。第二架敌机向着骡马俯冲过来，但它射出的既非机枪子弹也不是火箭炮，而是一种粉红色闪亮的火焰流在空中蜿蜒着飞向骡马，当它如瀑布般罩住骡马时，骡马立即全身燃起大火，那匹骡子如同一个大火球疯狂地奔向河滩，而原本掩护在它身下的那个辎重连战士被骡子踢翻在地，身上也立即着火。那战士先是就地打滚希望能扑灭棉衣上的火，他哪知地上流淌的是溶有白磷见空气即自燃的凝固汽油黏液，越滚火就越大，他狂叫着站起来发疯般撕扯棉衣，但火焰已燃烧到他脸上、头顶！几个冲到他旁边的战友被地上一大摊熊熊火焰所阻挡，根本无法靠近他、挽救他。大家眼睁睁地看着他扑倒在

---

[1] 张鹭：《私人史也是大历史》，《新世纪周刊》2007年第14期。

地,在火中痉挛着、抽缩着。大火熄灭后,地上只剩下一具猴子般佝偻着的黑色骷髅,绝对无法想象它本来是一个有血有肉的人,并且是跟我同生死共命运的战友![1]

一个鲜活的生命就这样消失了,这样死去的战友不知有多少,可是官方历史却从来没有他们的名字。张泽石的《我的朝鲜战争:一个志愿军战俘的六十年回忆》让我们能近距离地了解这些普通的战士,感受到他们的苦痛与坚韧。如果不是亲身经历,很难写得如此细致感人。学者郭于华认为,"普通人的历史是有价值的","在原有的历史中,底层是一种缺失的叙述,不在官方话语的讲述之列,在任何一种叙事中都没有底层阶级独立政治行动的地位。补充这段叙述,或者提供新的叙述,是底层研究的认识论要务——从中生产出新的知识,并使之成为独立地进行知识积累的一个领域。这一知识领域的生成,在很大程度要仰仗普通人对自身经历的讲述,而不是依靠历史学家代为讲述"[2]。这或许就是民间述史作品的价值所在。

再看许燕吉《我是落花生的女儿》一文中的一段细节描写:

那天中午,大家围在桌前吃饭,忽然一声巨响,天也黑了,还有暴雨似的哗哗声。妈妈一跃而起奔去开楼梯间的门。门开了,天也亮了,声音也没了。大家正惊愕着,袁妈跑到饭厅来,看见大小都完好无损,才哆嗦着嘴唇说是炮弹掉院子里了。大家跑到旁边一看,那空闲地基边上有一堆土,满院子都是石头泥块,还有黑的弹片,方才一黑原来是土块迸射遮的。大家都连声说"好险""万幸"。袁妈说她正在窗前念经,看见一个大黑球过来削断了一排棕榈树,改了方向顺着那小坡滚下,院子火光一闪,轰的一下,把她震得退了几步,这都是天主保佑的。妈妈倒没说感谢天主,只说若是掉到房上,正好大家在一块儿,都炸死也就算了,要是炸残废

---

[1] 张泽石:《我的朝鲜战争:一个志愿军战俘的六十年回忆》,金城出版社 2011 年版,第 7 页。

[2] 郭于华:《作为历史见证的"受苦人"的讲述》,《社会学研究》2008 年第 1 期。

## 第二章 民间述史的特性

了,或者剩下几个,就难活了。当天下午,她就到胡惠德医院去租了一间从上往下数第三层的小病房——开战后,病人差不多都走光了,空房间多得很。这样,大家不用再挤在楼梯下,打炮时就去小房间的床上"排排坐",晚上不打炮就回家睡觉。①

这段描写的是日军攻下九龙后,对香港进行了猛烈的炮击,许燕吉和家人一起躲避炮击的经历。作者的语言简洁、平实,但又形象生动,使读者感同身受。虽然写的是个人生活经历,但我们看到了鲜活的历史画面,与官方历史中那些冷冰冰的数据相比,这些鲜活、生动的个人史细节给读者的感动与震撼是难以言说的。它让读者真切地感受到每个平民百姓的生死荣辱与国家民族的兴衰都是相暗合的,感受到中国历史的演变与社会的变迁,感受到个人与国家民族水乳交融的关系,感受到作者对社会与个人关系的深刻思考。正因如此,越来越多的学者、批评家以及社会学家开始关注这些来自普通百姓笔下的个人叙述,民间述史的价值也逐渐得到肯定。有评论者曾说:"民间述史文学所反映的是当事人身处其中的大背景,折射的是政治与社会变迁;当个人的记忆与公共事件重叠,私人记录就成为宏大叙事中最生动的面孔,也因此具有了超越个体记忆的价值。"②

的确如此,优秀的个人史总是以宏大历史为背景,同时也是宏大历史的最好补充,如刘仰东的《红底金字:六七十年代的北京孩子》就是以孩子的视角回忆那一场令全国人民难忘的、沉重的政治风潮。这部作品中的很多细节现在读来依然惊心动魄,试看"斗校长"中的一处描写:

几乎所有的中学校长都被戴上"走资派"的帽子,成了"修正主义教育路线"的替身,没听说有谁成为死角,幸免于揪斗。我熟悉的几个69、70届的朋友,谈起他们短暂的中学时光,第一印象也都是批斗校长。那时"走资派"遍地都是,但北京的中学校长中,女性比例很高,这里可以说是女"走资派"最集中的场

---

① 许燕吉:《我是落花生的女儿》,湖南人民出版社2013年版,第37页。
② 张伊:《个人史扩展的私人记忆》,《中国图书商报》2011年4月1日第3版。

所。田畔后来是高我一级的一个系的同学，当年的西苑医院子弟，被就近分到101中。开学的第一天，依惯例应该是一个典礼活动，由校长讲话，而他碰上的却是一场批斗会。操场上人声鼎沸，被斗的正是校长王一知——一个满头银发的小个子老太太。王系20年代的党员，早期中共领导人张太雷的夫人。那时被斗者的胸前，要挂一个木头牌子，上书"反革命修正主义分子某某某"，再在名字上打上叉，按流行的规矩，名字中间的一个字还要倒置，但王一知其名，前两个字都无所谓颠倒，她得以占了点"便宜"。王不愧为老一辈革命家，坚强地挺过了这一劫，"文革"结束后安享应得的晚景，前些年才去世。月坛中学的女校长则没有支撑住，她被剃了阴阳头后，有一天晚上，唱着毛主席语录歌："下定决心，不怕牺牲，排除万难，去争取胜利。"登上学校的楼顶，从烟囱里跳了下去，选择了当年属于"自绝于人民"的归宿。与这位女校长命运同样悲惨、被斗致死的还有师大女附中的卞仲云副校长。四中老初一学生陈凯歌，在他的书里，曾写到对女校长"运动"前后的印象的反差，他入学时（1965年9月），在操场上聆听校长讲话，"这位女校长嗓音洪大，讲起来喜欢一问众答，往往发问的声音未落，回答的声音已起，气势之大，真可以用唐人'独立扬新令，千营共一呼'的军旅诗来形容了"。"文革"一起，"年老的校长被迫改'一问众答'而为'众问一答'。银白的头发在八月的骄阳下缕缕行行，汗水在地下湿成一片，回答时抖着嘴唇说：你们都是我的孩子……"

很多孩子以"革命的名义"，对校长们横加凌辱。我的一个朋友是育英中学69届学生，他看到的情景是，女校长被打得头破血流，瘫倒在地，一个"口技"超人的"小将"，隔着数米向其脸上"飞"唾沫，有十环九环的准度；有的校长被勒令站在椅子上挨斗，突然间有人从后面一把撤掉椅子；有的校长被勒令在雨地里环操场爬行；有的校长被勒令和死尸握手。至于坐所谓"喷气式"，更属于家常便饭，不新鲜了。①

---

① 刘仰东：《红底金字：六七十年代的北京孩子》，中国青年出版社2005年版，第8页。

## 第二章 民间述史的特性

如果我们看官方的历史记载,"文革"对当今的年轻人来说已是一个陌生的政治符号,随着年代的久远,很多年轻人对"文革"已没有感性认识。刘仰东的《红底金字:六七十年代的北京孩子》则从孩子的视角切入,真切地再现了那场令人刻骨铭心的政治运动,停课、斗校长、抄家、串联、接受毛主席检阅……这些沉重的话题被重新提起,这些刻骨难忘的细节被再度打捞,它们带给读者的不仅仅是回忆,更多的是触摸后的反思。

民间述史作品生动可感的细节描写也得益于语言的可读性强。民间述史作品的语言风格各有不同,有的平实,有的风趣,有的生活化,有的文学色彩强。野夫的述史作品语言就很有文采,试看他的《江上的母亲:母亲失踪十年祭》中的一段:

> 父亲总想等到儿子重见天日,因此而不得不承受每年动一至二次手术的巨大痛苦。他身上的器官被一点点割去,只有那求生的意志仍在顽强苟生。真正苦的更是母亲,她不断拖着她的衰朽残年,陪父亲去省城求医。父亲在病床上辗转,六十多岁的母亲却在病床下铺一张席子陪护着艰难的日日夜夜。只要稍能走动,母亲就要扶着父亲来探监,三人每每在铁门话别的悲惨画面,连狱警往往也感动含泪。每一次挥手仿佛就是永诀,两个为共和国效命一生的伛偻老人,却不得不在最后的日子里,因我而去不断面对高墙电网的屈辱。
>
> 我们在不能见面的岁月里保持着频繁通信,母亲总是还要在父亲的厚厚笺纸外另外再写几页。我在那时陷入了巨大的矛盾——既希望父子今生相见,又想要动员父亲放弃生命。他的挣扎太苦了,连带我的母亲而入万劫深渊。[①]

与姜淑梅、喻明达等老年作者平实的语言相比,野夫的语言显然要"文"得多,这当然与他受过大学中文专业的熏陶有关。野夫的《江上

---

① 野夫:《乡关何处》,中信出版社 2012 年版,第 3 页。

的母亲:母亲失踪十年祭》是散文体的民间述史,他满怀深情地记录了母亲苦难的一生。作为一个自由写作者,作为一位诗人,野夫的语言是经过打磨的,用词更为精准,语言简洁,想象力丰富,传达的信息更为厚重耐读。此文开篇的语言更具诗化的色彩,"这是一篇萦怀于心而又一直不敢动笔的文章,是心中绷得太紧以至于怕轻轻一抚就轰然断裂的弦丝,却又恍若巨石在喉,耿耿于无数个不眠之夜,在黑暗中撕心裂肺,似乎只需默默一念,便足以砸碎我寄命尘世这一点点虚妄的自足。又是江南飞霜的时节了,秋水生凉,寒气渐沉。整整十年了,身寄北国的我仍是不敢重回那一段冰冷的水域,不敢也不欲去想象我投江失踪的母亲,至今仍暴尸于哪一片月光下……"① 泣血的生命体验与具有古典美的文字相契合,令读者扼腕击节。

正是这些亲历者细腻的文字,才使平民述史作品赢得了许多作家、学者的肯定,认为这些作品是对"宏大历史叙事的必要补充"。李建军曾在《苦难境遇与落花生精神——许燕吉论》一文中指出:"许燕吉的《我是落花生的女儿》,是自传,也是'公传',她记叙个人颠沛流离的经历,也记录了处于社会底层的人们的不幸,记录了国家和民族'世极迍邅'的苦难历程。"②

确实如此,官方的历史多是上层社会的兴衰演绎,底层百姓的生存状态严重缺席,因此,历史追忆的平民化微观视角值得肯定。民间述史的作者虽文化层次、身份、经历各不同,但他们"以个体的生命痕迹,为百年中国历史提供了平实而意味深长的注脚"③。或许这也正是来自普通百姓微观视角的个人叙事能引起学者们关注的原因之一。可见,民间述史不仅具有史学价值,还具有文学、民俗学、遗产学价值。尤其值得关注的是,在新媒体时代,在文学日益被边缘化的当下,民间述史写作或将给文学界带来革命性意义,为当代文学注入一线生机。

---

① 野夫:《乡关何处》,中信出版社2012年版,第1页。
② 李建军:《苦难境遇与落花生精神——许燕吉论》,《小说评论》2014年第2期。
③ 中国作家协会:《2013年中国文学发展状况》,《人民日报》2014年4月22日第15版。

## 第三节 独具魅力的地域底蕴

地域色彩是大多数民间述史作品不可或缺的元素之一。地域文化对民间述史作者的题材选取、价值取向、文化心理等都会产生一定程度的影响，它不仅丰富了民间述史作品的内容，也承载了民间述史作品的精神内涵，提升了其审美价值。研究民间述史作品的地域特色，可以更好地了解民俗生活、民俗文化，如民间仪式、民间信仰等，正如美国作家赫姆林·加兰所说："艺术的地方色彩是文学的生命力的源泉，是文学一向独具的特点。地方色彩可以比作一个无穷的、不断地涌现出来的魅力。我们首先对差别发生兴趣；雷同从未能那样吸引我们，不能像差别那样有刺激性，那样令人鼓舞。如果文学只是或主要是雷同，文学就要毁灭。"[①] 的确如此，地域特色就是"差别"，它使作品获得独有的艺术魅力，这也是每部具有地域色彩的民间述史作品能深深打动读者的根本。

民间述史作品的地域色彩首先体现在古朴奇异的世态风情与民风民俗上，善良淳朴的民风、古朴的礼仪、奇异的各类习俗、神话传说等地域文化，都在民间述史作品中有鲜活而丰富的体现。

如姜淑梅《乱时候，穷时候》一书中的《点天灯》《裹脚》《守寡》《改嫁》《登记》，《苦菜花，甘蔗芽》一书中的《小时候咋玩》《老辈子留下的规矩》《洗头》《赔钱货》等，都从不同角度展现了齐鲁地域的民风民俗。在《老辈子留下的规矩》一文中，作者写了很多老规矩，如女孩的规矩：一学见人多知礼，二学走路要安详，三学织布纺棉花，四学裁剪做衣裳。过年的规矩：拦门棍、撒岁、拜年、送火神、忌日。结婚的规矩：结婚前不能看男的；结婚时新娘得穿红棉袄红棉裤，戴着蒙头红上轿；结婚当日天黑后点长明灯。媳妇的规矩：女方得比男方大；女人要是死了丈夫，得在婆家住着守寡；寡妇改嫁，不能从娘家上车；娶寡妇在夜里，只要没娶进家门，谁抢到手是谁的；小姨

---

[①] [美]赫姆林·加兰：《破碎的偶像——美国作家论文学》，刘保瑞等译，生活·读书·新知三联书店1984年版，第84页。

子不见姐夫;新媳妇过了门得给长辈一对大毛巾,磕个头,长辈给"拜钱";女人生完孩子不出满月不能去人家串门子。丧事的规矩:儿媳妇娘家老人去世得先去婆家讨孝;爹娘死了,一百天不坐高凳,三七以内都穿白布糊的鞋;一个老人没了子女穿孝两年半,两个老人没了子女穿孝三年。

在姜淑梅的作品中有许多这类民风民俗的描写,齐鲁地域文化在姜淑梅的作品中得到了丰富、精细、形象的展示,其作品烙上了齐鲁民风民俗的印迹,铸就了鲜明的地域特色。不过,对这些民风民俗,作者只是客观描述,用简洁、朴实、细腻的语言来讲述故事,并不加以主观评价。读者从这些描述中既能领会到齐鲁地域文化积极的一面,如"知礼好客""勤劳孝顺"等彰显齐鲁文化品牌的人文精神,也能感受到其消极的一面,如封建礼教与封建迷信等旧伦理对人们观念的束缚。这些民风民俗的描写增加了作品的地域底蕴,读者在形象地了解齐鲁文化的同时,也可站在新时代的历史高度去评判传统,针砭积弊。

其他民间述史作品也有独特的地域文化展现。如吴国韬在《雨打芭蕉:一个乡村民办教师的回忆录(1958—1980)》中写到了20世纪70年代庉口人拜年的风俗:"这些拜年的人,多半是中青年男女。拜年的礼物,似乎是约定了的:一对大糍粑,一条细而长的腊肉。腊肉的一截,露在背篓的外面,使人一看,便知是什么好东西。因此,背篓里露出的腊肉,成为拜年客的标志。这样的肉,称作'礼行菜',是杀猪时就单独割出来的,从猪的背脊,一直割到肚子下,保证了细而且长,既受看,又比较轻松。家里如果没有年猪,不可能有'礼行菜',只送一对糍粑的也有。他们用包袱布,把糍粑裹起来,再将包袱的两对角系上,斜挎在背上,一看便知,里面是圆圆的大糍粑,这也是一种标志。"[①] 作者把庉口人拜年的风俗写得很细致。

书中还介绍了当地人的饮食特色,如糍粑,作者写道:"它没有经过发酵,一点也不蓬松,实打实的,一个就是一斤。糍粑又是一种很好的食品,无论是煎、炸、烧、烤,都给人有滋有味的享受,如果放进白

---

① 吴国韬:《雨打芭蕉:一个乡村民办教师的回忆录(1958—1980)》,语文出版社2013年版,第708页。

糖或蜂蜜，更是甜蜜蜜、美滋滋的。……人们又总是把它打成圆形，铜盆一般大小，洁白的，看起来酷似一个十五的满月，更赋予了它一个美满的含义。于是，糍粑事实上成了庠口人过年的一个符号，是甜美滋润和幸福美满的象征。"①

　　吴国韬把故乡的民风民俗写得全面、细致，绘声绘色，韵味十足，洋溢着幸福甜美的人间烟火气息，体现了作者丰富的民间体验与民间情怀。

　　其实，很多非物质文化遗产（如民风民俗、手工技艺等）正是通过这些作者的形象描述、口传心授才得以传递下来。如沈博爱在《蹉跎坡旧事：一代中国农人的耕读梦》中写到了"织渡船"，写的是作者的祖母打草鞋的故事，当地人戏称鞋子为渡船，把打草鞋称为织渡船，因为草鞋前后高翘中间平，像渡船一样。文中对织渡船的过程做了详细描绘：

　　　　草鞋索是草鞋的经绳，长度为一庹（约五尺）。将一条长索穿套成两个圆套，剩下的两端合拼搓成一根鼻绳。鼻绳可根据需要加长。两个圈套拉扁就成了一尺长的四根索绳，把索绳挂在草鞋钩耙的木齿上，鼻绳纽在腰间的轭型木构上。齿耙勾在板凳前段，坐正弓背，就搓着稻草绳（纬绳）从鼻绳结上开始编织。

　　　　…………

　　　　三麻老说，前头的鞋绳的子索是斜对门，后边的子索是正对门。这样穿鞋绳的走势就和脚板图形一样。子索太长了就伤脚背，太短了就管不住脚。所以要根据自己脚板的长短宽窄来织，这叫作草鞋没样，边织边像。

　　　　…………

　　　　祖母为了使草鞋耐穿些，就在搓稻草时加些烂布筋一起去织。全部用苎麻织的叫麻草鞋，只看见一些生意人穿过。全用烂布筋织的就叫布筋草鞋，只在出客时当凉鞋穿。全用稻草织的才是名副其

---

① 吴国韬：《雨打芭蕉：一个乡村民办教师的回忆录（1958—1980）》，语文出版社2013年版，第709页。

实的草鞋。

............

> 草鞋虽不为劳动者所专用，它的另一种特殊用途还在延续着。按传统的治丧习惯，父母去世，治丧期间，孝子孝媳必脚穿草鞋，身穿麻衣，腰束草绳，头戴篾冠。手扶竹杖（父死）或桐杖（母故）。除孝子孝媳外，送葬时抬柩的八大金刚也要脚穿草鞋。①

可见，民间述史作品是以民间立场发挥着文化传承的作用，它放大了平民记忆，勾起了读者的怀旧情绪。著名文化批评家朱大可说得很好，"在当前的申遗狂潮中，人们显然忽略了这样一个盲点：记忆才是最重要的'非物质文化遗产'"②。

民间述史依据的虽是个人记忆，留下的却是宝贵的民族精神文化遗产。随着城镇化的加快，乡村正在迅速消失，乡村中的民俗也正在消失。正如王小妮在评价《乱时候，穷时候》时所说，这是她见到的第一本纯正的"听老人讲故事"的书，"可以想象，类似的讲故事的人将越来越少，因为他们存在的乡土已经面目全非，他们也许成了最后的讲故事的人"③。这或许也是民间述史作品真正的价值所在。

民俗学家刘铁梁提出民俗文化有三种保留状态，"一是在民众中已经消亡，只存在于文献资料之中的民俗；二是已基本消失，但仍活在人们记忆之中的民俗，或者在当下人们的生活中偶有显现，正在淡出日常生活的民俗；三是当下广大民众传承、享用的活态民俗"④。

刘铁梁提出的前两种民俗文化可称之为"潜在民俗"，也就是说，有些民俗在当下生活中已消亡，但仍活在一些老年人的记忆中，或在当下生活中偶现，这样的民俗被称为"潜在民俗"。日本民俗学家樱田胜德认为，"所谓潜在民俗，就是保存在人的记忆之中的、失去的外在形

---

① 沈博爱：《蹉跎坡旧事：一代中国农人的耕读梦》，语文出版社 2013 年版，第 308—311 页。
② 朱大可：《个人记忆和民族反思》，《华商报》2008 年 8 月 16 日第 A3 版。
③ 王小妮：《讲故事的人出现了》，见姜淑梅《乱时候，穷时候》，浙江人民出版社 2013 年版，第 4—5 页。
④ 刘铁梁：《北京民俗文化普查与研究手册》，中央编译出版社 2006 年版，第 7 页。

态,但是经过记忆的重构,是可以恢复原来形态的"①。王晓葵也曾说,"在现实生活中,有很多民俗事象随着生活方式的变迁,已经丧失了其存在的外在形态。新的民俗志的编写,就进入了一个依靠记忆的时代。"② 的确,很多民俗已被遗忘,如没有老辈人依靠记忆进行重现,很难通过文字传承下来。

民间述史作品是潜在民俗传承的最佳样式,因为生活中有大量的"潜在民俗",其传承依靠的是当事人的记忆,有的是其直接体验,有的是其听到的传闻。民间述史作者"通过时间轴的'现在'和空间轴的'现场',构筑'过去'与'彼方'的历史记忆"③。

有些潜在民俗还具有较强的生命力,是传承民俗文化的最佳链条。民间述史写作者通过记忆再现这些民俗,当然,这些潜在民俗在传承中也不可避免地被不断重构。

姜淑梅是位记忆力超好的擅讲故事的老人,翻开姜淑梅的《乱时候,穷时候》《苦菜花,甘蔗芽》,浓烈的齐鲁大地与东北地域的文化气息扑面而来,大量民俗文化、婚丧礼仪、方言土语映入读者眼帘。姜淑梅的述史作品不是按时间的先后顺序来安排结构的,而是把家族人物、乡村逸事等历史片段并置在记忆中,形成叙事的碎片化组合,记忆呈碎片分散状态,没有明确的主题,甚至没有贯穿全文的主线,作者只是以一个历史亲历者的身份讲述故事。这样的叙述呈现出开放状态,故事性强,可读性强,语言接地气。当然,让我们印象深刻的还是姜淑梅的作品挖掘出了很多湮没在历史中的潜在民俗。

如《乱时候,穷时候》中有一篇《点天灯》,文中写了两个命案。第一个命案是因母亲让女儿嫁给儿子,父亲骂他们乱伦,被母亲和孩子害死;第二个命案是因女儿图谋父亲的钱财,强迫丈夫和她一起杀了父亲。杀人的被处以"点天灯"的刑罚,文中的细节描写非常逼真:

先是骑木驴游街。木驴是木头做的,驴蹄子上有四个轱辘,驴

---

① 王晓葵:《记忆论与民俗学》,《民俗研究》2011年第2期。
② 同上。
③ 同上。

后背上有个三寸长的铁钉,尖朝上,这家的闺女坐到木驴上,铁钉子插到屁股眼里,她娘推着木驴,她哥拉着木驴缰绳,边走边吆喝:"俺不是人,拿自己的亲妹妹当媳妇,搂着亲妹妹睡觉。"

他要是停下来不吆喝,当兵的就过来踢他。

那是夏天,娘看见他们的时候,骑木驴的闺女脸色煞白,她梳着一条大辫子,小脚上穿着绣花鞋。县城不大,全是土道,木头轱辘一蹦一蹿的,鲜血顺着木驴肚皮滴答滴答往下淌。她的喊声不大:"哎呦,俺的娘,可疼死俺了。"

她哥耷拉着脑袋,她娘哭丧着脸,这三个人长得都好看,都是大个。在县城走半圈,那闺女就死了。

第二天,她娘和她哥都被点天灯了。

平常县城小,人也少,听说要点天灯,很多人特意进城看热闹,有住亲戚朋友家的,也有住店的,县城里的人一下就多了。县城东北有个戏楼,点天灯就在那个地方,那娘儿俩就绑在戏楼上,东边是娘,西边是儿,台上有六个挎刀的兵,还有几个当官的,台前还有很多兵,戏楼下人山人海。

台上有个人喊:"肃静!肃静!"他拿出一张纸念,可下面总有孩子哭老婆叫,他念的啥俺娘一句也没听清。

点天灯就是在犯人的两个肩上挖洞,放上粗灯捻子,倒上豆油点着,把人慢慢烧死。①

**写完第二个命案,文章结尾写道:**

台下很多人,说啥的都有。

有的说:"这独生女儿从小娇生惯养,太狠了。"

有的说:"活该!"

这几个点了天灯的人,都没人收尸,点完天灯都送到乱丧岗子,叫狗吃了。②

---

① 姜淑梅:《乱时候,穷时候》,浙江人民出版社2013年版,第8—9页。
② 同上书,第11页。

## 第二章　民间述史的特性

如不看姜淑梅的讲述，估计现在很少有人知道什么是"点天灯"。可贵的是，作品并没有停留在血肉横飞的酷刑描写上，而是通过旁观百姓的议论从社会伦理等层面彰显人性的丑恶与阴暗。当然，受众也可从另一个侧面感受到我国传统刑罚文化的酷虐色彩。姜淑梅不回避故土的贫穷、落后与陋习，但她并不站出来进行褒贬，只是以自己对事物的洞察与理解去书写记忆中的民俗。在姜淑梅的两本书中，还写了很多山东老家的风俗，如《穿戴》中描写作者小时候山东人过年的穿戴：

> 要过年了，除了忙吃的，还忙穿戴。
> 新结婚的小媳妇、有钱人家的大闺女，做大红棉袄，也有做粉红棉袄的，外边做个天蓝色蓝士林褂子。褂子比棉袄小一圈，有小一寸的，有小半寸的。下身穿大裤腰大裤裆的棉裤，不少人用大花被面子做裤面。有这样一身衣服，感觉自己很美地过一个年。
> ……
> 老太太过年，要做一身粗布棉袄棉裤、一副新扎腿带子、一双新裹脚布，再做一双尖靴子，靴靿上压一圈丝线织的辫子。那时候，老太太戴的帽子叫"勒子"，勒子能把耳朵盖上，盖住半拉额头，还有两根带子系到后面，上面的头发都露着。过年得缝个缎子面的新勒子，再买个银帽花缀到勒子前面，还得买个缎子做的壳子，把头发装里面，再插上簪子。
> ……
> 年轻男人过年，得有新棉袄、新棉裤、新袜子、大站带，新鞋得是砸气眼的千层底棉鞋。要好的，还得戴个紫花的线围脖。
> 新女婿第一年去岳母家，有钱的人家做个绸子大袄，也有做缎子大袄、洋布大袄的，再买礼帽、线围脖。要好的人家，鞋面子是买来的哔叽布，鞋和袜子都是家做的。①

服饰作为百姓日常生活中最具个性的要素之一，真是丰富多彩，争奇

---

① 姜淑梅：《苦菜花，甘蔗芽》，浙江人民出版社2014年版，第176—178页。

斗艳，名堂颇多。虽然这里提到的很多服饰已不再被人们穿戴，但当时服装的颜色、式样与礼仪之间的关系都值得后人研究，透过百姓服饰史研究中国的传统民族文化与时代、社会的差异更生动、具体。这是我们在官方的宏大历史中捕捉不到的，也正是民间述史作品的价值之一。

再如姜淑梅的《购票证》一文中写在1960年为控制人口外流，山东要求想上东北的人拿两边公安局的证明，这样车站才给购票证，有了购票证才能买火车票。看似小小的购票证，对当时百姓的生活影响却很大。然而，在宏大的历史叙述中，这些民间的"小事"却常常被一笔带过，或无迹可寻。

沈博爱的《蹉跎坡旧事：一代中国农人的耕读梦》中也写了很多潜在民俗，如夜歌、祖父碾布、童年的游戏、童年的婚礼、织渡船等，有些还配了手绘图，形象直观。手绘配图也是一些民间述史的特殊叙事策略，这种"情景叙事"成为受众进入历史现场的最便捷的策略和手段。民间述史作者将自己的记忆形象化、可视化，让受众看到了平民日常生活中原生态的潜在民俗，有一种"在场"感。

再试看吕景旭《风雨人生》中的一段风俗描写：

> 旗人有一些特殊的生活习惯。打我记事起，只记得有两项：第一，每年腊月三十晚上，男人们都要到长辈家叩头、祝福，称为"辞岁"。大年初一，男人和媳妇们都要到长辈家磕头，叫作"拜年"。第二，如果哪家娶媳妇，那新媳妇就有磕不完的头。过门第二天，到长辈家磕头，认识一下长辈和家门，这是常规，家家如此。新婚第三天回娘家，叫"回门"，先到旗人各长辈家磕头，意思是说我要回娘家了，向长辈们辞行。从娘家回来之后，遵循老理，还必须到各长辈家磕头，就是告诉长辈，我从娘家回来了。从新婚之日起，直到回娘家住"八天"或住"对月"，新媳妇要往返两次到各长辈家磕头。
>
> 具体说磕头吧，并不是跪下就磕，还有一整套规定的动作呢。我清楚地记得十嫂过门的情形。婚庆当天下午，客人都散了，只有至亲和家人了。大姑姑家的二表姐教十嫂磕头：先把双脚站在拜垫前，脚离拜垫五寸远，右手向上提裙子，左脚先踩到拜垫上。把裙

子撩开,先跪右腿,再使裙子盖上脚,之后再跪左腿,此时必须用裙子把后脚跟全部盖上,必须保证双脚都不能露在裙子外面才能开始磕头。起来时双脚不能踩着裙子,否则会摔倒。二表姐给示范了一遍,让十嫂做一遍,不对,再示范一遍,再做一遍,还不对,再教。十嫂学了二十多遍,还没有学会。我就坐在对面的板凳上看她学,真替她着急。学不会不行,第二天必须给远房上拜,后来终于学会了。①

《风雨人生》的作者吕景旭出生于河北农村,是旗人。她历经抗日战争、解放战争、十年浩劫,这本书记录了作者饱经磨难的一生。上面引的这段文字写的就是作者小时候所见的旗人的风俗,描写非常细致,语言朴实、简洁,不加修饰,但却很有味道,使读者了解了旗人的一些风俗。

民间述史作品大多像《风雨人生》一样,以原生形态呈现民俗事象,原汁原味,具有鲜明的地域特色与民俗风采,成为潜在民俗的文字注脚。这是对潜在民俗的客观再现,当然也不排除作者的情感化、形象化的书写。潜在民俗的书写使民间述史的作者无形中担当了历史与文化的导游,能使受众了解中国的文化和历史。民间述史作品无形中也成了受众了解潜在民俗的便捷路径。

可以说,民间述史作品是平民历史与民俗文化的有机融合,它给我们提供了珍贵的民俗史料,是传承潜在民俗的重要载体。潜在民俗是我国民俗文化的一部分,其精髓部分应得到继承与发扬。传播这些潜在民俗就是传承前人的经验和智慧,传承民族文化精神,激活民俗文化。对这一点,学界早已形成共识,如钟敬文认为:"我们如果从民俗文化的民族凝聚力和生命力的角度看,就会觉得那种无辨别地一味轻视祖宗文化遗产的态度,是怎样地不足取了。总之,对于民族传统文化,既应有所变革,也应有所继承和发扬。民族民俗文化的自然凝聚力就是它的优越之处,那正是我们应该大力地、认真地给予探讨和发扬的。"② 黄凤

---

① 吕景旭:《风雨人生》,河北教育出版社2010年版,第1—2页。
② 钟敬文:《民俗文化的性质与功能》,《哲学动态》1995年第1期。

兰认为："非物质文化遗产是当代文化创新的重要资源。正是因为在这些遗产中，保留着中华民族最原始、最纯粹的精神'基因'，是民族文化之魂，它对本民族，对整个世界都弥足珍贵。"[①]

民间述史的作者在描述民风民俗的同时，也不自觉地传达了积淀在他们内心深处的道德传统与价值观念，这是民间述史作品文化传承的另一层面的价值。比如：从许燕吉的《我是落花生的女儿》中，我们能体味到作者"不羡靓果枝头，甘为土中一颗小花生，尽力作为'有用的人'"的一种人生信念；从张泽石《我的朝鲜战争：一个志愿军战俘的六十年回忆》中，我们能领会到作者对人性尊严的坚定维护，他不屈服于厄运，追求仁爱、自由与正义；从沈博爱的《蹉跎坡旧事：一代中国农人的耕读梦》中，我们能感受到中国底层知识分子顽强的生命力及对待苦难的达观态度；从姜淑梅的《乱时候，穷时候》中，我们能体悟到作者朴素的"善有善报，恶有恶报"价值观，正是这种价值观，使作者拥有了勤劳、坚忍、善良等中国传统劳动妇女的美德。在这些民间述史作者的文字中，我们能感受到他们在凭借自己深切的生命体验彰显人性内在的崇高与尊严、温暖与善意，字里行间浸透着他们独特的审美感悟，受众从这些朴实的文字中领悟到的是人性的闪光与生命力的坚韧。

民间述史作品的地域色彩还体现在作品原汁原味的方言俗语上。民间述史作品不仅形成了独具特色的草根叙述，也以个人历史叙事的生动鲜活弥补了官方历史叙事过分呆板的不足。民间述史作品大多具有原汁原味且形象生动的地域语言特色。这是因为民间述史作品的作者均非专业作家，大多没有经过专门的写作训练，这使他们轻松地摆脱了"文艺腔"。试看在山东和东北生活过的姜淑梅写的《苦菜花，甘蔗芽》中的一些句子：

> 花牛娘又生了三个孩子，这三个孩子都<u>拉巴</u>活了。
> 有这么一句俗话："<u>拉巴</u>闺女<u>不当行</u>，还得搭上<u>半拉娘</u>。"
> 一扒锅底，东西扒出来，一看，烧得外面有层黄<u>嘎渣儿</u>，老头

---

[①] 黄凤兰：《从民俗影视片的特点谈非物质文化遗产保护》，《江西社会科学》2005年第12期。

坐那儿就吃。

还来了很多<u>好信</u>的人，都想看看<u>稀罕</u>事。

娘跟他<u>拉呱</u>，知道他是嘉祥县东山里布山的……

听说生了个男孩，<u>没站住</u>。

<u>到了</u>（liǎo），二瘸子也没吃顿像样的饭菜。

邻居都让你<u>为下</u>了，哪个都说你好。

有天夜里，丈夫做梦吓尿炕了，线裤跟褥子湿得<u>呱呱的</u>。①

姜淑梅就是用这些通俗易懂且带有浓郁乡土气息的语言来叙述过去的老故事的。她作品中的人物一出场，就能让读者感受到山东或东北独有的乡土气息，语言朴实、亲切，心里怎么想就怎么说，真实感特别强，这种地域美学特质本身就蕴含着丰富的人文情怀，颇具研究价值。

其实，不只姜淑梅的作品如此，大部分民间述史作品的语言都平实得如话家常，不多修饰，不求华丽，很少用各种修辞手法，利用百姓熟悉的生活语言，通过富有感性的细节描写，使读者对历史有更深切细致的感受。

试看下面两例：

我生于一九二四年元宵节，在家乡辽宁，这时经常是摄氏零下二三十甚至四十度的天气。我母亲在怀孕期间生病，所以我是个先天不足的婴儿。出生后体弱多病，快满周岁时，有一天高烧不退，气若游丝，马上就要断气的样子。我母亲坐在东北引用灶火余温的炕上抱着我不肯放。一位来家里过节的亲戚对她说："这个丫头已经死了，差不多没气了，你抱着她干什么？把她放开吧！"我母亲就是不放，一直哭。那时已过了午夜，我祖母说："好，叫一个长工，骑马到镇上，找个能骑马的大夫，看能不能救回这丫头的命！"这个长工到了大概是十华里外的镇上，居然找到一位医生，能骑马，也肯在零下二三十度的深夜到我们村庄里来。他进了庄院，我这条命就捡回来了。母亲抱着不肯松手的"死"孩子，变

---

① 姜淑梅：《苦菜花，甘蔗芽》，浙江人民出版社2014年版。

文学视域下的民间述史研究

成一个活孩子，一生充满生命力。①

大李和另外几个已有工作的家属找到邓干部，提出不能参加会，怕耽误上班。大李说："我们刚参加工作，最好不要请假。"邓干部说："任何人都不得缺席会议，班就不要去上了，以后也不要去上班了。"家属们问："为什么？"邓干部说："以后家属们的吃、穿、住，国家都会管起来，还要发给你们每个人生活费，孩子们得到的待遇会更好，一会儿开会张指导员会跟大家细说的。"

邓干部的几句话让这几个家属听得糊里糊涂的，又是不让去上班了，又是国家会发钱，还管饭，真是不明白。她们哪里会想到，正在升级的朝鲜战争已与汽车团的每一个人和每一个家庭息息相关，她们的命运已和这场战争紧紧地牵连在一起了，她们以后的生活轨迹也将因此发生改变。②

第一个例子是1924年出生的台湾学者齐邦媛《巨流河》中的一段描述。全书就是用这种不急不缓却深情至性的语言来讲述纵贯百年的苦难的家族记忆，这也恰是中国现代多灾多难历史的缩影。第二个例子出自彭蜀湘的《家事连绵也峥嵘：我的母亲和志愿军家属队》，彭蜀湘的父亲是位志愿军，母亲曾作为抗美援朝家属队的成员度过了一段难忘的战乱岁月。志愿军家属队是个特殊的群体，她们默默支援前线以及战争结束后开垦北大荒的故事鲜为人知，彭蜀湘用真切平实的语言把父母特殊的经历娓娓道来，使之成为宏大历史的最好补充。

综上可见，虽然目前民间述史作品为数不多，质量也参差不齐，但不可否认民间述史出版热是一件好事，这是我们的文化越来越宽容的最好佐证。王晖认为，"历史书写要重视时代更迭的'大历史'，也要重视民间百姓日常生活的'小历史'，也就是微观个人'毛茸茸'的具体

---

① 齐邦媛：《巨流河》，生活·读书·新知三联书店2011年版，第4页。
② 彭蜀湘：《家事连绵也峥嵘：我的母亲和志愿军家属队》，作家出版社2012年版，第32页。

历史生活"①。但愿随着我国文化市场体系的健全，这些民间文化资源能被更充分地利用，借此推动社会文化的发展与繁荣。同时，文学也应发挥独特的学科优势，挖掘和再现民间述史所蕴含的"集体记忆"，对民间述史作品进行全景式的梳理与思考，从历史与现实、静态与动态相结合等维度透视民间述史的表现形式与发展轨迹，并进行细致的文本解读，凸显其对社会文化发展与繁荣的理论与现实意义。

## 第四节　行动诗学的民间立场

民间述史作品是行动诗学与介入诗学的最好范例，因其是个人化、经验化的写作，具有在场的真实感与鲜明的民间立场。"在场"与"行动"是民间述史作品呈现生活原生态的根本，亲历的现场感与民间视角给予受众强烈的真实感与亲切感。

梁鸿的《中国在梁庄》就是作者行走在故乡梁庄的每一寸土地上的所见所闻所感，她深入其中，用自己的眼睛和心灵记录下了中国农民的生存现状。《出梁庄记》则是作者沿着梁庄人走出去的路去探寻梁庄人漂泊异乡的踪迹。作者历时两年时间，历经10多个省市，深入走访了340多位在外务工的梁庄人，最后以51位梁庄人的典型经历勾勒出了当代农民命运的浩大画卷。梁鸿以务实的介入向受众再现了史诗般的人间的悲欢离合，其对民生的关切之情与对人性的深刻反思极具感染力。孟繁华曾说："'非虚构'文学的出现，为我们提供了新的文学方向的参照。其实，有作为、理想、抱负的作家，都应关心现实生活的重大事务，关心在现代化过程中出现的新问题、新矛盾，关心正在变化的世道人心。这是文学和现实、读者建构关系的重要通道。孤芳自赏的文学可以存在，'小众文学'也自有其价值。但是，在社会发生巨大转型的时代，我们有义务和责任关心国家和民族的发展及命运，从而使文学再度得到民众的信任和关心。"②

---

① 王晖、谢泳、樊星：《"新时期文学30年：反思与前瞻"笔谈》，《南京师大学报》（社会科学版）2008年第5期。
② 孟繁华：《非虚构文学：走进当下中国社会的深处》，《中国社会科学报》2011年4月12日第7版。

梁鸿就是这样一位具有责任感的学者，其两部作品的问世源于作者对故乡及故乡人的拳拳深情，是一种生命内在的激情与一个学者强烈的使命感促使她从精英写作转向务实的大众化写作。她在为被主流话语遮蔽了的农民和农民工代言，为他们书写了真实得近乎残酷的生存寓言。试看《出梁庄记》中的一段文字：

>　　虎子家在二楼。踏上楼梯，一拐弯，突然进入完全的黑暗之中。此时是中午十一点半左右，正是青天白日。这是怎么回事？我吓了一跳，在前面走的虎子（我完全看不见他）一边不断招呼我"要小心啊，小心哪"，一边骂房东，"房东坏得很，给他说过多少次这楼梯灯泡坏了，就是不来修。"
>　　站在二楼的楼道里，我明白了楼梯为什么那么黑。二楼所有的空间全部被封闭起来，银色的铝皮，从栏杆到楼顶，从楼道的这头到那头，严严实实地围住了这一切。这有六间房长度的地方，只挖了三个小窗户，露进微弱的阳光，比牢房还牢房。虎子说，这是三年前说要拆迁的时候，房东为了能够多出一些面积（拆迁的规定，是封闭空间都算面积），临时钉起来的。楼下钢管所支撑的楼上的房间，也是那时搭建出来的。全村所有的房屋都这样改造过。这二楼，住了四户人家，是虎子姊妹三个和另外一家老乡。
>　　虎子进屋，先拉亮房间的灯。这是一个里外间的两间房，外面是厨房，放着简陋的做饭家什。里面那间侧墙用石灰潦草地刷了一层，白白的，透着里面的黑色墙体，有种分外的凄凉，房间潮湿、阴暗、憋闷。唯一散发着明亮气息的是一个崭新的金属色音响。黑色的地面，低矮的凳子、桌子、纸箱子、塑料袋，随意拉的绳子，一切透露着马虎、潦草和暂时对付的气息。[①]

这就是真实的在场的力量。我们通过梁鸿的眼睛看到了身处社会底层的梁庄农民工生活的穷苦、艰难、挣扎与困惑。然而生活的穷困还在其次，他们要面对的还有城管的驱逐、协警的追赶，生存尊严的缺失才

---

① 梁鸿：《出梁庄记》，花城出版社2013年版，第44页。

是他们内心深处真正的痛。低贱、卑微是他们的身份标签，屈辱、绝望是他们的生活常态。民间述史作品以其"在场"的方式激起了民众的阅读热情，正是这种"现身述史"使文本产生了巨大的社会轰动效应。

在这些民间述史中，《我的朝鲜战争：一个志愿军战俘的六十年回忆》应是最独特的一个存在。作者张泽石既是朝鲜战争的亲历者，也是受害者，更是为六千战俘申冤的行动者。从表面看，《我的朝鲜战争：一个志愿军战俘的六十年回忆》是作者个人史的记录，但实际上作者是在为六千名与他有相同经历的战俘代言。张泽石不是站在国家立场来书写战争，而是站在民间立场来反思历史。《我的朝鲜战争：一个志愿军战俘的六十年回忆》从作者入朝作战开始写起，详细描述了受伤被俘、拼死回国、回国后受审遭罚、不断挨整、执着申冤的全部历程。张泽石作为战俘的代表，在回国受到不公后，他四处奔走呼号，以坚忍不拔的抗争精神为自己和六千战俘申冤，这是一种令人震撼的行动者、介入者的真实书写，有些细节令人感动落泪。例如《我的朝鲜战争：一个志愿军战俘的六十年回忆》中写作者从朝鲜战场回国后，因为是战俘，这个清华大学的学生找工作处处碰壁，甚至连掏大粪的工作也做不上："我走出民政局大院，看着天上悠游着的白云，心里悲怆地呼喊着：'祖国，您连掏大粪的机会也不给我么？我可是您的从海外不远万里拼命归来的儿子呀！'"① 作者悲怆的呼喊既让受众心酸落泪，也让受众反思我国传统的战俘观。

《我的朝鲜战争：一个志愿军战俘的六十年回忆》让受众感受到了战争亲历者与受害者的真实体验与心态，也让那些不能亲自言说与书写战争的亲历者或受害者有了宣泄的渠道，这也是张泽石为民请命的使命感的彰显。正如日本学者岩崎所说："不是说出记忆，而是记忆本身涌现出来。从精神科学的记忆论来看，'无法说出''不愿想起'这类的外伤性记忆（trau-matic memories）通常像成人的记忆一样带有无法由语言加工成一个线性叙事结构的特点。要摆脱这种心灵创伤，必须将记忆升华为一种叙事，想说而无法说出的心灵的呼声，以及沉默都是一种

---

① 张泽石：《我的朝鲜战争：一个志愿军战俘的六十年回忆》，金城出版社2011年版，第237页。

无法忘却的历史,将被压抑的记忆言语化的作业,今后恐怕是民俗学的一个重要工作。"①

所以,从这个角度说,张泽石回忆并书写自己身为战俘的经历与申冤历程是敢于直面现实的,是需要勇气与信念的。他以自己个人的沧桑历史代言一代战俘的沧桑历史,为受众打开了回望历史的窗口,去见证战俘人生的波澜起伏,并重新审视与反思历史。张泽石以自身的经历为视角,再现历史的真实细节,给受众一个重新审视历史的机会。从张泽石平实、冷峻的描写中,受众能触摸到历史的糙面与原生态,真切地感受到战俘们所经历的悲凉与艰辛,这是真正的民间立场与民间情怀。这种民间立场源自作者信念的执着与理想的纯度,它融入于每一段经历中,浸润于每一个细节中,这其中涌动着一种难以言说的诗学力量。

打工作家萧相风的《词典:南方工业生活》也是典型"行动"式民间述史。1999 年毕业的萧相风在求职过程中做过搬运工、普工、机修工、业务员、生产计划员、车间主管、工程师、ISO 专员等。《词典:南方工业生活》一书是他多年浸润在南方工业一线的成果,他用自己的眼睛去记录生活的艰辛与泪水,用自己的心去感受生活的苦涩与辛酸,他在自己打工过程中去体验、调查、感悟和书写,他扎根于南方工业生活之中,通过自己的"行走"浸润到非虚构作品的"现场",实实在在地与作品零距离融合。试看《词典:南方工业生活》中的一段:

> 在密集型劳动中,手工操作仍然占了很大的比例。烙铁就是电子厂最常见的工具。我记得在一个电子厂做储干时,必须在生产线每个工位上学习几天,股长首先将我安排在焊锡工位上拿烙铁。坐在工位上,拿着锡线,在高温的烙铁下,一个女工教我如何焊,如何识别虚焊假焊。锡线在烙铁头上熔成一滴滴,我将漆包线的线芯接在零件上,让锡滴冷却,银白色的锡液像一滴泪珠,不听话,在手指间慌乱滚动,此时需要用指甲挡住那滴锡点,女工让我蘸一点黄色助焊膏,将烙铁头用砂纸打磨光滑。至今我还记得工位上的她们,大拇指的指甲盖被熔化的锡点灼得黄黄的,每个人都是留着长

---

① 王晓葵:《记忆论与民俗学》,《民俗研究》2011 年第 2 期。

长的指甲盖。现在有波峰焊，自动化程度再高，焊锡这道工序总是离不开人工。拿烙铁的工位，因为接触有害气体，又稍有些技术含量，这个工种通常有一些岗位津贴，每月会多发几十块钱。有些女孩子在焊锡中皮肤过敏，脸上长痘痘。休息两天，痘痘就自然消失。①

这就是行动、体验中的现场，它不是书斋式的幻想，它是最生动、最直观、最自然的打工生活书写。萧相风是打工者的形象代言人，其作品给读者以真切的触摸感。正因如此，《词典：南方工业生活》获得了2010年度人民文学奖非虚构作品奖和第三届深圳原创网络文学拉力赛非虚构文学冠军。这部作品面世后也获得了评论家的好评，"如果没有像《词典：南方工业生活》这样的'非虚构'文学作品，中国历史、人类历史将是缺失的。整部作品充满了为生存而奋斗的精神，通过一种工业时代的个人体验，写出了一代人的奋斗历程。《词典：南方工业生活》有力地颠覆了人们固有的工业想象，为人们呈现了工业文明的真实面目，呈现了体制、机器对人本身的异化，若没有《词典：南方工业生活》这样的书写，我们将不会知道，在工业时代的繁荣背后，还有打工者如此沉重的个人奋斗经历"②。

民间述史作品大多以宏大历史事件为背景，具有"文化文本"的特质。这些作品立足民间，关注底层，也立足文化审视与文化解剖。作者往往通过"在场"与"行动"来呈现平民真实的生存景观，亲历的现场感给予受众强烈的震撼，作者由此引领受众进行深刻的文化反思。

马宏杰就以《最后的耍猴人》等非虚构作品引领受众进行了文化反思。马宏杰是《中国国家地理》杂志的摄影师，三十年来，他坚持跟踪拍摄和记录底层百姓的真实生存状态与历史、文化。在《最后的耍猴人》中，我们了解到河南新野县与安徽利辛县的不少乡镇有数百年甚至上千年的耍猴历史，不少百姓依靠耍猴卖艺赚钱。在文化娱乐极

---

① 萧相风：《词典：南方工业生活》，花城出版社2011年版，第10页。
② 李新：《体验的现场——读萧相风的〈词典：南方工业生活〉》，《文艺争鸣》2011年第3期。

为贫乏的年代,耍猴人走街串巷的表演给人们带来了快乐,却鲜有人关注他们的疾苦。马宏杰跟踪拍摄了杨林贵、张志忠等耍猴人的生活,他与耍猴人吃住在一起,跟他们一起扒火车,一起睡在立交桥下。在书中,我们看到了耍猴人扒火车的血与泪,看到了他们在异乡街头耍猴的辛酸,以及即将失去饭碗的绝望。

跟拍耍猴人近12年的马宏杰也用笔如实地记录下了猴艺的历史与文化。猴艺由20世纪80年代的猴子戴上不同面具随着耍猴人的唱词表演戏剧,到现在毫无艺术成分的人和猴子之间的打闹,其衰落令人深思。1989年我国《野生动物保护法》将猕猴列为国家二级保护动物后,就有耍猴人在街头耍猴时被刑事拘留,并被追究"非法运输珍贵、濒危野生动物罪"的刑事责任。其实,他们的猴子是人工繁殖的,属私有财产,然而他们却遭受到了不公正的处罚。马宏杰禁不住为他们呼吁:"此案的公正判决,关乎一千多名猴戏艺人的声誉,关乎数千只猕猴的繁衍,更关乎新野猴戏这一河南非物质文化遗产的生死存亡!"[①]

可见,马宏杰记录的不仅是耍猴人的生活,而是在记录一种可能消失了就不会再现的民间艺术。在该书结尾,马宏杰写出了自己的忧虑:"在中国农村,文化的传承和吃饭有着密不可分的关系。戏剧、杂技、年画、中医和食品制作,没有一种传统文化能和吃饭脱开关系。当今社会,很多中国传统文化逐渐消失,因文化有了新的展现方式,传统的文化已适应不了人们生活方式的改变,这些祖宗传下来的文化、手艺会很快消失。"[②] 马宏杰希望人们了解这些耍猴人的生活,给予他们更多的人文关怀,而不是歧视、指责。对底层弱势群体的关切之情与对民间艺术的文化思考体现了作者的使命感。正是一种生命内在的激情与强烈的使命感促使马宏杰克服一切困难坚持这种务实的非虚构写作。马宏杰的《西部招妻》等作品也同样对底层百姓充满人文关怀,他在为被主流话语遮蔽了的底层民众代言,他让受众看到了底层民众生存的艰难与挣扎。低贱、卑微是底层民众的身份标签,屈辱、绝望是他们的生活常态,他们需要的是生存尊严与人性的关怀。马宏杰能走到弱势群体中去

---

① 马宏杰:《最后的耍猴人》,浙江人民出版社2015年版,第232页。
② 同上书,第213页。

感受他们的疾苦，代他们呐喊与呼号，并直陈自己对民间文化艺术传承现状的思考，体现了一个写作者应有的社会担当。

还有一部特殊的民间述史作品也不容错过，就是美国《纽约客》驻北京记者彼得·海斯勒的《寻路中国：从乡村到工厂的自驾之旅》，这部作品记录了1996—2007年中国政治、生活、历史面貌的巨大变化，成为西方了解中国问题的必读书。彼得·海斯勒在中国生活了十年，2001年夏，他开始驾车访问中国的乡村与城市，他经常在一个地方停留数月或数年，与当地人聊天，找记者访谈，通过细腻观察，记录中国普通百姓由农而工而商的变化，最终用十年时间完成了《寻路中国：从乡村到工厂的自驾之旅》，这本书可谓是我国改革开放以来巨变的缩影。海斯勒的中国纪实三部曲《江城》《甲骨文》《寻路中国：从乡村到工厂的自驾之旅》出版后即获好评，《寻路中国：从乡村到工厂的自驾之旅》荣登2011年新浪中国好书榜"十大好书"榜首，《江城》获"奇里雅玛环太平洋图书奖"，《甲骨文》被评为《时代周刊》"年度最佳亚洲图书"。彼得·海斯勒还被授予"麦克阿瑟天才奖"，被誉为"关注现代中国的最具思想性的西方作家之一"。我们来看看一个外国人眼中的中国：

> 在山西省的西北部，一段段长城顺着黄河蜿蜒而行，有将近一百六十多公里的路程，我是沿着高高的黄土河岸行驶的。当地政府刚刚整修过那一段路，开起来比较轻松。庆祝道路整治工程的标语还在那儿悬挂着："修好道路，脱贫致富"，"护路光荣，毁路可耻"。在中国的农村地区，交通流量不大，很少有私营广告商投放标牌广告，这也意味着，驾驶员不会受到可吃、可喝、可购的物品图形的狂轰滥炸。相反，到处都是政府的各种口号，其用语表现出独有的特性：用词简单，却很有力度，极尽直白，却令人费解。"人民拥护子弟兵"（People Embrace Soldiers）——空旷路段出现的这条标语让我不禁浮想联翩。在山西的农村，我在路边看到过一条标语，只有简单的几个字："自立、奋斗、坚持不懈、无私奉献"。没有更多的细节——不过，你到底还想期待什么呢？在内蒙古，当地一家电厂提出的口号大玩文字游戏，我只好把车停下来，

才总算弄明白:"人人用电,好好用电,电才好用。"(我想了想,过了一阵才反应过来:"的确如此!")通常,我会遇到致力于宣传计划生育政策的口号,这类口号的用语从无谓的反复("女儿也是传后人"),到主动提出建议("晚婚晚育"),再到公开的谎言("生儿生女都一样")。驾车西行,那些标语书写得越来越大。到后来,荒芜的山坡上布满了各种各样的标语口号,这些膨胀的文字仿佛是为了用来填充这空旷的大草原。"人人劳动,青山更绿"——这条标语的文字有十几米高,摆放在内蒙古的一个山坡上,那儿既非青山,也没有一个劳动者。在另外一处荒凉得不能再荒凉的地方,几大块岩石上书写了一首诗歌:

山间植树种草

农业蒸蒸日上

修房造屋养羊

建设秀丽山川

黄河岸边悬挂着标语,劝诫农民们不要在道路上碾压农作物。一时间,我很想知道,当地的这一倡导是否实有成效:进入山西西部以来,我的 City Special 竟然连一堆谷物都没有碾压过。随后,我去了寺沟村,这个村子在黄河东岸一个很高的地方上,那里的人告诉我,因为干旱,今年颗粒无收。他们只能靠土豆,还有政府发放的救济粮维持生活。我在一个农民家的窑洞里和他交谈的时候,村长刚好路过,拿着一摞救济申请表。表格的标题是"两缺一无"。村长对这个标题是这么解释的:寺沟村村民缺钱缺粮,生活无着落。在我看过的所有标语中,这一条是彻头彻尾的实话实说,它标志着北方农村地区可怜的结局——算是黄土高原的苟延残喘吧。[1]

这些中国人习以为常的标语,在外国人眼中成了奇特的"风景"和丰富的中国文化。与其他民间述史作者不同的是,彼得·海斯勒采用

---

[1] [美]彼得·海斯勒:《寻路中国:从乡村到工厂的自驾之旅》,李雪顺译,上海译文出版社 2011 年版,第 49—51 页。

的是"自驾游"加"停留居住"的方式体验生活，搜集素材，时间跨度长达十年左右。透过彼得·海斯勒的眼睛，我们看到了熟悉而又陌生的中国贫困的山村和村民，看到了生动而又有趣的百姓生活画面，沿着彼得·海斯勒的脚步，我们也看到了中国城乡的发展与变化。彼得·海斯勒只是记录自己的所见所闻，他很少发表空洞的议论，但从他对自己所见所闻的描述中，我们可以体味出中外文化之间的差异。

综上可见，民间述史确实是地地道道的"人民的文艺"，它因"接地气"而被读者喜爱与接受。在新媒体时代，它满足了百姓共享文化消费的需求，成为百姓了解传统文化的便捷路径。民间述史拓宽了文学视域，让我们以"非虚构"的方式重新认识世界与文学，并呼唤一种文学观念的革命。民间述史是有生命力的叙事，它具有生命本身的丰富性，既具有时间韧性，又具有空间张力。"它的终极目标是展现传主的生命价值，并使其走向永恒的时间和无穷的空间。"[1] 民间述史的作者大多阅历丰富，遍尝人生百味。虽然他们的历史不能像帝王将相历史那样在官方宏大历史中享有殊荣，但他们坎坷多难、坚忍执着的个人史却正是千千万万百姓的人生写照，正因如此，这些不入流的草根历史才成为文学研究的新视点。

## 第五节　新媒体时代的文化共享

平民述史作品是"我时代"的文化共享。李师东曾说，"我们2004年左右就意识到，这个时代最核心的特征，就是正在全面进入'我'的时代"，"《我的上世纪：一个北京平民的私人生活绘本》就是对普通大众正在进入'我时代'的一种应对：我的世纪我见证，我的人生我讲述，因为我说，所以精彩"[2]。

这里提到的《我的上世纪：一个北京平民的私人生活绘本》就是一部平民述史作品，它是建筑师关庚创作的，全名为《我的上世纪：

---

[1] 张新科：《消费与接受：传记终极目标的实现》，《文学评论》2004年第5期。
[2] 张彦武：《〈我的上世纪〉绘就"我时代"北京平民史》，《中国青年报》2007年5月21日第10版。

一个北京平民的私人生活绘本》。这个绘本勾起了许多老北京人的美好回忆，也激发了年轻的北京人共享老北京历史文化的兴趣。当当图书网上有读者反馈说："这本书太棒了！经典！平实亲切，饶有兴味，一打开就舍不得放下。是平民视角的历史真实记录，是了解老北京市民生活的最轻松途径。我特别喜欢那些鸡毛蒜皮婆婆妈妈的家长里短，孩子们的天真童趣，形形色色的老北京人。"还有读者说："由于很多事情都是小时候共同经历过了，所以很有共鸣。常常会看着看着情不自禁地笑出声来。"可见，平民述史作品是普通百姓可以共享的集体记忆，它能激发受众参与历史阅读的热情。受众在与作者、文本互动沟通中，共享属于他们的历史与文化，获得一种精神上的满足。受众对平民述史作品的热烈反应，说明他们对我们民族的历史与文化有着深厚的感情。约翰·费斯克曾说，大众文化文本"是一个意义的超级市场，受众可从中选择，将之烹调为自己的文化"[①]。这就是平民述史的社会文化意义，它是大众乐于参与的文化盛宴，即使是快餐文化，也会因其受众群体的庞大而影响深远。

显然，在大众文化占据主流的"我时代"，普通百姓成了文化消费的主体。传统的官方大历史与专业作家的回忆录都给人一种高高在上的感觉，普通百姓难与文本形成互动，更不能体验文本创造的乐趣，文化消费的自主性、共享性、娱乐性得不到满足。平民述史作品突破了传统历史叙事的束缚，写作者由文本的被动接受者变为主动创造者，读者从文本中能感受到"小我"的存在，接地气的生活细节与语言也拉近了作者与读者的距离，提升了读者的阅读快感。可以说，平民述史写作是我国20世纪末至21世纪初文化转型的必然产物。它打破了专业作家对文坛的垄断，开创了文化消费的多元格局，体现了文学由崇尚精英主义向尊重平民主义转化的趋势，也反映了文化转型时期普通百姓渴求文化共享的心理。

平民述史作品这种"文化共享"的特点在2000年之后表现得更为突出，随着博客、微博、微信等新媒体的逐步兴起，平民述史写作成为

---

[①] ［美］约翰·费斯克：《理解大众文化》，王晓珏、宋伟杰译，中央编译出版社2001年版，第139页。

第二章 民间述史的特性

文化消费的热点。这类作品往往是在博客上发布逐步引起读者和出版社关注。如姜淑梅的《乱时候，穷时候》中的部分作品就是被她的女儿先放在了博客上，不仅引来了很多"姜粉"的关注，也受到了《读库》的青睐。2013年姜淑梅的这本书出版后，中央电视台《读书》、凤凰卫视《名人面对面》等栏目都进行了专题报道，《新周刊》《南方周末》《读者》等媒体也都给予了推荐。这本书还入选了新浪好书榜2013年度三十大好书、豆瓣读书2013年度最受关注图书等。2015年，央视《新闻联播》以3分钟时长对姜淑梅进行报道。如果没有网络、电视等媒体的助力，姜淑梅老人的作品也许只能在小范围传播，无法带动读者参与互动，也无法得到出版商的热捧。再如沈博爱老人的《蹉跎坡旧事：一代中国农人的耕读梦》最早也是由他的儿子在网上"天涯论坛"中连载，当时的书名是《蹉跎坡旧梦》，六年后结集付印，由网络文字变成纸质书籍。秦秀英老人也是因其儿媳把她的"自然笔记"上传到博客上，引起网友好评，后来又有部分作品在报刊上发表，才不断激发她的创作热情，出版了讲述天地万物与世事人生的《胡麻的天空》。可见，网络、电视、图书等媒体都对平民非虚构作品的传播起到了推动作用，它们引领普通百姓阅读历史，亲近历史，这显然有利于民众共享我国的历史文化。

平民述史作品所借助的新的传播媒介得到了社会的认可。侯小强曾称博客为"私人史的电子博物馆"，他说："每一个人都在博客上披露他的生活与生存状态，他的瞬间，他的当下。但到了很多年之后，很多人共同组成了这个中国私人史。实际上也是这个社会最细微、最直接、最全面的一个生活图景。"[①] 可见，传播形式的革命促使传播内容发生了巨变，它打破了传统的文学秩序，社会各阶层不同文化层次的受众都可阅读，使文化消费既突破了时空障碍，也使文学书写活动更多姿多彩。可以说，网络博客等新媒体与非虚构写作的融合造就了平民写作的全新时代，这是国家经济发展后人民文化需求增长的自然体现。它改变了人们阅读、写作与交流的习惯，成为平民共享文化消费的强有力推

---

① 张星：《侯小强：博客是私人史的电子博物馆》，《天津日报》2007年2月9日第13版。

手，它使平民述史写作热成为可能，增加了平民述史写作的魅力，在一定程度上推动了平民述史写作的发展，是"我时代"平民文化共享的印证。

# 第三章 民间述史的多元价值取向

1999年初，档案学者赵跃飞发文《未见平民史》传达学界心声："翻阅中国历史总有一种残缺不全的感觉，读到的多是社会上层结构的崩析与重组，重组复崩析，几乎看不到社会底层民众的真实生存状态和精神历程。"[①] 似乎是与之呼应，喻明达1999年出版了他的个人史《一个平民百姓的回忆录》。此后，民间述史作品迎来一波波出版浪潮，文本数量庞大，既有民众记述个人和家族命运的作品，也有他人记述底层民众生活的作品。

在新媒体冲击下，大众阅读日益碎片化，除经典作品之外，文学类图书中读者买账、媒体关注、业内认可的图书并不多。民间述史作者都非专业作家，受教育程度参差不齐，人生经历千差万别，作品内容也五花八门，但他们不约而同地选择了非虚构，不约而同地讲述自己的故事或者平民故事，有陈年往事，也有当下故事。部分作品好评如潮，《平如美棠：我俩的故事》《乱时候，穷时候》《苦菜花，甘蔗芽》《蹉跎坡旧事：一代中国农人的耕读梦》《我是落花生的女儿》《小艾，爸爸特别特别地想你》《中国在梁庄》《出梁庄记》《胡麻的天空》《最后的耍猴人》《梅子青时》先后获评各种年度好书。细读文本不难发现，这些民间述史作品具有多元价值取向，兼具文学价值、史学价值和民俗学价值。

## 第一节 文学价值

进入新媒体时代后，文学日益被边缘化，评论界和读者的分歧也日

---

[①] 赵跃飞：《未见平民史》，《中国档案》1999年第1期。

益明显：纯文学作品往往评论界叫好，读者不买账，成为少数人的阳春白雪；网络文学鱼目混珠泥沙俱下，读者群体虽然庞大，评论界并不看好。民间述史作品的出现，为当代文学注入了新鲜血液，这种民间自发的个人史写作与纯文学写作、网络写作均有差异，这种差异正是其价值所在。

首先，原生态的语言是对"文艺腔"的提醒。自新文学革命提倡白话文写作以后，很多作家的欧式白话语言曾一度标志着现代文明风尚。毛泽东深刻批评了这种"文艺腔"："语言无味，而且里面常常夹着一些生造出来的和人民的语言相对立的不三不四的词句。"[1] 现在，种种"文艺腔"非但没有革除，反而日益膨胀，"早已弥漫于整个文化领域、学术研究领域，既以某种学术性、科学性的形式存在着，又作为一些随意的、自由的、零散的社会文化和思想观念存在着"[2]。即便是网络写作，"文艺腔"也在所难免，解玺璋认为"是陈腐的文学体制对鲜活的民间写作生态的污染"[3]。在这种文学生态下，民间述史作品中的原生态语言愈加可贵。

秦秀英老人讲述《骑骆驼的人》开篇就说："我几岁的时候，家里的生活过得挺不错。父亲是个老实本分的人，不使什么花花肠子，也不溜沟子拍马屁，只靠自己的双手刨闹生活。"[4]《麦子》还提及谚语："以前人们最讲究的就是'种地看茬巴，娶媳妇看根巴'，就是说，种地要看茬子，娶媳妇要看女子家父母、祖辈的好赖。现在人们不讲究这些了，只要往地里施化肥，甚地也拿来种小麦，可是这样种出的麦子就不好吃了。"[5] 她的语言纯净、明朗，像乡野间清新的空气，跟那些稚拙的插图一样娱悦身心。

姜淑梅经常用"俺"讲故事，如话家常："姜继卜住在俺家后院，他家的枣树枝子伸到俺家后窗户，伸手就能摘着吃。这个人干活儿快，

---

[1] 毛泽东：《在延安文艺座谈会上的讲话》，《毛泽东选集》第三卷，人民出版社1991年版，第850—851页。
[2] 王磊：《也谈"文艺腔"》，《文艺理论与批评》2009年第3期。
[3] 解玺璋：《网络写作别拿腔拿调》，《瞭望新闻周刊》2008年第3期。
[4] 秦秀英：《胡麻的天空》，浙江人民出版社2015年版，第21页。
[5] 同上书，第46页。

就是小事多，爱嘟嘟。"继卜在家打骂媳妇，气得媳妇跳井险些死掉，邻居请他进城作证却吓得他脸色蜡黄："哎呦，二奶奶呀！俺长这么大，没见过官，叫俺去见官，吓得俺屙了一裤裆。俺走到高粱地，擦了一大堆坷垃头子。俺回家洗洗身上，换了裤子，就找你来了。二奶奶，你能不能想个办法？叫俺别见官。"到了1959年，大食堂停伙，继卜六十来岁。他在家里一直喊："俺吃窝窝！俺喝糊涂！"（《继卜》）[1]高声喊了低声喊，喊到死。一个小人物六十年的一生，姜淑梅用两千余字就讲完了。

秦秀英和姜淑梅都不回避方言，文字呈现出原生态的自由与自在。"刨闹生活""嘟嘟""坷垃头子"这类方言出现在特定的语境中，即便不做注释，读者也能猜出大概。

《梅子青时》是刘梅香口述，其外孙张哲完成的一位九旬老人的个人史，此书还有个副标题"外婆的青春纪念册"。口述内容保留了浙江方言，细读之下，九旬老人刘梅香如在眼前，比张哲的补充文字更亲切，也更生动。山东作家张炜认为，"从某种意义上说，只有方言才是真正的语言，文学写作从根本上来说还是不能依仗普通话，因为它是一种折中的语言"[2]。

书面语言本身并无过错，学校教育也是必要的。关键是某个领域的写作者使用书面语言常常懈怠，久而久之，天下文章一大抄成了潜规则，应用文中的"官腔"，新闻报道中的"新闻腔"，文艺作品中的"文艺腔"都是书面语言久治不愈的顽疾。民间述史中的这些作品至少提醒写作者，原生态的民间语言是如此鲜活，过去我们曾经从中汲取营养，今天仍然可以从中汲取营养医治我们的顽疾。

其次，田野调查法是对网络文学创作流向的提醒。近些年，网络文学发展迅速，一批大型文学网站有了较大的影响力和较好的口碑，网络写手逐渐职业化。网络写作的局限也随之明显，主要表现是"文学性的消解""责任感的弱化"和"经典性的消解"[3]，武侠、仙侠、玄幻、

---

[1] 姜淑梅：《苦菜花，甘蔗芽》，浙江人民出版社2014年版，第107—111页。
[2] 张炜：《丑行或浪漫》，云南人民出版社2003年版，第2页。
[3] 叶澜涛、王燕子：《现代网络写作》，武汉大学出版社2011年版，第19—21页。

文学视域下的民间述史研究

奇幻、穿越题材汇集了大多数网络写手,情节相近,人物相似,内容雷同。跟网络作家不同,马宏杰、梁鸿、方格子等人的述史作品来自田野调查。

田野调查,也称作实地研究,"是一种深入到研究现象的生活背景中,以参与观察和非结构访谈的方式收集资料,并通过对这些资料的定性分析来理解和解释现象的社会学研究方法"。田野调查强调"实地",即"研究者一定要深入到所研究对象的社会生活环境,且要在其中生活相当长一段时间,靠观察、访问、感受和领悟,去理解所研究的对象"①。

马宏杰做过工人、记者,2004年起做《中国国家地理》图片编辑和摄影师。他坚持沉到生活的底层,用镜头和文字记录大时代里小人物的酸甜苦辣、悲欢离合。《西部招妻》记录了河南残疾人老三找媳妇和买媳妇的过程,从1984年开始他记录了三十年。《最后的耍猴人》是他跟踪记录十年后呈现的作品。他对选题不做预设判断,不干预事件进程,真实讲述一个又一个中国底层的百姓故事。

梁鸿是大学教授,学者。在对每天高谈阔论的生活感到羞耻后,她回到家乡河南穰县梁庄,2008年和2009年寒暑假,在梁庄踏踏实实住了将近五个月。每天和村庄里的人一起吃饭聊天,对村里的姓氏、宗族关系、家族成员、房屋状态、个人去向、婚姻生育等做类似于社会学和人类学的调查,用脚步和目光丈量村庄的土地、树木、水塘与河流,寻找往日的伙伴、长辈还有那些已经逝去的亲人,写出留守在村庄的村民故事《中国在梁庄》。2011年7月到2012年5月,梁鸿奔波于西安、南阳、内蒙古、北京、郑州、深圳、青岛等地走访梁庄的进城打工者,写出外出闯荡的村民故事《出梁庄记》。扎实的田野调查使梁鸿的作品获得各方喝彩,"她从一座村庄打开了中国,同时,还打开了一种写作方式,一种人生态度。比如,写作何为,人生何为,文学是什么,文学与社会的关系,纪实与虚构的关系,直至现实主义是什么,农村怎样,农民怎样,进城务工的农民怎样,中国怎样,等等这些实践或理论层面

---

① 风笑天:《社会学研究方法》,中国人民大学出版社2001年版,第238—239页。

的问题都牵扯到了"①。梁鸿和马宏杰靠田野调查进行的非虚构写作,在当代文坛还很少见。正因为少见,才更具参照意义和价值。无论是网络写手还是纯文学作家,若能以此为参照反省自身的创作,定能创作出一批精品佳作。

## 第二节 史学价值

20世纪20年代,美国史学界逐步确立了大众史观。大众史观认为,大众是推动历史前进的主要力量,精英人物只不过是大众的代表。卡尔·贝克尔是美国著名历史学家,1931年就任美国历史学会主席,他发表著名演讲,题目就是《人人都是他自己的历史学家》。他认为人人都有历史,每个人都可以成为历史的书写者。中国的古代史基本是帝王将相的历史,如果不是帝王将相,起码也是叱咤风云的英雄豪杰,偶有平民,只能进入"稗史"。中华人民共和国成立后,国家领导人反复强调,人民群众是历史的创造者,是国家的主人。但当代史书写依然看不到平民个人的身影,他们很少有发声的机会。民间述史作品改变了这种状况,近年来出版的民间述史作品将个人史与国家史、民族史整合为一体,生动再现了中国社会变迁,成为宏大历史叙述的鲜活补充,具有重要的史学价值。

一是提供了新的述史方式——讲故事。一个时期以来,历史类图书故事逐渐淡化,分析论证成为主流,史学著作变成了"研究报告"。"很多研究历史的人,把历史当作一具尸体,放在解剖台上,用解剖刀一点一点地切割,取出肾脏、肝脏、心脏来研究。"② 这样的历史书写拒读者于千里之外,读者不买账很正常。民间写作的历史小说曾一度引发读者追捧,当年明月所著《明朝那些事儿》影响最大,他的作品以网络语言和小说笔法讲述了明朝三百多年的历史,让历史变成一部活生生的故事,很多原本模糊的历史人物在书中变得鲜活。曹昇所著《流血的仕途》还曾获得鲁迅文学奖提名。这些历史小说为历史通俗化写

---

① 师力斌:《打开一座村庄呈现中国》,《当代作家评论》2015年第6期。
② 张英:《易中天:我不是余秋雨》,《南方周末》2005年12月8日文化版。

作提供了借鉴。"所谓历史通俗化,即是将历史知识以深入浅出的方式呈现出来,它的特征是可读性强,它的目标是普及历史知识,它要求将历史的书写、讲述、阅读的权限向全社会开放。"① 但小说毕竟是小说,和历史真实还有很大距离,不能当成历史本身。

具有文学品质的民间述史作品的出现,正逢其时,给历史通俗化写作提供了另一种叙述方式。同样都是讲故事,民间述史作品讲的故事都是作者亲身经历或实地调查,这些非虚构故事同样受到读者青睐。

如张泽石的《我的朝鲜战争:一个志愿军战俘的六十年回忆》讲述的就是作者亲历的战争。张泽石是清华大学学生,在校读书期间应征入伍,走上抗美援朝战场。他1951年5月被俘,担任过回国志愿军战俘总代表、总翻译,1953年9月回国。作为这场战争的亲历者,他写的《我的朝鲜战争:一个志愿军战俘的六十年回忆》用一个又一个故事向读者讲述了战场的残酷、他和战友的狱中抗争以及归国后他和战友几十年间遭遇的不公正待遇,一个志愿军战俘六十年的人生经历都在这些故事里。刚到战场,无处避雨,他只能把自己绑在树干上穿着雨衣站着睡觉。炸弹突然轰响,看着面前砸下来的大树枝,在剧烈的心跳中他吓得尿了裤子。因指挥失误,他所在的部队被敌方包围,强渡北汉江时到处人仰马翻,江面被鲜血染红。一发炮弹在不远处爆炸,抬担架的两个战友被冲远,骡子倒在水里挣扎,拽着骡子尾巴过江的女战友只留一顶漂浮的棉军帽。板门店停战协议,在历史教科书里被压缩成一个名词解释,在张泽石的讲述里是战俘营跌宕起伏的归国斗争的终止,是两年三个多月炼狱生活的结束。作为最后一批战俘回到祖国怀抱,他生动讲述了那个难忘时刻:

> 我最后被扶下车来,由一位年纪和我差不多的年轻护士搀扶着。我只觉得天地在旋转,脑子嗡嗡作响,分辨不出是别人还是自己在哭!分辨不出流出的是悲愤的泪水,还是欢乐的泪水!
> 我脚步僵直地跟着这位护士进入了帐篷。他替我脱下全部的衣服,向我身上和扔在一旁的衣服上喷洒了消毒药水,用毛巾给我擦

---

① 王艳勤:《民间写史与学院史学:对立中的共谋》,《人文杂志》2013年第2期。

干,又拿来全套志愿军的内、外衣。我像一个完全失去知觉和意识的病人,任他一件件给我穿上衣服、戴上军帽,我抚摸着这散发着染料香味的军衣,久久地,呆呆地望着他。

他脸上出现了惊慌的神色,一把将我紧紧地拥抱在怀里,摇晃着我,喊着:"同志,同志,你不能这样,你要说话啊,说话啊!"

我终于听懂了他的话,"啊⋯⋯"我长长地吁了一口气,但控制不住全身的剧烈颤抖。

他把我抱得更紧了,像对一个孩子一样不断在我耳边说:"好了,好了,我的好兄弟,这下可回到祖国来了,回到亲人身边来了。敌人太可恨了!你们的斗争真了不起!这一切我们都知道,都明白!不要再难过了,啊!听话!"

我在他的抚慰下慢慢镇静下来。外面的汽车发动机声又响了起来,我不由自主地打了个寒战,往后挣扎着。

他赶快说:"这是咱们自己的汽车,是来接你们去医院疗养的。不要怕,美国鬼子早就滚蛋了!"

我完全清醒过来,低头捏着自己身上崭新的志愿军军服,知道这一切确实不是在做梦,而是真真切切回来了!自由了!不再是个俘虏了!①

这样的故事讲述让那场持续一年多的谈判有了具体的背景支撑,有了生命个体的体温和眼泪。历史的通俗化强调历史书写的可读性,强调历史写作的权限向社会开放。若以讲故事的方式讲述历史,若有更多的人参与历史讲述,至少中国的当代历史会更生动、更丰富。

长期以来,历史教科书都遭诟病,五千年历史大都是宏大叙事,只有梗概,没有细节。就像一个瘦成皮包骨的人,太过骨感,缺少血肉,其目的似乎就是转身变成试卷和考题。譬如香港沦陷,在历史上只是概括的一笔,1941年12月25日,港英政府抵抗失败投降日本。香港经历过怎样的炮火?沦陷前经过怎样的抵抗?平民在战火中如何生活?翻

---

① 张泽石:《我的朝鲜战争:一个志愿军战俘的六十年回忆》,金城出版社2011年版,第198—199页。

文学视域下的民间述史研究

阅相关记载可以找到一系列数字，也只是数字。

翻阅许燕吉的《我是落花生的女儿》，却可以了解到很多细节。"还没出院子，就听见天上有'嘭嘭'的声音。抬头一看，有几架飞机在飞，飞机的两侧和后面不断有像棉花球似的一朵朵白云在绽放，挺好看的，于是我们停步看了起来。这时妈妈打开窗户大声喊我们：'快回来！不上学了！'我们怀着满肚子疑惑回到家里，才知道是日本飞机，高射炮是英国人打的，不是演习，真的打起仗来了。"日本人攻下九龙后，战事更紧。几天以后看到的一幕，纠缠了许燕吉数十年："当车的尾部展现在我的眼前时，我就像胸口挨了致人眩晕的一击——后面是两条被齐齐炸断的腿！人躺在车厢里看不见，这两个截面，白的骨头，红的肉，太吓人了……"① 如果我们的历史教科书增加这类历史事件亲历者见闻，就多了血肉，也多了几分人情味。

二是提供了新的述史视角——平民视角。以往的史籍只有一个视角，即政府视角，史官听命于政府，以政府视角写出国家史。这样的国家史，只是上层国家史，缺少平民的视角和平民的历史。民间述史作品都是平民视角，这样的视角与读者一致，更容易获得读者共鸣。

同是平民视角，这些述史作品也存在微妙差异：侯永禄的视角是农民的视角。他是陕西合阳农民，初中文化，日记写了六十年，他创作的"农民五部曲"包括《农民日记》《农民笔记》《农民家书》《农民家史》《农民账本》，虽是个人史，但折射出一个家庭、一个村庄、一个民族的命运；宗沛妍的视角是知青的视角。青年时代她曾插队七年，退休以后回顾知青生活，写出《李家坟：一件让我想了四十多年的事》，讲述知青点李家坟的往事；杨义敏的视角是一个平民知识分子的视角。《回到海西》是他七十年的沧桑记忆，记录了胶州湾西海岸的亲人故旧和乡土往事；关庚的视角是一个北京平民的视角。他在北京四合院大家庭里长大，《我的上世纪：一个北京平民的私人生活绘本》描述了自己的童年、家庭、求学和婚恋等故事，涉及内容丰富广阔，既有小人物的小命运、小情怀、小欢乐，亦有百年中国的大历史、大事件、大悲欢；吴国韬的视角是一位民办教师的视角。他的《雨打芭蕉：一个乡村民

---

① 许燕吉：《我是落花生的女儿》，湖南人民出版社2013年版，第33—38页。

办教师的回忆录（1958—1980）》102万字，讲述1958—1980年期间他在恩施乡下的创业艰难与人生世事。沈博爱的视角是农村知识分子的视角。他师范学校毕业后在湖南浏阳乡下教书，1958年被错划成右派，以"反革命罪"判刑劳改，1962年释放回原籍监管，1980年"反革命案"宣告无罪，回到学校教书直至退休。他的《蹉跎坡旧事：一代中国农人的耕读梦》讲述了一代中国农民艰难的生存历程；孟令骞的视角是周扒皮曾外孙的视角。他做五年调查后写出家族故事《半夜鸡不叫》，号称四大恶霸之一的周扒皮拥有土地不足200亩，全县有2000个地主，他的成分是富农，在当地财富榜的位置最起码排在2000名之外；丁午的视角是一个父亲的视角。他1969年被下放到河南干校，想念女儿只能写信，他的信主要是画出来的，《小艾，爸爸特别特别地想你》无意中记载了特殊年代一段难忘的感情和一段难忘的历史；陈文的视角是广州一个普通市民的视角。他当过兵，下过海，虽有车有房，但在广州这个改革开放前沿的花花城市他只是一个普通人。2003年，他花一年多时间整理创作出"个人生活档案"《吃饭长大》，收录自己吃饭长大的点点滴滴，小学作业本、介绍信、病历、工资单均在其中。

这些来自各个角落的平民视角让历史讲述更接地气，也让历史内容指向多元。"有了这样的视野，相当于增加了无数台摄像机，可以拍摄到更为全面的历史镜头，从而有可能建构起真正的总体史。"[1] 一个人有自己的历史，一个家族有自己的历史，一个村落有自己的历史，一个国家有一个国家的历史。各个层次的历史汇总在一起，才是一个民族完整的历史。

## 第三节　民俗学价值

文学跟民俗有着天然的联系，文学反映人的生活，表现人的思想情感，而民俗同人的生活关系最为密切，西方民俗学研究就是从搜集民间文学开始的。民俗学家钟敬文将民俗定义为"一个国家或民族中广大

---

[1] 钱茂伟：《公众史学视野下的个人史写作》，《南开学报》（哲学社会科学版）2014年第4期。

文学视域下的民间述史研究

民众所创造、传承和享用的生活文化。包括人们的衣食住行、日用器物等物质生活文化；婚姻家庭、社会交往等社会生活文化；伦理、宗教、艺术等精神生活文化三个大的方面"①。他强调："人们生活在民俗里，好像鱼儿生活在水里。没有民俗，也就没有了人们的生活方式。"② 中国的民俗学研究起步晚，1983年才成立中国民俗学会，2003年创办中国民俗学网。民间述史作品都涉及当地民俗，时间跨度大，涉及地域广，这些文学化的民俗记录为民俗学研究提供了大量的鲜活样本。

首先，民间述史作品用文字储存了民俗记忆。鸦片战争以后，西风渐进，中国古老的民俗不断受到冲击和批评，普通中国人的日常生活也不断被批评、反复被否定。"普通人的日常生活和日常心理都被持续的冲击扭曲得颠三倒四。一种可以心安理得、泰然处之的日常生活，或者至少不受外部力量强制介入的日常生活，对于平民百姓来说，多少年来都是可遇而不可求的了。"③ 在这种持续冲击下，很多旧民俗流失了。随着城镇化步伐加速，乡村民俗的持续流失几乎是大势所趋。在这种背景下，民间述史作品的民俗学价值愈加明显，这些文字储存了大量的民俗记忆。

赖施娟是江西人，出生在景德镇，做了一辈子教师，她写的个人史《活路》自然而然地记录了景德镇以往中秋节烧太平窑、春节期间叫彩、端午节赛龙船等风俗，如今这些风俗大都流失。

关庚的《我的上世纪：一个北京平民的私人生活绘本》几乎就是一本老北京民俗手册。早年的四合院生活，他用文字和绘画进行一一还原。他记录的童年尤其引人注意，让我们不禁对电子时代的孩子心生怜悯。当年他玩滚铁环、竹蜻蜓、抖空竹、抽陀螺、玩纸球、玩小皮球，树上的葫芦枣、藤蔓上的果实赤包儿、夏天的萤火虫都是玩具，仅仅在四合院里养活过的动物就有鲫鱼、麦穗、爬虎、媳妇鱼、虾、蜥蜴、蜗牛、蚕、蜻蜓、呱哒扁、蚂蚱、马鹿、知了、蛇、龟、青蛙、刺猬、松鼠、螳螂，等等。彼时还有很多集体游戏，其中一个游戏叫"扯轱辘院"：

---

① 钟敬文：《民俗学概论》，上海文艺出版社2009年版，第1页。
② 钟敬文：《文学研究中的艺术欣赏和民俗学方法》，《文学评论》1998年第1期。
③ 高丙文：《日常生活的现代与后现代遭遇：中国民俗学发展的际遇与路向》，《民间文化论坛》2006年第3期。

## 第三章　民间述史的多元价值取向

　　在夏夜凉爽的院子里，我们兄弟姐妹们和街坊的孩子拉成一个大圆圈转圈玩起来了。随着转圈，合声唱起："扯！扯！扯轱辘院，家家门口挂红线；红线后，马家姑娘二十六；穿红袄，甩大袖，一甩甩到门后头；门后头，挂腰刀；腰刀长，顶大天；天打雷，狗咬贼，稀里哗啦一大堆。"唱到"堆"字大家马上蹲下，谁蹲下晚了或早了谁就出局，坚持到最后者为胜。①

相比之下，现在孩子的玩具越来越单调，集体游戏也越来越少。关庚记录的老北京民俗大多已经消失，若不是他的图文留存，非但大众不知道，恐怕民俗学家也不知道北京的四合院里曾经有那么多好玩有趣的东西。

其次，民间述史作品用故事诠释了民俗内容。民俗作为一个地域、一个民族的精神文化积淀，承载着源远流长的传统文化。中国的五千年传统文化中不都是精华，也有糟粕。鲁迅等人对旧民俗的深刻批判，也是文化启蒙者反思中国传统文化，进行文化重建的努力。旧民俗中有哪些愚昧落后的东西，因何形成，有哪些恶果，民间述史作品用故事进行了诠释。刘梅香出生在浙江松阳乡下，《梅子青时》讲了这样一件事：

　　婶娘怀孕九个月，有天半夜我被隔壁他们家里闹架儿的声音吵醒。我轻手轻脚爬起来，贴着墙壁听他们讲啥。
　　"又是女儿，第四个了，我没话好讲了。"
　　"爸爸，你不要这样。"
　　这是堂阿姐。
　　一记闷响。几声尖叫。又一记闷响。
　　"爸爸，爸爸，你不好这样的！"
　　"好怪我的？怪她自己投错了人家！"
　　我吓得呆掉了。原先也听说过村坊里有的人家生了女儿就送

---

① 关庚：《我的上世纪：一个北京平民的私人生活绘本》，中国青年出版社2007年版，第14页。

掉,但我没有想到,阿叔会把刚出生的亲生女儿掼死在地上。①

初看以为是讲述浙江早些年重男轻女的旧习俗,细看却不止如此。她进一步解释这种习俗,不止女儿,有的人家生下男伢也要掼死,因为战乱年代抽壮丁的规矩是三抽一、五抽二。所以,阿叔掼死亲生女儿这种事大家背后讲讲闲话,当面却不点破。我们的旧民俗里为什么常常无视个体生命,在这样的故事里可以找到部分解释。

姜淑梅在她的《乱时候,穷时候》和《苦菜花,甘蔗芽》中讲述了很多鲁西南旧民俗,包括婚丧嫁娶、节庆习俗、旧时的穿戴、小孩子的游戏、老辈子的规矩,她着重讲述其中的故事。《裹脚》讲早年鲁西南女性的裹脚习俗,小闺女六岁裹脚,更讲究的人家闺女两三岁裹脚。一个大脚媳妇无意中踩死俩鸭子,自己害臊上吊死了。另一个大脚媳妇夫妻感情好,丈夫受不住嘲笑,刀挖媳妇脚心。她还讲了二嫂和自己的裹脚故事。旧时女人为什么裹脚,有哪些难言之隐,放脚是怎么回事,为什么最初要强迫放脚,在这里都能找到解释。鲁西南还有一个旧习俗,寡妇改嫁不能在白天,只能在天黑以后从地里或庙上走;寡妇改嫁别人可以抢,只要还没进家门,谁抢到寡妇,寡妇就是谁的;改嫁不能带孩子,要是带孩子改嫁,大人孩子都受气,带去的孩子人家叫"带犊子"。在《改嫁》中,她先后讲了三个寡妇的故事,有个夜里改嫁,被人抢走送给光棍过了一辈子;有个寡妇改嫁前,狠心烧死了一窝孩子;有个改嫁后丧夫,守寡没守住,把孩子生在了人家的门口、自己的裤裆里。这几个故事成为寡妇改嫁旧习俗的最好注解。

民间述史作品的价值是多方面的,这里仅仅算点题。早在 2001 年钟敬文就曾提醒:"就目前而言,大量的民间文学创作,没有被文艺学作为应有的研究对象进行理论概括,而只是集中于精英文学,这样的文艺学是不完全的。"② 这种研究倾向至今并无改观,期待有更多人参与民间述史作品的研究。

---

① 刘梅香、张哲:《梅子青时》,北京联合出版公司 2015 年版,第 22—23 页。
② 钟敬文:《民俗学对文艺学发展的作用》,《文艺研究》2001 年第 1 期。

# 第四章 民间述史热因探析

近年来,为什么一些民间述史作品能入选各种好书榜,成为畅销书?有关人士从内容上进行分析,认为这类作品追根溯源,"回望数百年来家族迁移的脚印,寻找深藏于历史深处的生命印记,铭记个人的心灵史,家族的变迁史,民族的成长史,为凡人延亘生命的长度,增加生命的厚度,成为永不消逝的生命记忆,必然受到读者的欢迎,市场的追捧"①。实际上,民间述史热因是多方面的,内容仅仅属于内因,外部原因更值得探讨。

## 第一节 尴尬的纯文学处境

民间述史作品热与纯文学处境尴尬有直接关系,尴尬的纯文学处境为民间述史热提供了契机。

关于纯文学的争论很多,其内涵和外延从未有过一致的解释。伴随着 20 世纪 80 年代的思想解放运动,文学领域也迎来思想解放,纯文学对应的是工具论的文学,更多强调让文学回到文学本身,一般"把它视为与政治强制规范的文学相对立的一种文学标准,强调文学的审美性、自足性,强调文学具有自己的规律性"②。

20 世纪 80 年代文学界倡导纯文学,旨在把文学从"政治标准第一,艺术标准第二"的束缚中解放出来,同时强调纯文学是有别于通

---

① 牧人:《为百姓立传——帮草根出书——草根传记类图书出版一瞥》,《出版参考》2015 年第 15 期。
② 陈国恩:《"纯文学"究竟是什么》,《学术月刊》2008 年第 9 期。

俗文学的严肃文学。彼时严肃文学备受瞩目,并形成持续数年的文学热:报纸都辟有专门的文学副刊;百余家出版社每年都出版一定数量的纯文学作品;"纯文学期刊多达二三百种,且印数都很可观,动辄就是几十上百万册"①,可谓盛况空前。

到了 20 世纪 90 年代,纯文学开始走下坡路,每况愈下。时至今日,处境愈发尴尬,阵地失守,作者窘迫,读者锐减。

首先是纯文学阵地大面积失守。纯文学原有阵地包括图书、期刊、报纸副刊三大块。出版社被推向市场后,经济效益成为更现实的问题,纯文学图书的出版日渐萧条,单本书平均销量持续下滑,达不到一定发行量的纯文学作品基本无缘面世。受新媒体冲击,报业为了生存尝试各种改版,产生不了直接经济效益的文学副刊大多被文化娱乐版面替代,即便保留也是替补角色,上场机会极少。纯文学阵地仅剩文学期刊,但这块阵地也大片丢失,期刊种类和发行量持续缩减,数百家地市级公开发行的文学期刊所剩无几,"最后还在顽强坚守的能够刊载原创纯文学作品的刊物也就几十家了。在这几十家中目前能凭借发行量生存的不足十家,大多数是要依赖政府的公益拨款来维持生命的"②。

近几年,文学期刊继续失守。《大家》杂志出现"野鸡版"刊外刊,《万象》《新蕾》《译文》停刊。《天南》本是广东民间文艺家协会的刊物,2011 年 4 月创刊,曾以深度阅读文学体验模式火爆到全国断货。欧宁担任主编后,该刊变为高端新锐风格。创刊号也一度炒到了原价的五倍,成为文艺青年抢购收藏的标志性读物。火爆时间不长,双月刊变季刊仍难以为继。2014 年 2 月,《天南》主编欧宁宣布杂志因经营压力停刊,第 16 期《钻石一代》成为终刊号。

其次是大多数作家生活窘迫。"'衙门作家吃低保,自由撰稿难温饱'是在作家群体里流传的顺口溜,形象说明了一部分作家群体的生存现状。"③

国内文学刊物稿酬在很长一个时期维持在较低水平。自 1999 年以

---

① 罗执廷:《文选期刊与当代纯文学的生存和发展》,《文艺评论》2012 年第 9 期。
② 宗仁发:《纯文学和纯文学期刊不可废》,《红岩》2010 年第 4 期。
③ 杨一苗、杨绍功:《中国作家群体处境尴尬:普通作家沦为低收入群体》,《经济参考报》2014 年 11 月 20 日第 6 版。

来，我国原创作品稿酬一直执行每千字30元至100元的标准。在实际操作中，仅有数家文学刊物的稿酬标准在每千字200元以上，省级刊物的稿酬为千字百元或更低，地市级刊物稿酬通常是千字三五十元或更低。2014年9月底，国家版权局官网公布《使用文字作品支付报酬办法》，原创作品每千字的稿酬由过去的30元至100元提高到80元至300元。对比以前的老标准，新标准稿酬提升的幅度较大。但原创作品的版税率仍为3%到10%，还比较低。

稿酬的个人所得税起征点偏低。我国1980年颁布了《中华人民共和国个人所得税法》，稿酬个税起征点为800元。经过2006年、2008年、2011年三次修订，个税起征点已逐步由800元/月提高到3500元/月，但800元的稿酬个税起征点一直保持不变，对写作者影响较大。

因为阵地少、稿酬低、稿酬个税起征点低，写作者队伍分化，收入差距十分明显。除了少数知名作家和网络作家，普通作家仅靠纯文学创作难以维持生计。在江苏、陕西等作家群体较为集中的地区，不少靠纯文学创作为生的人甚至还挣扎在贫困线上，有些写作者走向旁门左道，出现"触电作家""工具作家"，纯文学的主流价值取向不断被弱化。

最后，纯文学读者数量锐减。20世纪90年代后，影视、互联网、手机等大众媒介迅猛扩张，一般读者的阅读媒介、阅读方式和阅读内容发生深刻变化。一是数字阅读当道，颠覆了传统青灯黄卷式的经典阅读。网络、手机、无线、电子阅读器等不同终端强势进入，纷纷抢占阅读市场。二是"浅阅读"正在成为阅读新趋势。浅阅读的特征是"快餐式、跳跃式、碎片化"[1]，浅尝辄止。三是阅读内容转向娱乐性和消费性。娱乐新闻、网络文章、微博、微信占据阅读高地，以网络文学为代表的通俗文学大行其道，严肃文学的读者群体少之又少。

纯文学处境尴尬，意味着纯文学一枝独秀的时代早已终结，文学领域出现多声部合唱。譬如陕西省合阳县路井镇农民侯永禄仅有初中文化程度，但他坚持写了60年日记，总计200余万字，真实记录了自己和村民的生存经历。经过编辑处理，20余万字的《农民日记》2006年由中国青年出版社出版，其后数次再版。

---

[1] 周秀春：《刍议传统纯文学图书的坚守》，《出版参考》2012年第5期。

正因为纯文学处境尴尬,才给了普通百姓发声的机会。在文学领域的多声部合唱里,平民述史作品数量多,影响大,不容忽视。

## 第二节 包容的主流意识形态

包容的主流意识形态为民间述史的出现创造了宽松的外部环境。

一般来说,"狭义的意识形态是一个包含阶级色彩和政治意味的范畴,是指由社会的统治阶级确立和倡导的、面向并作用于所有社会群体的理论学说、精神信仰、思想观念与价值体系,即在社会结构系统中居于'形而上'层次的意识体系。作为社会的上层建筑,意识形态的变迁和发展与社会的开放、变革相互渗透相互伴随"[1]。简而言之,意识形态就是"思想和舆论"[2],其变迁、发展与社会的开放、变革相互作用。

在意识形态领域,中国共产党走过不少弯路,有诸多沉痛的教训。"文革"结束后,中共通过拨乱反正,逐步改变了意识形态领域的极左倾向,对世界形势也有了比较清醒的认识,确立了对内改革、对外开放的总路线,从而使中国走上改革开放的道路。改革开放后,从以邓小平为首的第二代中央领导集体开始,中共在意识形态领域逐步实行了比较宽松的政策,有了比较大的转变,突出体现在包容性上。

中共十七大报告就意识形态工作专门提出指导意见:"积极探索用社会主义核心价值体系引领社会思潮的有效途径,主动做好意识形态工作,既尊重差异,包容多样,又有力抵制各种错误和腐朽思想的影响。"[3] 胡振平认为,"'尊重差异,包容多样'是对客观现实的尊重,是对市场经济条件下必然出现的思想文化多样化的尊重,是对他人思想

---

[1] 宇文利:《改革开放与社会主义和谐社会意识形态的构建》,《北京大学学报》(哲学社会科学版)2009年第1期。

[2] 胡振平:《当今中国意识形态的引领和包容》,《毛泽东邓小平理论研究》2010年第10期。

[3] 胡锦涛:《高举中国特色社会主义伟大旗帜,为夺取全面建设小康社会新胜利而奋斗》,人民出版社2007年版,第34页。

的尊重,也是对思想文化发展规律的尊重"①。

随着改革开放的深入及社会主义市场经济体制的建立和发展,中国社会出现了各种新兴的社会阶层和利益集团。不同阶层和社会集团在利益诉求、思想意识、价值观念等方面差别巨大,反映到意识形态领域,表现为多种意识形态共存。

作为主流意识形态,"执政党的意识形态要发挥好社会整合功能,就意识形态本身而言,取决于两方面:一是意识形态要有科学性、先进性,民众能够认同、认可和接受,二是意识形态要具有较大的包容性"②,能够涵盖和体现社会上大部分人的利益、愿望和要求。

如何增强社会主流意识形态的包容性,有专家专门建言献策:"就是在马克思主义指导下,整合和映现不同阶层、群体和社会集团的多种意识形态,吸纳和借鉴各种非主流意识形态中积极合理进步的成分,兼容并蓄人类文明的一切优秀成果,合理撷取国内外意识形态研究的新思路、视角和方法,丰富我国社会主流意识形态的内容,扩大社会主流意识形态的社会认同度,以最大限度地形成思想共识,增强社会主流意识形态的生机和活力。"③

有了主流意识形态的包容,台湾地区作家齐邦媛的《巨流河》、张婉典的《太平轮1949》、亮轩的《飘零一家:从大陆到台湾的父子残局》等述史作品才可能在大陆相继出版。这些作品2010年前后推出,为读者打开了另一种阅读视野——注重个人经历与个体感受的个人史写作,呈现出家国命运相融的复杂情感,备受两岸瞩目。

有了主流意识形态的包容,大陆民间述史写作才可能形成潮流,饶平如的《平如美棠:我俩的故事》、姜淑梅的《乱时候,穷时候》、许燕吉的《我是落花生的女儿》、沈博爱的《蹉跎坡旧事:一代中国农人的耕读梦》、吴国韬的《雨打芭蕉:一个乡村民办教师的回忆录(1958—1980)》、赖施娟的《活路》、野夫的《江上的母亲:母亲失踪

---

① 胡振平:《当今中国意识形态的引领和包容》,《毛泽东邓小平理论研究》2010年第10期。
② 张衍前:《执政党与意识形态的包容性》,《党政论坛》2006年第2期。
③ 李海、范树成:《增强我国社会主流意识形态包容性的若干思考》,《求实》2015年第4期。

十年祭》《身边的江湖》、于疆的《苏北利亚》、王学泰的《监狱琐记》等在 2013 年前后相继面世,并引起广泛关注。他们着意于讲述自己的人生经历,从个人视角真实记录以往"大历史"中从不提及或语焉不详的"小历史"。

于疆,原名江宇,上海人,1954 年考入南京东南大学(南京工学院)电力工程系,四年级时因言获罪,被错划为右派,在苏北劳改农场劳改 22 年。1982 年赴美,2004 年退休。《苏北利亚》是于疆的个人回忆录,也是一代知识分子思想改造的实录,记述了于疆作为一个大学生右派,在劳改农场中度过的二十多个春秋,如何一步步从理想主义者变成现实主义者。

在饥荒年代,劳改农场死的人越来越多,濒死的人就更多了,劳改医院容纳不了太多人,每个劳改中队便办起病号房。于疆讲述这段历史时,采用特写方式集中笔墨写了病号房里的午餐:

> 中午吃的是玉米糊。这粥刚出锅时像稀汤,一冷下来便结成冻,看起来就像一碗玉米糕。如何消受这碗糕,则是各有各的花样。最典型的是把玉米糊打回来之后,先搁在地铺上晾,然后面对饭盆凝视良久,有如在欣赏一幅文艺复兴时期的名画。凝视完了又低下头把鼻子慢慢凑近去,像狗一样嗅来嗅去。最后才从口袋里摸出一只两用餐具来,一头是小板锹,另一头是三齿叉。这餐具是用碎玻璃片将小毛竹板慢慢刮成的,因为劳改分子不许用刀。这是劳改分子身上唯一的也是最珍贵的手工艺品。
>
> 先用小板锹在已凝结成冻又结了皮的玉米糊上切开一个三角形,然后倒过来用三齿叉把小三角叉到嘴里。到了嘴里又舍不得咽下去,要搁在舌头上味蕾最集中之处品尝良久,似乎不把每一个分子的味道都品出来誓不罢休。下咽之前又要咂几下嘴,倘若在夜里,这几十个人的咂嘴之声肯定会盖过姑苏城外寒山寺的钟声。
>
> 待到把这份饭吃完,至少杀掉三个小时。这时候一个个又像吊死鬼一样,把舌头伸得长长的去舔饭钵子,有的人还端着饭钵子像

打汽车方向盘一样打转，几转过后饭钵子便被舔得精光锃亮。①

于疆本人就是濒死的劳改病号，作为亲历者刻骨铭心，所以他不惜笔墨精雕细刻，从"凝视"到"嗅""切""叉""品尝""咂"，一碗稀粥要三个小时吃完，还要"舔"，"舔得精光锃亮"。这样的午餐场景虽是劳改农场一角，但窥一斑可知全豹，再现的是全民饥荒的特殊年代，他的语言越是轻松幽默，读起来越是令人辛酸。"个人史的书写不仅在创作自己的历史，同时也在为未来的社会思想史、日常生活史写作提供最丰富的资源，而个人史写作者也就以直接和间接的方式，实现了个人写史在现实意义和未来价值两方面的追求。"②

王学泰曾经是"现行反革命"囚犯，其《监狱琐记》真实记录了1975年3月至1978年10月在北京K字楼看守所和北京第一监狱的所见所闻，有对监狱日常生活的展现，有对形形色色囚犯遭遇的记录，在看似荒诞的故事背后，折射出"文革"末期普遍的微妙的社会心理和高压背景下的人情世故。

没有主流意识形态的包容，这类民间述史作品不可能有机会出版，更不用说形成出版潮流。

## 第三节 觉醒的公民意识

觉醒的公民意识为民间述史提供了内部环境，成为民间述史的孵化器。

公民的概念产生于古希腊城邦的奴隶民主制度，20世纪才出现在中国社会中。法律意义上的公民是指拥有一国国籍，根据该国宪法和法律规定享有权利和义务的人。对于公民而言，取得公民资格和公民身份比较容易，甚至无须努力就能实现。但要成为真正意义上的公民，却需要公民意识的觉醒。

在我国，漫长的封建社会对公众影响至今，无论是在官员意识里，

---

① 于疆：《苏北利亚》，花城出版社2012年版，第79—80页。
② 陈新：《自媒体时代的公众史学》，《天津社会科学》2013年第3期。

还是平民意识里,"臣民意识"根深蒂固。北京仍被视为"天子脚下",地方官员仍被视为"父母官",平民被称为"老百姓""群众"。而公民意识,主要是指"公民对于自己的国家主人地位、应享受的权利和应履行的义务的自觉意识"①。和臣民意识不同,公民意识是一种现代意识,是公民个人对自己在国家中地位的自我认识,健康全面的公民意识是现代公民应该具备的核心素质。

总体看,市场经济倡导独立、自由和平等精神,为公民意识的觉醒提供了经济基础;政治体制改革以来,民主政治的推进为公民意识的觉醒提供了制度保障;网络普及后,公众获取信息的成本大大降低,网络时代为公民意识的觉醒提供了新兴路径和技术支持。

2006年1月,天涯论坛上的帖子《叫我公民,不要叫我老百姓》在网上流传甚广,作者"像沉重一样轻"言辞犀利,他提出"老百姓"是一个带有浓重封建色彩的侮辱性称谓,是封建统治者居高临下地对自己脚板下芸芸众生的称呼。与"老百姓"这个封建概念相对应的,是"公民"。"中国人到底是老百姓还是公民?当然是公民!法律上,把我们的自由和权利规定得清清楚楚,这些自由和权利就是公民享有的自由和权利,我们都有,我们是公民,不是老百姓!谁叫我们老百姓就是对我们的尊严的严重侵犯,谁自称老百姓谁就是千年奴性入骨!老百姓是骂人的话。叫我公民,不要叫我老百姓!"② 这个帖子的内容和广泛传播均释放出公民意识觉醒的强烈信号。

公民意识的觉醒,主要表现在三个方面。

一是网络参政。"一国公民只有明确意识到自己在宪法中公民身份的'自主'性,是社会政治生活和公共生活的主体,是社会主义民主法治建设的直接参与者和实践者,以一个具有独立意识和独立地位的政治权利主体身份,自觉参与各项公共生活和政治生活,这种参与是'主动'、'积极'地参与,而非'被动'、'消极'地参与,公民的主

---

① 郑杭生:《从政治学、社会学视角看公民意识教育的基本内涵》,《学术研究》2008年第8期。
② 像沉重一样轻:《叫我公民,不要叫我老百姓》,天涯论坛,http://bbs.tianya.cn/post-free-450349-1.shtml,2006年1月5日。

体意识才得以真正地觉醒和萌发。"① 随着网络时代的来临，互联网在中国公众的政治、经济和社会生活中扮演着日益重要的角色，公民"主动""积极"地行使知情权、参与权、表达权、监督权有了便捷路径，即网络参政。

首先是网民参政，推动了政府工作。2003年，孙志刚被强行送进广州市收容遣送中转站，当晚"因病"被送救治站，遭"病友"殴打致死。此事发生后，西祠胡同有人发帖子，称自己的大学同学莫名其妙死在广州，引起网友关注。记者的调查采访刊发后，"孙志刚案"在网上引起轩然大波，网络热议逐渐变成社会热议，很多人通过网络质疑《城市流浪乞讨人员收容遣送办法》，并建言献策。政府部门迅速做出回应，十八位涉案人员均被抓获归案，受到法律制裁。因收容遣送法规与《中华人民共和国宪法》相抵触，法学专家上书全国人大常委会法制工作委员会，建议审查该法规。随后国务院公布了《城市生活无着的流浪乞讨人员救助管理办法》，收容遣送法规就此废止。此后，湖北"佘祥林杀妻冤案"、上海"钓鱼执法事件"、内蒙古"呼格案"等，网民均参与其中。"公民参与又称公共参与、公众参与，就是公民试图影响公共政策和公民生活的一切活动。"② 网民参政从方方面面推动了问题的解决，也推动了政府工作。

其次，各级政府机关顺应形势，搭建起多层次网络参政平台。国家领导人率先做出表率，2008年6月，胡锦涛总书记通过人民网与网友在线交流，问候网友，倾听民意。此后，各地官员纷纷效仿。各级政府部门还专门搭建了网络参政平台，及时收集网民意见。

从2006年起，全国人大陆续在人民网、新华网、央视网等主流媒体开通"我有问题问总理"专栏，亿万网民通过留言和跟帖向总理反映社情民意，询问发展大计。每年两会召开期间，都是网民互联网上参政议政的高峰期。以人民网为例，2016年是人民网强国社区互动专题"我有问题问总理"连续推出的第11个年头。截至3月15日，网友参

---

① 王晶：《微博问政：公民意识的觉醒与反思》，《理论月刊》2013年第9期。
② 贾西津：《中国公民参与——案例与模式》，社会科学文献出版社2008年版，第1页。

与人次已超过 140 万,向总理提问 10 万余条。其中,养老、城镇化、反腐是网友"问总理"最多的三个话题;农民、工人、公司职员留言量位居榜首;80 后、70 后是参与留言最多的群体;山东、河北、广东网友提问量名列前茅。

二是公民新闻出现。公民新闻由 20 世纪 90 年代美国的公共新闻运动发展而来,它的传播渠道以 BBS、博客、微博等新媒体为主,"公民通过网络发布自己个人生活的所有感受,也发布关于社会政治的一切见解,从而使网络成为最具交互性的沟通渠道,也成为最具广泛性的大众媒介"[1]。在自媒体时代,这种草根新闻打破了传统的新闻传播机构对新闻传播的垄断格局。

在我国,手机、数码摄像机、数码照相机、笔记本电脑等电子产品在 20 世纪 90 年代后逐渐普及,信息的生产和传播发生急剧变化。最显著的变化是,普通人可以借助这些电子产品通过论坛、博客、微博、公民新闻网、微信等平台发布信息,发表评论,自媒体和公民新闻日益成为传播领域不可忽视的力量,参与到社会公共事件的报道中来。

2014 年 5 月 28 日,张某等六人在山东招远一家麦当劳快餐店内围殴同在该店就餐的吴某,其中一名光头男性大骂倒地的吴某为"恶魔",并用拖把杆猛击其头部。整个过程约两分钟,在场就餐的其他人拍摄下来上传到了网络。这些视频和图片来自第一现场,可帮助公众了解真相,也成为对这六名邪教成员定罪的重要证据。

在"表叔"事件、"房姐"事件、温州动车事故、郭美美事件、"中晋系"非法集资案中,公民新闻均扮演重要角色,进而影响媒体,影响公共事务决策。

三是平民写作个人史。中国的古代史不乏帝王将相和诸侯列传,当代史也不缺名人传记,唯独缺少的是平民个人的讲述。随着公民意识的觉醒,越来越多的平民个体加入到写作者行列,一心一意地讲述自己的故事。

1934 年出生的湖南农民仓生,只读过三年书,现在还生活在农村。他以最普通的老百姓视角讲述了 20 世纪 30 年代以后中国社会的风云变

---

[1] 吴利平:《中国转型期的公民政治参与》,贵州人民出版社 2006 年版,第 439 页。

幻，他避开那些耳熟能详的大事件，笔墨落在他自己和周围的事情上，《我是农民》记录了他坎坷有趣的大半生，是一部1934—1980年的草根历史。

1922年出生的上海老人饶平如，在妻子美棠去世后，画下他俩的故事。《平如美棠：我俩的故事》就是他亲手构建和存留的一个普通中国家庭的记忆，此书出版后风靡大江南北。

1936年出生的沈博爱，其个人史《蹉跎坡旧事：一代中国农人的耕读梦》问世后广受关注。林达在该书序言中指出："在那个时代，中国百分之九十以上是农民，却很少有人出来讲述农人故事，作者非常特别，他罕见地填补了这个空缺。"[①]

目前，个人史写作者以老人为主，年轻人已经参与其中，《梅子青时》就是刘梅香、张哲祖孙两代人共同完成的个人史讲述。

公民意识觉醒后，公众的表达欲望亦被唤醒，作为非虚构写作的个人史因其门槛低，成为行使表达权的首选。可以预见，随着公民意识的普遍觉醒，还会孵化出更多的非虚构作品，个人史写作仅仅是发轫而已。

## 第四节　助攻的新媒体平台

新媒体是推手，在民间述史热潮中起到推动作用。

新媒体是一个相对的概念，是区别于报刊、广播、电视等传统媒体的新的媒体形态，"利用数字技术、通过计算机网络、无线通信网、卫星等渠道，以及电脑、手机、数字电视机等终端，向用户提供信息和服务的传播形态。目前，新媒体主要包括网络媒体、手机媒体、网络电视等媒体形态"[②]。新媒体用户既是信息的接收者，又是信息的发布者，这种用户参与的写作，颠覆了传统意义的写作，也催生了民间述史。

第一，新媒体提供了作品发布的平台。传统写作经过投稿、收稿、

---

[①] 林达：《可怜中国农人梦》，见沈博爱《蹉跎坡旧事：一代中国农人的耕读梦》，语文出版社2013年版，第2页。

[②] 匡文波：《"新媒体"辨析》，《国际新闻界》2008年第6期。

审稿、编辑等层层筛选后,留给无名作者的机会很少,发表和出版作品需要"伯乐"与"千里马"巧遇。新媒体通过网络、手机便可抵达写作和发布平台,解决了无名作者"发表难"的关键问题。

新媒体还消除了写作者的等级,"先验地预设了兼容和平权的机制,技术化'在线民主'强化了在线写作的民间立场,激发了社会公众的文学梦想和艺术热情,让文学在消解中心话语和权级模式中,实现话语权向民间的回归"①。草根写作热情高涨,讲述个人史、家族史成为很多人的写作首选,在新浪博客、网易博客、天涯论坛中可以看到,"忆旧"或"日志"都是主要栏目内容。民间述史写作者以平常心态写平民故事,用大众化的叙事方式,展示普通人的本真感受,广受关注并不意外。

部分民间述史作品在新媒体平台传播并产生一定影响后,进入图书市场。内蒙古农民秦秀英念过一年半小学,六十多岁以后跟着儿媳芮东莉做自然笔记,继而创作农事笔记和社会生活笔记,她的作品最先通过芮东莉的博客为人所知。她重新念书识字,学会使用电脑后,在网易开设了自己的博客"临河而居",有了自己的粉丝。秦秀英的《胡麻的天空》2015年4月出版后,引起广泛反响。刘震云认为:"更重要的是,自己'记录'自己,才是真实的个体生命的历史。比这些更重要的是,个体生命的历史中,已经包含着群族的历史、民族的历史、人类的历史——而不是相反。"②

第二,新媒体提供了交流互动的平台。互动性是新媒体区别于传统媒体的根本特征,也是新媒体写作区别于传统写作的根本特征。借助博客、微博、微信等,平民非虚构作品作者与读者、读者与读者共聚在一个自由的平台,迅速反馈,平等交流,实现了良性互动。"由于互动平台的存在,受众同时又是参与者,这种写作还将延伸出更多有意义的话题。这种以写史者为圆心而发散的写作形式,无疑给文学史家(甚至心理学家、史学家)提供了大量现象,从而让他们找到更多值得关注

---

① 欧阳友权:《数字媒介与中国文学的转型》,《中国社会科学》2007年第1期。
② 刘震云:《倾听静默之声》,见秦秀英《胡麻的天空》,浙江人民出版社2015年版,第3页。

的课题。"①

在子女鼓励下,福建退休教师赖施娟2011年5月在新浪开设个人博客,她从个人家世写起,讲述自己六十九年生命当中的喜怒哀乐,所见所闻,2013年出版个人史《活路》。跟传统传记作品不同,该书附有大量的网友评论,这些评论成为传记的副文本,在二者的互动中,主文本是叙事主体,副文本表现出对主文本的多重理解,能够更大程度地表现出历史的可靠性。"在这样的设想和实践中,我们将得到阅读传统传记所没有的收获;有同样经历的读者提供的新史料,进一步完善写作者的认识、思路与想法;通过博客平台,我们还找到了不少历史线索和失去联系的亲友。由此可以说,这种依靠现代技术的个人史写作,不仅是废除等级观念之下的写作,而且是建立在作者与读者沟通基础上的个人史写作,它将提供更多真实的历史与文学新资料。"②

第三,新媒体提供了更多的呈现可能。新媒体上的民间述史作品具有非功利性,大多数草根作者写个人史仅为了倾诉和交流,不求文学名分、版税收入和社会地位,可以最大可能地抵达历史真实。

新媒体还提供了更多个人史的呈现方式。写作者可以选择故事、日记、随笔等文体,可以配上照片、图片、视频等,可以采用链接等取证方式。这种充分发挥新媒体作用的方式,也会使个人史写作更生动多样,更贴近历史所追求的真实。"媒介在文学中的作用表现在:媒介不只是文学的外在物质传输渠道,而就是文学本身的重要构成维度之一;它不仅具体地实现文学意义信息的物质传输,而且给予文学的意义及其修辞效果以微妙而又重要的影响。"③

值得一提的是,出版机构借鉴了新媒体写作的呈现方式,民间述史图书普遍比传统传记好看。《小艾,爸爸特别特别地想你》《我的上世纪:一个北京平民的私人生活绘本》《平如美棠:我俩的故事》《胡麻的天空》《我的朝鲜战争:一个志愿军战俘的六十年回忆》《西部招妻》

---

① 陈卫:《个人史写作带来新的文学冲击》,《中国社会科学报》2012年7月6日第B01版。
② 陈卫:《有关妈妈的个人史》,见赖施娟《活路》,海峡文艺出版社2013年版,第2页。
③ 王一川:《论媒介在文学中的作用》,《广东社会科学》2003年第3期。

《最后的耍猴人》《梅子青时》等都是文图并茂的佳作。为了帮助读者触摸到过去，跨度六十年的《农民日记》在每个十年前都设置了"背景链接"，让读者从宏观上了解日记的写作背景。文内配有当年的宣传画、老照片、学习资料、思想记录、会议记录、生产队账本、预购棉花合同等，全面呈现了一个农民、一个家庭、一个村庄甚至一个民族的六十年历史变迁。

总之，民间述史热原因是多方面的，纯文学的尴尬处境仅仅提供了契机，包容的主流意识形态提供了写作大环境，觉醒的公民意识形成了写作小环境，新媒体发挥了技术助推作用。从各方面情况看，民间述史热仅仅是开端，未来的写作内容和表现方式会更加丰富。

# 第五章 民间述史个案解读

## 第一节 姜淑梅：传奇奶奶的原生态叙事

**作者介绍** 姜淑梅，1937年出生在山东省巨野县百时屯，1960年不堪饥饿跟着丈夫跑盲流，在黑龙江省安达市落脚，做了二十多年临时工。六十岁那年丈夫去世，她在女儿的鼓励下学习写字，七十五岁时又在女儿指导下学习写作，处女作在《读库1302》刊发后受到关注。第一本书《乱时候，穷时候》主要讲述她和家族亲身经历的百年中国乱穷时期，该书入选豆瓣读书2013年度最受关注图书，入围"2013大众最喜爱的图书"，获得第九届黑龙江省文艺奖二等奖；第二本书《苦菜花，甘蔗芽》侧重写早年百时屯的人物和风俗，入围"2014中国好书"；第三本书《长脖子女人》是一部民间故事集，获得"2015年度华文好书评委会特别奖"；2016年出版第四本书《俺男人》，讲述山东和东北地域上普通人的家族故事和个人传奇。姜淑梅被媒体称为"传奇奶奶"，中央电视台《读书》、凤凰卫视《名人面对面》《开卷八分钟》及《南方周末》《读者》等都做过专访或专题报道。2015年姜淑梅获批加入中国作家协会，她的创作故事上了中央电视台《新闻联播》，并被央视纪录片频道拍成纪录片。

在民间述史作者中姜淑梅作品最多，四年间出版了四本书。除民间故事集《长脖子女人》外，《乱时候，穷时候》《苦菜花，甘蔗芽》《俺男人》都是述史作品，她以个人史为圆心，逐步向周围扩大，扩大到自己和丈夫的家族，扩大到出生的村庄百时屯，扩大到山东和东北地域上普通人的家族故事和个人传奇。她的每本书都受到媒体关注，入围好书或获奖。梳理姜淑梅的作品发现，她的述史作品均呈现出原生态特点，即"地方性和民间性"①，作品中时常流露出民间文化的自由自在，"这是任何道德说教都无法规范，任何政治条律都无法约束，甚至连文明、进步、美这样一些抽象概念也无法涵盖的自由自在"②。无论是零度写作的取向，民间语言的选择，还是对大历史背景下小人物生活状貌的还原，这种原生态叙事都使姜淑梅的述史作品具有独特的美学价值。

## 一 呈现非介入式的消解价值取向的零度写作

零度写作是法国批评家罗兰·巴特1953年提出的写作理论，直接针对的是萨特提出的介入式写作。他强调，零度写作是"一种直陈式、新闻式的写作，是一种毫不动心、中性的白色写作"③。其目的是消解写作中的价值取向、功利色彩和审美评判，剔除一切外界干扰，使文本获得有史以来最大限度的自由与狂欢，让作者和读者一同体会自由和欢愉。

姜淑梅来自草根阶层，不知晓文艺理论，人到老年提笔写作完全是兴之所至，她既不考虑价值取向，也不考虑能否获奖。有些职业作家潜心研磨的零度写作，对于她来说是自然呈现，是讲述往事的淡定和从容，虽然与零度写作不期而遇，自己却浑然不觉。

在姜淑梅述史作品中，可以明显看到民间故事对其写作的影响，她痴迷于故事讲述，不铺垫，不抒情，不评价，家国往事呈现在她的作品中仅仅是一个又一个故事，即便讲述乱时候的死亡、奸淫，穷时候的饥饿、恐惧，也讲得平心静气。王小妮评价姜淑梅："我们正像遇到一个偶然现身的隐士一样，碰到了也许会被写它的人彻底深藏、永不为人所知的一本书"，她认为《乱时候，穷时候》是第一本纯正的听老人讲故事的出版物，姜淑梅也许是"最后的讲故事的人"④。

---

① 徐兆寿：《一种新的书写现象：原生态文化书写》，《文艺争鸣》2012年第9期。
② 陈思和：《中国当代文学史教程》，复旦大学出版社1999年版，第2页。
③ [法]罗兰·巴特：《符号学原理》，李幼蒸译，生活·读书·新知三联书店1989年版，第75页。
④ 王小妮：《讲故事的人出现了》，见姜淑梅《乱时候，穷时候》，浙江人民出版社2013年版，第5页。

## 第五章　民间述史个案解读

《庞家父子》讲的是邻居庞广平一家的故事，开头就讲："百时屯有个庞广平，大个，长得周正，住在前街，跟俺家隔一趟房。他家地也不少，忙的时候雇短工。论辈分，广平得叫俺四姑，他爱逗俺玩，见了俺就叫小四姑。他的儿子常来俺家，跟俺哥玩，有时在俺家吃饭。"①庞家家境尚可，有能力送儿子们读书，老四庞法立参加了八路军，二十岁就当了团长；老三庞法思不喜欢家里包办的媳妇，出去参加了国民党；老大庞法玉本来做生意，兵荒马乱做不成生意，参加了还乡团。三个儿子三种选择，结局大不相同：庞法立私自放了将被处决的同乡好友，他随后跳火车险些丢命，回乡装傻种了一辈子地；庞法思抛下媳妇，跟队伍去了台湾；庞法玉在外地隐藏多年，被人告发后押回来枪毙。大儿子被枪毙后，庞广平没活几年就去世了，一家人在战乱时期的悲剧让人唏嘘。但姜淑梅不评价不议论，她只是讲自己的故事，让自己的故事自然终止："广平一共有五个儿子，二儿子有病，死得早，小五子是后续的媳妇生的，活到四十多岁。活得最长的是法立。二〇一一年俺回老家，听说政府也给他开工资了，开多少钱俺不知道。要是现在还活着，他快九十岁了。"②

《穷得担不起名字》讲了百时屯残疾人二瘸子的故事，他爹娘死得早，无兄弟姐妹，白天要饭吃，晚上住庙里，没人叫他的名字。百时屯有婚前给女方家"传书"的习俗，二瘸子的运气出现转机，但一波三折：

> 有个时家本家要传书，他想让二瘸子吃顿好饭，就给二瘸子换了身干净衣裳，让他跟着媒人扛褡子。
> 
> 二瘸子跟着媒人到了女方家，女方的爹娘很热情，午饭做了十个菜，还有热腾腾的大白馒头，还有酒。二瘸子很多年没穿过干净衣服，没吃过像样饭菜，这回可高兴了。他先夹了一个肉丸子，一张嘴，下巴掉了。不能吃饭，水也不能喝，就下了饭桌。
> 
> 女方家一看二瘸子啥也没吃，就用荷叶包了四样菜四个馒头，

---

① 姜淑梅：《乱时候，穷时候》，浙江人民出版社2013年版，第45页。
② 同上书，第48页。

文学视域下的民间述史研究

再用家织的大手巾板板整整包好,用绳绑上,叫二瘸子拿回家吃。

二瘸子回到百时屯,就去找曹佩云,这个曹佩云别的不会,就会端下巴。谁的下巴掉了,到他那儿往上一端,就上去了。那天不巧,曹佩云没在家,去了西洼。

二瘸子去庙里躺了一会儿,把拿回来的饭菜放到神台子上。不知啥时来了一条狗,叼起神台子上的饭菜就跑。二瘸子一着急,喊:"打狗!"下巴好了,上去了。再看那条狗,早没影了。到了,二瘸子也没吃顿像样的饭菜。①

土改未能改变二瘸子的命运,农民会想给二瘸子分房分地。他不要,说在庙里住惯了,在别的地方住不惯,给他地,他也不会种。农民会就给他分了两床被,分了点儿吃的。他吃完那点儿吃的,还是出去要饭。二瘸子五十来岁死了,死了很多天,百时屯人才知道。姜淑梅的作品都是这样,故事结束作品就结束了,没有评价,也不议论。相对于宏大的历史叙事,姜淑梅的叙事是微观的,她仅仅着眼于自己和身边人,着眼于真实发生的故事。但恰恰是这种零度写作的原生态叙事"以个体的生命痕迹,为百年中国历史提供了平实而意味深长的注脚"②。

姜淑梅一生命运多舛,历经抗日战争、国内战争、三年自然灾害和十年"文化大革命",因此她在讲述个人史、家族史、村庄史的同时,也从个人视角向读者呈现了百年中国的乱穷时期。尤为可贵的是,她年近八旬,记忆力惊人,作品中细节很多,用细节讲故事,以故事带细节。日军扫荡,在姜淑梅的笔下是:"每隔一个多月,他们扫荡一次百时屯,来的时候头戴铁帽子,脚上穿皮靴。每次扫荡都在早晨,有时天没亮就来了,来了就抢东西,抢女人。"③某次扫荡,来秀没跑,他天生残疾,走路不稳。"这次来的鬼子,有一个会说中国话,他只会说三个字'找窑子',他反复跟来秀说:'找窑子,找窑子。'来秀不懂啥叫窑子,

---

① 姜淑梅:《苦菜花,甘蔗芽》,浙江人民出版社2014年版,第105页。
② 中国作家协会:《2013年中国文学发展现状》,《人民日报》2014年4月23日第15版。
③ 姜淑梅:《乱时候,穷时候》,浙江人民出版社2013年版,第15页。

就把他们领到大粪窖子那儿,那个人气得哇哇叫,抽了来秀三鞭子。"①

到了解放战争国共拉锯时期,百时屯年轻女人长期在外庄躲藏,一旦回家即遭国民党兵强奸,装疯卖傻也躲不过去。家里的米面油盐谁见了谁拿,鸡羊猪谁见了谁杀,锅碗瓢盆全给拿走了,再也没啥拿的了。双方死伤的惨烈程度,今天的人难以想象:"死人都埋在北门外。不打仗了,俺哪次走到北门,都得捏着鼻子跑,不敢喘气,死人的臭味儿可难闻了。第二年,埋死人的地方种了棉花,棉花长得好,长到一人多高,就是不结棉桃。"②

作为特定历史时期的亲历者,她的讲述不怨不怒,不悲不喜,却征服众多读者。"她是那个乱穷时代的受难者与见证人,她的描述未必全面,但毕竟离现场与真相更近一步。历史只有化为个体的感受,才能对人发生作用。那些富于感性的材料,能让读者对过去的事有更具体、更亲切与更深刻的体会。"③

解放济南有很多记载,姜淑梅写的《济南城的枪炮声》应该是独一无二的,她给我们提供的是一个亲历者的记忆,一个孩子眼中的细节:

> 过了一天,小妹说:"门外的那个死人拉走了,咱去捡弹皮吧。"
>
> 俺说:"好。"
>
> 俺和小妹拿一个篮子,邻居小萍和小兰也拿一个篮子。出了门往东走有个车库,车库里有一辆军车,军车前面侧躺着一个穿军装的死人,他脸色漆黑,胖头肿脸,十指长伸,已经"发"了。
>
> 俺害怕,往东跑,看见一个小树林。小树林边上有一片平地,平地上有一层新土,俺一踩可暄了,底下好像有弹簧,蹦一下就弹起来。
>
> 俺喊:"都过来,都过来,这儿好玩。"

---

① 姜淑梅:《乱时候,穷时候》,浙江人民出版社2013年版,第17页。
② 同上书,第24页。
③ 马国兴:《岁月的手指点石成金》,《南方都市报》2013年10月27日第B6版。

她们三个都过来，俺们一起在上面蹦，都说好玩。

有个男人离着挺老远就喊："小孩，快下去，别蹦了，那底下都是死人！"吓得俺嗷嗷大叫，赶紧往家跑，啥也没玩上，啥也没捡着。①

从门外的死人，穿军装的死人，再到新土下面的死人，都从侧面证实了济南战事的激烈程度。这类细节原本是生活中的细枝末节，微小，琐碎，飘落在四面八方，姜淑梅捡拾起来放在具体的历史背景后变得沉甸甸的，"历史全貌的呈现，有赖于这些细节的补充"②。她虽然不介入故事，这些故事和细节却自有其重量。

## 二 选择富有生活质感的原汁原味的民间语言

民间语言是老百姓的语言。20世纪初，胡适、陈独秀等人倡导"文学革命"，民间语言的文学价值即被发现和利用，白话文写作成为中国文学现代化和民族化的重要途径。至90年代，作家韩少功、李锐等人从文化寻根的角度再度强化民间语言的文学传统，"通过开拓长期被公共语言遮蔽的民间语言，来展示同样被遮蔽的民间生活"③。如韩少功创作了《马桥词典》，李锐创作了《无风之树》等。对这些作家来说，偶尔使用民间语言写作，是有意为之，苦心经营，寻求现代汉语写作的突围路径。对姜淑梅这位来自民间的草根作者来说，使用民间语言写作并非刻意追求，而是天然选择。

姜淑梅识字晚，读书少，几乎没有受到书面语言的影响，平常怎么说话，下笔就怎么写作，文本中口语、方言、俗话比比皆是，这反而成就了她独有的姜氏语言。姜氏语言里几乎没有成语，也很少有形容词、副词，原汁原味，却颇具感染力。网友评价："浅白平实，娓娓道来，就像母亲在述说她的陈年旧事一样，却读得泪水直在眼眶里打转。""一字一句，全是鲜活的生活。每个字都'钉'在纸上，戳到人心里。"

---

① 姜淑梅：《乱时候，穷时候》，浙江人民出版社2013年版，第44页。
② 蒲湘宁：《"小民往事"为何这么红？》，《深圳商报》2014年2月10日第A11版。
③ 黄永林：《20世纪中国文学对民间语言价值的发现与运用》，《广西师范学院学报》2004年第2期。

第五章 民间述史个案解读

姜氏语言的特色之一是口语讲述,简洁生动。作为日常交流工具,口语在表达上常常是粗粝的,直接的。姜淑梅将口语应用于写作后,有意或无意间去粗取精,她的讲述令人耳目一新。《登记》讲的是刚刚实行婚姻登记时的事,青年男女第一次见面就是在婚姻登记的地方,"走到登记的屋往里一看,东边坐一排是男的,西边坐一排是女的,一共十八对,俺道远,最后一个到的"。就是这样,女的还用黑纱手帕把头包上,用一只手在鼻子前面捏着,光露着两只眼睛。"往对面看,这十八个男的,俺也不知道哪个是俺的。有一个男的大高个,模样也好,这个人要是俺的就好了。有四个男的太不像样,两个年纪大,一个又矮又丑,还有一个一看就是个傻子。俺都想好了,这四个人里要是有俺的人,俺回家就死。"第一份登记,"就把俺看上的那个男的登走了"。登记登到第十六份,"那四个很不像样的男的才全登出去",登完记她感叹,自己的命"不孬也不好"。①

现代人普遍营养过剩,很难再有饥饿感,更不用说直观感受。姜淑梅告诉我们,饥饿可以导致女人停经,她就停了四年。她还形象地讲述了饥饿的感受,让饥饿具体可感:

> 人饿得狠了,一天天躺在床上,还没那么难受。就是下地不行,走路腿软,直打摽。饿得最狠的时候,站着眼发黑,啥都看不见。要是坐着坐着猛一站,眼前就像下雪似的,看哪里都是白的,模模糊糊能看见道,感觉头悬起来老高,好像不是长在自己身上。在茅厕蹲得时间长了,起来的时候眼前全是一朵一朵金花,一亮一亮的,站一会儿别动,金花就慢慢没了。②

"大跃进"之后的饥饿情况官方鲜有公布,有限的描述蜻蜓点水,虚构作品中的描述真假难辨,姜淑梅饿出来的"经验"直接、具体,是让我们不得不正视的民间饥饿事实。姜淑梅还讲述穷困年代月子里第四天开始熬碱,她不厌其烦地介绍熬碱程序,对周边的碱土熬出来的各

---

① 姜淑梅:《乱时候,穷时候》,浙江人民出版社2013年版,第105—106页。
② 同上书,第128—129页。

种碱牙子津津乐道，结尾极简洁："跟儿女讲当年，他们问俺：'坐月子咋还拼命干？'俺那时就想：宁可累死在东北，不能穷死在东北。穷，叫人家看不起。"① 语言朴实，却铿锵有力，这样的语言只能出自民间，出自底层劳动者之口。

民间口语中有些词汇言简意丰，姜淑梅经常使用这样的口语表情达意。比如说到一个人大汗淋漓，她用"滔滔的"："等俺睡着了，娘再把被子掀开，说俺身上的汗滔滔的"（《济南城的枪炮声》）；她也用"呱呱的"：小木匠路遇黑瞎子，"到家以后，棉袄湿得呱呱的"（《看见野兽》）。作品《卖碱》提到商店的人没收了她的碱并对她大声呵斥，两次使用"嗷嗷"，一次是"对着俺嗷嗷叫"，一次是"他嗷嗷完了"。前一个是副词起修饰作用，描述呵斥者的神态；第二个是谓语动词，神态和动作同时完成。这样的口语比副词和形容词更富生活质感。

姜氏语言的特色之二是使用方言，具体形象。胡适曾充分肯定方言的价值："方言的文学所以可贵，正因为方言最能表现人的神理。通俗的白话固然远胜于古文，但终不如方言能表现说话人的神情口气。古文里的人是死人；通俗官话里的人物是做作不自然的活人；方言土语里的人物是自然流露的活人。"② 姜淑梅二十三岁离开山东，在黑龙江生活五十多年，山东方言和东北方言已经潜移默化地进入她的日常表达。她一动笔就用"俺"来讲故事，例如《捡弹皮》的首句："俺小时候，常听男孩子喊：'天不怕，地不怕，就怕飞机拉㞎㞎'。"这种方言表达既带着贴伏大地的地域特色，又具有浓郁的生活气息。再如，土匪的东北方言是"胡子"，鲁西南方言是"老缺"。如果说写《胡子攻打百时屯》时，姜淑梅无意中用东北方言讲述山东故事，那么写《女老缺》时，她已经有意识地用山东方言讲山东故事。因为爱打抱不平，好骂人，女老缺土改的时候被拉去批斗，有个片段很有趣：

> 几个民兵去她家，叫她去开会，她去了。她一走到，民兵就叫

---

① 姜淑梅：《乱时候，穷时候》，浙江人民出版社2013年版，第150页。
② 胡适：《〈海上花列传〉序》，见胡明主编《胡适精品集》第6册，光明日报出版社1998年版，第98页。

第五章　民间述史个案解读

她站到中间了。她大声说："叫俺开会，这是要开俺的会呀！奶奶个×，开吧！"

那些人都喊口号："打倒恶霸！"

她喊："你屙犁子！屙大牛！"

那些人再喊："打倒恶霸！"

她喊："你屙耙！屙犁子！屙大牛！屙大马！"

农民会会长叫儿童团的孩子去尿她，她说："俺看哪个王八羔子敢尿俺？俺把你的小鸡巴给你揪下来！"

那些孩子谁也不敢靠前。

农民会会长一看，整不服她，就散会了。①

在这个片段里，叙述语言和人物语言用的都是方言，一般读者没有阅读障碍，人物形象却呼之欲出，其他语言无法替换，一旦替换意趣全无。山东作家张炜认为："一些只有当地才使用的说话方式，往往是最生动简洁的，不可能被另一种语言完全取代。能够传递最微妙的、事物内部最曲折意味的语言才是精到的语言，才算是最好地发挥了语言的功用。从这个方面来看，还有什么比方言更好的？"②

姜氏语言的特色之三是借用俗语，丰富故事。姜淑梅讲述往事时，仿佛在做一次又一次张网捕捞，打捞上来的俗语内容繁多，如果认真梳理和剖析，可以从中发现很多研究内容。她在《赔钱货》里提及三个俗语，一个是"谁家生了闺女，粪坑都噘三天嘴"，这句俗语恰如其分地表现了产女人家的沮丧。"拉巴闺女不当行，还得搭上半拉娘"，背景是闺女嫁人三天回门时，要在娘家住一个月给全家人做鞋，家里几口人，就得做几双。闺女不会做的娘做，闺女做活慢的娘得帮着。"做贼的不进五女门"，说的是闺女越多，家里陪送越多，赔钱越多，谁家要是有五个闺女，家里的东西就赔得不剩啥，贼都不上门了。在《庙台子》里提及俗语"留闺女的肉，闺女回家瘦"，说的是小两口拜年拿了很多礼，娘家单单留下二三斤肉，闺女回到婆家受气上吊死了。《干绝

---

① 姜淑梅：《苦菜花，甘蔗芽》，浙江人民出版社2014年版，第5页。
② 张炜：《小说坊八讲》，生活·读书·新知三联书店2011年版，第14页。

户》结尾提及俗语"十个好美女，不如一个踮脚儿"，说的是二奶奶老来无靠，六十多岁糊涂以后，经常说自己有了，要生了，准备好生孩子用的东西。在这样的俗语和故事中，我们不仅了解了小人物的故事，还进一步了解到何以如此。从这些俗语可以看出，旧时代男尊女卑，在鲁西南尤甚。《最后的辫子》提及一套俗语："分发头，不戴帽。穿皮鞋，嘎嘎叫。镶金牙，自来笑。戴金镏子，不戴手套。"说的是20世纪三四十年代鲁西南男人的时尚。女人的时尚是裹小脚戴耳环，俗话有"脸儿白白不为俊，脚儿小小遮半身"，有"裹大脚找瞎子，想吃馍馍背褡子；裹小脚找秀才，想吃馍馍拿肉来"，有"天打扮，地打扮，不戴耳环不好看"（《裹脚》）。今天看来，这样的时尚有些可笑，却让我们看到旧时代男男女女远去的背影。"今穿单，明穿单，留着新衣过年穿"（《穿戴》），则从新年穿新衣的角度透露出旧时代乡村生活的整体拮据和老百姓对美好生活的向往。这些俗语集中体现了草根特色和民间智慧，带着深刻的时代和地域印记，丰富了姜淑梅的作品意蕴。

### 三 还原大历史背景下小人物的生存状貌

各类述史作品都在努力还原大历史背景下各类人物的生存状态，有学者认为，"任何历史还原的努力，都不可能真正复原已经消逝的原生态的历史本身，而只能在充分激活'历史记忆'的过程中通过形态辨析与规律探寻重新建构接近于原生态历史本身的历史文本，由此逐步臻于历史与逻辑的辩证统一"[①]。2010年以后，台湾地区作家齐邦媛的《巨流河》、张婉典的《太平轮1949》、亮轩的《飘零一家：从大陆到台湾的父子残局》等文人述史作品相继推出。如果说台湾作家的述史作品具有激活历史记忆的文化自觉，那么大陆的民间述史作品只是无意间达成这样的事实。这些作者都是生活中的小人物，或者因生活变故跌入生活的底层，数十年的底层生活决定了他们的写作对象只能是小人物和小生活。

姜淑梅的述史作品写了很多小人物，如实记录他们的喜怒哀乐和各自命运，还原了大历史背景下小人物的生存状貌，这实际上也是对大历

---

[①] 梅新林：《文学世家的历史还原》，《中国社会科学》2011年第1期。

史的必要补充。在这些小人物中男人们性格迥异，反差很大。老广德没有儿子，七十三岁续娶老婆被人瞧不起。虽然夫妻恩爱相互陪伴，但老婆死后后事无人帮忙，他只能自己挖坑，深夜用大站带把尸体绑在身上运出去埋了（《老广德》）。大个子驴是孤儿，种庙地为生，老实巴交，勤劳能干，在媒人和亲属帮助下骗娶了媳妇（《大个子驴》）；士平因为媳妇不生孩子，抽上大烟成了"二烟鬼"，不光打骂媳妇卖自家东西，对哥嫂也是非打即骂。他啥钱都敢花，当过胡子的卧底掐死过好好的孩子，也敢偷日本人的大洋马杀了卖肉，他平平安安活到七十多岁（《士平》）。继卜在家打骂媳妇，可听说要他见官当证人，吓得屙了一裤裆。他的性格有些夸张，牙疼了就哼哼，扣上罐子就嗷嗷叫，饥荒年代在家喊"俺吃窝窝！俺喝糊涂！"喊到死（《继卜》）。二青哥因为家穷娶不上媳妇，四十多岁了和姨嫂相爱，不敢光明正大在一起，只能偷着好。两个人跑到外面生孩子，孩子没站下，过了几年回到百时屯，才敢光明正大过日子。二青哥奇就奇在知道自己到寿了，还告诉二青嫂说死到脚了，死到腿肚子、膝盖、大腿根了，说完死到肚子人就死过去了（《明白人》）。姜淑梅笔下的小人物没有好坏之分，或许在她眼里哪个人活得都不容易，他们都掌控不了自己的命运，只能在乱穷年代随波逐流。张守仁认为："这是真实的民间信史，弥补了正史的忽略和苍白。近六七十年来国家民族的风云变幻、坎坷曲折，全渗透在普通人一个个生活遭际之中。"[①]

在这些男性人物中，四大爷读来颇有趣（《四大爷还愿》）。四大爷本来有房子有地，赌博输光了家产，气死了爹娘和媳妇，他领着三个儿子住到庙里，要饭为生。有一天，四大爷跪在泥神像前许愿说："三个儿子要都娶上媳妇，俺许给您大戏一台。"等三个儿子都娶上媳妇，四大爷也老了。他请不起戏班子，许下的一台大戏没法还愿。后来，四大爷想了个办法。他要了两块梨木磨成梆子，叫儿子在庙西边盖了半间小屋，他住在小屋里唱戏。

　　俺记事的时候，四大爷七十五六岁，胡子都白了。他还坐在小

---

[①] 张守仁：《推荐姜淑梅的两本奇书》，《中国艺术报》2014年9月22日第4版。

屋里,两个梆子一敲,天天唱。俺去过四大爷的小屋,坐在床上听他唱戏,不知道他唱的是啥,听着挺热闹的。俺慢慢听出来,他会唱的戏不多,这个戏里几句,那个戏里几句,翻来覆去地唱。

唱戏之前,他先说上一段:"各位神仙,想当初穷得要饭,俺许过愿:三个儿子要都娶上媳妇,俺许给您大戏一台。现在,俺三个儿子都娶上媳妇了。俺许给您大戏一台,没许给您几个人唱。俺天天给您唱戏,您老人家就听着吧。"

四大爷天天敲着梆子唱,唱到死,他活了八十多岁。①

四大爷也是小人物,赌博败家,又一诺千金,作者不做任何评判。在这类作品中,姜淑梅特别注意小人物身上的喜剧因素并有意强化,这种强化使得小人物的生活状貌参差错落,悲凉和无奈之余多了几分喜剧色彩。

身为女性,姜淑梅笔下的女性形象多姿多彩:想守贞洁的"区长嫂"回家看婆婆,经期里被小叔子轮奸,死后衣裳都被脱光卖了(《守寡》)。一个十七岁的贫家女,跟着娘要饭吃,长得好让人看中,为了十块大洋五布袋高粱嫁给六十七岁的老头,她不得不跟夫家子女斗智斗勇,三十多岁就守寡了(《小金盆儿》)。二嫂的弟媳数年忍受公婆的虐待,只盼小丈夫长大,却在小丈夫的眼皮底下被公公活活勒死了(《二嫂的弟媳》)。听说爹让人弄死了,十八岁的闺女把辫子往头上缠几道,骑马远去为父报仇。报仇回来好人家不敢娶"女老缺",只能嫁给鳏夫当填房。她泼辣、刚烈,终究没能挨过饥饿,死的时候辫子还老长(《女老缺》)。爱莲十一岁就在枪林弹雨中为八路军送吃的,是百时屯姊妹团团长,第一个在百时屯办新式婚礼,打过想占便宜的土改工作组组长耳光,"文革"时期各种批斗会,她数次搅局,为丈夫和他人据理力争(《爱莲》)。在这些女性身后都有具体的大历史做背景,她们和她们身后的背景一同构建出鲁西南百年历史长河中的女性人物长廊,这些生命"虽渺小如蝼蚁,但读之却有鲜活生动的亲切感,让人过目不忘,容易让人接受,同时还能见叶知秋、管中窥豹地使人觉察、发现历史缝

---

① 姜淑梅:《苦菜花,甘蔗芽》,浙江人民出版社2014年版,第122—123页。

隙中的'真相'"①。

这些女性人物里,最耐人寻味的是战乱年代中的"俺娘"。她出身富裕家庭,十六岁嫁人,不想在大家庭里受气,先是推着妯娌到庙门前说理,后跟长辈提出分家。分家以后她顶门过日子,孝顺婆婆,善待长工,供丈夫上学。她乐善好施,周济穷人,"有的借了粮,新粮下来就还了。有的借了不还,再来借,还是高高兴兴地借给人家"。她处事公道,经常替人家断官司,呵护弱小,保护受到欺负的外姓人,也警告过想毒死丈夫的女人。对倒在路上没了心跳的陌生人,她请人帮忙抬到家里大胆施救。她的所作所为最终换来一家人历次运动中的平安:

> 土地改革的时候,经常开会批斗地主,俺娘一次都没去过。"文化大革命"又开始批斗地主,百时屯的人从来不找俺娘。
>
> 1971年农历七月十六,娘去世了,活了七十三岁。正赶上割谷子,大哥说:"咱家成分不好,出殡没谁敢来,一百斤面的馍够了。"出殡那天,百时屯五个小队歇工,一家没落都来了,俺家临时借面买菜。没那么多桌子,就把门卸下来当桌子,放了一场院。还有上不来桌的,就蹲在地上吃饭。
>
> 事后,大哥说:几十年了,百时屯没办过这样的丧事,这么多人到场。
>
> 娘小时候叫香,嫁给爹以后就没名了,在家谱里,她是姜冯氏。②

在"俺娘"身上集中体现了善良又泼辣、宽容又隐忍、豁达又守旧种种个性,这也是旧时代中国传统女性的个性集成,有其身后的战乱背景做时代底色,有广袤的鲁西南做地域底色,"俺娘"特别具有典型意义。

姜淑梅还记录了小人物身处其中的小生活,即齐鲁大地上的古老民俗。这些民俗有些仍然保留,更多的已经成为民俗记忆。这些民俗构成

---

① 张光恒:《不可多得的"平民史"》,《羊城晚报》2014年9月17日第B4版。
② 姜淑梅:《乱时候,穷时候》,浙江人民出版社2013年版,第203页。

小人物的另一种生活背景，也使得姜淑梅的作品具有民俗学价值，因为"民俗不是镶嵌于人生的简单饰物，而是沉淀于人物内在心理结构，又显现于人物外在行为方式的永恒伴侣"，"犹如某种特殊的基因，融化在民族、地区、宗法、职业等种种的社会群体和个人的生命中，血液里，成为某种精神的、心理的积淀和思维定式，有意无意支配着他们的意识活动和行为方式"①。

在此类作品中，姜淑梅不止于简单介绍，她着重讲民俗中的故事，那些悲喜剧不仅加深了读者印象，还成为民俗的最佳注解。她不吝笔墨地讲述鲁西南地区的裹脚习俗："在巨野老家，裹脚布短的八尺，长的一丈二。裹脚，就是用裹脚布把大脚趾外的其余脚趾硬生生裹到脚底下，让它们一点儿一点儿骨折，一辈子踩着脚指头，用脚后跟走路。就是三伏天，裹脚布也得里三层外三层裹好，裤腿用带子扎上。裹脚以后，脚就不长了，所说的'三寸金莲'，都是从小给裹出来的，小脚趾挨着脚后跟。""谁家娶新媳妇，外边来看热闹的小叔子都拿棍去量脚，要是新媳妇脚大，他就喊：'哥，你卖酒吧，卖醋吧，提子（蹄子）够数！'"② 在这样的乡规民约里，脚大点的媳妇有的上吊，有的致残，更多的小脚女人常脚疼，走不了路。由此可见，民俗是小人物生活中不可分割的一部分，常常以巨大的惯性力量暗示小人物的走向，读者从这些描述中既能感受到齐鲁地域文化中"知礼好客""勤劳孝顺"等彰显正能量的人文精神，也能感受到封建礼教对人们观念的束缚。

总之，姜淑梅作品的出现和畅销，让我们看到文学写作门槛降低、疆域扩大，只要具备基本的写作能力，每个人都是生活的记录者，都可以尝试原生态叙事或其他形式的写作。姜淑梅这类作者越多，民间述史的文本越丰富，可供探讨的领域越广阔。

## 第二节　饶平如：九旬老人的怀念之作

**作者介绍**　饶平如，1922年生，祖籍江西抚州南城县。黄埔军校

---

① 陈勤建：《民俗艺术学概论》，上海文艺出版社1991年版，第82页。
② 姜淑梅：《乱时候，穷时候》，浙江人民出版社2013年版，第59页。

第五章　民间述史个案解读

十八期学员,1941年入学,1943年毕业,他参加过抗战与内战,1948年离开部队回到南昌,与毛美棠举行婚礼。此后辗转多地,1951年到上海大德医院做会计,兼职做出版社编辑。1958年饶平如因历史问题被送到安徽六安某农场接受劳动教育,此后在六安汽车齿轮厂做工。1980年平反后回到上海,在上海科学技术出版社做编辑。2008年妻子毛美棠病逝后,他手绘数百幅画,记述他们从初识到相守再到生死分离的七十多年时光。2013年《平如美棠:我俩的故事》由广西师范大学出版社出版,先后被评为"2013中国最美的书"、《新京报》"2013年度好书评选"之"年度致敬图书"、"新浪中国好书榜"之"2013年度最感动图书"等。

《平如美棠:我俩的故事》是一部怀念之作,其中有社会变迁的见证,有涤荡了痛苦的平和,更有相濡以沫数十年的爱情。正如学者何怀宏撰写的颁奖词所说:"它平淡如树,却又绚丽如花,作者青年抗战,壮年受难,老年丧妻,然而,他并没有丧失生命的童真和诗意。他八旬学画,九十出书,绘画优美,文字清丽,书画合璧,情意深沉。这本书不是思想或政治的巨制,然而,任何思想的探索和制度的改善,其旨归不正是应让所有人过好的生活,美的生活?而每个人也都有如此生活的权利。于是,我们在这里向《平如美棠:我俩的故事》致敬,向生命致敬,向长者致敬,向普通人致敬,向所有在生活中发现美和传递爱的人们致敬。"[1]

## 一　社会变迁的见证

《平如美棠:我俩的故事》记录了一个家庭近六十年的动荡历史,见证了一对夫妻近六十年的爱情,也见证了社会变迁。饶平如的作品是独具特色的草根叙述,我们从中能看到大历史背景下生动鲜活的个人史。

作为一名军人,饶平如见证了战争的残酷。1940年秋天他考入黄埔军校,和同伴长途跋涉四个多月,到达成都校区,成为黄埔军校十八

---

[1]　何怀宏:《颁奖词》,《新京报》2014年1月7日《书评周刊》封面。

期一总队两千人中的一员。1943年军校毕业后,他选择第一百军,投入到抗日战场,参加过常德会战、衡阳会战、湘西会战等。

常德会战是饶平如跟随部队第一次与日军作战,双方激烈交火。枪炮声稍止,排里的炊事兵到阵地山头探头探脑向对面窥视,被日军狙击手开枪击中脑袋,当场倒地身亡。赶赴衡阳解围途中,他所在的部队在公路上原地待命,从上午八点等到下午四五点钟。烈日之下口渴难忍,饶平如便在身边的稻田里用搪瓷杯舀了满满一杯污黄、浑浊的稻田水喝下肚,随即吃了两瓣生大蒜,抗战艰险由此可知。

最惨烈的当数湘西会战,1945年4月9日开始,6月7日结束。4月19日,他在一个名叫"鱼鳞洞"的山上看见对面山上有大股日军向芷江方向前进,将两门炮架到阵地前山坡上,直接瞄准敌人发射了一百多发炮弹,打得日军猝不及防,死伤七十多人,包括一个大队长。第二天再次架炮突袭,敌军早有准备,重机枪扫射过来,小钢炮也开始轰击,饶平如写道:

> 这次我们完全暴露在敌人的火力下,处境被动。我便下令拆炮卧倒。炮弹雨点般扫来,忽然一声惨叫,在我右下方十步左右卧倒的四班班长李阿水被炮弹击中,片刻工夫即牺牲。我抬头望天,见天空晴朗,云影徘徊,又驰目四面,四面全是青山。忽然,就在炮声里我开始静静地想:这里也许就是我的葬身之地吧?有蓝天,有白云,有莽莽青山,死得其所啊。[①]

万幸的是,这一次饶平如侥幸撤回。

湘西会战后,日军残部退到邵阳城内。在邵阳城外大山岭上,日军筑有严密工事,两军对峙半个月仍未攻下。1945年7月上旬,饶平如所在炮排奉命作战,盟军飞虎队二十架飞机助战。战机投掷燃烧弹,炮排发了一百发炮弹,然后延长射程,步兵排仰攻,始终攻不上去。营长被上峰下了命令,说如果下午攻不下来,就提头来见。直到下午四五点钟,山头还是未能攻下。远远可见攻山的步兵里有十余人匍匐在山坡的

---

① 饶平如:《平如美棠:我俩的故事》,广西师范大学出版社2013年版,第71页。

草丛中,他们一动不动,早已阵亡,这时离抗战胜利只有一个月。

国共内战亦很残酷。流弹防不胜防,某次饶平如和营长在高粱地里选了一个竹棚作观测点,流弹从窗口射进来,从营长的棉大衣前襟的右边打进,又从左边打出,打出两个窟窿,人却毫发无损。一位原属七十四师炮兵连的军士突围出来,投奔到饶平如所在连队。据他讲:"师长张灵甫,副师长、参谋长、副参谋长等近十位高级指挥官均留下'绝命书'后'殉国',遗书交由一个参谋提前突围带回后方。听说共产党军队距离指挥部只有两百米处时,包括张灵甫在内的指挥官们站成一列,张指定一人——向上级开枪,其后此人亦自决;其下的旅长、团长、营长、连排长包括士兵也或自杀或战死,其情其景俱是凄绝。"①

战事叙述各有不同,"故事内人物的限知视角无法避免其主观色彩,众多身份各异的人物从各自的角度观察人物事件,参与叙事,又从各自的立场或公正或偏颇地提供历史史料,有意无意地控制或延宕叙述信息,增加理解的歧义,往往导致韦恩·韦斯所称的'不可靠叙述',使历史的真相若隐若现"②。但来自不同立场的叙事改变了历史"一言堂"倾向,让历史叙事更多元更丰富。

作为一位世纪老人,饶平如还记录了江西的古老民俗,并见证了城市变迁。《平如美棠:我俩的故事》讲述了幼童的发蒙仪式、立夏时节的撑夏习俗以及端午节、春节、元宵节等年节习俗。撑夏习俗很有趣,立夏这天,大人嬉笑着告诉孩子可以放开量,大吃一通。南城的立夏还有称人习俗,给小孩子称一称体重,等夏季结束再称一称。饶平如还饶有兴致地讲述了元宵节趣事。南城的元宵节一般从正月十三就闹起。郊区农民组织龙灯进城,在县城里家家户户巡演。城里的住户在大门口放鞭炮"接灯",鞭炮声炸响,龙灯就舞起来,而后派发红包。1938年的元宵节,他买来材料自制狮子灯,让弟弟和表弟舞灯,由侄子和外甥开道,他则遁入人群暗暗尾随,欣赏狮子灯演出效果。他们也到几间大的店铺进去表演一番,喊几句吉利话,接灯的人按例当回赠些财物,他们只收到几对小蜡烛,钞票分文没有,连狮子灯的投资都没有收回。古老

---

① 饶平如:《平如美棠:我俩的故事》,广西师范大学出版社2013年版,第115页。
② 程倩:《历史的叙述与叙述的历史》,人民文学出版社2007年版,第55页。

的民俗在这里不只是一个简单的注释,当民俗与故事联姻,民俗不仅得到生动再现,而且妙趣横生。

作为一种文化现象,民俗具有教化、规范、维系和调节等社会功能。"尤其是在一定历史时期,民俗文化传统对亿万民众的民族凝聚力、向心力,往往起着不可估量的作用。"[①] 正因如此,各地的民俗文化研究都在推进,"非物质文化遗产"概念在国内流行,饶平如记录的古老民俗图文并茂,为民俗文化研究提供了珍贵素材。

饶平如出生在江西南城,十六岁随父母搬到南昌,后来从军转战各地,20世纪50年代到上海谋生。他用文字和绘画再现了20世纪30年代南昌住所陈家桥附近的风光,40年代故乡南城的街景,50年代的上海旧居,再现了县城南城、省会南昌和国际化都市上海的城市旧貌。1948年,饶平如和毛美棠在南昌的江西大旅社举办婚礼,那里是西式风格建筑,大厅宽敞明亮,两层楼。厅当中建有一个大的花台,置满各色花草,两侧有走廊,屋顶则是玻璃天窗。当天阳光直射而下,直照到婚礼现场。2008年妻子去世后,饶平如独自一人回到当年的江西大旅社,"大旅社的门前因为曾打响南昌起义第一枪,如今已成为南昌起义纪念馆。建筑格局也多有变化。昔日宽敞开放的大厅现在改为方形封闭的中式堂屋,厅前的花木依旧,只是当年的花台不再。玻璃天窗已拆毁,唯阳光朗照的庭前,仍是当年携手处"[②]。饶平如用文字和图画留下的虽是南昌城市一角的变化,但从两相对比中,读者依然能够感受到南昌的城市历史变迁。

## 二 相濡以沫的爱情

爱情是文学的永恒主题,动人心魄的爱情故事从来不缺少读者和观众。和很多爱情文艺片相比,《平如美棠:我俩的故事》缺少跌宕起伏的情节,也没有戏剧性的大悲大喜,故事琐碎,娓娓讲述,出版后却受到读者追捧。这本书不同于虚构的文艺片,它讲述了真实发生的爱情故

---

[①] 丁慰南:《民俗文化的社会功能与社会现代化新潮流》,《江西社会科学》2002年第1期。

[②] 饶平如:《平如美棠:我俩的故事》,广西师范大学出版社2013年版,第135页。

事,这种非虚构作品可以当作传记式爱情读本赏读,"它还原了一份不被时间改变、不因际遇转移的纯粹爱情,这在浮躁的现世尤显珍贵"①。

近些年,中国社会飞速发展,公众的思想日益多元,"执子之手,与子偕老"的传统爱情观受到冲击。与此同时,公众在爱情关系中遇到的问题也越来越多:如何建立爱情关系,如何维持持久的爱情,如何防止关系的破裂,如何在纷纷扰扰的价值体系中认识到自己的真正需要,等等。在此形势下,我们有必要以《平如美棠:我俩的故事》为蓝本重新思考:爱情为什么发生?在社会动荡的时代背景下是什么使得两个人的爱情维持六十年?为当代人提供了哪些经验?

从表面看,饶平如与毛美棠的婚姻属于父母包办,两家的父亲是至交,饶父是南昌的执业律师,毛父是家住临川的商人,两小无猜的时候两个孩子就见过面。到了男大当婚女大当嫁的年龄,父亲带着平如去了毛家,两个年轻人见过面便订了婚。实际上,父母包办里也有两个年轻人的一见倾心,刚进毛家的场景深深铭刻在平如记忆中:"屋子很大,我走过第三进的天井,正要步入堂屋时候,忽见西边正房小窗正开。再一眼望去,恰见一位面容姣好、年约二十的小姐在窗前借点天光揽镜自照,左手则拿了支口红在专心涂抹——她没有看到我,我心知是她,这便是我初见美棠之第一印象。天气很好,熏风拂面,我也未停步,仍随父亲进堂屋。"②美棠知道要和平如订婚,心里也是窃喜的,她的印象里有这么一个人,眼睛长得好看。见面以后,美棠给平如看以前的照片,给他唱流行歌曲。

一见倾心可以建立起爱情关系,但并不能保证爱情的久长。此后六十年,让两个人相濡以沫的东西实际上是两个人的门当户对。"门当户对是婚姻双方身份地位和经济财富的交换,它是结婚双方之间家庭财产、权力阶层、门第声望等社会资源的交换,它要求婚姻男女必须遵从家庭收入、家庭成员的社会地位、声望、职位等对等的择偶原则。"③

---

① 陆莉莉:《回归本真,直指人心——盘点2013年特色图书》,《出版广角》2014年第4期。
② 饶平如:《平如美棠:我俩的故事》,广西师范大学出版社2013年版,第88—89页。
③ 杨兴亮:《社会转型期门当户对择偶观的选择偏好——社会交换理论视角下"剩女"现象浅析》,《社会工作》(学术版)2011年第4期。

门当户对一直是中国传统社会的择偶标准,曾经一度被当成封建思想加以批评,但无论如何批评,门当户对在提高婚姻质量、维护社会稳定方面发挥的作用有目共睹。在财产、阶层、地位对等的背后,是两个人生活背景、志趣爱好、受教育程度的相近,是价值观的相近,是精神上的门当户对。两个人都在中产家庭长大,小时候衣食无忧,接受过良好的家庭教育和学校教育,有共同的价值观,这才是他们能够患难与共的根本原因。

梳理平如和美棠的爱情生活,大体上可以分为三个阶段。

一是青年时代的形影相随。订婚以后,平如在心理上发生重大变化,同样是乘坐轮船在长江上航行,返回部队的途中,平如所思所想却和来时截然不同:"在遇到她之前我不怕死,不惧远行,也不曾忧虑悠长岁月,现在却从未如此真切过地思虑起将来。"[1] 当年从军的动机是抗日,如今变成中国人打中国人,实在不是所愿。思虑将来的结果是要及早离开部队,他于1946年订婚,1948年请婚假离开部队,从此和妻子形影相随。他们最初勾画的生活图景是,两个人在乡间找一处僻静地方,有一片自己的园地,布衣蔬食以为乐。社会动荡,这样的愿望难以实现,美棠随平如在贵州安顺工作过,在南昌做过亏本的生意。后来平如先到上海谋生,生活安顿下来即把全家老小接去。平如视力好,美棠近视,两个人看电影,坐在后排美棠看不清,只好坐前排。时间长了,平如也成了近视眼,两个人终于同步了。从最初勾画的生活图景到看电影的细节,可以看出两个人的爱情从空中到地面,既需要与现实磨合,也需要与对方磨合,两个人有共同的生活背景和共同的价值观,这样的磨合中便少了很多摩擦。

二是中年受难时的不离不弃。1958年,平如因历史问题赴安徽劳教,美棠被出版社找去谈话,劝她跟丈夫划清界限,美棠没有理会。母亲已老,家贫子幼,美棠倾力操持家事,为贴补家用常做临时工,甚至去工地搬水泥,一袋水泥五十斤重,她从此落下腰伤。去医院就诊,一帖药要花两元六角,她舍不得就不再去看病了。平如在外省吃俭用寄钱回家,每年春节探亲假,他都要借钱采购,挑着各种吃的回家团聚。晚

---

[1] 饶平如:《平如美棠:我俩的故事》,广西师范大学出版社2013年版,第107页。

上孩子们一边吃着花生瓜子一边唱歌,平如用口琴伴奏,让邻居羡慕不已。直到 1980 年,上海市公安局发出撤销劳动教养处分的决定书,一家人才得以团聚。因为各种政治运动,中国很多家庭夫妻反目、家破人亡,平如和美棠却从没有一丝放弃的念头,在两地相隔的二十二年里,两个人从未中断书信。二十二年风雨同舟,也是因为共同的价值观以及由此衍生的共同信念使然。

三是年老体衰时的相互扶持。平如回上海工作后,孩子陆续成家立业,孙子孙女陆续出世,两个人的晚年生活清贫祥和,不料疾病袭来。平如患急性坏死性胰腺炎,手术后十八天不能排便,美棠遂以手指抠碎硬块。平如心脏搭桥手术后,美棠一定要来医院探视才放心。美棠患糖尿病,需要每天进行腹膜透析,平如推掉了所有工作,全身心照顾妻子。他去医院向护士讨教了办法,购齐相关设备,在家里每天给妻子做腹透,一做四年。他每天五点起床,给她梳头、洗脸、烧饭、做腹部透析,还要打胰岛素、做记录,不放心别人帮忙。美棠初病性情乖僻,后来越来越糊涂,有一天称平如将自己的孙女藏了起来,不让她见,平如怎么说她都不信。想到美棠恐怕永远不可能恢复她的正常思维了,平如绝望至极,八十多岁的他坐在地上号啕大哭。美棠病情加重入院治疗,神志不清,情绪躁动,不肯配合血压透析,不时动手拔身上的管子。她听力减退,看字也不清楚,平如就画画劝她不要拉管子,但画也不管用,只能关照护工晚上用纱布绑住她的手。每次探视完毕离开病房,听见美棠喊"莫绑我呀",平如都心如刀割。

美棠去世后,平如的思念难以排遣,他深切体会到了白居易的诗句"相思始觉海非深",怀念一个人比海还要深。他到他俩曾经去过的地方走走看看,后来决定画下他俩的故事,留下他们最美好的回忆。柴静曾在节目中问平如:"您已经九十岁了。难道这么长时间,没有把这个东西磨平了,磨淡了?"平如回答:"磨平?怎么能磨得平呢?爱这个世界可以是很久的,这个是永远的事情。"一个九旬老人的回答掷地有声,亦能给不再相信爱情的当代人以爱的信心。

### 三 涤荡痛苦的平和

《平如美棠:我俩的故事》虽是一部怀念之作,但跟很多怀念之作

文学视域下的民间述史研究

不同，饶平如的作品里没有抱怨、愤怒、痛彻心扉，娓娓讲述平静如水。即便讲述1958年被劳教也一笔带过，只记下对美棠的怜惜、体谅和感激。即便对美棠的怀念比海还深，也都化作一幅幅质朴的画作，从美棠的儿时画起，直至终老。这是涤荡了痛苦的平和，而这种平和与他的出身和中国传统文化的濡染紧密相关。

饶平如出身名门，祖父饶芝祥出身翰林，官至正三品，留下很多诗作。饶平如的父亲饶孝谦毕业于北京政法大学堂，是一名律师。饶平如的外公也是晚清的官员，母亲是能诗能文的大家闺秀。1940年饶平如读高二，渐渐懂得国恨家难，报考了黄埔军校，选择军校即意味着学成之后赶赴战场以身报国。父母全力支持儿子的选择，临别之时均有赠诗。父亲赠诗："倭寇侵华日，书生投笔时。毁家纾国难，大义不容辞。封侯宁有种？捣穴好旋师。功成儿解甲，宜室拜重慈。"① 母亲赠诗："月明高挂碧云天，报国丹忱志亦坚。亲老不需劳尔念，平安望寄薛涛笺。"② 从父母的赠诗中可以看出，在传统知识分子观念中，报效国家是大事，侍奉父母是小事，"国难""报国"均在父母诗中提及。因为深明大义，他们有意淡化了依依不舍，搁置了离愁别绪，抒发的主题是国家至上，抒发的情怀是淡定和从容。

中国传统知识分子在儒家思想熏陶下成长，无论身处何种境遇大都追求平和的心态，并把平和当作人生的最高境界，希望通过自我修养一直保持心态平和，以"求取在人伦秩序和宇宙秩序中的和谐"③。传统美学亦受此影响，"反对在艺术中剑拔弩张，张皇使大。激烈的内容要出之于平和，在平淡中看出最深的喜悦和悲哀"④。饶平如出身在传统知识分子家庭，受传统文化耳濡目染，这既决定了他日后数十年的处世态度，也决定了他人生暮年追忆往事的文风。

讲述动荡岁月，时时流露小幸福。1949年，平如和美棠决定动身去贵州找工作。当时铁路秩序已乱，开车没有固定时刻。他讲在樟树餐厅用餐，惊得不行，菜盘和汤碗都大，一菜一汤足够三四个大汉吃；他

---

① 饶平如：《平如美棠：我俩的故事》，广西师范大学出版社2013年版，第54页。
② 同上。
③ 俞时英：《中国思想传统的现代性阐释》，江苏人民出版社1998年版，第35页。
④ 敏泽：《中国古代美学思想史》，齐鲁书社1985年版，第155页。

· 102 ·

第五章　民间述史个案解读

讲搭乘军车久久不开，他提了热水瓶下车打水，火车突然鸣笛开动，他一路追赶的险情和侥幸上车的狂喜；他讲柳州的风景和小吃，讲贵阳的旅店和饭馆，讲安顺的米粉、烤玉米棒子和苗族人的集市。在安顺期间，他们住的是二楼一个六角亭，六面皆窗，没有门，地面一角有一个活动盖板，下设梯子。亭中只放一张木床，没有其他家具。如此简陋的住处在平如笔下全是幸福："每逢月明如水之夜必开窗而眠，清光即倾洒床前。'床前明月光，疑是地上霜。举头望明月，低头思故乡'真是此时最应情应景的句子。至若风雨交加、闪电鸣雷的时候，便真是'山雨欲来风满楼'——四面的窗子一齐噼啪震动，更助这风势几分一般。人在亭中则不但听到外面风雨强劲，还眼见窗外闪电撕裂天际，历历在前。"[1] 在动荡岁月人如浮萍，不知道下一站漂到哪里，这样的小幸福被他紧紧抓住，一方面或许因为爱人相伴苦亦是甜，一方面也要过滤掉焦虑、迷茫等情绪才能获得幸福感。

讲述劳教岁月，强调感恩和苦中作乐。饶平如劳教岁月长达二十二年，从三十六岁到五十八岁，一个中年知识分子人生中最好的年华，他是在治理淮河的工地上和六安汽车齿轮厂度过的。忆及这段往事他感恩忍辱负重的美棠，三年自然灾害期间，他忽得肿胀之症，无药可医时，收到美棠寄来的乳白鱼肝油如获至宝，身体很快复原；他感恩岳母，五个孩子的旧衣服都由她修整补缀，先以各色布料拼凑起来，再以靛蓝统一染色，整旧如新；他感恩逐渐懂事的孩子，离家时孩子们争着送他，女儿怕自己起不来无法送行，在他的旅行包上绑了好几个铃铛，铃铛上又用一根绳子系在自己的右脚上。他自己则苦中作乐：在治淮工地上的十年，完全不费脑子，他把美棠寄来的英语书上的一些词句抄写在小纸条上，冬天放在口袋里，夏天放在草帽里，劳动间隙拿出来诵读，成为繁忙劳作中的小乐趣；后来向内弟借来一把小提琴学，为了不影响他人休息，他在一块长方形木板上画出琴弦和琴格的位置，平日晚上在蚊帐里用这个虚拟提琴练指法，休息时间才去工地外练真家伙。在这样的讲述里我们可以读出爱情和亲情的力量，也可以读出一个人的胸襟，在爱

---

[1] 饶平如：《平如美棠：我俩的故事》，广西师范大学出版社 2013 年版，第 171—172 页。

情和亲情的包围下，饶平如内心的不平统统被化解。

讲述生离死别，有种哀而不伤的克制。平如与美棠伉俪情深，美棠去世的时候，还有几个月就是两个人结婚六十周年纪念日，平如内心的悲凉可想而知，但他的文字总体上是平和的。他追忆自己住院时，美棠每日早晨排队买黑鱼，回家熬好鱼汤，每天下午三点一刻左右给他送来。每天快到时间了，他都站在二楼走廊望，那里刚好可以望见美棠手提饭盒走过一条小径，直奔病房而来。一望见人影，他赶快回到病床躺好。三五分钟，美棠就气喘吁吁上来，打开饭盒汤还是热的，催他快喝。"这短短几分钟的场景，我一直都深深地记得。只如今，喝汤的病人还好好地活着，送汤的人却永远离开了。"① 在这样的讲述里，我们可以感受到他深切的怀念，但他并不让其泛滥，说到此处戛然而止。他追忆美棠离世，感情同样是克制的："三月十九日上午，我到医院去看美棠，韵鸿在旁。约十点，忽来了一群医护人员对她施行抢救。起初她的眼睛闭着，后来偶尔睁开，看了一会儿，也许看见了人群后的我。我见她右眼眶渐渐变得湿润，缓缓淌下一滴眼泪挂着眼角。几秒钟后，她又合上眼睛不省人事，任凭人们摆布……我握住她的手觉得尚有余温，然后便渐渐转凉。"② 这段讲述生离死别的文字异常平和，哀而不伤，读者可以感受到作者心底的悲凉和文字上的节制，涤荡了痛苦的平和更打动人心。

### 四 图文合璧的诗意

《平如美棠：我俩的故事》中收录了饶平如三百多幅手绘画，严格说来，这是一本图文书。图文书古已有之，却因"读图时代"的到来风生水起，随着图文书出版一再升温，图文书也是泥沙俱下，参差不齐，最主要的问题是为图而图夺人眼目，图与文关系不大或者干脆自说自话。学者陈平原认为，图文书的最佳状态是"图文之间互为因果，互相阐释，互相论证，对图像资料的解读，构成全书的重要支柱"③。

---

① 饶平如：《平如美棠：我俩的故事》，广西师范大学出版社2013年版，第267页。
② 同上书，第292页。
③ 陈平原：《从左图右史到图文互动——图文书的崛起及其前景》，《学术界》2004年第3期。

《平如美棠：我俩的故事》即是图与文的完美结合，两者缺一不可，构成一个整体。

一是图文互证，再现旧日生活场景。"发蒙"的仪式、描红时的情景、午餐桌上的大家庭、母亲饭后讲故事、除夕之夜一家人围坐玩牌、饶家南城旧居图、日军轰炸南昌、订婚、结婚、闹新房等手绘画与文字互证，复原了一个知识分子家庭的旧时生活场景。美棠误服鹿茸进行抢救、到水果摊上拿了水果记账、丫鬟陪着上学、毛家临川旧居图以及在武汉法租界里的生活等图也与文字互相阐释，再现了一个商人家庭的旧时生活。平如在安徽劳教期间，有一封信要寄回去，到附近小卖部要买一张八分钱的邮票，付钱时掏掏口袋，只有七分钱，营业员收回邮票，他只好收回硬币，带着寄不出去的家书回去了。这幅小画构图简洁，两个人物一柜之隔，柜台上有几枚硬币，右角边写有"小卖部"，左下角画了一个绿色邮箱，尴尬和遗憾无须多言，都在图文里。因为种种原因，在很长一段历史时期知识分子和商人都是被误读和曲解的群体，他们先被团结后被疏离，长期处于被忽略的"暗角"。饶平如的图文可以让读者通过饶氏和毛氏两家了解大时代里这个群体的生活状态和情感世界，他们和同时代人一样在日军炮火中颠沛流离，在后来的政治运动中遭遇种种不公，这也是20世纪中国社会生活的一个侧影。"这些图文并茂的作品能将纷繁复杂的故事直观地展示出来，真实生动，有别具一格的观赏价值，可以说一图胜千言。"[①]

二是笔法朴拙，独具饶氏画风。饶平如退休以后学画画，美棠去世以后动笔画他俩的故事，画了十八本画册。从专业角度讲，这些画可能还停留在业余水平上，线条简单，着色夸张，不求形似，着意讲述。科技快速发展，图像的生产、传播和消费越来越丰富和复杂，读者对图像的期望也越来越高，这些画何以赢得读者？《平如美棠：我俩的故事》的编辑策划阴牧云认为，非专业恰恰是这些画的好处。"对作者来说，一笔一画都是他记忆的留存，不求发表、不求出版，随心随性，想到哪

---

① 任雅玲：《"接地气"的平民非虚构写作》，《文艺评论》2016年第3期。

文学视域下的民间述史研究

里就画到哪里,活气十足、细节丰富,真挚自然。"① 出版社将全书编辑成少年时、从军行、点绛唇、携手游、十字街头、问归期、君竟归去七个部分,书后附录"寒来暑往",是平如在安徽劳教期间美棠写的信。

  按照上述这样的线索,这些画作的叙事主线一目了然。饶平如画少年时故乡南城的美食碱水粽子和汤粉,一个盘子里几只粽子、一摞碗旁边一碗汤就表现了,辅之以文字说明。他画赶赴黄埔军校的一路跋涉,有家门前与父母挥手告别,有半路翻车,有株洲夜雨滂沱他睡在一节装满大木头的车皮上,有房东太太帮忙做饭。做饭这幅画场景是早年寻常人家的厨房,只有两个人的侧影。文字说明这是在贵阳,他打前站去一户人家做午饭,完全不知从何下手,房东太太抢过他手里的家伙开始烧饭,原来她的儿子也到军校去了。他的画里也有军队生活和战场,湘西会战受困山头他曾九死一生,那幅画以黄色为主,远山略浅,近山略深,他身着颜色更深的黄色军装卧倒,远处还有卧倒或倒在血泊中的士兵,若干平行的线条就是射来的炮弹了。蓝天略淡,有三朵白云,画面上还保留着事先用铅笔勾画轮廓的痕迹。劳教期间回家过年,他挑着各种吃的从火车站回家,画面简洁而夸张,扁担两头下沉表现货物之重,一蓝衣男子大步向前,在他的头上有四滴豆大的汗珠四散开去,让人心领神会,忍俊不禁。铅丝、车胎补鞋法、一袜多用法、穿了十年的列宁装、六分钱菜票度过三天之行动计划,等等,这些画带着深刻的时代烙印。家庭腹膜透析示意图、透析室图以及美棠入院期间的手绘图则是晚年生活中妻子留给他的最后记忆。其中一幅画是夜色中灯火通明的杏花楼,在众多的人物中有一个直奔单车的提包男子,看不出表情,相关文字告诉我们:"一天晚上,美棠突然说她想吃杏花楼的马蹄小蛋糕。家附近没有,我就骑车去更远的地方买。赶到店里已经很晚,幸好还能买到马蹄蛋糕。可等我终于把蛋糕送到她枕边时,她又不吃了。我那时年已八十七,儿女们得知此事无不责怪我不该夜里骑车出去,明知其时母

---

① 阴牧云:《〈平如美棠〉出版全记录:"最动人"的个人史》,《中华读书报》2014年10月19日第15版。

亲说话已经糊涂。可我总是不能习惯,她嘱我做的事我竟不能依她。"①
这类生活细节与生活场景都带着饶平如的体温和深情,情到深处是无
言,但这些画替他把未说的话说了。"这些具有怀旧意味的图画,是一
个经历过二十世纪风云变幻的老人关于过去的记忆,他的私人记忆不仅
记录了大半个世纪中国家与民族的风风雨雨,更是大历史叙事下的个体
体验,绵长动人。"②说到底,这些画和这些经历、这些感情一样都是
饶平如独有的,带着他深刻的个人烙印,因此画风独特,无人替代,正
如柴静在该书序言中所引黄永玉之言:"美比好看好,但好,比美好。"

总之,在众多民间述史作品中,《平如美棠:我俩的故事》是受到
关注最多的作品之一。该书的畅销给出版界注入活力,也带来很多思
考。"《平如美棠:我俩的故事》等书的成功或许能给出版界带来这样
的启示:花哨的形式与内容或许只能得到一时的追捧,想要取得读者持
久的关注,回归朴实本真才是根本之道。"③

## 第三节　张泽石:一位老兵的战俘人生

**作者介绍**　张泽石,四川广安人。1929 年生于上海,高知家庭出
身,1946 年考入清华大学物理系。1947 年夏加入中共地下党,1948 年
夏调往河北泊头镇中共华北局学习,同年秋返回四川参加迎接解放的地
下斗争。1950 年参军,1951 年随军入朝作战,因部队陷入重围负伤被
俘,被俘后参与领导战俘集中营里的反迫害反背叛的爱国斗争,曾任坚
持回国志愿军战俘总代表、总翻译。1953 年秋停战后遣返归国,受到
开除党籍的错误处分,并在"反右""文化大革命"等历次运动中遭受
迫害,1981 年落实政策恢复党籍。历任北京市中学教师、职工大学副
校长、科学技术协会总工程师。已出版《我从美军集中营归来》(1989
年)、《战俘手记》(1994 年)、《我的朝鲜战争:一个志愿军战俘的自
述》(2000 年)等作品。

---

① 饶平如:《平如美棠:我俩的故事》,广西师范大学出版社 2013 年版,第 284 页。
② 苏晓珍:《〈平如美棠〉:情感价值与视觉传达解析》,《东南传播》2004 年第 4 期。
③ 陆莉莉:《回归本真,直指人心——盘点 2013 年特色图书》,《出版广角》2014 年第
4 期。

文学视域下的民间述史研究

  1950年10月，应朝鲜民主主义人民共和国的请求，中华人民共和国政府派出中国人民志愿军赴朝作战。1953年7月，交战双方签订《朝鲜停战协定》，朝鲜战争结束。有关这场战争的文学作品很多，像魏巍的散文《谁是最可爱的人》、长篇小说《东方》，巴金的小说《团圆》，王树增的长篇纪实文学《朝鲜战争》等。这些作品主要反映朝鲜战场上志愿军战士的英雄壮举，唯独缺少战争参与者的讲述，特别是这次战争中的中国战俘几乎是一个被遗忘的群体。他们如何被俘？被俘后有哪些遭遇？为什么归国战俘还不到战俘总数的三分之一？这些归国战俘在历次运动中有哪些遭遇？张泽石的战俘系列自述一度引人关注。2011年金城出版社出版的《我的朝鲜战争：一个志愿军战俘的六十年回忆》，较之前的作品史料更丰富，对战俘群体的讲述更详细，在历史叙事、人性拷问、细节雕刻和战俘观念的反思上更进一步。

## 一　历史深处的叙事

  近些年，各种历史叙事颇多，既有长篇历史小说，也有纪实作品，"无论如何，历史叙事将构成我们称之为'大历史'的那个'历史'的一部分，而且在很大程度上，它将成为阅读和传播最广的那一部分历史"[①]。无论从文学写作还是历史写作角度看，张泽石的《我的朝鲜战争：一个志愿军战俘的六十年回忆》都是其中不同寻常的一部作品，它记录了一个志愿军老兵六十年的战俘人生：他于1951年3月21日入朝作战，1951年5月27日被俘，在美军战俘营度过两年多炼狱般的战俘生活，1953年9月6日作为战俘交换归国。归国之后接受审查被开除党籍，在后来的运动中做过六年"右派"、十年"叛徒"，在申冤的路上奔走三年，落实政策后才恢复了军籍和党籍。

  首先是不同寻常的叙事视角——亲历者视角。朝鲜战争不缺少文学叙事，缺少接近真相的历史叙事，特别是亲历者叙事。"文学的虚构性决定了文学叙事的动机几乎可由社会人生中的一切人、事、物所触发。

---

①　杨庆祥：《历史重建及历史叙事的困境——基于〈天香〉〈古炉〉〈四书〉的观察》，《文艺研究》2013年第8期。

历史则是一种纪实性的叙事形式，它承载的是往事，复活的是记忆。"①张泽石就是从亲历者角度讲述往事、复活记忆。众所周知，朝鲜战争是第二次世界大战结束后参战国最多、死伤人数最多的一场战争，死伤总数超过百万。冷冰冰的死伤数据后面有哪些个体？这些人有过怎样的挣扎？张泽石从他的视角讲述了这场战争的残酷：入朝作战第七天，他亲眼看见一位辎重连战士浑身起火，大火熄灭，地上只剩下一具猴子般佝偻着的黑色骷髅；在三八线附近一个貌似祥和的小山庄，他亲眼看见炕头上躺着一具露出白骨的女尸，几只野猫正在啃食尸体；第四次战役后，他曾在一座美军军用帐篷后面的军毯下目睹美军一排八个僵硬的尸体；为躲避弹片他和战友相继跳进弹坑，他们踩在刚刚牺牲的战友的遗体上却动弹不得。这种亲历者叙事让冷冰冰的数据背后有了个体存在，有了个体生命的呐喊和消失，有了亲历者血淋淋的见证。

其次是不同寻常的叙事方式——非虚构。跟很多职业作家不同，张泽石采用非虚构的叙事方式讲述战俘营生活和归国后遭遇。"非虚构通常内含两大指标：一是内容的真实性，二是呈现的客观性。"② 内容的真实和呈现的客观，使得张泽石的写作指向历史深处。在临时战俘收容站，衰弱已极的中国战俘等来开饭，有一个场景呈现：

> 时间过得好慢啊！终于那座帐篷的门帘撩开了，两个伙夫抬着盛饭团子的筐箩向我们的钢丝网大门口走过来了。难友们骚动起来，一齐拥向关闭着的大门口，没等伙夫们走近门口，难友们已经挤成一团，有的甚至把手伸到铁丝网外面准备去抓饭团。正在解开铁链打算开门的那个美军警卫见状停了下来，大声呼喊起来："Get out of the way！Step aside！"（让路，闪开！）另外两个卫兵也跟着嚷叫起来："Line up you！" "God damn you！"（你们排好队！该遭上帝诅咒的！）但难友们根本听不懂他们的喊叫，反而拥挤得更厉害了。③

---

① 龙迪勇：《历史叙事的空间基础》，《思想战线》2009 年第 5 期。
② 龚举善：《"非虚构"叙事的文学伦理及限度》，《文艺研究》2013 年第 5 期。
③ 张泽石：《我的朝鲜战争：一个志愿军战俘的六十年回忆》，金城出版社 2011 年版，第 27 页。

由于作者身处其中，铁丝网圈成的临时收容站内，饥寒交迫的中国战俘，操着英语的美军警卫，无法沟通的混乱现场，再现了战时收容站的简陋，亦从侧面反映了战争的残酷，这样的场景描述让读者仿佛身临其境。

其三是不同寻常的叙事内容——战俘。无论是中国文学还是中国历史，战俘都是一个被忽略的群体。很多人了解朝鲜战争，却不了解这场战争中的战俘境遇，战俘属于叙事的盲区。张泽石的作品不仅讲述了中国战俘在美军战俘营的境遇和不屈斗争，还讲述了自己和战友因战俘身份被改写的人生。

实际上，这场战争的中国战俘高达两万多人，其中将近一半是在第五次战役中被俘的，大都和张泽石一样是志愿军180师的士兵，很大一部分是解放战争起义过来的国民党军队官兵。美军的战俘管理方式是"以俘治俘"，战俘营以联队为单位，下分大队、中队和小队，大队以上设警备队，从战俘中抽调部分亲美战俘做战俘官，发展"国民党支部""反共抗俄同盟"等反共组织，强行组织战俘"听课"，唱反共歌曲，喊反共口号，诱使战俘检举共党干部，在身上刻刺反共字样，对战俘营中发生的政治迫害事件或视而不见或有所偏袒。显而易见，战俘的人员构成和战俘营的管理方式为美军推行"自愿遣返"政策，对战俘进行"血腥甄别"提供了条件。

"自愿遣返"前，特务、叛徒们根据美军指示对战俘进行法西斯恐怖统治和人身折磨，"愈来愈多的人被强迫在身上刺上了反动标语，从在手臂上刺上'反共抗俄'、'杀朱拔毛'直到在前胸后背上刺上国民党党徽'青天白日'。愈来愈多的人被迫在'要求去台湾的血书'上签名盖手印，甚至被强迫写'绝命书'：'再不送我去台湾，我宁愿自尽……'"[①]

"甄别"本应自由表达意愿，因为美军的指使也演变成"血腥甄别"。1952年4月在美军进行"甄别"前，被特务和叛徒掌控的战俘营

---

[①] 张泽石：《我的朝鲜战争：一个志愿军战俘的六十年回忆》，金城出版社2011年版，第102页。

第五章 民间述史个案解读

先进行一次假"甄别",他们对决定回大陆的战俘肆意残害,甚至剖腹挖心。经过这样的"血腥甄别",回到大陆的中国战俘只有六千多人。"甄别的实质就是故意残害"①,为美国和蒋介石政权提供反共、反社会主义的筹码。

如果说发生在美军战俘营的政治斗争残酷而血腥,那么归国志愿军战俘的遭遇也很残酷,更发人深省。张泽石清华大学肄业,因为战俘身份归国后迟迟找不到工作,当歌唱家,当矿工,当电影演员,甚至当掏粪工的计划——成为泡影。在社会上游荡了二十个月后,才在父亲的帮助下成为一名中学教师,后来又成为历次运动中被斗争的对象。其他难友经历相近:

> 四川是我们难友最多的省份,我收集到的难友们所经历的苦难真是难以尽诉!林模丛、边世茂等好不容易考上四川大学,却因被俘问题不许入学,只得跑到云南当苦力谋生。林模丛的父亲曾是蒋介石的秘书,林模丛被俘后他父亲曾从台湾派人到战俘营劝说他去台湾,遭到他的坚决拒绝。林模丛根本想不到归国后会受到如此对待;李炽、王洪度、罗大犹、郝安生等在老家求职不得,被迫当盲流去新疆谋生;原战俘营斗争骨干曾宝元、丁先文、骆星一竟被以叛国罪判刑劳改;在巨济岛第70战俘营争取归国斗争中立了大功的高攀被当成叛国分子发配到青海后冤死狱中;巨济岛86战俘营的斗争英雄戴玉书回乡后长期失业,以修鞋为生……②

历史进入到新时期,战俘的问题也需要我们重新认识,从这个意义上说,张泽石的志愿军战俘叙事正逢其时,"他是为历史而写,为总结历史的教训而写,为研究历史悲剧的社会原因而写"③。

---

① 程来仪:《正义与邪恶的较量——朝鲜战争战俘之谜》,中央文献出版社2000年版,第157页。
② 张泽石:《我的朝鲜战争:一个志愿军战俘的六十年回忆》,金城出版社2011年版,第321页。
③ 龚育之:《读张泽石的两本自述——〈1949年我不在清华园〉〈我的朝鲜战争〉》,《百年潮》2003年第7期。

## 二 人性扭曲的拷问

人性是人类天然具备的基本精神属性,"既包含人区别于其他动物的人之特性,又包括人与其他动物共同的人之动物性"①。也就是说,人性本无善恶之分,但会因环境的变化、时间的推移发生改变,在不同的情境下善恶表现也会有所不同。《我的朝鲜战争:一个志愿军战俘的六十年回忆》全书分两个部分,"炼狱之火"记录了张泽石被俘经历和炼狱般的战俘生活,"天路历程"记录了他归国后的遭遇。无论是战俘营特殊的生活环境还是归国后的历次运动,都将作者置身于特殊的生活环境中,既目睹了灾难中的人性光辉,也目睹了灾难中的人性扭曲,他的作品充满了对人性的拷问。

拷问一:人性的最后防线是什么?

人性中可爱的东西有很多:善良,仁慈,智慧,宽容,等等。在《我的朝鲜战争:一个志愿军战俘的六十年回忆》中,时常可见人性的光辉:中国部分战俘为争取归国进行了不屈不挠的斗争,不惜流血和牺牲;厄运中亲人之间的相互体贴,夫妻之间的相濡以沫,战友之间的相互鼓励。这些是人之所以为人,有别于动物的本质表现。

当然,也有些人放弃了做人的底线,或者苟且偷生,或者伤害甚至残害同类。在被敌方控制的战俘营,很多有归国意愿的战俘被毒打致死,他们没有死在战场,却死在了自己的同胞手中。更为残忍的是,有些客死异乡的烈士尸骨无存。"据说在1953年被我们抓获的空降到东北当特务的原'72'的几个叛徒曾供认:那些烈士的遗体在我们派人去之前又被挖出来,大卸八块装入粪桶,盖上大粪倒进了大海。"②

回顾战俘营那段历史,张泽石认为,"维护人的尊严是守住人性的最后底线"③。实际上,马斯洛的动机理论可以提供更直接的答案,他的动机理论讲人的需要分为五个层次:"一、生理的需要;二、安全的

---

① 王海明:《人性概念辩难》,《人文杂志》2003年第5期。
② 张泽石:《我的朝鲜战争:一个志愿军战俘的六十年回忆》,金城出版社2011年版,第127页。
③ 同上书,第388页。

需要；三、爱的需要；四、尊重的需要；五、自我表现的需要。"① 也就是说，当人最基本的需要——生理需要和安全需要得不到满足，其他需要都无法实现。美军战俘营提供给中国战俘的食物是拳头大小的大麦米团子，每人每餐只有一个。在被国民党特务和叛徒掌控的战俘营，战俘的食物经常被克扣，无法满足战俘最基本的食物需要。美军还指使国民党特务和叛徒使用棍棒，制造白色恐怖，流血事件经常发生。当中国战俘的食物需要和生命安全受到威胁，坚守做人的尊严就成为奢谈，守住人性的最后防线也成为严峻考验。

拷问二：人性中的动物性如何体现？

冯友兰认为："人不仅是人，而且是物，是生物，是动物。所以凡是一般物，一般生物，一般动物所同有之性，人亦有之。"② 人一旦放弃做人的底线，动物性的一面更多暴露，并外化为种种兽性。这些兽性表现在86和72战俘营的叛徒和特务残害同胞的种种手段上，更集中体现在李大安个人身上。

李大安是志愿军某连的驾驶兵，贪生怕死，主动投敌，到釜山战俘营登记时问孙振冠会得到什么奖励。孙振冠原是志愿军第20军一位营教导员，他想惩罚这个叛徒，便告诉朝鲜人民军难友那天晚上揍了李大安。李大安寻机向美国人叩头喊冤，美军让李大安对孙振冠拳脚相加报仇雪恨。后来美方把李大安等人送往东京受训，还任命他为"72联队"副联队长。李大安在对美国人感恩戴德之余更加残忍地对待自己的同胞，成了美军特务和打手。

> 当时，各大队被这样抓来的"死心塌地的共党分子"一共200多名。林学逋被带到讲台上站在耶稣十字架下。副联队长李大安手持美军牧师奖给他的匕首指着林学逋，要他回答是回大陆还是去台湾。
>
> 林学逋挺胸坚定地说："当然要回大陆！"
>
> 李大安说："好，那就把你身上刻的字留下！"说罢，便用匕

---

① 张世富：《人本主义心理学与马斯洛的需要层次论》，《学术探索》2003年第9期。
② 冯友兰：《三松堂全集》第四卷，河南人民出版社1986年版，第93页。

文学视域下的民间述史研究

首将林学逋在几天前被捆在帐篷柱子上硬刺上去的"杀朱拔毛"几个字,从左臂上连皮带肉一起削下去。

李大安狞笑着又问:"到底去哪里?"

林学逋忍痛高呼:"回祖国!"李大安又将他右臂上刺的"反共抗俄"连字带肉一同挖下。林学逋昏死过去。

李大安叫人端来冷水把他喷醒,用匕首对着他的胸膛,咬着牙再问:"到底去哪里?"

林学逋看了看匕首,用最后的力气呼喊:"我生为中国人,死为中国鬼。共产党万岁!毛主席万岁……"没等他喊完,就被李大安的匕首刺死。

李大安剖开了烈士的胸膛,挖出了烈士还在颤动的鲜红的心!然后用匕首挑着它狂喊:"看见了吗?谁要回大陆,就这样去找毛泽东!"这条两眼发红的疯狗在大礼堂喊完又跑到许多帐篷里去狂喊。①

人本来就是由动物进化而来,动物性或曰兽性或多或少潜伏于内心,在特定环境中兽性复活并不奇怪,"从根本上说,人与人之间的差别只在于摆脱兽性的程度"②。在这里我们看到李大安兽性复活,战俘营的特殊环境只不过起到催化作用。

归国后,张泽石经历的各种政治运动也起到这样的催化作用,让我们在不择手段的揭发和批斗中看到兽性复活:红卫兵为了让老人供出藏珠宝的地方,对潘伯母毒打之后,还用烟头烧老人的脚心、手心甚至耳朵眼;父亲冤死在狱中,由于是"反革命"犯人,骨灰盒不卖给他们这类人,骨灰都无法留下。即便是国家领导人、知名学者也未能免除厄运:

当彭老总被押到台前,我真想不到自己这辈子,会在这种场合

---

① 张泽石:《我的朝鲜战争:一个志愿军战俘的六十年回忆》,金城出版社2011年版,第122页。

② 徐青根:《人性·兽性·社会——〈蝇王〉的新诠释》,《外国文学研究》1999年第1期。

见到我的解放军副司令员、我的志愿军司令员！看到他那被凌辱得完全成了一个死刑囚犯的样子，真是心痛不已！然后我见到正好押在我正前方的吴晗老师，他本来已经不多的头发已被揪光，我只能看见他那被架成"喷气式"的、痛苦地佝偻着的背影……①

人之所以为人，不只是生物进化的结果，也是文化熏染和道德约束的结果。"文化大革命"对传统文化一概否定，政治斗争取代了道德约束，这场颠覆传统的运动为兽性复活提供了温床，也提供了某些合理性，今天我们必须警醒。

### 三 细节雕刻的魅力

细节是生活中具有典型意义的细枝末节，是记述类作品中最小的描写单位，却可以起到以少胜多、见微知著、深化主题、丰富人物形象等多重作用。可以说，文学作品离不开细节描写，细节描写也最考验写作者的功力。《我的朝鲜战争：一个志愿军战俘的六十年回忆》有大量张泽石精雕细刻的细节，让这部作品充满魅力。

第一，真实的细节为当代中国史提供佐证。

《我的朝鲜战争：一个志愿军战俘的六十年回忆》属于非虚构作品，张泽石六十年战俘人生从一个侧面与新中国六十年历史相互印证，"小历史"中的很多细节可以成为"大历史"的补充和佐证。"大跃进"时代的乡村，打擂台中立下的军令状是亩产20万斤小麦，为此翻地，深翻1.5米；打狗，连夜熬狗肉汤泼到试验田；播种，200斤麦子播进那块田里。这些荒唐的数据，也是那段荒唐历史的一个缩影。六年右派的种种遭遇里，有一个细节耐人寻味：作者挑着粪桶去各家掏粪坑，有的孩子故意拿砖头砸进粪桶，溅出一身粪水，大人在窗户里看了哈哈大笑。孩子的顽劣尚可以原谅，大人的纵容则透出民众的麻木和作者内心的悲凉。全民饥荒时代，一个右派的饥荒程度更甚，到粮食袋里偷粮食的老鼠竟给作者带来一丝希望：先是为了复仇，把老鼠摔死炖

---

① 张泽石：《我的朝鲜战争：一个志愿军战俘的六十年回忆》，金城出版社2011年版，第296页。

熟，惊奇发现耗子肉的味道和鸡肉相仿。随后他转入进攻，休息时到野地荒沟寻找田鼠洞和刺猬洞，偶尔抓到一只，用泥糊上烧了吃，"洒点盐，不管手上沾有大粪就在外面匆匆吃了再回宿舍"①。"洒盐"是一个知识分子的讲究之处，"不管手上沾有大粪"是饥荒年代一个右派无法讲究的无奈。

第二，精彩的细节突出了人物形象。

《我的朝鲜战争：一个志愿军战俘的六十年回忆》塑造了很多人物，最为生动的当属美方战俘营司令长官杜德准将。初次见面的杜德将军身材粗壮，脸色红润，戎装整齐，玳瑁眼镜使他看起来多了些斯文。应邀在中国战俘营门口谈判，在副官朗读日内瓦公约有关条文时，他掏出指甲刀修饰着那双肥厚多毛的手上的指甲。修指甲这个细节在人物外貌描写基础上，让一个注重外表的傲慢的美国将军一出场就很鲜活。被捉之后，将军服上衣的纽扣都扯掉了，金色的将军军衔肩章从肩旁耷拉下来，听取朝中战俘代表发言时，摆在桌上的手有些抖。消失的纽扣、耷拉的肩章和发抖的手，细致勾画出被俘之后杜德将军的境遇。

最精彩的还是在《美方战俘管理局认罪书》上签字的细节：先是读到某些地方停下来，眼睛离开文件长久思索，可见他内心的波澜；后是直起腰来，靠着椅背向前凝视，又摘下眼镜擦镜片，可见他的犹豫；终于"重新戴上眼镜，把钢笔移向文件签名的位置，停了停，便迅速而熟练地签署了他的全名。然后，放下钢笔，如释重负地往后一靠，闭上眼睛。我看见他额上沁出了细微的汗珠"②。这份文件是否签署事关杜德性命，也事关美军战俘营的世界声誉，签与不签实属两难境地，眼睛和眼镜在这里成为展示杜德将军内心世界的道具，微妙而具体，额上沁出的汗珠则可以看出他内心的虚弱和恐慌。待全体代表起来，鼓掌祝贺代表大会结束，杜德也站起来，轻轻击掌，眼睛湿润，刻画出杜德将军的复杂心境，既有抉择后的轻松，也有明确后果的无奈。

---

① 张泽石：《我的朝鲜战争：一个志愿军战俘的六十年回忆》，金城出版社2011年版，第275页。

② 同上书，第145页。

第五章　民间述史个案解读

第三，丰富的细节显示出写作者功力。

文学作品的细节丰富程度，从某种程度上可以看出作家的才气和功力。细节需要发现，一个敏锐的写作者能够从日常生活中发现被人忽略的细枝末节，让人读后过目难忘；细节也需要积累，一个勤奋的写作者能够广泛收集细节，不断填充自己的素材仓库。张泽石显然是一位敏锐又勤奋的写作者，《我的朝鲜战争：一个志愿军战俘的六十年回忆》细节比较丰富。

86号中国战俘营发生一起自杀案，死者被发现吊死在厕所，从死者身上搜出一封"绝命信"，表示以死报效党国。张泽石随美军中尉布莱克前去现场，布莱克用手绢捂着鼻子查看那根当作檩条的铁管，自己还站在下面试了试。查看死尸，量完死者身高后，布莱克盖上草帘，直起身来，扔掉手套，马上判断出是他杀而不是自杀。审讯时，战俘营内的叛徒继续提供伪证。"布莱克勃然作色道：'你们没想到这根铁管的高度不足以吊死1.75米高的人吗？没想到他是一个文盲不会写信吗？没想过你们的死者颈上留下那么深的指甲印不会自动消失的吗？'"① 这样的细节见微知著，对披露国民党特务和叛徒的罪行更有力量，以少胜多。

杜德被朝方战俘活捉后，这位将军的生活境遇怎样，作为应邀参会的中国战俘营代表和翻译，张泽石亲眼所见，提供了很多细节。营内广场上专门支起一座崭新的帐篷，在杜德的专用帐篷里，地上铺了军用毛毯当地毯，墙上也挂了军毯来保暖，靠里面用白布隔出一个盥洗间和便所，帐篷内还摆了办公桌、椅子、行军床，在那张靠床的桌子上还摆了一束插在罐头筒里的野菊花。战俘营内的野菊花看似闲来之笔，但这一细节既传达出朝方战俘优待美国将军的善意，也传达出他们活捉敌酋的喜悦。"所有的历史事件都必然发生在具体的空间里，那些承载着各类历史事件、集体记忆、民族认同的空间或地点便成了特殊的景观，成了历史的场所。"② 这座美国将军的帐篷也如此。

张泽石在"文革"中不断被揪斗，有一个细节令人啼笑皆非：

---

① 张泽石：《我的朝鲜战争：一个志愿军战俘的六十年回忆》，金城出版社2011年版，第107页。
② 龙迪勇：《历史叙事的空间基础》，《思想战线》2009年第5期。

文学视域下的民间述史研究

　　轮到斗我，未等高音喇叭里喊出揪出我的口号，我就自动地爬上了高台，但等了一会儿并未听见"愤怒声讨"，只听见下面喊："张泽石你下来！"我想：可能不斗我了吧！下来后，押我的红卫兵取掉我的高帽和黑板，把我押到播音室："快，喇叭不出声了，赶快把扩大器修好！"

　　学校的各种电器，从收音机到电视机，从录音机到扩大器，一直是我在负责维修，扩大器还只有我会修。我正要动手检查毛病，只听旁边的小将一声喝斥："你要不老老实实修，就砸烂你的狗头！"我扔下试电笔猛地转过身来生气地看那学生一眼，只见她吃惊地用手捂着嘴担心地看着我，我在心里深深地叹口气，才又回身去修……①

这个全校的批斗大会片段细节十分荒谬，作为七个牛鬼蛇神中的一个，张泽石自知难逃一劫，"自动"爬上高台；押到播音室是为了修好扩大器，修好扩大器，是为了继续批斗自己。"喝斥"和"捂嘴"则把一个红卫兵小将的无知无畏以及内心的虚弱呈现了出来。

**四　战俘观念的反思**

　　有战争就有战俘，在国际上战俘问题由来已久，到了1929年才有了初步的战俘身份和待遇的相关法律界定。二战以后进行了补充和修改，1949年8月最终通过了《关于战俘待遇的日内瓦公约》，又称《日内瓦第三公约》。这份公约从法律上界定了战俘的身份、权利、待遇、管理、遣返等内容，体现了国际人道法，是现行最为权威的关于战俘的国际法律条文，也为国际上战俘问题的解决提供了法理依据。

　　《我的朝鲜战争：一个志愿军战俘的六十年回忆》的另一个贡献是对战俘观念的反思。龚育之认为，张泽石从事的不是文学创作，而是自述历史："自述历史，除了有意为之的虚夸和掩盖以外，由于各种原因

---

①　张泽石：《我的朝鲜战争：一个志愿军战俘的六十年回忆》，金城出版社2011年版，第291页。

第五章 民间述史个案解读

固然也难免有记忆失真的地方,但它的生命在真实,它的意义在存史。"① 这部作品用一半的篇幅真实记录了志愿军归国后的历史。

归国之后,中央对待战俘的 20 字方针是:热情关怀,耐心教育,严格审查,慎重处理,妥善安排。在自我交代环节,审查严格到苛刻的程度,张泽石被俘时带有一个未扔出去的手榴弹,在战俘营当过翻译官,只有自我定性成"严重右倾保命、丧失气节行为",才能在班上通过并被连里接受,紧接着是背对背的相互揭发。严格审查后,处理结果更加残酷,包括张泽石在内的 90% 以上的人被开除党籍,交代材料上的自我定性成为最终结论和处理依据。这样的结果大多数人难以接受,更为严重的是回乡后他们找不到合适的工作,备受冷眼和歧视,在随后的政治风潮中成为被攻击的对象。

一部分美军战俘归国后也曾遭遇被"洗脑"的指控,经过军事法庭审讯后大多被定为无罪。即便在反共浪潮高涨的时候,这些人面临的指责也来源于"配合"共产主义国家,而不是在战场上被俘。而那些在中朝战俘营不做配合的俘虏,归国后受到美国政府的表彰。

对比中西方的战俘观,不难发现两者相距甚远:西方把战俘当作战争中不可避免的、可以理解的合理存在,战俘没有思想负担,归国后受到英雄般的礼遇。在我们国家,共产党队伍中有宁死不降的传统,国民党军队中有"不成功,便成仁"的训示,战俘一直被视为异类,和投降、变节画等号。我们需要对以往的战俘观进行反思。

首先应该反思的是"宁死不降,舍生取义"。这种战俘观根深蒂固,中国历来有"杀身成仁,舍生取义""宁为玉碎,不为瓦全"的古训,逐渐形成被高度认同的战俘观。中共领导下的中国军队,传统教育和作战纪律都要求"决不当俘虏"。因此,大多数志愿军战俘总摆脱不了一种对党、对国家的负罪感:"在中国志愿军战俘营里有比朝鲜人民军战俘营远为严重的精神压抑,情绪消沉现象;甚至出现了难友被俘后寻机自杀的现象;出现了盲目越狱逃跑事件;出现了'用鲜血和生命

---

① 龚育之:《读张泽石的两本自述——〈1949 年我不在清华园〉〈我的朝鲜战争〉》,《百年潮》2003 年第 7 期。

洗刷耻辱'的斗争口号。"①

作为知识青年，张泽石这种羞耻感更深一层。虽然被战友抱住才没有拉响最后一颗手榴弹，但事后张泽石极度羞愧，有段文字记录了他刚刚被俘时的感受：

> 我的心像是被刀扎一样疼痛起来："我们被打败了？打败了！这是怎么回事啊？"
>
> 我麻木地移动着脚步，思想上极度的耻辱感压倒了肉体上的伤痛："我怎么成了俘虏了呢？我怎么向组织上交代啊?!""杀身成仁、舍生取义"的古训，狼牙山五壮士的壮烈，为什么自己没有狠心在最后一刻拉响手榴弹跟敌人同归于尽！羞耻的泪水不断涌流出来。②

其次应该反思的是"投降即是不忠，被俘就是变节"。这种战俘观由来已久，二战时希特勒曾经要求斯大林用被俘的德国将军换回他被俘的儿子，斯大林竟然宣称："红军只可能有叛徒不可能有战俘！"斯大林的儿子知道后撞电网而死。这种观念在志愿军战俘归来后的处理上得到集中体现，用"归管处"当时管理人员的话说："共产党员的字典里没有被俘两个字。"③

敌方就是利用了这种战俘观，策动战俘放弃归国意愿，最后经过"遣返志愿甄别"，中国战俘竟然有三分之二"不愿回大陆"。"民国以来，国共两党激烈内战时间之长、规模之大对中华民族的影响至深，我们战俘营内那场斗争可以看成是1949年之后又一次国共内战，只是这一次国民党势力在美国人的直接支持下终于替美国人打了个大胜仗。"④

---

① 张泽石：《我的朝鲜战争：一个志愿军战俘的六十年回忆》，金城出版社2011年版，第206页。

② 同上书，第25页。

③ 贺明：《忠诚——志愿军战俘归来人员的坎坷经历》，中国文史出版社1998年版，第134页。

④ 张泽石：《我的朝鲜战争：一个志愿军战俘的六十年回忆》，金城出版社2011年版，第388页。

事实上，大部分中国战俘在美军战俘营中坚持继续斗争，有志愿军与国民党特务和叛徒的斗争，也有志愿军要求美军给予战俘适当待遇爆发的斗争。这些斗争令美军头疼不已，多数采用暴力手段，使用毒气弹，出动坦克和军警进行镇压。值得注意的是，战俘营的斗争是有组织的。初期成立的战俘团体二三十个，带有一些帮派色彩。随着战俘人员增多，斗争经验逐渐丰富，这些分散的组织开始融合，建立起较大的党团支部组织开展地下斗争，并建立起比较完备的斗争体系。巨济岛上的71联队被称为"红色战俘营"、巨济岛上的"小延安"，就是中国战俘流血斗争的结果，关押的是坚持回国的志愿军，这些人也是日后回国的战俘主力。对包括张泽石在内的这些志愿军来说，战俘营是第二战场，他们相当于在第二条战线继续为国家做贡献。

中西战俘观差异的背后是中西方文化的巨大差异。在西方，文艺复兴后人道主义深入人心，人道主义提倡关怀人、爱护人、尊重人，是一种以人为本、以人为中心的世界观。法国资产阶级革命时期又把人道主义的内涵具体化为"自由""平等""博爱"等口号。基于此，二战战俘密特朗可以成为法国总统。我国长期处在封建社会，在封建社会中皇权至上，"宁死不降，舍生取义"的战俘观背后是皇家把将士作为战争的工具；"投降即是不忠，被俘就是变节"的战俘观背后是传统文化中愚忠思想的延伸。

遗憾的是，新中国成立之后这样的封建战俘观仍为各级机关和普通民众广泛认同，使得志愿军战俘归国几十年后仍然无法摆脱战俘身份。在张泽石等人持续三年上访后，对六千多名战俘的不当处理才得以纠正，但由于各种阻力，真正享受到政策落实的战俘少之又少。中国的传统文化博大精深，其中也有糟粕，特别是皇权思想更需要警惕。随着"以人为本"治国理念的确立，我们必须重新反思战俘问题，防止这类悲剧再度发生。

## 第四节　梁鸿：一位学者的乡土关怀

**作者介绍**　梁鸿，1973年生于河南邓州，文学博士，曾任中国青年政治学院中文系教授，现任中国人民大学文学院教授。非虚构文学作品有《中国在梁庄》《出梁庄记》。著有《黄花苔与皂角树——中原五作家论》《新启蒙话语建构：〈受活〉与1990年代的文学与社会》《外省笔记：20世纪河南文学》《灵光的消逝：当代文学叙事美学的嬗变》《作为方法的"乡愁"》等学术著作。2015年，梁鸿还出版了一部虚构与非虚构相结合的作品——《神圣家族》。其非虚构文学作品《中国在梁庄》曾获"2010年度人民文学奖""新浪2010年度十大好书""《新京报》2010年度文学类好书""《亚洲周刊》2010年度非虚构类十大好书"等奖项。《出梁庄记》曾获第十一届华语文学传媒大奖"年度散文家"奖与"首届非虚构大奖文学奖"等。

在非虚构作品中，学者梁鸿的《中国在梁庄》（2010年出版）与《出梁庄记》（2013年出版）是两部重磅力作。梁庄是河南的一个小村庄，也是梁鸿的故乡。作者怀着对农村那片土地强烈的爱与责任，以对乡村、农民的理解与关怀为出发点，通过口述实录、现场调查等方式讲述了一个个具有典型性的农民的人生故事，以及他们在村庄中与走出村庄后的生存、情感及所面临的问题，真实地展现了农民的生存状态与中国农村在城市化进程中的生态危机。在看似冷静的文字之中，浸润着的是作者浓浓的乡土情怀与客观思考。

## 一 生存关怀

《中国在梁庄》与《出梁庄记》是梁鸿对自己的故乡进行调查后写成的，记录了当下农民真实的生存状态，体现了梁鸿对农民深切的生存关怀。"我希望，通过我的眼睛，能使村庄的过去与现在、村庄所经历的欢乐与痛苦、村庄所承受的悲伤，慢慢浮出历史地表。由此，透视当代社会变迁中乡村的情感心理、文化状况和物理形态，中国当代的政治经济改革、现代性追求与中国乡村之间的关系。"[①] 梁鸿做到了这一点。她让梁庄走进了受众的视线，让农民的生存问题受到了关注。

梁鸿以务实的介入向受众再现了史诗般的人间的悲欢离合，其对民

---

[①] 靳晓燕：《归乡，找寻精神家园——〈中国在梁庄〉作者梁鸿访谈》，《光明日报》2011年1月18日第13版。

生的关切之情与对人性的深刻反思极具感染力。孟繁华曾说:"在社会发生巨大转型的时代,我们有义务和责任关心国家和民族的发展及命运,从而使文学再度得到民众的信任和关心。"① 梁鸿就是这样一位具有责任感的学者,其两部作品的问世源于她对故乡及故乡人的拳拳深情,是一个学者强烈的责任感促使她从精英写作转向务实的大众化写作。她在为生活在底层的农民和农民工代言,为他们书写了真实得近乎残酷的生存寓言。试看《出梁庄记》中的一段文字:

> 十一点左右,我们坐上出租车,到虎子那儿去。虎子住在金花路那一片的一个拆迁村里。虎子早就站在路口等我们。看见我们,一蹦一跳地要过路这边给我们开车门,被二哥骂了回去。村头是一条长长窄窄的石板小路,下面排水沟的味道时时冲上来,非常难闻。向右转,一个狭长的石板小道,宽不到三米,长却有一两百米。小道中间停着一辆三轮车,一边紧靠着墙,另一边还剩下窄窄的小缝,只是一个人的宽度。这是虎子的拉菜车。走过车,路似乎越来越窄。路的中间立着一些长长的钢管,直伸到二楼,支撑着二楼往外延伸的那些房间的地板。在这些林立的钢管下面,一个小女孩坐在一张小凳子上,拿黑黑亮亮的眼睛看着我们。
>
> 她左边是一个简易的三合板钉的小桌子,桌子上放着黑色小锅、作业本和文具盒,旁边散落着几个薄薄的木制简易小凳。右边,楼梯的墙体石灰完全脱落,露出一种充满油腻感的黑色。她的后面是封死了的小路,尽头被一个高大的土堆严实实地堵着,几乎和这二层的楼房一样高。阳光从一线天的上方洒下来,单薄、稀少,在小女孩儿身后形成模糊的亮光,而在小女孩的前面有重重的阴影。高大、阴沉的夹缝中,这个眼睛黑亮、茫然的小女孩坐在那里,像一个孤独的、流落人间的小天使。②

---

① 孟繁华:《非虚构文学:走进当下中国社会的深处》,《中国社会科学报》2011 年 4 月 12 日第 7 版。

② 梁鸿:《出梁庄记》,花城出版社 2013 年版,第 43 页。

这就是"接地气"的书写。梁鸿走出学者的书斋,深入到尘世之中,触摸底层民众的疾苦,关注农民的辛酸,代他们发出自己的声音,这是务实的民间话语立场,更贴近底层民众的审美视野与文化期待,为非虚构写作开辟了一个独特的新领域。

在2008—2009年间,梁鸿花费了大约五个月的时间,回到自己的故乡进行深入的调查采访,然后写成了《中国在梁庄》。

在《中国在梁庄》中,梁鸿最为关注的是留守老人、留守妇女与留守儿童三代人的生存问题。五奶奶、芝婶等这些经历了战乱、贫困的老人,依然不能享受现在的温饱生活,而是要为在外打工的子女照顾孩子,她们要忍着自身的病痛种地、做饭,还要每天往返几次去接送孩子上学。正如芝婶说的,"五六十岁、六七十岁的人都在养孙儿。老头老太太领着孙娃,吃喝拉撒不说,有的儿子、媳妇还不给寄钱,还得自己下地干活。有的领五六个孙娃,里孙儿、外孙儿,日子都过不成。三个娃儿留六个孙儿,比着留,谁不留谁吃亏。有的家里,儿子也说,你别种这七八亩地,我给钱,这五六个娃儿都够你受了,俺们在外头挣钱容易,谁叫你弄这二亩地。可给钱时,谁都想少给"①。不过,劳累还在其次,给钱少也在其次,关键的是他们还要承担巨大的责任,孩子的身心健康出现问题都会归罪到他们身上。书中写科子家的小孩痴迷上网、打游戏、看动画片连续剧,别说学习,饭都顾不上吃。"奶奶说他,不听;告诉他爹妈,爹妈在电话里批评了儿子。你知道那娃儿有多坏?过几天,爹妈又打电话,他给爹妈告状,说奶奶不管他,出去'斗地主',不给他做饭,还不给他钱。你看,孩子反过来告奶奶一状。奶奶气得在村里骂,说以后再也不管这小鳖娃儿。不是不管了,根本管不住。你说,六七十岁的老两口又当爹,又当老师、校长,能当好吗?"②在这里,梁鸿通过芝婶的口让读者看到了留守儿童问题的现实性与严重性,也表达了自己深切的忧虑:"当芝婶说到自己五岁的孙子要'跳坑'的时候,我非常震惊。一个五岁的孩子,竟然以自杀的方式来拒绝心灵的疤痕被揭开,这里面该蕴藏多少痛苦呢?在这样一种矛盾、撕

---

① 梁鸿:《中国在梁庄》,中信出版社2014年版,第75页。
② 同上。

第五章　民间述史个案解读

裂及缺失下成长起来的孩子，怎么能健康、快乐、幸福？"①的确，更令人心痛的是孩子们的生命受到的威胁，如五奶奶的孙子溺水身亡，她的悲伤与自责是别人无法感受到的，但她还要承受儿子、儿媳的埋怨与指责。

书中还写到了留守女性的情感压抑，服毒自杀的春梅、被打工的丈夫染上性病而上吊的小媳妇等等，这些悲欢离合令人心痛，五奶奶、春梅的形象是无数乡村留守老人和妇女的真实写照，谁能来安抚他们的绝望、伤痛与无奈呢？在书中，梁鸿站出来议论的时候不多，她更多的是呈现，把沉重的现实呈现出来，把严重的问题呈现出来，让读者自己去感受与思考。

在《出梁庄记》中，梁鸿把目光投向了农民工。书中共记录了五十一位农民工的打工故事。为了生存，梁庄的农民背井离乡，他们的足迹遍布大江南北，新疆、云南、广州、内蒙古，甚至到国外打工。他们有的当保安，做小生意，更多的是出苦力，当油漆工、搬运工，收废品，卸煤，翻沙，总是干最脏、最累的活。他们虽然来到了城里，却无法与城市融为一体，只是城市的寄居者。他们不愿意再回到农村，但又无法被城市真正地接纳，处于一种尴尬的两难生存处境。农民工的生活漂泊、艰辛，但他们不愿放弃。与其说他们的生命是多么顽强，不如说他们是别无选择。那些最后回乡的打工者往往都是因受伤、患病，或照顾孩子等不得不回。在书中，有受访者提到，只有在生病的时候他们会想到回梁庄治病，因为在城里他们没有医保。其实在城里，他们缺失的不仅是医保，还有购房权利、孩子的受教育环境、升学权利等，这些缺失使他们总觉得低人一等。生存的压力迫使他们不停地奔波劳作，即便工厂污染超标，即便他们知道自己的生命正遭受威胁，他们仍不放弃在城里的生活。他们寄居在城里最狭小肮脏的角落，顶着没有教养、扰乱治安等多重罪名，没有尊严地顽强地生活着。

梁鸿虽然也是从梁庄走出来的农民中的一分子，但她毕竟在首都生活得久了，重新回到故乡，她感到陌生和隔膜。她尽量让自己能够与村民们平等对话，尊重他们，关怀他们，取得他们的信任。正是由于有这

---

① 梁鸿：《中国在梁庄》，中信出版社2014年版，第76页。

种诚挚的态度，村民们才能向梁鸿吐露心声，我们也才能在梁鸿笔下看到中国真实的村庄，看到城里真实的农民工。这种诚挚的态度也是我们社会对待农民应有的态度。

梁鸿写这两部作品的终极目的不是要同情农民的遭遇，或者谴责他们的陋习，她的目的是要引发社会关注农民，关注乡村城市化进程中农民的生存问题。因此，可以说梁鸿对乡村的一切忧虑与反思都是以爱与关怀为前提的。

## 二　心灵关怀

在梁鸿的这两部非虚构作品中，我们也深切地感受到了她不仅关注农民的生存问题，更关注农民的心灵问题，关注他们的精神状态与人格尊严。有学者指出："梁鸿的写作在这方面做出了出色的示范。她的精神诊断既是整体性的，也是个体性的。"[①] "几百个活生生的精神个案，勾勒出中国的精神状况。迷茫的，低沉的，冷漠的，孤独的，算命的，信教的，迷信的，各种精神现象都有典型性。这两本书中提到很多人的精神状态，都是麻木和孤独的，除了发财之外，很少有其他的价值指引。"[②]

在《中国在梁庄》中，作者用一章的篇幅来写乡村的留守儿童，写梁庄的小学。青少年是农村的希望，梁鸿把目光投向他们，自有深意。我们看到的是堪忧的农村青少年的生存现状。基础教育堪忧，昔日的小学已经被废弃，甚至变为养猪场。在书中，梁鸿道出了自己的忧思。"让一所学校消失很容易，也很正常，因为有许多实际的理由，人口减少、费用增多、家长嫌差等等。但是，如果从一个民族的精神凝聚力和文化传承的角度来看，它又不仅是一所小学去留的问题。对于梁庄而言，随着小学的破败，一种颓废、失落与涣散也慢慢弥漫在人们心中。在许多时候，它是无形的，但最终却以有形的东西向我们展示它强大的破坏力。"[③]

---

[①] 师力斌：《打开一座村庄呈现中国——读梁鸿〈中国在梁庄〉〈出梁庄记〉》，《当代作家评论》2015年第6期。

[②] 同上。

[③] 梁鸿：《中国在梁庄》，中信出版社2014年版，第58页。

第五章 民间述史个案解读

　　梁鸿的担忧颇有道理，学校是文化的象征，小学的消亡导致村庄的文化氛围缺失，村民的精神生活枯竭。梁庄小学办得好时，村民的精气神也足，他们对孩子的未来充满了期盼，希望他们受到更好的教育。可是现在，商业大潮的冲击与文化氛围的缺失导致孩子们都不愿意上学，更何况还有上了大学的孩子找不到工作，孩子们逃学、逃课，只想着去打工。这种厌学情绪弥漫在乡村，它使人们对教育失去了希望，对孩子的未来失去了寄托。梁鸿对此非常痛心，她在书中写道："如果一所小学的消失是一种必然，那么，有什么办法，能够重新把这已经涣散的村庄精神再凝聚起来？能够重新找回那激动人心的对教育、文化的崇高感与求知的信心？"[1] 梁鸿提出的问题值得我们深思，农村学校教育的缺失，受伤害的不仅仅是农村的孩子，真正受伤害的是农村的未来和国家、民族的未来。因此，农村孩子的精神成长应该是全社会共同关心的问题。

　　《中国在梁庄》中还写到了王家少年，由于看了黄色碟片，引起了青春期的性冲动，把八十二岁的刘老太杀害后强奸，他也为此被判处死刑。村民们大多对王家少年恨之入骨，他们认为王家少年手段残忍，道德败坏，应该被判处死刑，而梁鸿关注的却是孩子的心灵健康。"没有人提到父母的缺失、爱的缺失、寂寞的生活对王家少年的潜在影响，这些原因在乡村，是极其幼稚且站不住脚的。而乡村，又有多少处于这种状态中的少年啊！谁能保证他们的心灵健康呢？""谁能弄清楚，那一个个寂寞的夜晚在少年心里郁结下怎样的阴暗？谁又能明白，那一天天没有爱的日子汇集成怎样的呐喊？而又有谁去关注一个少年最初的性冲动？"[2] 的确，我们对乡村少年的心灵关怀确实太少，尤其是日渐增多的留守儿童，他们成长中的精神困惑被长期忽略。这样一个庞大的缺少爱的群体，他们融入社会后，对社会的负面影响是难以估量的。

　　《出梁庄记》中还写到了被强暴的九岁小女孩黑妮，这样一个小孩子却要用一生去承受这样大的伤害，这件事令梁鸿愤怒，也令她深感无力。她不知道该如何让孩子的心灵走出这个阴霾，不知道如何抚慰她受

---

[1] 梁鸿：《中国在梁庄》，中信出版社2014年版，第61页。
[2] 梁鸿：《出梁庄记》，花城出版社2013年版，第70页。

伤的心灵。梁鸿写出了自己在采访黑妮时内心的愤怒与悲伤:"九岁的小女孩儿始终以缓慢、平板和迟钝的声音回答,这迟钝在小小的房间里回响,像钝刀在人的肉体上来回割,让人浑身哆嗦。愤怒逐渐滋生、涨大,充斥着胸膛和整个房屋。我听到自己的心脏在'怦怦'地跳,感觉到眼泪流到嘴角的咸味。"① 然而,面对这样一个被伤害的孩子,梁鸿却不知道如何去抚慰与拯救她,她内疚与无奈地写道:"我无法忘掉奶奶朝我看时的神情和黑妮的迟钝与天真。我知道,和大家一样,我是把那祖孙俩抛弃了的。我努力了一下,没有办法,也就算了。不久之后,我们会把她们忘记。面对奶奶滔滔的泪水和期待的眼神,我甚至有些烦躁。我想逃跑。不只是无力感所致,也有对这种生活本身和所看到的镜像的厌倦。我不知道该怎么办,不知道该作哪一种选择,不知道那正在赶着回家过年的妈妈会如何面对她被伤害的女儿。我只想离开。"② 其实,梁鸿的无力也是社会的无力,这样天真、幼小的生命就遭遇这样大的心灵创伤,今后,她如何去面对漫长的人生之旅?社会如何抚平她内心的创伤?这是我们整个社会亟须去关注并解决的问题。

在贫瘠落后的农村,很少有人关心孩子的精神世界,这是比贫穷更为可怕的缺失。包括那些受过良好教育的农村青年也是如此,《出梁庄记》中的正林是一名专科生,后又到名牌大学进修,毕业后成了服装设计师,但白天奢华的工作条件与下班后蜗居的生存条件形成了鲜明的对比,这种落差不仅仅是物质上的,更多的是精神上的。物质上的贫穷使他们找不到精神的归宿,他们带着没有灵魂的躯壳在不属于自己的城市奔波劳碌。这将成为严重的社会问题,应引起社会的高度重视。

在《中国在梁庄》的最后一部分,作者写到了故乡的文化生活。在去参观穰县的文化茶馆前,梁鸿对穰县推广的这一"文化工程"充满了期盼,甚至以为这或许是使乡村新生的一个良好途径。没想到,她看到的文化茶馆几乎就是麻将茶馆:"有些文化茶馆连书也不要了,就是办个证,给打麻将提供一个合法的场所。在穰县,打麻将是全城的活动,不管是机关干部、一般职员,还是个体商户,几乎人人都是麻将爱

---

① 梁鸿:《出梁庄记》,花城出版社2013年版,第300页。
② 同上书,第305页。

好者，人们都有固定的麻将友，午饭应酬之后，如果下午没有要紧的事情，就会相互约好，直奔某个固定的地方，从下午一直打到晚上十二点左右。每天如此。"① 显然，这样的"文化工程"与县政府的期望也是相违背的，县政府本以为有了这些文化茶馆和戏台就可以提升百姓的文化品位，营造浓厚的文化氛围，甚至可以使传统戏、豫剧、舞狮等传统的文化形式得以传承，没想到声势浩大的"文化工程"只剩下了"麻将茶馆"，反而助长了村民的不良习气。为什么会出现这样的结果？梁鸿认为是相关政府部门组织、监管不力。"从干部层面看，村支书、乡干部和负责管理的人也只是把它作为一项工作指标，没有真正去组织、监管。国家的一些文化普及举措也并没有真正收到效果，如清道哥所讲，远程教育给你个电视机，扔到大队部，算是回了老家。大队部里有电脑室，几台电脑都可以上网，有培训室，有几台缝纫机，还有图书室，里面的书也不少，可无一例外，都落满了灰尘。我们去参观的时候，村支书匆匆叫来管钥匙的人，或在地里干活，或到镇上办事，总是需要等好长时间。村民是不会这么麻烦等着去借本书的。这些都使得最初的美好设想被架空。"②

在这里，梁鸿提出了一个非常严峻的社会问题，那就是村民的精神文化生活几近衰退。"倾听文化茶馆那麻将的哗啦声，遥想那空旷的戏台飘过的寂寞空气，还有几亿少年无所适从的茫然眼神，我看到的是一个民族的文化、生活的颓废及无可挽回的衰退。"③ 的确，这是关系到我们中华民族文化的传承与发展的问题，从孩子到老人，他们每天在呼吸什么样的文化信息？他们在接受什么样的文化生活方式？他们传承了什么样的文化道德理念？我们的国家与政府究竟采取什么措施，才能使村民们拥有健康的文化生活，才能使我们国家优秀的传统文化回归并赋予它新的生命力？这确实是难题，也是我们需要下大力气去解决的问题。

### 三 生态关怀

梁鸿在这两部作品中对农民生存的环境也给予了高度关注，因为生

---

① 梁鸿：《中国在梁庄》，中信出版社2014年版，第235页。
② 同上。
③ 同上书，第236页。

态与生存是息息相关的两方面,生态的优劣决定了农民的生存质量。在梁庄城镇化过程中带来了一些不可忽视的生态问题,当然,这不是梁庄一个村庄的问题,它是中国所有乡村都可能遇到的问题,是当下中国乡村发展亟须解决的问题。

以往提到乡村,我们脑海中就会呈现"采菊东篱下,悠然见南山"的田园风光,然而在《中国在梁庄》中,我们看到的却是"黑色淤流":曾有小鸭小鹅惬意嬉戏的坑塘,曾经清澈得可以洗衣、洗菜的坑塘,曾经长满荷花,风吹过,清香满村的坑塘,曾经有许多青蛙欢叫的坑塘,不仅变成了散发着臭味的垃圾场,里面注满了乌黑发亮的工业废水,上面漂着一层绿藻和密密麻麻的苍蝇,而且已经随着房屋的建造被挤占得所剩无几。曾经盛产蔬菜、粮食的肥沃的黑土地,现在因砖厂烧砖再也无法生长任何植物。

作者的语言是平实而冷静的,但透过文字,我们能感受到当她看到故乡的这种变化时内心的伤痛。童年时在其下玩耍的桑葚树不复存在了,甚至连小学校也变成了养猪场。梁庄的生态环境真是变得令人绝望。"梁庄砖厂到底挖了多少土,挖有多深,只要看看砖厂旁边的那根电线杆就明白了。从电线杆的底座到它裸露出来的根部约有三丈深,四面的土全被挖走,电线杆成了一个孤零零的旗杆。电线杆前是一片离地平线三丈深的整齐的凹陷地,足足有上百亩,一眼望去,非常平坦。对面凹陷地的边缘有一个废弃的机井,圆形井身的一边也深深地裸露着,和电线杆遥遥相对。父亲说,连上砖厂,这儿原来共有两三百亩地,典型的黑老土,地肥得不得了。五六月份麦黄梢时,一片金黄,那真是漂亮。现在这地,已经没法儿种了,因为没有任何营养了。环绕着砖厂的是无数不均匀的大坑,它们或在树林旁边,或在房屋后面,或紧靠河坡。因为挖土时太靠近树,有些树已经有些歪斜了,盘曲的根部裸露着。而高高的河坡,它曾经像城墙一样挡住了汹涌而来的河水,如今已经被削得几乎和地平线一样了。"[①] "但是,我又能指责谁呢?指责'我故乡的人们'如此破坏环境,如此不注重生态平衡,如此不重视自己

---

① 梁鸿:《中国在梁庄》,中信出版社2014年版,第34、35页。

的生存质量?"① 连番发问,梁鸿对乡村的生态之痛可见一斑。这不是梁鸿一个人的痛,它是所有乡村的痛,所有农民的痛,整个中国的痛。

在《中国在梁庄》"河的终结"这节,作者写到了河淹死人的事件。为什么每年都有人在这条河里淹死?原来是好多挖沙厂在这一河段挖沙,在河底留下了很多很深的沙窝,人一下水就会被漩涡卷走。和河水相关的还有上游的造纸厂、化肥厂排放污水问题。面对这一切生态灾难,梁鸿说出了自己的忧虑。"河流,一个国家的生态命脉,一个民族未来的保障,但是在过去十几年中,我们却把它提前终结了。我们生活在干涸、散发着臭味、充满诡异气息的河岸两旁,怀着一种绝望、暗淡和说不出的恐惧。如果这一切再不改变,大灾难要来了,或者,其实已经来了。"② 梁鸿毫不讳言自己的绝望与恐惧,在她眼里,河水死了,村庄也就死了,人类对环境的破坏就是在断绝自己的生路。

梁鸿的忧虑应引起我们国家和社会的重视。作为一个农业大国,却有无数个生态遭到破坏的乡村,有无数条被污染的河流,有无数村民失去了绿色的家园,学者梁鸿敢于直面这种现实的精神与勇气是可敬可佩的。她深入面临生态灾难的乡村,把不被世人关注的乡村生态困窘揭示出来,这种诚挚的生态情怀令人感动,启人深思。

梁鸿的梁庄系列非虚构作品以真实的笔触呈现了梁庄与梁庄农民的生存现实,由此我们看到的不仅仅是梁庄这一个村庄的生存状态,而是整个中国农民的生存状态。虽然这种呈现还不是非常全面、深入,但足以引起我们的反思。这是一个学者"接地气"的写作,它使文学逃离书斋,走近生活,贴近现实。这也是一位来自乡村的学者的责任感与使命感的体现,她要为乡村代言,要为农民代言,让他们感受到来自外界的关怀。

## 第五节　沈博爱:一代农人的乡村记忆

**作者介绍**　沈博爱(1936—2016),原名钱铿,字敦高,号博爱,

---

① 梁鸿:《中国在梁庄》,中信出版社2014年版,第43页。
② 同上书,第52页。

文学视域下的民间述史研究

自号孤枫居士，蹉跎痴叟。湖南浏阳人，退休生物教师。1955 年毕业于湖南湘潭师范，1958 年被划为右派，以"反革命罪"被判有期徒刑 5 年，1962 年释放回原籍监管，此后在乡间和妻子以缝纫为业。1980 年划右得到平反，反革命案宣告无罪，复职从教至退休。晚年作诗联，写旧梦，爱书画，刻竹雕根。2013 年，他的个人回忆录《蹉跎坡旧事：一代中国农人的耕读梦》由语文出版社出版。在新历史合作社举办的"国家记忆·2013 致敬历史记录者"评选活动中，沈博爱获"国家记忆 2013·年度公民写史"奖。

沈博爱是一位退休的生物教师，他曾经带领学生制作了很多动植物标本。在诸多个人史作品中，他的《蹉跎坡旧事：一代中国农人的耕读梦》同样具有标本意义，值得深入探讨。因为"来自底层的声音太匮乏。底层也常常因长期受制于权力、精英话语的压迫乃至扭曲，将自身承受苦难的意义窄化"[①]。这部个人史是一个乡村知识分子跨越七十年的乡村记忆，不仅记录了宏大历史下的个人命运，还记录了渐行渐远的乡土风俗、形形色色的乡土人物和多姿多彩的乡土语言，沈博爱在有意或无意间扮演了一代农人的代言角色。

## 一 宏大历史下的个人命运

在宏大的国家历史面前，平凡的个体总是微不足道。难能可贵的是，沈博爱的个人命运与国家历史高度契合，他的七十年人生也是共和国七十年历史的侧影。在湖南农村，人们普遍的价值观是：一等人忠臣孝子，两件事读书耕田。在这样的耕读文化中，长辈对沈博爱的期待就是不能当文盲，最好做教书先生。赶上急剧变化的政治风云，他的耕读梦几起几落才得以实现。"在这样的文化语境中，历史成为社会个体——'人'——高不可攀的对象，它是个人的最高意义之源，皈依历史最终成为实现个人价值的根本途径；同时，历史也是个人最终的归宿。"[②]

---

[①] 唐小兵：《让历史记忆照亮未来》，《读书》2014 年第 2 期。
[②] 周新民：《生命意识的逃逸——苏童小说中历史与个人的关系》，《小说评论》2004 年第 2 期。

## 第五章　民间述史个案解读

沈博爱出生在乱世，出生百余天，就被以十二块大洋过继给叔祖父母。在日军侵华、国共内战的大历史背景中，他的童年颠沛流离，随祖父母流离多地，要躲日本人，还要躲那些大肆抢劫的"粮子"（兵）。日军进犯家园，留下被打烂的衣柜，被刺刀戳烂的皮箱，猪舍狼藉肥猪消失。既非日寇又非国军的乱兵"西兵粮子"闯进大地坪老屋，青壮男丁怕被掳走闻风而逃，剩下的老幼妇女被挨个洗劫："这些无钱的妇老无油水可榨，就逼迫她们捋下脖子上和手腕上的银圈，我的颈圈手圈和脚圈就这样被抢走了，祖母的手圈很难捋下，那个军官就说用刀砍手，吓得祖母用死力才捋下来。整个巷子像一塘死水，谁敢吭声敢哭敢骂啊。"[①]

新中国成立以后，沈博爱当过土改时期的儿童团长。1952年考入浏阳简易师范学校（后并入湘潭师范学校），1955年毕业后检查过扫盲，接着当小学教师。沈博爱的耕读梦刚刚实现，就遭遇不测。1956年几个昔日同学组成文学自学小组，办了一份油印刊物《求知通讯》，为避免政治错误，大多转载报刊文章。刊出三期后，大家都忙，也就停了。在随后的政治风云中，沈博爱因此屡遭厄运。1958年3月案发，读书会被定性为反革命组织，他被冠以反革命分子，被判五年有期徒刑，强迫劳动改造。1962年刑期将满，浏阳法院改判读书会为非法组织，他被教育释放，成为劳改释放犯。这期间祖父撒手人寰，尚未谋面的女儿病死，妻子离去远嫁他乡，五口之家只剩下祖母忍饥挨饿等他。

出狱后，沈博爱刻在笔筒上的座右铭"日出而作，日没而息；食足衣丰，自食其力；利尽三余，荷未自习"也被反映到社教工作组，一场虚惊后笔筒进了灶膛。通过强迫劳动改造，他有意识地修炼出三处厚皮，即肩膀皮、手掌皮和脚掌皮。再娶地主女儿戴陵鱼后，他跟着妻子学缝纫，除参加生产队劳动紧急农活外，夫妻二人起早贪黑跑乡串户，带着婴儿上门做工。但作为右派，"文革"中的沈博爱必须参加每月学习和年终集训，写自我检查、改造计划，陪斗或者挨斗。他的藏书先后被查抄和流失，唯有缝纫机箱隔层里的隐形书箱随着他跑百家，替他保留下《增广诗韵合璧》《辞源》《中国植物图鉴》《中国绘画史》

---

① 沈博爱：《蹉跎坡旧事：一代中国农人的耕读梦》，语文出版社2013年版，第22页。

四部书。1978 年 3 月他摘掉右派分子帽子，10 月被重新录用。1982 年 4 月浏阳法院才撤销原判，宣告沈博爱等人无罪。坐了五年无罪班房，付出的代价是二十多年黄金岁月被葬送，得到的补偿是一百元安家费。此后他一边教书育人一边在蹉跎坡新居打井筑墙建起果园，耕读梦终于实现。

　　梳理沈博爱的个人命运，我们会发现宏大的历史经常有荒诞之处。1957 年开始的整风运动要求"大鸣大放"，号召民主党派人士随意向党提意见。引蛇出洞后，开始划右派，整个运动结束，全国共划右派五十五万人。1958 年寒假，城市机关单位的反右斗争早已结束，乡村小学教师却毫不知情。沈博爱的鸣放记录成了"恶毒攻击干部政策"的材料，他还为别人的大字报配了漫画，最终自己身陷囹圄。回顾这段历史，沈博爱认为："我们这些农村小学教师，是最下层的小知识分子，无权无势无财，无声望地位。靠粉笔糊口，不过是蒙学教书匠。对我来说，什么左派右派、左倾右倾，什么上层建筑、意识形态等名词的概念是一个空白。至于路线立场是跟着大流走。所以我们这些人的鸣放没有什么必要，也没有什么价值。不过是在一场鸣放中凑个热闹。真是'而况于明哲乎？'仅是凑满五十五万右派分子的可观队伍，乃国家民族之不幸。"[①]

　　梳理沈博爱的个人命运，我们也会发现小人物在大历史中的无助。战乱年代，他只能随祖父母流离失所。在新中国成立后的历次政治运动中，也只能随波逐流。譬如"文革"期间，作为裁缝，他和妻子奉命缝制语录袋，诚惶诚恐地完成大队民兵连长兼治保主任指定的数目，作为被监督劳动的右派和知识分子，他还受命在临近大路的墙上和柱头上画毛主席像。刚刚完成任务，他又受命在新墙体上画毛主席彩照像，政治风险特别大，整夜做噩梦。好在检查验收，得到工作队认可，"总算是把提在手里的脑壳放回了脖子上"[②]。作为"老运动员"，沈博爱唯一能做的也只是自嘲，上午挨斗争，下午做裁缝。

---

[①]　沈博爱：《蹉跎坡旧事：一代中国农人的耕读梦》，语文出版社 2013 年版，第 172 页。

[②]　同上书，第 377 页。

第五章　民间述史个案解读

读沈博爱回忆录的过程应该是一个反省国家历史的过程，只有深刻反省，才能避免今后的国家悲剧和个人悲剧。因此有学者评价《蹉跎坡旧事：一代中国农人的耕读梦》"不仅仅是一部个人自传，更是一部家史，一部乡志，一部鉴远知来的民间《春秋》，一部乡土特色的《史记》"①。

**二　渐行渐远的乡土风俗**

"'风'强调风土等自然地理条件对人的行为的影响，'俗'是一种习以为常的社会生活模式。"②《蹉跎坡旧事：一代中国农人的耕读梦》中有数十幅插图，是沈博爱数十年来绘制的钢笔画，忠实记录了过往的山川、河流、建筑、草木、劳动工具的形貌，为风俗研究提供了直接可靠的图形资料。他还用大量笔墨讲述风俗，图文呼应，构成一幅幅早年浏阳的乡村风俗画。很多风俗已经退出历史舞台，成为渐行渐远的背影，正因为渐行渐远，沈博爱记录的乡土风俗才弥足珍贵。

首先是一幅童年老屋图。老屋砖木青瓦结构，建于1726年。十多户人家聚族而居，男耕女织，孩子们就在这里自制玩具玩游戏。有跳绳、丢手巾、捉迷藏、"老虫捉猪"和"牵羊卖牛"，光是下棋就有裤脚棋、牛角棋、六子棋、五子飞、成三棋、天棋、算盘棋，等等。"棋盘，是灰地、沙地、泥地，最高级的是凉亭里的青石板。至于棋子是就地取材，有石子、树枝、泥团，也有瓦片、竹片和芦蕨梗等。有时把虾子螃蟹也当棋子，桃核、李核是最标准划一的棋子了。"③每年烤火季节，祖母就把火房打扫干净，在火炉边跟客人一同喝茶。茶叶是自制的烟茶，分门别类地放在大小不等的粗陶罐里，茶柜是祖母的嫁妆，放茶具、茶叶和书，茶具是铜制的。近些年，很多旧民俗不复存在，无论是聚族而居的老屋，就地取材的童年游戏，还是冬夜火炉边的茶饮，都由风俗变成记忆。

其次是丧仪中的夜歌图。20世纪40年代浏阳北乡的夜歌如火如

---

① 彭丰文：《民间〈春秋〉乡土〈史记〉》，《青年时报》2013年11月10日第A14版。
② 萧放：《中国传统风俗观的历史研究与当代思考》，《北京师范大学学报》（社会科学版）2004年第6期。
③ 沈博爱：《蹉跎坡旧事：一代中国农人的耕读梦》，语文出版社2013年版，第7页。

茶,按照歌场、交歌、接歌、抢歌、谢歌场等顺序进行,一直唱到日上三竿,唯半夜饭时稍有停顿。夜歌一般有三个方阵,母族方阵中以亡者妻家或娘家的母党为主,还有母家、儿媳家、孙媳家等。其他亲戚与近邻为第二方阵,站中间立场,起调和作用。第三方阵是孝家本房歌师以及陪奉人等。孝家成员傍立听歌,遇到歌场冲突,下跪叩头,风波自然平息。夜歌唱的内容基本上集中在几个焦点问题,如对厚养厚葬、厚养薄葬、薄养厚葬、薄养薄葬的辩论,对挽联、祭轴、哀联、讣告的文字挑剔,对生身父母与养身父母的评论等。生男育女问题、子女对亡者生前患病的医治护理问题,对亡者的歌功颂德等也都是重要内容。夜歌离不开诡辩,可以引经据典,可以曲解夸张,可以强词夺理,不可恶语伤人,不可认输道歉。当时出现一些有名的歌师,经常到外面唱夜歌,只赚早晚两个正餐和一顿半夜饭,歌师为吃而歌,听众为食而听。"大跃进"以后,夜歌一度中断。到了20世纪90年代,夜歌逐渐复苏,歌师有了酬金。"社会风俗的变化是社会变化的一种风向标,它的细微变化往往是社会大变化的前兆。"[①] 夜歌的兴衰确实与社会大变化息息相关,40年代的热闹为的是在动荡时期获取食物,90年代的复苏源于改革开放后经济的迅猛发展。

再次是传统婚嫁风俗图。童婚的习俗早已摒弃,沈博爱从亲历者角度,讲述合八字和卜庚,讲述收亲的过程,拜堂,入洞房,隔日吃回门饭,以后的日子各住各家。土改时这桩包办婚姻结束。1963年沈博爱再娶,当时旧婚俗几近废止,但他的娶亲过程中抬轿娶亲、交锁授权、赞茶、起马杯(礼送娘家人)等内容侥幸保留。婚后礼谢媒人,沈博爱选择了"谢猪头"的古老习俗。"按照传统习俗,要配好一架条箱,上面的木盒里摆上猪头,猪嘴巴夹上猪尾巴。说这是有头有尾。猪头上放大红纸,压上一个红包。条箱下面的木盒里,放上两瓶酒,两个挂面包,四个果点包,二个粉皮包。打包也有讲究的,纸包呈棱台形,大面朝上,五个小面朝下,大面贴上一张长条形红纸,条箱是用两根长

---

[①] 萧放:《中国传统风俗观的历史研究与当代思考》,《北京师范大学学报》(社会科学版)2004年第6期。

轿杠夹着的，两头的横木用来抬肩。"① 按习俗媒人应赞猪头，邻居一起喝猪头汤。因为媒人不知道猪头如何赞法，只好喝茶喝酒发烟后散场。婚嫁风俗没有好坏之分，无论是过去的传统婚俗，还是现在的新婚俗，都有具体的社会历史背景，是进行社会考察和历史考察不可缺少的内容。

最后是地貌历史变迁图。浏阳地处湘北，石柱峰是沈博爱家乡的祖山，捞刀河是家乡的母亲河。1956—1957年间沈博爱曾多次在家乡游历，他用文字和钢笔画记录下彼时风光。潭口曾经瀑布飞泻，峡谷中巨石被水流冲磨得光滑，形态各异。如今潭口的自然风光被现代交通和水利设施掩盖，峡谷中的巨石被吊走，开发成漂流区。这种仅仅着眼于经济利益的开发必须警惕。橙橘峰有棵古银杏，当地人称为"恨果树"，覆盖面积大约五百平方米，银杏树旁有座五百多年前建造的古橙橘寺。"大跃进"时古寺被夷为平地，"文革"时古银杏树被砍倒。这种因政治运动发生的地貌变迁必须引以为戒。沈博爱和祖父曾经夜宿祖师岩，祖师岩仙人庙前厅悬空建在伸出的岩石上，神案所在完全隐藏在山石岩洞中。陈大仙人羽化后，肉身被制成干尸，成为被膜拜的神灵。次日凌晨，祖父洗漱后俯首跪拜，五体投地，求陈大仙人保佑全家清吉平安。"可是陈大真人没有保住我家的劫难。真人本身也难逃一劫，治保主任们、红卫兵们也曾拜访过祖师岩。'大跃进'时，有人把肉身子拖到几十里外的官渡镇桥上示众，后被推入河中，后来才被人送回了祖师岩真人神庙内。"② 祖父的跪求和陈大仙人的遭遇在这里具有反讽意味，所谓的神灵自身不保，何以保众生呢？

除此之外，还有祖父染坊劳作图、祖母编织草鞋图、筑屋上梁图等。《蹉跎坡旧事：一代中国农人的耕读梦》是"一部传统乡村社会的百科全书，有益于我们重新认识已经或即将消逝的传统乡土文明"③，也有益于我们进行种种反省。说到底，地貌变迁的背后是政治历史变迁，只有实现政治文明，这类的悲剧才会避免。

---

① 沈博爱：《蹉跎坡旧事：一代中国农人的耕读梦》，语文出版社2013年版，第331页。
② 同上书，第148页。
③ 彭丰文：《民间〈春秋〉乡土〈史记〉》，《青年时报》2013年11月10日第A14版。

### 三　形形色色的乡土人物

农民虽然占据中国人口的绝大多数，长期以来却极少有话语权，属于极其沉默的绝大多数。《蹉跎坡旧事：一代中国农人的耕读梦》先后写了几十位人物，包括亲人、邻居、老师、同事、同学、劳改时的伙伴，比较成功的还是那些乡土人物，特别是亲人和乡村知识分子。这些人物大多来自乡野，带着浓郁的乡土气息，这些人物都饱经磨难，命运多舛，每个人身上都带着深刻的时代烙印，沈博爱的书写因而更具价值，"也许上天有意把他安置在这个位置上，让他见证，让他为千千万万的梦碎而无声消亡的人代言"①。

沈博爱着重写的亲人有祖父、祖母、岳父、岳母和妻子，其中祖父和祖母最打动人心，他们朴实善良，吃苦耐劳，在乱世仍然恪守为人处世的本分。祖父是染工，因兵荒马乱回乡务农，被人称为"改锹子"，他背着"改锹子"的名声耕作到死。他与沈博爱情同父子，几次挑着担子送沈博爱外出读书，越送越远。五十八岁时挑着担子，翻山越岭跋涉百里把沈博爱送到浏阳。五十九岁时又担着老行头，一路辗转送到湘潭。好不容易等到孙子工作后立业成家，沈博爱含冤入狱，祖父六十四岁撒手人寰。这是一个有头脑、有眼光的乡村人物，自己的耕读梦未能实现，他便寄希望于后辈，为了后辈有出息不惜一切代价，可惜未能如愿。

相比之下，祖母这个人物更复杂，更值得玩味。祖母是当地纺纱织布能手，湖南和平解放前夕，她千手万手纺织出来四十匹棉布怕被共产，祖父挑着担子走了二百里旱路才将布匹低价卖出，换回一扎一扎的金圆券。只隔了几天政权更迭，金圆券一钱不值，祖母躲在屋里偷着哭了几天几夜，只能安慰自己"退财折灾"。土改时怕民兵查出来，划一个有变天思想的反革命分子，她亲手把那些金圆券烧成了灰，由此沈家被划定的成分为中农。千辛万苦织出的布匹，先为祖母换来一堆金圆券，继而变成一堆废纸，带来一场虚惊。金圆券使她成为输家，划成分

---

① 林达：《可怜中国农人梦》，见沈博爱《蹉跎坡旧事：一代中国农人的耕读梦》，语文出版社2013年版，第2页。

又使她成为赢家，个中原委极具讽刺。

沈博爱蒙冤后，家破人亡，老屋里只剩下祖母。没有吃的，她从猫眼洞里扎红薯救命。食堂解散，她吃无花果叶、瓜藤瓜蔸。无论多难，她都要撑下去，等候孙子回来，米粉腌的旱鸭肉、半斤茶油和几升大米精心保存好几年：

> 大跃进一来，你阿公一死，你女儿一死，你婆娘一走，我是该急死的。你又关在县里，剩下我一个老婆婆。我又急又气，我的两个耳朵都干枯了。都说我要死，我也蛮怕死。你回来失了几个人，只剩几间空房子。你一定受不住。所以我还是要撑住，撑到你回来。天老爷保佑我冇死，也保佑你救了口命回来了。好了！不会死了！还要看看你的下半本，就是一出戏！
>
> …………
>
> 还有一桩事，也把我吓死了！就是地方传谣说你要解到龙伏来枪毙，有时间有日子！地方也瞒着，我一个人蒙在鼓里！只有尚友（姨侄女）怕我着急，专门来做劝解安慰工作，把这个消息直接告诉了我。我很有把握，我说我的博爱没犯到那个要命的地步！我不相信！我能预料到！要枪毙一个人，也要通知家属的。后来等到那个枪毙的日子，也风平浪静。原来是上个屋场一个姓陈的造的谣。如果真有那样的事发生，我只有跳塘上吊，留了我口老命有什么用！可是谣言没有吓死我，又过了一关！[①]

祖母的这番话是对孙子的交代，也是一个老人的内心独白，震撼人心。她一直坚信："有人就有世界！"无论是孙子出狱归来，还是后来承担抚育重孙子重孙女的重任，她都满怀喜悦和期待。她有幸看到了后辈人丁兴旺，看到了耕读梦的实现，1997年以九十七岁高龄辞世。在祖母身上我们可以看到普通人对人生基本信念的敬奉与坚守，也可以看到传统乡土文化的独特魅力。

---

[①] 沈博爱：《蹉跎坡旧事：一代中国农人的耕读梦》，语文出版社2013年版，第274—276页。

沈博爱笔下的乡村知识分子有共性，也有个性。陈闲僧当过乡长，不修边幅，穿着简朴，行为举止慢条斯理。每逢思考文稿或对联，左手斜握烟筒长杆，右手撮一缕烟丝按在弯曲的铜质烟斗里，玉质的烟筒嘴衔在嘴里，再把烟斗放在灶膛一烧，鼻孔里就喷出一股青烟，嘴唇喷的一声："写吧！"在旁书写的人就认真记录下来。他最有名的文章写在抗战胜利前夕，当年灾荒严重，民不聊生，他写的呈文四六骈文，光彩照人，时任乡长深感震惊，也采取了一些爱民措施。土改前陈闲僧逃亡，肃反中被清查出来，被判服刑。

潘魁吾是沈博爱的启蒙老师，裁缝出身，有一点旧文化，高挑个子，身穿长袍，是地方乡绅。他授课仅七天，就加入了国民党残兵败将组成的草莽部队驼子兵。"等到土改时的一天，我站在九龙山的壕基礅上，忽然看到一个五花大绑的人被从石江陂陈氏宗祠里推出来，一直押到祠堂门口的河滩上，突然一声枪响，犯人倒下了。我跑到河滩上，看到脑髓和鲜血喷散在砂石上，插在犯人背上的牌子写着'死刑犯潘俊良'，原来倒在血泊中的竟是教授我'昔时贤文'的潘魁吾先生。"①

喻民生是永兴寺完小校长，解放初期组织过国庆游行活动，每天训话神气十足。临近期末突然被捉，被关在临时法庭的小房子里。据说他是三青团骨干，在他家里召开过应变会，所有参加过这次会的人，都在这个法庭上挨过打屁股。当时盛行打屁股，执杖的民兵一直打到皮开肉绽死去活来招供为止，气氛恐怖。喻民生听到法庭打屁股的惨叫，受过打屁股的痛楚，与隔壁乡长共系一绳吊颈自毙。次日被发现自缢后，每人被各补一枪。

陈闲僧、潘魁吾、喻民生都属于乡村旧知识分子，乡村的文化启蒙者。但在时局动荡的岁月他们很难看清个人前程，可供他们选择的生活路径极其有限，稍有差池即丢掉性命。相比之下，卸任乡长陈闲僧个性洒脱，私塾先生潘魁吾行事鲁莽，小学校长喻民生的决绝里是无奈和冷静。

喻学甫是乡村教师，大鸣大放阶段他未鸣未放，也没有被揪出来反省挨斗。但学习肃反文件后面色如土，神情恐怖。次日早晨，三尺高的

---

① 沈博爱：《蹉跎坡旧事：一代中国农人的耕读梦》，语文出版社2013年版，第33页。

开水围锅依然热气蒸腾,灶膛里的糠头火依然烈焰熊熊,喻学甫端着脸盆打水的时候投身开水围锅。"他已被人从开水锅里捞出来,放在担架上。从外露的脸部手脚看去,已变成了煮熟的泥鳅。这时他尚有一息之气,送到县人民医院不久便气绝身亡了。"[1] 几十年后,沈博爱在分析喻学甫死因时认为,他是被残酷的斗争场面吓坏了,在人际关系高度紧张的环境下,他只有自己选择生命去留的可能,杀鸡把猴子吓到极端。

沈皆遂是沈博爱的童年好友和师范同学,遗腹子,上下四代单传,上三代皆英年早逝,皆遂之名意在祈祷祝福万事皆遂,万事如意。但事与愿违,他这一生事事不遂。生前丧父,三岁丧母,他跟孀居的奶奶相依为命。考上湘潭师范,没读几年因病休学,休养期间牵连到读书会反革命案,判刑入狱。赶上特赦出狱就业,娶妻生子后,妻子离他而去。"文革"期间有关人员私设法堂,逼着孩子从阴沟中的泥水里爬进关押他的房间找爸爸,他被关押三十一天。三十一天后又随随便便放了他,威吓他不准上诉。婚姻生活更不如意,第二任妻子患病去世,第三任妻子再次离异。平反复职后结婚,第四任妻子也患病去世。退休以后,他中风去世。初看起来,沈皆遂是个倒霉透顶的男人,实际上,他的悲剧多半是由政治风云造成的,因此,他的个人悲剧也是时代悲剧。

徐佳举家住大湾岭,地主成分,美专毕业后教书,遇着文人谈诗文,碰着女人谈交情,随和随便,自由散淡,杯中物更使他话语多多,人称"佳癫子"。大鸣大放期间,他引用屈原的《离骚》写大字报,成了第一批被揪出来的右派分子,被划为极右。被开除公职后,戴着右派帽子回乡接受监督改造。此后,他脚穿麻草鞋,肩扛白布袋,带着妻儿在大湾岭劳动。1980 年,徐佳举成为全县最后摘除右派帽子的一位。解除枷锁,精神亢奋,他频频走亲访友,报告好消息。晚上带着酒兴回家,路过长塘失足踏空,溺水而亡,还没来得及领取平反复职后的第一次工薪。

喻学甫、沈皆遂、徐佳举都属于新一代乡村知识分子,都接受过新式教育,在新社会里教书育人。他们又个性迥异。喻学甫胆小怯懦,心

---

[1] 沈博爱:《蹉跎坡旧事:一代中国农人的耕读梦》,语文出版社 2013 年版,第 178 页。

理承受能力有限；沈皆遂不甘被命运摆布，一次又一次重新开始；徐佳举性情率真，狂放不羁。在一场又一场政治斗争中，他们无一幸免，并不比上一代人更幸运。

**四 多姿多彩的乡土语言**

沈博爱有较深厚的古典文学功底，他撰写的祭奠祖父的骈体文和各种挽联情真意切，文采斐然；他长期生活在浏阳乡间，熟知方言俚语，家常俗话自然运用到字里行间；他阅读了大量浏阳地方志、地方党史及相关文献，不时引用相关内容为讲述提供佐证；他还专门研究了反右时期批斗大军的口诛笔伐，总结了包含291个反右常用词语的"反右词典"，按照笔画排列。总体看，《蹉跎坡旧事：一代中国农人的耕读梦》像万花筒，汇聚了各种语言和各种声音，参差错落，杂而不乱，其中最浓郁的还是乡土语言。

《蹉跎坡旧事：一代中国农人的耕读梦》几乎是一部浏阳方言简易词典。每处方言都及时做出简单标注，还特别对乡间经常使用的二十几个外号进行了详细解释。诸如：

> 2. 痞子与赖皮
> 现在所说的痞子是一些流氓街痞之类的无赖之流。而我地的汪痞子（陈汪清）、闲痞子（陈闲僧）都是旧知识分子，有名的文化人，和流氓地痞沾不上边。地方上把这种不修边幅、自由散漫的人称为某痞子，与地痞之流有本质的区别。如此类推，扬州八怪的郑燮也可称为板桥痞子了。
> 而赖皮的本义是推故不肯兑现的人，如本地的继赖皮（陈继纯）（都喜欢喊成继烂皮）。凡是做事不干练，说话啰唆，不抓紧时间的人，都叫烂皮官士。俗话说：烂皮官士来了，椅子都要坐断一只脚。[1]

这样的解释通俗易懂，等于为读者提供了一把钥匙，更容易进入浏

---

[1] 沈博爱：《蹉跎坡旧事：一代中国农人的耕读梦》，语文出版社2013年版，第56页。

阳方言里的故事。

《蹉跎坡旧事：一代中国农人的耕读梦》有很多精彩的农事俗话。"七（月）金八银九铜十铁，犁板田一定要赶季节，越早越好"说的是犁地经验；"举起锄头要握紧，落锄入土要放松"说的是锄地技巧；"火要空心人要忠心"说的是烧柴技巧；"败起来不怕家大，死起来不怕人多"强调家败人亡的突然；"屋要人撑，人要饭撑"强调人丁兴旺的重要；"女人看布边，男人看土边"强调男女分工；"十年可读出个文秀才，可十年难做出个泥秀才"强调农活不易学；"做牛莫做行（能干）牛，行牛死在田地头"强调出力要适度；推车子也有车经歌："闭住嘴巴鼓足气，眼睛看清前面地。弓起腰子鬃架脚（倒八字），拱起屁股少打屁。过沟上坡握紧杠，小轮选路会帮你。"这些俗话朗朗上口，总结的是生活经验，体现的是民间智慧。

《蹉跎坡旧事：一代中国农人的耕读梦》还有很多精彩的人物语言，这些语言散发着浓郁的乡土气息。"因为祖父不会开页（犁田时下犁首沟），过路的老农就说：'啊哟，骗牛的人骗不得马，苍老板你只做得染匠师傅啊！'可是祖父就说：我这是八十学吹鼓手，只求打得响，不求打出调子来。"[①] 这组对话诙谐幽默，生动有趣。

买猪的学问也不少，沈博爱买猪仔上当后，有位老人家就给他上了一课：

> 不几日陈氏五老人家来串门走访。她把猪崽仔细打量之后郑重地对我说，屠夫讲猪，先生讲书！人畜一般，人有人相，畜有畜相，马贩子讲马经，牛贩子讲牛经。买猪要懂猪经，要看猪相。你买的这头猪，是没发头的猪，不但已畜（养）老了身子，长相也不好——草鱼文身鼓棍脚，毛深皮厚松牙壳（颚）。好猪也有个好八字，是六个字——嘴、头、毛、皮、肚、脚。叫做——狮头短嘴肉脚，毛稀落肚皮薄。后生子！要记住这几句话，进猪（买猪）

---

[①] 沈博爱：《蹉跎坡旧事：一代中国农人的耕读梦》，语文出版社2013年版，第92页。

就不上当!①

这段话说的是买猪崽的经验,也是生活的经验,有方言,有俗话,既朴素实用,又富有哲理。

沈博爱的乡土记忆内容广泛,在历史、风俗、人物、语言等方面为我们提供了广阔的回望空间。汉娜·阿伦特在《过去与未来之间》中指出:"我们处在忘记过去的危险中,而且这样一种遗忘,更别说忘却的内容本身,意味着我们丢失了自身的一个向度,一个在人类存在方面纵深的向度。因为记忆和纵深是同一的,或者说,除非经由记忆之路,人类不能达到纵深。"② 从这个意义上说,解读《蹉跎坡旧事:一代中国农人的耕读梦》是我们向纵深努力的一次尝试。

## 第六节  张郎郎:诗性与真实性的回归

**作者介绍**  张郎郎,1943 年出生于延安。父亲张仃是我国著名美术设计家、共和国国徽的设计者之一;母亲陈布文,曾是周恩来的机要秘书,之后辞职为多个著名报刊撰稿。张郎郎 1968 年毕业于中央美术学院美术史美术理论系。1968 年,他因为组织地下文学沙龙"太阳纵队",以"现行反革命"罪名入狱,九年后出狱。曾任中央美术学院美术史系教员、院刊编辑、《中国国际贸易》杂志编辑、《国际新技术》杂志总经理、《中国美术报》副董事长、华润集团中国广告公司驻京办事处主任、《九十年代》杂志专栏作家。20 世纪 90 年代后曾为普林斯顿大学东亚研究所访问学者、康乃尔大学东亚系驻校作家(同时在语言系教授汉语)、海德堡大学驻校作家(同时教授汉语及中国文化)。后来又在华盛顿美国国务院外交学院教授汉语及中国文化。现为普林斯顿中国学社研究员。主要作品有《大雅宝旧事》(2004 年 8 月由文汇出版社出版,2012 年 1 月由中华书局出修订版)、《宁静的地平线》(2013

---

① 沈博爱:《蹉跎坡旧事:一代中国农人的耕读梦》,语文出版社 2013 年版,第 306 页。

② [美]汉娜·阿伦特:《过去与未来之间》,王寅丽、张立立译,译林出版社 2011 年版,第 1 页。

第五章 民间述史个案解读

年10月由中华书局出版）。

1943年出生的张郎郎曾是中央美术学院的学生，"文革"后任中央美术学院教师，现为普林斯顿中国学社研究员。张郎郎写有两部非虚构作品，即《大雅宝旧事》与《宁静的地平线》。《大雅宝旧事》记述了20世纪50年代，作者孩童时期随父母居住在北京东城区大雅宝胡同甲二号中央美院宿舍时期的生活片段和见闻。《宁静的地平线》主要讲述的是"文革"给作者留下的刻骨铭心的记忆。张郎郎说："我相信每个写历史的人都有自己的单镜头，像纪录片一样，以后的历史研究者把这些充满真实细节的单镜头综合起来，那个更有价值。"[①] 其实，非虚构作品不仅具有史学价值，也同样具有文学价值。张郎郎的两部作品形成对比式单镜头非虚构书写模式，在《大雅宝旧事》中，张郎郎建构了一个理想主义的童话世界，运用儿童视角和"童话"语言展现唯美纯净的童年及童趣。而《宁静的地平线》则选用成人视角和旁观者讲故事的口吻对"文革"苦难娓娓道来，同时引发对人性善伪的拷问。

## 一 童年温情回眸的唯美表达

张郎郎的《大雅宝旧事》来自一个孩子的纯真记忆，文学审美价值和历史价值并存，且能从中获得一种奇特的审美愉悦和历史沉思。张郎郎说："《大雅宝旧事》和我过去写的文字不太一样，是我的文字尝试方面，走出新的一步，可能和自己心态的变化也有关系。在这本书里，讲了许多童年时代的朋友，我们有共同的回忆，共同的故事，共同的梦。""我的大雅宝逸闻，您大可以完全当童话听。"[②] 于是，张郎郎的"床头故事"中有动人的诗篇和美丽的童话，他运用儿童视角带我们熟悉了住在大雅宝甲二号的那些可爱的大人和孩子，鲜活生动地描述了美术大师们作为平凡人的生活化的一面，但是这一切的欢快、高兴、热闹的理想时代在1957年就刹住了车，真正成了一个永不复返的孤本"童话"，让人读来泪中带笑，诙谐中见沧桑。

---

[①] 张郎郎：《不辜负这辈子的故事》，《深圳商报》2012年3月26日第C4版。
[②] 张郎郎：《大雅宝旧事》，中华书局2012年版，第37页。

文学视域下的民间述史研究

1. 以童心感受世界

北京大雅宝胡同甲二号是20世纪50年代中央美院宿舍所在地，国宝级美术大师聚集于此。因为张郎郎的父亲张仃是我国著名美术设计家、共和国国徽的设计者之一，所以张郎郎也在这里度过了一段无忧无虑的乌托邦式的童年和少年时光。

书中以儿童视角切入，描绘了大雅宝那一圈老老小小有意思的生活和故事，如那些暑假前后的玩乐日子，院子里的葡萄架，那些可爱的教授先生们的趣事，不知所踪的民间艺人等。《大雅宝旧事》中的很多故事都是围绕张郎郎的家庭展开的，这种以自己家庭为线索展开并带起其他故事的非全景式单镜头描写，符合非全知全能儿童视角的叙述要求。

《大雅宝旧事》首先描述搬家的线路，沿途以吃为线索进行撰述，每搬到一个地方，给作者留下印象最深刻的是吃到了不同的特产，其中包括白城子的白菜粉条豆腐汤，蒙古的酸奶干，哈尔滨的咖啡糖，佳木斯的高丽糖，沈阳的花生米、口香糖、牛肉干、柠檬水等。大人们沿途艰苦的颠沛奔波映射到儿童的视角中成了美食游历过程，尤其是描述穿过草原到了蒙古的沙漠遇到了骑马持枪的人，作者以一个儿童旁观者的角度认为是一场场好莱坞的电影镜头。"我老想顺着辘轳多看点镜头，可大人老按住我的脑袋，等让我爬起来看的时候，电影早完了。那些有枪的人和一些骑马的人已经打完了，玩了个不亦乐乎。为了热闹，那些人临走还不时扔点手榴弹什么的。"[①] 作者选择儿童视角，运用举重若轻的笔法，以调侃的语气进行叙述，以童心感悟世界，以童趣观察生活。大雅宝的那段童年经历在张郎郎看来至今仍是一个充满魅力的世界，回忆中充满了人性的美好善良，故事中的童心和童趣带给人的是精神上的愉悦，可惜那段美好的回忆一去不复返。所以在《大雅宝旧事》中叙事的情感基调是甜蜜而感伤的，也为那段特殊岁月写下了不同寻常的文学证词。

《大雅宝旧事》中除了运用儿童视角审视当时的社会环境以及周围人们的生活外，还详细记录了在大雅宝的那段时间孩子们玩的各种至今已经消失了的游戏，在叙述中为我们营造了乌托邦式的童话世界，同时

---

① 张郎郎：《大雅宝旧事》，中华书局2012年版，第7—8页。

第五章 民间述史个案解读

也建构了丰富多彩且不可复制的童趣空间。在书中作者运用大量的篇幅为我们建构了大雅宝孩子们天堂式的乐园,其中详细介绍的各种玩具和游戏也成了20世纪50年代儿童游戏史的活化石,今天看来也是比较珍贵的资料。"小蘑菇"的"模子"玩具、面人汤的面人,以及暑假前后玩的拍洋画、弹玻璃球、逮蜻蜓、招蝴蝶、粘知了、挖知了猴、斗蛐蛐、抓蝙蝠等今天已经鲜有人玩的游戏。其中尤其详细介绍了蛐蛐儿、蜻蜓、知了的种类,以及斗蛐蛐和捉知了的过程。"黑蝈蝈叫驴驹子,多么形象!和小型的叫驴一样,也那么黑,嗓门也那么大,也那么欢蹦乱跳,不叫它大尾巴驴驹,就真委屈了。"① 张郎郎说当时的孩子都到了"姥姥不疼舅舅不爱"的年纪,每个人都是"面茶锅里煮鸡子——犯浑的混蛋",幽默地说自己和同龄的小朋友"武大郎玩夜猫子——什么人玩什么鸟儿"②。用白描的手法详细介绍逮蝙蝠的过程:"成群的孩子,每个人都脱下一只鞋,光着一只脚,抬着小头,紧盯着夜空中呼啸而过的蝙蝠群。当那群黑色闪电向孩子们俯冲过来的时候,只听大生子一声喊'燕巴虎,钻鞋喽',其他孩子跟着同声呐喊,同时手中的鞋都抛向天空,形成一个飞鞋阵。"③ 这种游戏只能凭借作者的描述,我们运用想象还原一下,在今天已经完全看不到了,当时的孩子是多么快乐,多么无忧无虑,这种童趣在经历了人生的大劫难及异乡漂泊后更有"往事不要再提,人生已几多风雨"的感慨。

张郎郎说自己一直都很怀念大雅宝,并且把它看作多年劫难和漂泊中一份不可多得的温馨,是因为大雅宝大院中人与人之间的那份真诚、那份善良,每个孩子不仅是自己家的,也属于其他家,属于这个大杂院,众多像李苦禅、李可染、董希文、黄永玉这样的国宝级艺术大师不但有学识,且谦虚有爱心。张郎郎描述中秋节黄永玉请大家吃葡萄的场景:"细心的人会看到这些葡萄和藤子之间都有细细的红线绑着。原来这又是黄叔叔的一个花招儿,这些葡萄都是他自己买的,为的是请全院的小孩儿都来参加中院的中秋葡萄月饼晚会。"④ 张郎郎用诗一般的温

---

① 张郎郎:《大雅宝旧事》,中华书局2012年版,第7—8页。
② 同上书,第135页。
③ 同上。
④ 同上书,第136页。

情语言为我们描述的童趣空间是带有理想主义的大雅宝,既给生活注入艺术情趣,也享受了融洽的人情之美,是一个童话世界和人间乐园。

张郎郎把童稚时的每一件逗事都描写得淋漓尽致,并尽最大的努力去发掘其中的乐趣所在。但这一切的美好,在"文革"时都被挤成碎片,所有乌托邦式的美好理想一夜之间被磨成齑粉。也正是由于有这样的温馨童话做心理铺垫,所以在经历了九年多牢狱折磨之后,张郎郎仍然能以旷达释然的心态写出一部这样的孤本童话。张郎郎并不刻意去营造一个理想主义的乐土,他希望用自己儿童视角的单镜头去记录20世纪50年代在大雅宝的艺术家和孩子们的童话般的生活,我们透过大雅宝的童年或者可以些许管窥到我们国家的青涩童年。

2. 以童言书写生活

在《大雅宝旧事》中张郎郎是这样定位自己的:"我从小就糊里糊涂掉进一个童话王国里,变成了彻头彻尾的糊涂人,人家都不看童话了,我还在童话中生活。""我的童话底子伴我度过多少长夜漫漫,好处是没有过不去的火焰山,坏处是心理年龄严重滞后。"[1] 这里的童话指的就是乌托邦式的理想主义生活方式,张郎郎的《大雅宝旧事》中除了运用儿童视角审视新中国成立初期的中国社会状况以及大雅宝胡同的生活外,还在书中运用细节描写建构了众多的儿童游戏以及无忧无虑的理想国式的童趣空间。而这一切都是运用儿童"童话"般的语言来表述的,这样既符合儿童视角的叙事策略,也显示出张郎郎高超的语言功底。

《大雅宝旧事》以童言书写生活,语言率真自然、天真活泼。张郎郎形容董希文家孩子董沙贝哥俩的衣服"要样有样,相当威风,同时还非常实用,无论和大洋宜宾胡同的孩子土坷垃大战,还是到豁子外去逮蛐蛐儿,这身行头再合适不过。无论跌打滚爬,还是上房揭瓦;无论钻铁丝网,还是扯喇喇秧,别的服装绝对不灵"[2]。语言押韵流畅,富有节奏性音乐美。小伙伴们要到大雅宝以外的地方逮住最厉害的巴厘蛐蛐儿,大家信誓旦旦地说:"咱们人穷志不短,马瘦毛不长,远征豁子

---

[1] 张郎郎:《大雅宝旧事》,中华书局2012年版,第34页。
[2] 同上书,第153页。

外，踏平鬼子坟地，一定逮回来真正的好蛐蛐儿，不能让小蛮子和春英那么得意。"① 语言不但京味儿方言化且口语化，短句节奏明快，运用纯粹北京胡同的京味儿语言来叙述更显得真实亲切。简单的短句结构，使叙事节奏比较明快、活泼，朗朗上口，这种童趣语言具有成人语言所不具备的特殊美感。张郎郎也是希望通过孩子般不受世俗和社会熏染的纯净心灵，把当时最原始、最真实的情况记录下来，不做文学加工，希望对将来历史研究者有所帮助。这也是史学家们宏大的历史叙事中的一种真实的微观展示，这些散落在民间的历史记忆对正史是一种细节真实、个体生命感极强的补充。

张郎郎也用童言为我们重现了一个质朴、温暖的大院，他常常把成人视角中极为严肃的事件用比较调侃的语气，诙谐平和地呈现出来。例如，叙述著名的热带病学专家李宗恩、油画家李宗津曾拒绝胡适等人去台湾的邀请，诚心留在国内奉献，后来被打成右派，李宗恩被迫害致死这件历史性的悲剧，张郎郎用调侃的语气说北平的地下党为留下不可多得的人才而高兴，但是"八年之后，这兄弟俩双双被打成右派。从此入了另册。历史老人开起玩笑来真是不含糊，让一个艺术精湛的医学专家，一个有天赋的油画家，这么兄弟俩，就因为相信了一个童话，都成了八大山人——哭笑不得"②，语言机智、犀利、幽默。张郎郎以儿童视角、儿童语言把沉重的历史灾难以诙谐平和的笔法举重若轻地展现出来，近似于平静地娓娓道来，不带一丝不平之气，于从容宁静之中显示出超凡的语言功力。

## 二 "文革"人道灾难的个体见证

张郎郎的《宁静的地平线》主要讲述在 1957 年童话般的美好生活戛然而止之后的生活，尤其是"文革"期间，张郎郎经历了九年多的牢狱磨难，被无辜判处死刑，甚至曾经被押上刑场，目睹了无数像遇罗克、孙维世、金豆儿等无辜生命的被揪斗、游街、示众、折磨，直至被处决。张郎郎用近乎碎片式的记忆模式见证了那个特殊时期人们对自由

---

① 张郎郎:《大雅宝旧事》，中华书局 2012 年版，第 157 页。
② 同上书，第 79—80 页。

和尊严的美好向往，同时也让我们看到了人性的卑琐、邪恶，以及面对正义被无情践踏时的冷漠与无情。张郎郎并没有以愤怒甚至控诉的笔调来叙述这一切灾难，而是用闲聊八卦的鼓书艺人的写作方式，津津有味地打捞着自己的苦难记忆，心态平静、自然、逍遥，似乎言语间还有些自得其乐，沉醉于讲书的乐趣之中。

1. 平静再现个体伤痕

在《宁静的地平线》中，金豆儿等众多无辜人的死去，个体命运在强大的历史环境与政治运动中表现出来的脆弱、无力、悲哀，是整个时代的个体伤痕。而张郎郎却以近似乎旁观者的"鼓书艺人"说书侃大山的口吻，为我们再现那个特殊年代的个体伤痕。张郎郎力求平静地叙述自己真实的经历，既不是声色俱厉的控诉，也不是唯美的不动声色的抒情，还时不时地揶揄一下荒诞的岁月中那些荒诞的人和事。

同是"文革"记忆，张郎郎的《宁静的地平线》和巴金的《随想录》、季羡林的《牛棚杂记》以及陈凯歌的《少年凯歌》不同，巴金、季羡林、陈凯歌等"见证文学"[①] 基本描述"文革"给个体和整个社会带来的惨绝人寰的灾难，叙述的笔调带有控诉、痛苦等情感基调。张郎郎曾感受过人生中最真挚的温暖，后来命运又让他感受了最深刻的绝望，所以不仅张郎郎的故事与众不同，他讲述故事的语调也耐人寻味。在《宁静的地平线》序言中张郎郎直言自己在书中讲的故事是自己"'看到的'或'以为的'，都是单镜头的管窥之见；要么就是道听途说，觉得是那么回事儿，就这么组成了故事。我这么一说，你那么一听。千万别指望在我故事里找历史，找哲学，找教益，顶多就是有点意思"[②]。他把自己定位为事不关己的鼓书艺人，似乎在那儿乐呵呵地扯着别人的闲篇。这种宣言和定位让读者以为是"荒唐言"，但字字都透着作者的"辛酸泪"，用轻松、调侃的笔调去描述那段黑暗残酷的经历是劫后余生的看破，也是大智若愚的表现。

张郎郎像一个说书艺人一样，以臻入化境、富有幽默性的调侃文

---

[①] "见证文学"的称法见于何言宏《当代中国的见证文学》，《当代作家评论》2010年第6期。

[②] 张郎郎：《宁静的地平线》，中华书局2013年版，第2页。

第五章　民间述史个案解读

字,为我们讲述了他那一代中国人的残酷青春。"文革"时期批斗是既残忍又常见的运动,对被批斗者是身心双重摧残。但是面对这样的苦难张郎郎似乎在讲述别人的故事,语气中既没有不平也没有怨气,更不想以此来控诉那个时代,情感平和且宁静,还略带几分黑色幽默的调侃。《宁静的地平线》用白描的手法描述作者和金豆儿一起被批斗的情景:

> 那是在"中国—捷克斯洛伐克友好公社"批斗的当儿,我俩正好安排在同一场唱主角。毕竟是从市局提来的要犯,气宇凡不凡不敢说,至少行头地道:几十斤重的上下件,傻大黑粗,落墨浓重——原始美,另勒上焦黄新麻绳,交交错错织出图案意思。甚至更有别致的戏扮:为弘扬民族传统,为使农民兄弟喜闻乐见——每人插一根一丈长四寸宽的木板,官称"亡命牌"。①

基本用旁观者的口吻细致、生动地描述被批斗的场景,仿佛是一个鼓书艺人兴致勃勃地讲述着前朝别人的故事。在记述这些亲历的日常往事时,作者像旁观者去回望曾经的个人经历,不诉求任何主观评价,越是不诉求任何主观判断的文字,越能折射记录者的真实心态。

2. 深度拷问人性善伪

"文革"是一个人道与自由彻底沦丧的时代,无数无辜的个体生命以"革命"的名义冠上合法与崇高的帽子被迫害,甚至惨死。那是一场生命与暴政、自由与暴政的残酷较量,在较量的过程中既呈现出人性的残暴、脆弱、卑琐与邪恶,尤其是人性中热衷于内斗和看客的冷漠,也透露出人性中难能可贵的正气与尊严,以及人与人之间亲情和爱情的深厚和美好,更有对自由的坚持和对真理的维护。

在那个特殊的年代里,对自由与美的追求是一种罪。张郎郎从小就在浓郁的艺术氛围中长大,一度认为只有艺术家才是真正的无冕之王。这种理想主义为他在"文革""红色暴政"时期的灾难埋下了种子。当时北京最为活跃的两个地下文艺沙龙,一个是郭沫若之子郭世英组建的"X 社",另一个是张仃之子张郎郎组建的"太阳纵队"。1967 年 25 岁

---

① 张郎郎:《宁静的地平线》,中华书局 2013 年版,第 78 页。

的郭世英背着捆绑着的椅子跳楼身亡,张郎郎也被捕入狱,经过了几十次的提审,最后作为未决犯,被送进了死刑号,经历了九年多的牢狱之灾。张郎郎把那个时候最热门的词汇"游街""示众""批斗大会""陪绑""检举""揭发""抄家",甚至"枪决"等荒唐惨烈的"人间喜剧"都体会到了,因而对人性的善伪也有了深度的体察。

因思考而获罪的遇罗克,以"现行反革命罪"被判处死刑。遇罗克以《出身论》驳斥了当时甚嚣尘上的"血统论",他提出"任何通过个人努力达不到的权利,我们一概不承认"①,这在今天看来是真理性的常识,但在当时"老子英雄儿好汉,老子反动儿混蛋"的血统论下,竟成了反革命的言论。这种"血统论"的提出不仅剥夺了很多优秀人才考学、当兵的权利,甚至造成了屠杀性的惨案。在1966年北京的"红八月"中,直接杀害了很多所谓的"四类分子"及其家属,对八十岁的老人和刚出生的孩子也不放过,毫无怜悯之心和人性可言。这种惨绝人寰的暴行的直接指导思想就是当权者赋予"血统论"在意识形态上的合法性,所以遇罗克是清醒的思考者,是真正"仰望星空的人"。其实遇罗克可能根本不用去死,他想用自己的生命证明真理的不可动摇,用自己的生命引起更多的人警醒,"莫道书生空议论,头颅掷处血斑斑",他有种盗火者的心理。但是遇罗克的这种牺牲是用自己的生命在和国家的钢铁机器作完全不对等的斗争。在那个"红色暴政"的年代,良知被泯灭,人性中的贪婪和疯狂毫无遮掩地暴露出来了。"文化大革命"在某种程度上是历史机遇制造出的人性试炼场,这到底是口号的力量,还是人的劣根性呢?一场近十亿人参加的活动似乎把人性中最残忍的一面毫无遮掩地显露出来了。

但张郎郎始终坚信人性的美好,认为"要抵抗暴力、抵抗丑恶,而不是比它更厉害,否则在这个过程中你也会变得暴力、变得丑恶"②。所以对抗丑恶和暴力最有力的武器是善良、真诚。在死刑号里因为想着明天就要上刑场了,在前一天晚上所有的犯人开了一个小型的晚会,他们唱着向往自由的苏联歌曲,以此来抵抗这场暴力浩劫,并且挑选了最

---

① 张郎郎:《被神话了的遇罗克》,《中国新闻周刊》2010年第16期。
② 张郎郎:《在死刑号的日子》,《南方人物周刊》2010年第12期。

第五章　民间述史个案解读

有希望活下来的孩子——金豆儿,希望他能把晚会最后的情况转告给家人,不要让家人觉得自己很惨,自己是微笑、优雅地走完人生的最后一步的。这是一种无奈,更是一种乐观,是对人性自由和本真的彰显,虽然大家指望捎信的金豆儿也被带走了。

"文革"的灾难不仅仅波及张郎郎一个人,父亲张仃是最早受到批斗的,张仃的画被定义为黑画,他也就成了黑画家,每天都要挂牌批斗,不停地被折磨,让他交代自己莫须有的罪行,交代不存在的幕后指使者,那是一个疯狂到失去是非辨别能力的人性异化的时代。"所以文革一开始,我父母就让我们兄弟姐妹几个,每个人兜里都揣一份揭发我父亲的材料。这个材料的内容必须是事实,但不是要害,是人人都知道的。比如说我爸爸喜欢毕加索,毕加索是资产阶级反动画家,而且他推崇齐白石,齐白石是封建主义的代表,大家就觉得你说得非常对。如果没有这个东西,我们这些孩子是过不了关的。"①张郎郎在接受采访时不无感慨地说:"自然科学的研究对象是白鼠,社会科学的研究对象是人。我们年轻的时候,常常什么都不知道就被牺牲掉了。"②

张郎郎在《宁静的地平线》中冷静地叙述了自己以及整个那一代人所遭受的磨难,十年的"文化大革命"波及整个中国大地上的所有阶层,尤其是针对文化艺术领域人士的残酷迫害,这在历史上是罕见的。作品让我们在官方历史记录之外,更真实地从单个个体的角度重新审视了那段历史以及在暴力斗争中显露出的人性。

张郎郎的《大雅宝旧事》《宁静的地平线》以个人碎片式记忆拼接还原历史,从亲历者的角度为我们展示一种"活化"的历史。张郎郎不但为他那无限珍贵的童年存档,同时也是为时代和历史存档。这种非虚构写作既具有历史细节的真实性,又具有虚构写作的诗性内涵,史学价值与文学价值并存。张郎郎的非虚构书写正是胡适所鼓励的一种传记:"给史家做材料,给文学开生路。"

---

① 许戈辉:《张郎郎:寻找精神家园》,http://blog.sina.com.cn/s/blog_493b73bf0102ej6c.html,2014年1月4日。
② 张郎郎:《在死刑号的日子》,《南方人物周刊》2010年第12期。

## 第七节　关庚：老北京的流年留影

**作者介绍**　关庚，1939年出生于北京欢畅大院六号，在那里生活近三十年。1964年清华大学土建系毕业后，他被阴差阳错地分配到北京市汽修四厂，1965年到建校任教，1969年到一建公司工作。1976年以后曾参加北京一系列大型建筑的施工工作，如新华社、西南冷库、同仁堂、人民大会堂维修改造、东方广场及国家大剧院等工程的建设，是20世纪北京城地貌变迁的亲历者和见证者。2007年出版《我的上世纪：一个北京平民的私人生活绘本》（中国青年出版社出版）。

关庚是老北京人，他以平民视角体味人生，细察世俗，《我的上世纪：一个北京平民的私人生活绘本》是图文书，通过短文和白描画讲述自己的故事，涉及20世纪北京的风俗、人物、自然景观及人文建筑等方面的变迁，内容丰富广阔，既有小人物的小命运、小情怀、小欢乐，也有百年中国的大历史、大事件、大悲欢，包括祭祀、家人、碎影、商贩、现场、流影等渐渐消逝的人生百态。《我的上世纪：一个北京平民的私人生活绘本》图文互动，叙事精简，以文解图，形象地展示老北京的记忆碎片。

### 一　私人手绘的老北京

北京具有三千多年建城史，八百多年建都史，集中国古代都城文化精髓于一身，备受瞩目。近些年，北京城市建设发生了翻天覆地的变化，各界褒贬不一。围绕老北京出了不少书，作者大多为作家、记者和文史专家。关庚的身份比较特殊，他在老北京典型的四合院里长大，又作为设计师参与了北京一系列大型建筑的施工工作。工作之余和退休以后，他一笔一画手绘老北京地貌变迁，配以短文，被称为"北京20世纪清明上河图"。

新中国成立后，有关北京旧城保护问题曾有不同意见，梁思成等人的旧城保护方案未能得到采纳，北京的城市定位是变消费城市为生产城市，大力发展首都工业。20世纪50年代对旧城进行的革命性改造，加

第五章 民间述史个案解读

上60年代后的无序建设都对旧城风貌造成严重破坏，大量历史遗存成为"文革"的牺牲品。20世纪80年代的城市规划体现了"拨乱反正"，《中华人民共和国文物保护法》1982年颁布，北京城市总体规划逐步提高了对城市文化历史的认识。但随着经济迅速发展和城市化步伐加快，人口、住宅、交通、环境成为制约北京城市发展的一个个瓶颈，"新北京不断挤压老北京的空间，乡土北京与现代北京的冲突越来越明显"①。20世纪90年代初，北京市人民政府公布了《北京城市总体规划（1991—2010年）》，提出把北京建设成为"现代化国际城市"。根据这个总体规划，北京文化古都的形象让位于国际大都市形象，北京和很多城市一样出现大拆大建。在这一规划实施过程中，新情况新问题不断涌现，亟须对北京城市总体规划进行总结和调整。在充分论证的基础上，2005年北京市人民政府又公布了《北京城市总体规划（2004—2020年）》，重新明确了北京城市建设目标："北京未来四个主要的发展目标定位——国家首都、世界城市、文化名城和宜居城市。"②从城市建设目标的变化中可以看出政府部门矫枉过正的努力。

关庚的作品正是在上述背景下开始创作的，他目睹老北京渐行渐远，又亲身参与了新北京建设，种种感受都化为手绘图画和短文，一个世纪的北京变迁付诸笔端，"相对传统的由上而下的政府观察视野，个人史凸显了公众由下而上的观察视野"③。

他用大量笔墨记录老北京风貌，还原"乡土北京"。他描述曾经生活过的四合院生活，描述如今已经不复存在的东单飞机场、东单牌楼、东单菜市场、东单小市、三座门、救世军、朝阳门火车站、鬼子坟地、和尚坟风貌，讲述王府井老新华书店、王府井和金鱼胡同交界处的大转盘上建筑的演变，描摹广安门外、建国门外、朝阳门的往日风光。通过他的描摹我们可以了解，"过去的建国门只是一个豁口，位于东裱褙胡

---

① 曾一果：《老北京与新北京：改革以来大众媒介中的"北京形象"》，《国际新闻界》2013年第8期。
② 北京市人民政府：《北京城市总体规划（2004—2020年）》，《北京规划建设》2005年第2期。
③ 钱茂伟：《公众史学视野下的个人史写作》，《南开学报》（哲学社会科学版）2004年第4期。

同东口古观象台以北,连个名字都没有,更别说牌楼了,几乎是光秃秃的"①。过去的朝阳门则是另一种风光,"朝阳门门脸北侧,有一巡警阁子,阁子东侧挂有一个点,一打点就要关城门。日军侵华时期,门脸儿放着好几个大缸,内放消毒水,凡进城的菜车均强制消毒,据说是预防烈拉(霍乱)"②。这些描述来自关庚的亲眼所见,是他身在其中的往日生活场景,细节鲜活,读者容易感知。

关庚倾注笔墨最多的还是四合院。他逐一描摹欢畅大院六号的前院、后院、南屋、佛堂、后门。前院三十平米见方,有参天的大树、清脆的鸟鸣、满院的花卉,有假山、池子、盆景、盆栽的荷花和水葱,还有可以当冰箱用的井。后院不大,有葡萄、丁香、香椿、黑桑葚树等很多树木,夏天时草花满院。童年时代,关庚就是在这座四合院里和兄弟姐妹们玩"扯轱辘院""小驴上磨""连发弩",自制花炮、土炮和摔炮儿,也捅马蜂窝、捉蜻蜓,光养活过的小动物就有蛇、龟、刺猬、松鼠等三十种。"欢畅大院六号是我魂牵梦绕的地方。我在那里生活了近三十年,度过了我的童年、少年、青年。在那里,送走了我的几位亲人,也是我结婚成家的地方。大院的每间屋、每棵树、每块山石,都深深地印在我的脑海中。"③"文革"中因房产上交他搬离此处,院内任凭房管部门改建,变成了不堪入目的大杂院。为弥补遗憾他特意凭记忆绘制了一幅鸟瞰图,尽量反映出院子原有的风貌。和很多老北京人一样,对关庚来说四合院不仅是物理空间,也是精神空间,存放着他的童年记忆,也存放着他的亲情记忆和爱情记忆,因此频频回首。

除此之外,关庚还描摹了老北京的自然景观。那时候每天清晨都能看见大批的老鸹飞向南边,黄昏后又从南向北飞过。老鸹们飞过时铺天盖地,边飞边叫,有时落在某棵大树上,在傍晚橘红色的天空映衬下很是壮观。朝阳门外的菱角坑附近仿佛水乡,通惠河上的二闸以前是田园风光,最特别的自然景观还是"蛤蟆吵坑":

---

① 关庚:《我的上世纪:一个北京平民的私人生活绘本》,中国青年出版社2007年版,第284页。
② 同上书,第285页。
③ 同上书,第44页。

过去，一出城，窑坑、草塘里都能看见很多青蛙、蟾蜍，通称为蛤蟆。一到阴雨天的傍晚，"蛤蟆吵坑"就开始了。听专家说它们是在搞"对象"，用"歌声"互相吸引对方。其实一个蛤蟆的叫声并不大，但要是千万只齐唱，那动静儿可就大了。这时，你在河边别出声，悄悄地看，蛤蟆们半浮在水面，嘴下面的鸣囊，随着叫声鼓起一个白球，你要是出声，它们就会迅速地隐入水中，"歌声"也会戛然而止。一会儿，随着你的离去，"歌声"又慢慢地响起来，由一声、两声逐渐变成洪亮的"交响乐"。①

从这样的文字里，我们容易体会到一个老北京人对老北京的深情眷恋，那时的文化古都依旧弥漫着乡土气息，旧城、四合院和周边的自然风光构成了昔日的乡土北京。

关庚也记录新北京建设，对"现代北京"有所呈现。"文革"结束后，作为建筑设计师，他开始负责承建一些大型的施工工地，清华所学的知识终于学以致用。西南冷库施工时，他曾多次发现并上交文物。从1993年至2000年，他出任建工总集团东方广场项目部副总工程师，从场地拆迁到工程建成，他和同事一起把东方广场建成当时北京最大的单体建筑。"每当我站在东方广场前就会想到这个我年少时玩耍、学习的地方，现在通过我的劳动改变了面貌，心情就无比激动。"② 由于王府井老新华书店占据了东方广场的位置，加上年久失修，90年代将其拆除。他目睹爆破的瞬间，整个建筑物轰然化为一堆渣土。四年以后东方广场建成，新华书店回迁。退休以后他受聘某监理公司，曾出任国家大剧院工程的总监助理。通过文字和手绘图，我们既可以读出北京日新月异的变化，又可以读出关庚作为一个现代北京建设者的自豪之情。

对老北京的眷恋和对新北京的自豪就这样集结在关庚笔下，两者并没有平均用墨，眷恋浓墨重彩，自豪轻描淡写，老北京就在浓墨重彩中保留在文字和手绘图里。从某种意义上说，老北京和新北京的冲突也是

---

① 关庚：《我的上世纪：一个北京平民的私人生活绘本》，中国青年出版社2007年版，第291页。

② 同上书，第10页。

乡土北京和现代北京的冲突，这种冲突不仅体现在关庚个人身上，也体现在很多老北京人身上，体现在媒体上，体现在城市规划设计者身上。"关于乡土北京与现代北京，关于北京城市保护与改造的媒体争论始终存在，这种论争也存在于其他城市的媒体之中，这也是中国城市现代化和国际化过程中必然出现的问题。"[1]

## 二 家国历史的大悲欢

传统中国是一种家国体制，人是家族的一分子，是国家的一分子，"家国同构"观念在中国历史上源远流长。"总括来说，中国社会只有两种正式而确定的组织，那就是国与家——国也不过是家的扩大，家的主是父，国的主是君。忠孝是人的大节，大节有亏，其他都是不值一提的。"[2] 受此观念影响，很多儒家知识分子选择"修身齐家治国平天下"。

关庚1939年出生在北京城内传统的满族家庭黄家，出生三个月后过继给寡居的大姑，他管姑叫娘。特殊的身份使得他对黄、关两个家族的历史了如指掌，个人史写作他最先呈现的是家族史。曾祖父曾是朝廷武官，征战时死于敌方箭下，此箭被奉为祭物，用红棉纸包裹，每年祭祖之前都将红纸剥去一层再糊上新的；爷爷关质勤曾于清末留学德国，后在北洋政府陆军部任职，将级军衔；姥爷黄佩华曾留学日本，学的是博物学，回来后制药多年。关庚和生父一家老小都住在欢畅大院六号，衣柜里有上辈戴的便帽、朝珠、牙笏、爷爷的勋章等老存货，有响箭、鹿筋与扳指儿等旧物，还有矿石收音机、留声机等新物。从这些物件可以看出，"家国同构"的观念依然影响着这两个家族，但已经有所弱化，满族人建立的清朝早已经走到终点，但它的子民还要活下去，无论是国民政府成立还是日军占领北京，他们都想闪在一旁照旧过自己的生活。

关庚记录了童年时期大家族生活的闲适：姥爷在世时，每天睡觉前

---

[1] 曾一果：《老北京与新北京：改革以来大众媒介中的"北京形象"》，《国际新闻界》2013年第8期。

[2] 李安宅：《〈仪礼〉与〈礼记〉之社会学研究》，上海人民出版社2005年版，第55页。

要儿孙们捶背,大家一起上,小拳头毫无章法地在姥爷身上起落;逢年过节,姥姥就到灶台上亲自掌勺,一边炒菜一边烟不离口,总把一杆烟袋叼在嘴上;入秋以后,全家人经常凑在一起,把亲朋好友请来吃烤肉,一般是在院子里烧上烤肉支子,屋里点两个火锅,来者吃烤吃涮随便,酒足饭饱后,还要拉起胡琴唱上几段西皮二黄,才尽兴而去。即便是到黄家帮忙的亲戚——四大爷的生活也很闲适:"别看四大爷技术不高,干起活来,谱儿可不小。一天两个茶歇儿总是少不了的,上午九点多、下午三点多各一歇,抽袋烟,侃上一通,一天最多干四五个小时。"① 这种闲适的生活,也是老北京人生活的一部分,他们见惯了朝代更迭,即便在社会动荡时期,也尽可能按照原有的秩序生活下去。

到了父辈社会生活发生巨变,家庭历史随着国家历史大起大落,上演了一场场悲喜剧。关庚的养父和娘是大学同学,他出生前养父就已去世。日本侵华前,家里变卖房产,钱借给同仁堂乐家。日本投降后乐家送还了这笔钱,借时是袁大头,还的都是大龙,密密麻麻摆了一床,亲戚拿到黑市给换成关金、法币和金圆券。日本占领时期,关庚的娘曾在日本女子学校教国文,此后很难找到合适的工作,这些钱从1945年到1949年垫到日子里花光,后来靠典当旧物维持生计供他上学。困难时期,关庚的娘因营养不良患病,1966年去世。关庚的生父是票友,很早就登台演戏。日本占领时期实行管制,市民不允许听无线电,日本投降的消息是生父夜深人静时用棉被捂着无线电听到的,他立刻大声喊叫告诉家人。前后院的人都起来了,大家一起听收音机,听完之后摆桌做菜喝酒庆贺,折腾了一个晚上。抗战胜利后,关庚的生父开过餐馆、冷饮店,与人合开过卷烟厂、文物商店、妇女用品商店。生意好的时候,曾经组织亲戚朋友和员工租用汽车旅游。生意维持到1956年,公私合营了。从父辈命运里可以看到,虽然"家国同构"观念进一步弱化,但家国体制不仅没有弱化,反而愈加强大。"这里之所以将家庭与国家并列为中国传统文化社会的两极模式,一方面是中国传统社会的基本细胞,是最小的一极,而国家与天下、民族、社会等概念的结合,使中国

---

① 关庚:《我的上世纪:一个北京平民的私人生活绘本》,中国青年出版社2007年版,第67页。

传统国家几乎成为中国传统社会的同义词，是最大的一极。另一方面是因为家庭与国家尽管范围狭广差别很多，但在中国传统社会中却有着一种不同寻常的特殊关系。"[1] 关庚父辈与国家这种不同寻常的特殊关系即是具体表现，国家已经成为家庭和个人命运的主宰。

关庚的个人史也跟随国家的大历史一同起伏，他见证了共和国从无到有、从弱到强，见证了共和国走过的弯路，共和国历史在关庚个人史上也留下了浓重的投影和深刻的印记。新中国成立那天早晨，他和家人一道看姐姐游行出队，下午全家在东来顺吃涮羊肉，晚上看了庆祝国庆的全市人民提灯会。到了20世纪50年代，他白天接受完毛主席检阅，晚上可以随便到广场参加焰火晚会。他积极投身于全民"除四害"运动，即出城挖老鼠、晚上熏蚊子、开春前挖蝇蛹和消灭麻雀大战。消灭麻雀大战不久，就发生了大面积蝗灾。"大跃进"时期刮起了一阵诗画满墙风，凡是能画壁画的地方，全部画满壁画，赞颂三面红旗，都是豪言壮语。在学校里，师生把被鼓起的热情用在大炼钢铁上，为了凑足数，锅、铁门、铁栅栏、取暖火炉都砸了。校园里盖起小高炉，费了很大劲，浇铸了一块铸铁，上面铸上中学名送到区里报喜，随后曲终人散，高炉被扒。在清华园岁月里，他多次参加迎宾活动，迎接过当时的国际友人，参加过军训和麦收。三年困难时期，他的体重从九十公斤以上降到六十二公斤半。"我的定量是三十一斤，早上二两，中午和晚上各四两，吃了跟没吃似的。吃饭时要有很大的毅力，才能不超过定量。为了加强自我控制，我糊了三十一个小口袋，发的粮票分三十一份插入口袋。每顿每天只拿一份，绝不多带。有一次失窃，半个月的粮票被偷，真不知那半个月怎么熬过来的。"[2] 饥饿年代的遭遇他点到为止，失窃事件一笔带过，这是早期共和国历史在他个人史上留下的深刻烙印。

"文化大革命"开始后，小学母校的老师们一个个遭殃，都成了牛鬼蛇神，每天早上站在校门口，向毛主席请罪。他参加过全国大串联，

---

[1] 岳庆平：《中国的家与国》，吉林文史出版社1990年版，第3页。
[2] 关庚：《我的上世纪：一个北京平民的私人生活绘本》，中国青年出版社2007年版，第209页。

## 第五章 民间述史个案解读

到过武汉、上海、南昌、井冈山,中央下达终止串联的命令后,他带着"革命虫"——虱子回家。他工作后所在单位出了两个"斗争成果",这两个人不堪被揪斗,都选择了自杀。就连他领证和结婚的过程都打着时代烙印:

> 1968年4月上旬,我与静媛到东四十条民政局去领结婚证。结婚登记处的负责人对我们好一番盘问后填好了结婚证,但不立即给我们,叫我们等着。那天办证的人还挺多,一会儿就好几对青年登了记,于是负责人把大家召集到毛主席像前大声说:"请大家举起'红宝书',让我们共同朗诵——我们都是来自五湖四海,为了一个共同的革命目标走到一起来了,我们同志要互相关心,互相爱护,互相帮助。"朗诵完才把结婚证发到我们手里,意思是让我们之间的感情在毛泽东思想哺育下茁壮成长。
>
> 七十年代初,接到民政局通知,叫我们更换结婚证。原来,结婚证封面上有林彪题的"听毛主席话,读毛主席书,照着毛主席指示办事"副统帅语录。林彪事件后要清除流毒,结果印得很大气的结婚证,变成了两小片红纸。①

他们的婚礼在大家齐唱"大海航行靠舵手"中开始,在大唱样板戏中掀起一个又一个高潮,直到落日才结束。1969年学校解散后,他被一建公司安排在五营一连,接待他的工作人员第一句话是"欢迎您给我们带来毛泽东思想",他以为这回可能碰到好运了,但随之而来的却是下放到班组劳动,一直到林彪摔死在温都尔汗,他的下放生活才结束。周总理逝世,灵车经过长安街前往八宝山时,他在西单路口,站在自行车的后架上目送灵车过去。朱老总出殡那天,他蹬着三轮车送哥哥去火车站,走到北京饭店前正碰上灵车出来。讲述个人史,关庚的语气波澜不惊,带着老北京人见多识广的从容。即便讲让很多当事人痛心疾首的"文革",他也同样以从容的语言讲述当年的荒诞不经。这是"文

---

① 关庚:《我的上世纪:一个北京平民的私人生活绘本》,中国青年出版社2007年版,第263页。

革"时期的共和国在他的个人史上留下的深刻烙印。

凭票供应买肉、买家具、买电视、买冰箱,喝散装啤酒要早早排队,想看电视只能到妻子的学校偷看,这是共和国计划经济时期在关庚个人史上的投影。那时候谁能去上海采购一些商品,就是让人羡慕的事。临走之前,亲戚们闻风而至,把钱和需采购的物品清单交给出差的人,还要说上许多好话。他曾三次出差上海,利用空当儿时间采购跟没头苍蝇似的,把东西拖回来又跟驴似的,最后累得跟孙子似的。20世纪80年代初,他得到一张购电视的票,购得一台三羊牌十二寸电视。凭票买冰箱,需要自行提货。"拿了票去交款时,服务员还说:'您怎么手直哆嗦呀,不至于吧!'我心想:你知道我用这么一大笔钱买冰箱,容易吗?"① 收入改善后,关庚的生活质量逐步提高,他家先后购置了五台电视机,做到家中一屋一台。随后,台式电脑、笔记本电脑、数码照相机等也紧跟时代步伐。这是共和国市场经济时代在关庚个人史上的投影。

不难看出,关庚的家族史及个人史始终随着国家历史动荡起伏,这种个人记录非常难得。"个人史既写自己的经历,也写自己观察与感受到的大历史,会增加国家历史的厚度与广度。大历史书写与小历史书写是互补的。只有关注到了人人的历史,关注到普通公民个体的历史,我们才有可能写出内涵更丰富的大国家史。"②

### 三 平民百姓的小情怀

毛泽东说:"人民是历史的创造者。"但在中国历史上,"人民"一直是默默无闻的群体,鲜有记载,到了当代依然如此。"在当代中国对写'人民史'的忽视、漠视,应该说与英雄史观、精英史观的影响仍然存在,甚至顽固地存在不无关系。"③ 学者周一平认为,"由人民群众

---

① 关庚:《我的上世纪:一个北京平民的私人生活绘本》,中国青年出版社2007年版,第315页。
② 钱茂伟:《公众史学视野下的个人史写作》,《南开学报》(哲学社会科学版)2004年第4期。
③ 周一平:《关于撰写人民史的几点思考》,《南开学报》(哲学社会科学版)2014年第4期。

来叙述历史，或者由代表人民群众的人，反映人民群众看法、心声、意志的人，站在人民群众的立场上说话、看问题的人，来叙述历史，这样才会写出真正的人民史，写出真实的历史"[1]。从某种意义上说，关庚就属于这种站在平民立场叙述老北京平民历史的人，他虽然无意为之，但已经水到渠成。

关庚出身平民，熟悉老北京五行八作的人物，理解他们的喜怒哀乐，他似乎津津有味又心甘情愿地为平民百姓立传。他的作品中提及数十位老北京人，有亲戚朋友、家里佣人、老师学伴、街坊邻里，一幅白描，百字左右，图文互证。关庚还巧妙使用了人物外号，这些外号有的和身体特征有关，有的和职业经历有关，有的和姓氏有关，成为人物的个性符号，让纸上人物活灵活现。

三大爷黄廷煦外号"墙里钻"，因为走路总往一边倾斜而得此名，开一家棺材铺。木工师傅韩大叔外号"韩罗锅儿"，专做硬木家具，不管是明式的、清式的家具，你能说出来或画出来，他就能做出来，制作精巧，绝不含糊。"吓一跳"是一个姓夏的女招待，曾与家人有过一段交往，闹得沸沸扬扬，全家不得安宁，最后长辈出面警告，断了来往。"大酱萝卜"是金鱼胡同口"东天义"京酱园少掌柜的，因长了萝卜形的脑袋得此外号。他是关庚生父年轻时代的好友，能聊善侃，三十多岁才成家。女方个子很小，长得浑圆，被人戏称"苤蓝"。结婚那天，生父送的一束鲜花中，用竹棍分别插着大酱萝卜和苤蓝，给婚礼增加了不少欢乐的气氛。"毛三爷"并不姓毛，他是一位老中医的儿子，脑筋缺根弦，新中国成立初期竟然蒙着考上革命大学，但没几天就被退回来了。可他还是把革命大学的草帽背在身上，在街上招摇了两年。他爱管闲事，尤其爱管马拉屎，只要他碰到就训车把式，还要记在小本本上，定期向有关方面汇报。结果，车把式们经常在夜间把马粪兜子抖落在他家门口。"杨锛儿头"是小学音乐老师，前额宽，秃顶，戴眼镜，平时走路手臂常打着拍子，嘴里哼出音调，像是在作曲。他授课方法特殊，说唱歌要张大嘴，口形要圆。看谁在用劲张大嘴唱，他就让谁上讲台做

---

[1] 周一平：《关于撰写人民史的几点思考》，《南开学报》（哲学社会科学版）2014年第4期。

示范，大家的情绪立即被调动起来。"二七老工人"是位街坊，二七厂的退休工人，曾参加过二七大罢工。老头行为古怪，穿着过分简朴，衣服补了又补，凉鞋是用破布鞋挖洞自个儿做的。但在吃上绝不含糊，自己做自己吃，不管别人，有病从不吃药，说寿数是天定的。八十多岁了，有一天家人找不到他，只见桌上留下一纸遗书，说不堪牙疾疼痛要投生去，家人果然在公园后河发现他的尸体。"张结巴"是一个焊洋铁壶的老光棍，手艺马马虎虎，但极能侃，开场白之后念叨几句行话，"往下就侃起来，什么八国联军义和团，他如何用电影明星照骗日本娘们同情等等，没结没完，说得眉飞色舞，手舞足蹈。说到高兴处把锤子把儿捅到松软的大肚子上，突然一鼓肚子，锤子能飞出去一米多远，逗得我们大笑不止"①。刘勇认为，平民精神是北京文化的底蕴，"这种平民精神有一种宽容性和亲和力，它随意自然，淳朴实在，大大咧咧，对谁都一团和气，但骨子里又有一种自尊刚毅和高傲"②。这种平民精神也体现在关庚笔下的人物身上，他们出身不同、性格不同，但平民精神是他们身上的共同特质，也是他们身上的共同情怀。

除了老北京平民百姓，关庚还着意描述老北京的风土人情，那是平民百姓身在其中的民俗文化。"历史的发展是奠定在平民大众每日每时无休止的生产经营活动之上的"③，商贩成为老北京民俗中不可或缺的风景。当年的老北京，油盐店、典当行、镶牙馆、澡堂子、小铺遍布街巷；白天卖小金鱼的、画糖画的、耍猴笠子的、卖油郎、卖凉粉的、黄鸟叨卦的、打竹帘子的、磨刀的、崩爆米花的、卖黄土的、修鞋的麻皮匠一边吆喝一边走街串巷；晚上沿街叫卖的有卖铁蚕豆的、卖熏鱼的、卖硬面饽饽的、卖草纸的；庙会上有变戏法的，路边有钉马掌的，每逢红白喜事，不管穷富都要在街口请一拨吹鼓手；东来顺是老北京有名的羊肉馆，来吃饭的都是有钱人，但楼下大棚里接待的都是穷苦百姓，把

---

① 关庚：《我的上世纪：一个北京平民的私人生活绘本》，中国青年出版社2007年版，第138页。
② 刘勇：《"京派"文学的底蕴——从老舍创作的文化品格说起》，《北京师范大学学报》2005年第4期。
③ 陈其泰：《为平民阶层出身的人物立传——〈史记〉列传历史编纂成就析论之二》，《求是学刊》2015年第7期。

涮肉的下脚料炖成卤浇在面上，很便宜就买一大碗；朝阳门内大街经常有位捏江米人的老先生，捏的江米人逼真细腻，他还能在半个核桃壳里塑出十八罗汉的样子来，个个栩栩如生；街道上经常有吹糖人的，就是将麦芽糖加热利用其可塑性，趁热用吹、拉、捏、挑、粘等技术吹塑成形，有固定模具；春节前画棚子就搭起来了，引来了办年货的、过路的去选年画。

零食也是当地民俗的一部分，关庚童年时期的老北京零食种类有限。有一种廉价的自制冰糕叫冰板儿，只有三九寒冬的天气里才有的卖。它有红黄两色，红色的是红果加淀粉冻制而成，黄色的是用白薯冻制而成，半厘米厚，味道甜美。此外，还有豌豆糕、芸豆饼、羊双肠、糖炒栗子等。冰桶是一种老式的木制冰箱，约八十厘米见方，内有板，下层放天然冰块，上层放西瓜、酸梅汤，供夏天消暑饮用。过去食物的包裹用品也跟现在不同，大油篓装油，小油篓装酱菜，鲜荷叶包熟食，马莲捆粽子，蒲包用于干鲜果品的包装，猪尿泡供远行的人盛酒。从热闹的商贩到讲究的零食，可以看出老北京民俗京味十足，特色鲜明。

在老北京的年节习俗中，祭祀是其中的重要内容。"影"是旗人供奉的祖先画像，每年腊八悬影，来年灯节撤影，悬挂供奉月余，需每天上供膜拜。腊月二十三要祭灶，送灶王爷上天；置办年货要买回几条活鲤鱼，以红色为首选，供三十晚上及大年初二祭财神。祭神那天为防止鲤鱼跳跃，要用一块红布把活鲤鱼的眼睛贴上，蒙上眼睛后，鲤鱼们就服服帖帖了。阴历八月十五，家家要拜月供兔爷。老北京的祭神之物有香、子午锭（长香）、上天梯、纸元宝、专供踩岁用的芝麻尖儿、蜡，祭祀用的供品有寿面、寿桃、月饼、蜜供等。从祭祀内容看，老北京民俗具有包容性，不同于汉民族的祭祀活动并没有被视为异类，其包容的结果是，老北京民俗呈现出多元性和丰富性。

随着城市化的快速推进，老北京民俗急剧减少，"中国基层社会因袭千年的'乡土'特征被彻底颠覆，用以维持其原有乡土秩序的民俗传统也顺应文化语境的变迁而发生了各种复杂的变化——或者以遗留物碎片的形式深埋于当地民众的记忆中，或是与新时代的文化元素结合彰显在人们当下的行为模式里"①。关庚记录下来的民俗内容,当属于深埋于民众记忆中的"遗留物碎片",可供研究。

总体来看,关庚的作品读起来很轻松,"民间写史一个基本的信念是历史可以写得很好看,以鲜活的语言、有趣的笔法和富有个性化的评论写史,被誉为继教科书、史料和戏说的叙述方式之后的第四种写史方式"②。关庚的作品语言鲜活,不做评判,以图带文,自然好看。

## 第八节 秦秀英:记录变迁的农民笔记

**作者介绍** 秦秀英,1947年出生,农民,网名"好学婆婆",祖籍山西河曲,出生在内蒙古五原。她念过一年半小学,热爱自然,喜欢花花草草。2011年春天,跟着儿媳芮东莉(中国大陆最早的自然笔记倡导者之一)开始做自然笔记,继而尝试创作农事笔记和生活笔记。创作过程中,秦秀英重新念书识字,并学会使用电脑,还开有自己的博客——"临河而居"。2013年,《中国妇女》《中国女性》杂志相继报道老人的自然笔记创作故事。2014年,秦秀英的作品被佛山图书馆展出。2015年,《胡麻的天空》由浙江人民出版社出版,作者署名"秀英奶奶",此书获得"2015华文好书奖"。

《胡麻的天空》是一本笔记体图文书,出版以后受到关注,农民出身的秦秀英六十多岁学画画做笔记,她的作品记录了老人六十年的自然情怀与社会记忆。内蒙古河套平原六十年的自然生态变迁与社会变迁,那些被忽视的人群、被闭合的天空与情感世界,通过她的画和文字得以呈现。

笔记作为一种文体,最早与辞赋等韵文相对而言,后来"逐渐演变成为一种以随笔形式记录见闻杂感的文体的统称,同时也被视为一种著述的体式,即指由一条条相对独立的札记汇编组合而成的著作"③。

---

① 康丽:《从传统到传统化实践——对北京现代化村落中民俗文化存续现状的思考》,《民俗研究》2009年第2期。
② 王艳勤:《民间写史与学院写史:对立中的共谋》,《人文杂志》2013年第2期。
③ 陶敏、刘再华:《"笔记小说"与笔记研究》,《文学遗产》2003年第2期。

秦秀英的笔记包括自然笔记、农事笔记和生活笔记，自然笔记都来自她的观察，农事笔记和生活笔记大多来自于记忆。

**一 自然笔记，从低处端详世界**

自然笔记有广义和狭义之分，广义的自然笔记"包括一切用文字、绘画、摄影、声音、影像、身体感知、科普实验等方式所进行的自然记录和表达"；狭义的自然笔记"主要是指用绘画与文字相结合、相辉映的方式进行自然记录与表达"[1]。自然笔记所秉持的一个核心理念是，"自然与心灵的美好相遇既可发生于千里之外，也可发生于耳畔身边，而自然笔记便如同连接两者之间的使者"[2]。

《自然笔记——开启奇妙的自然探索之旅》是国内第一本原创的自然笔记绘著作品，内容涉及大自然中的昆虫、鸟类、植物等，曾荣获第九届"文津图书奖"。作者芮东莉是语言学博士，上海教育出版社编辑，她没有受过专业的绘画训练，也没有严谨的科普背景，凭着对大自然的一往情深，记录身边的自然变化，跟他人分享大自然的故事。工作之余，她致力于环境保护和生态教育，是大陆最早的自然笔记倡导者之一，她用亲身经历告诉别人：任何人都可以随时随地拿起纸笔为大自然做笔记，不用担心自己的文字水平或绘画功底如何。

秦秀英的创作始于自然笔记。2011年，她在儿媳芮东莉的鼓励下开始学做自然笔记，很快喜欢上这种记录大自然的方式，她还学会用电脑开博客。蹲下来从低处端详世界，让她有了诸多新奇的发现：她发现不光秋天有落叶，夏天也有落叶，它们的颜色很好看，她画下闸北公园山麻秆、悬铃木和枇杷形态各异的落叶，画下八仙花和溲疏的叶子和果实；以前去公园主要看花，后来发现植物的秆秆、叶子和果实也很好看，她画闸北公园开罢花的木槿和海滨木槿，画修剪成球形的海桐，画青桐树的果实；以前没注意家乡的杨树还开花，做自然笔记后她仔细观察，杨树的花像毛毛虫，花瓣很小很小，毛茸茸的，她依次画下内蒙古

---

[1] 吕永林：《中国大陆自然笔记的兴起——对一种创意写作新文类的近距离考察》，《雨花》2015年第6期。

[2] 同上。

巴彦淖尔路边杨树花开花落的过程；她以前以为斑鸠就是鸽子，仔细观察后发现，斑鸠没有鸽子个头大，也没有鸽子肥，毛色灰灰的，没有鸽子花哨。她还为住所楼下大槐树上的斑鸠做笔记，画两只斑鸠在槐树上垒窝，画斑鸠妈妈孵儿子，画二十天后孵出小斑鸠，画遭遇暴雪斑鸠妈妈捕食归来怎么也飞不到树上，画小斑鸠练飞，斑鸠妈妈在槐树上又搭了个窝，在另一个窝里下了一颗蛋，画斑鸠妈妈开始孵第二窝蛋，小斑鸠自己找吃的，飞走以后再没回来。后来去昆明、香港旅游，她的自然笔记也一路跟随，画下蝴蝶谷的蝴蝶和香港的花树。从低处端详世界，让秦秀英发现身边和她一样弱小而卑微的生命，像发现早年走失的亲戚。她细致勾描，小心上色，尽心尽力地去呈现，这使她的自然笔记"有了生命的体温，里面包裹着一颗柔软而温暖的心"[①]。

　　从低处端详世界，也让秦秀英对她身在其中的大自然心怀忧虑。她发现那些弱小而卑微的生命常常处在危险之中：胡燕儿（家燕）住的地方少了，城里的楼房没有屋檐，农村的房子也没有屋檐了，凉房有窗户有纱门，胡燕儿也进不去。过去人们生活条件不好，麻雀多得不得了。现在人们生活好了，农村都是砖瓦房，麻雀日子不好过了，住也困难，吃也困难，繁殖更困难。

　　生态环境的恶化也表现在她的自然笔记中。在2013年5月13日的自然笔记上，秦秀英画了巴彦淖尔河套公园里浅粉色的杏花、粉白色的李子花和黄色的刺玫花，画了桃树上的蚜虫、刺玫上的食蚜蝇、丁香叶上的草蝽，还画了刚上市的苦菜，文字如下：

　　　　今年春天就知道刮风，人们说："立夏不起尘，起尘活埋人。"可是今年立夏过了还是刮风，不下雨，有的树开花没几天就谢了。桃树开花早，早得快死了，又起了很多蚜虫。管理人员给树浇水，地里长出很多苦菜，人们就掏里头的苦菜。

　　　　今年的苦菜特别贵，刚上市时菜摊上卖20块钱1斤，吃1斤苦菜比吃蜜还贵！浇了水，苦菜多了，掏菜的人也多了，可是树让

---

[①] 芮东莉：《走进婆婆的世界》，见秦秀英《胡麻的天空》，浙江人民出版社2015年版，第190页。

· 168 ·

第五章　民间述史个案解读

蚜虫快害死了，管理人员就给树打药，看见有人掏苦菜，管理员就喊："别掏了，打上药了。"有的人说："打药好几天了，多洗几遍就能吃了。现在咱们吃的菜哪个不打药?!"①

她的文字里没有"生态文明"的字样，也蹦不出"保护生态"的字眼，更解释不清干旱的原因和农药的危害，她只是原原本本地呈现，她的忧虑也一同呈现在画里和文字里。生态环境恶化问题不仅是中国的问题，也是全球的问题，奥尔多·利奥波德提醒人们："整个世界都如此贪婪地要求更多的浴缸，结果却失去了制造这些浴缸所需的稳定性，甚至失去了关掉水龙头的机能。在这种时候，最自然、最有益的行动就是略微放一放业已泛滥的物质享受。"② 虽是深刻的提醒，可惜聆听者显然微乎其微。

2013 年 6 月 23 日的自然笔记，秦秀英画的是包头阿尔丁植物园，一处水塘里游动着小鱼、蝌蚪、蛤蟆，水塘上有蜻蜓，远处有树，近处有个人在打捞，有个人在散步，有个大人领着孩子看热闹。她在说明里表达自己的不满："小鱼没有 1 寸长，小鱼是一群一群的，让人捞得乱奔。蝌蚪有的变成小蛤蟆了。不知他们捞上来干什么，现在蛤蟆很少见了，他们还在捞。有的人说他们捞上是喂自己家养的鱼了，这些人有点不道德，损坏大自然。"③ 和别的画不同，这幅画不仅比例明显失调，而且失调得有些离谱，水塘里的小鱼超过岸边孩子的身高，蝌蚪比捞鱼的网大，水塘上飞翔的蜻蜓张开翅膀已经超过了成人身高。或许这幅画里寄托着她的希冀，人类的贪婪无处不在，这些小生物只有如此强大才能对抗人类的侵袭吧。

非常难得的是，秦秀英不光自己做自然笔记，还收了徒弟，带动妹妹秦秀平做自然笔记，《胡麻的天空》也收录了秦秀平的作品。从某种程度上看，做自然笔记的人越多，汇聚的声音越强大，对我们的生态环境保护越有利。"如果有更多的静默生命在做这样的自然笔记，如果他

---

① 秦秀英:《胡麻的天空》，浙江人民出版社 2015 年版，第 156 页。
② [美] 奥尔多·利奥波德:《沙郡年记》"初版序言"，李静滢译，汕头大学出版社 2010 年版，第 1 页。
③ 秦秀英:《胡麻的天空》，浙江人民出版社 2015 年版，第 157 页。

们的生命之歌形成合唱,就会像春雷一样滚过天空。"①

## 二 农事笔记,找回失去的故乡

我们的祖辈世世代代在土地上繁衍生息,土地是劳作者的生存命脉,也是游离者的精神家园。"在人的意识里,'故乡'是时间与空间距离中的一种指称,即人在远离故土之后,对那个曾生于斯长于斯的地方的一种称谓。"②秦秀英就是一个游离者,带着浓厚的故乡情结回望故土,往事件件桩桩涌上心头,留在她的文字和画里,农事笔记在《胡麻的天空》中占据较大比重。陈卫认为:"在物质文明侵犯精神文明之时,个人史写作者得以在网络上寻觅一方净土,安排'自己的屋子',在激活个人的记忆中思考过去并设计未来。无疑,它还是心灵的洗涤和精神的冥思。"③秦秀英就是在激活个人记忆后反复描摹,并在农事笔记里逐渐找回失去的故乡。

秦秀英着意描摹往日故乡的庄稼。对往日里故乡的庄稼,她如数家珍。小麦是河套地区最主要的粮食作物,河套人也把面当主食,想怎么吃就怎么吃。可种麦子不容易,麦子要用最好的地来种,对土壤的软硬也有要求,还要看头一年这块地种的是什么庄稼。种麦子不能缺水,一茬麦子得浇四五次水,给麦子淌水时晚上要睡在田口看着。河套人爱吃胡麻油,以前种胡麻的很多,夏天的时候胡麻花开成一片一片的,头顶上是蓝莹莹的天,地头里是蓝莹莹的胡麻花。胡麻籽油大,过去吃的、用的都是胡麻油,胡麻油还能点灯、润车轴、擦生锈的铁器。河套地区要过了芒种种糜子,种的时候籽儿要用开水煮一煮,捞出来晾得半干再种。糜子熟了,把糜穗子割下来把籽打落,晒干以后可以扎出又软又密的笤帚。挖糖菜的时候全家上阵,大人把糖菜挖完拉回来,娃娃摘缨子、刮泥,糖菜缨子喂猪,大的糖菜疙蛋挑出来卖钱。家家户户每年都

---

① 刘震云:《倾听静默之声》,见秦秀英《胡麻的天空》,浙江人民出版社2015年版,第3页。
② 刘雨:《现代作家的故乡记忆与文学的精神还乡》,《东北师大学报》(哲学社会科学版)2006年第5期。
③ 陈卫:《个人史写作带来新的文学冲击》,《中国社会科学报》2012年7月16日第B01版。

要熬几十斤糖糊糊，不光娃娃们爱吃，大人们也爱吃。河套的瓜有名，以前每年春天都会种西瓜、小瓜、哈密瓜，瓜熟的时候远远就能闻到香味。哈密瓜和小瓜熟了不用摘，它们会自己掉下来，拿篮子捡就行。摘西瓜的时候，要留几颗大瓜，等娄了专门喝娄瓜汤。西瓜子也有学问，看见哪个瓜瓤口好，得把子留下晒干，拌上鸡血红糖沤半个月后再晒干。这些西瓜子种出的西瓜，瓜瓤又红又脆又甜。现在的河套平原庄稼依然在生长，好地种番茄、哈密瓜，剩下的种葵花，麦子种得少，杂粮更是不种，胡麻和胡麻的天空彻底消逝了。面对这样的故乡，秦秀英一定有失落感，于是用文字和手绘再现昔日河套地区的农事活动，那里有她和全家人劳作的身影，有一个原来叫二喜民圪蛋后来叫庆丰一队的村庄，土地上生长麦子、胡麻和糖菜，田野上飘荡着瓜香的河套平原一笔一画地留在她的文字和图画里。

　　秦秀英着意再现往日故乡的味道。每个有故乡的人，心底都留有故乡的味道，越是远离故乡越是挥之不去。虽然进了城，但秦秀英觉得自己永远都是庄户（庄稼）人，不管走到哪儿，她都喜欢看地里的庄户，看见庄户人也觉得亲。在《胡麻的天空》中，故乡的味道正渐渐飘散，她却无能为力，只能把记忆中的味道保留在文字和图画里。不种胡麻后，她老感觉葵花油不香。直到现在，还是习惯从超市里买胡麻油炝油调凉菜，拌饺子馅和烙月饼，也是一半胡麻油一半葵花油。女儿从超市买了一小瓶糖糊糊，回来一家人蘸糕吃，结果那糖糊糊稀得像水一样，根本不甜。她最念念不忘的故乡味道，应该还是瓜的味道吧，她颇有一番感慨：

　　　　自从离开农村后，就没吃过那么好的瓜了。以前种瓜的地里要上羊粪，长起草来就一遍一遍地锄，把地锄虚了，瓜才长得好。老辈人常说"锄头上有三分水分"，庄户都要靠锄了，越锄长得越好。现在种地都用"高科技"：种的时候，子都要拌上农药，长出草来就打杀虫剂，长得慢的就打生长素……这样种出来的小瓜、哈密瓜，看上去好看，实际上不怎么好吃，也闻不见香味了。现在的西瓜一娄了就臭了，再也吃不到以前的娄瓜汤泡烙饼了。有时候就想，要是在农村哇，就再种些瓜自个儿吃。①

秦秀英再现的故乡味道，其实是没使用化肥的土地的味道，是没喷洒农药的庄稼的味道，是农业不发达时期的耕作方式。对当代农业，她有自己的考量："过去人们说，人吃五谷杂粮，没有不生病的。可是现在不吃五谷杂粮，生病的人好像更多了，还得些稀奇古怪的病。以前人们种粮食不打农药，用化肥的也少，都上粪肥。那时候不用化肥、不打农药，病菌、虫害也没有现在多。用化肥、打农药的粮食蔬菜吃多了，现在人们又想要健康了。有的超市卖蔬菜，说是绿色食品无公害，比一般的蔬菜贵得多，但是我总有点不相信，如今不上化肥不打药，哪里长得出庄户来？"② 这是一个进城农民的考量和追问，直截了当，这也是当代农业必须直面和解决的问题。

秦秀英还细细玩味往日故乡的俗话。俗话口口相传，凝结着民间智慧，而乡间俗话大多和农事活动密切相关。譬如，"男人就怕割麦子，女人就怕坐月子"，强调割麦子的辛苦，麦子熟了，既怕冰雹打又怕麦穗掉，必须起五更睡半夜抢着收割；"吃米不如吃面，走亲戚不如住店"，说的是吃米不如吃面的花样多，去亲戚家不如去店里住得方便；"立秋糜子四指高，出穗拔节打至腰"，意思是说，立秋的时候糜子才长到四个指头高，可是一抽了穗，就长到人的腰那么高了；"瓜离母，四十五"，说的是从坐上瓜圪蛋那天算起，要到第四十五天的时候，瓜才差不多能熟了。这些俗话具有地域性，都是农事活动的经验之谈，有的已经延伸到人生经验。"六〇年瓜菜代，谁不偷人谁带害（倒霉）"，"撑死胆大的，饿死胆小的，苦了老实巴交的"，这些俗语还具有时代性，打着深刻的时代烙印，是饥饿年代的经验教训，透露出老百姓的万般无奈。"山红雀雀都飞了，就丢下些灰大头了。鸽鸱鸱（鸽子）灰，还有两条红腿腿；牛鹁鸪鸪（鹁鸪和斑鸠）灰，头上还顶的个灰圪堆（头上还顶着灰溜溜的一堆毛）。咱们灰拜灰，还有两条红腿腿。"意思是：进城是工作，种地也是工作，什么时候也不能没有种地的，大家各

---

① 秦秀英：《胡麻的天空》，浙江人民出版社2015年版，第73页。
② 同上书，第84页。

第五章 民间述史个案解读

有各的活法，各有各的乐。就像鸟什么时候也是在人看见的地方飞，虫子什么时候都是躲在旮旯里，大家各过各的，谁也不比谁差。这样的俗语已经跟进时代，与今天的现实生活相衔接了。

和故乡缠绕在一起的还有故乡的风俗，秦秀英不厌其烦地描述和面食有关的风俗：

> 以前老人过寿要蒸寿桃，去庙上拜拜要蒸"供献"，过年供神神要蒸馍馍和枣山山（山形面食，以枣装饰）。谁家老人去世了，也要蒸"供献"，白事的"供献"上不点红点点。我小的时候，三月三人们要蒸寒燕燕（捏成燕雀形状的食品），七月十五蒸面人人，八月十五烙月饼。我母亲蒸的寒燕燕可好看了，用发面捏出各种各样的小鸟，蒸熟以后扎在一枝哈莫儿上，别到房顶上，干了以后分给我们姊妹几个，想吃就吃，想耍就耍。七月十五是蒸面人人，面人人是送给亲戚朋友的，你送给我，我送给你。有的人家养着牛羊，自己家放不过来，就揽给别人放，到了七月十五，送给放牛放羊的一个面人人。我们家里有几头牛和十几只羊，请别人帮我们放，我母亲老怕人家说我们小气，就给人家蒸个大鱼。到七月十五那天，送放羊的一条，送放牛的一条，到八月十五那天，送放牛的和放羊的一人两个月饼，这些都是不算在工钱里的。
>
> 面人人从60年代以后就不见有人蒸了，但是烙月饼、送月饼的传统到包产到户以后一直还有，每年八月十五，家家户户都烙好多月饼，你送给我，我送给你，用红纸包着，这样家家都能尝到别人家的月饼，真是各有各的手艺，各有各的味道，娃娃们也是拿上自家的月饼一起去看月亮娘娘升上来，顺便比比谁家的月饼好吃。现在，人们是连月饼也不自己烙了，要去眊人（看人），就买盒月饼送过去，图省事了。①

为了说明情况，她还特意手绘了面人、面鱼、扁娃娃、面兔兔、面猴子、月饼、寿桃、枣山山、供神的花馍馍，与其说她在缅怀故乡往日

---

① 秦秀英：《胡麻的天空》，浙江人民出版社2015年版，第49—51页。

· 173 ·

的面食，不如说她在缅怀故乡往日人与人之间的亲密关系，人与人之间那种热腾腾的温度令她频频回首。

笔记作为一种文体，其特点就是散，"笔记作家事记其实，看似无意为之，这种写作心态恰恰使他摆脱了一切文章章法的束缚，进入一种自由的境界，意兴所至，笔亦随之"①。对秦秀英这样初学乍练的作者来说，笔记写作门槛低，无章法，意到笔到，恰到好处。她不回避方言，也不使用华丽的辞藻，农事笔记正如她的画一样，稚拙、朴素，别有风味。"民间写史获得认可和尊重，首先得益于其写史的方式。正如媒体所宣扬的那样，民间写手竭力以叙说历史的新方式、解读历史的新视角、审视历史的新观念吸引读者的注意。"② 一个离乡农民的视角，朴素的手绘和文字，就是属于秦秀英的写史视角和写史方式。

### 三 生活笔记，记录家庭与社会变迁

秦秀英的生活笔记内容略杂，想到哪里写到哪里、画到哪里，字里和画里讲的都是往日的生活。她不大讲个人生活中的鸡零狗碎，而是着眼于自己生活的周围，周围的人和周围的事物构成她六十多年的个人生活史。"个人史的主角是公民，有人人皆史官、人人有权书写之意，凸显的是公民的主体责任性。历史创造者同时成为历史的书写者，自然是最为理想的历史书写发展状态，这是人类历史书写史上的一大突破。"③生活笔记部分主要讲述了她和人、她和动物的故事，以及周围的野生植物和阴山黄河的变迁。

秦秀英感念伸手帮过她的人，有远亲，也有路遇的陌生人。她1947年出生在五原县城，父亲是粉匠，日子过得还可以。1948年父亲被国民党抓壮丁，冒死跑到二喜民圪蛋茇茇林里躲起来。母亲和奶奶知道后，从五原县城搬到二喜民圪蛋投奔二喜民。二喜民是秦家出了五服的亲戚，也是当地大地主，给秦家腾出小房子住，从此在那里安家落脚。实行大集体以后，家里的生活越来越艰难，姐姐想多念书都念不

---

① 陶敏、刘再华：《"笔记小说"与笔记研究》，《文学遗产》2003年第2期。
② 王艳勤：《民间写史与学院写史：对立中的共谋》，《人文杂志》2013年第2期。
③ 钱茂伟：《公众史学视野下的个人史写作》，《南开学报》（哲学社会科学版）2004年第4期。

成,十四岁定亲,十七岁嫁人。她去五原县城接姐姐回家过二月二,头天晚上下了大雪,五六十里路正在发愁,遇到骑骆驼的人,让她们骑上骆驼顺路走。看她们冻得不行,还带她们进店暖和暖和再走。到了东沙窝,不同路了,人家把姐妹俩放下来,然后骑上骆驼就飞一样跑了。姐妹俩这才知道,一路上人家是怕她们骑上骆驼害怕,才走得慢。凡人小事,在秦秀英的笔下铺展开十分动人:她画了两匹骆驼,两个牵骆驼的人穿着皮袄、皮裤,戴着皮帽子,画面后方是他们的一个同伴和刚刚买的几匹马,前方一个人站在一些房子前面,她注明"店老板"和"旅店",稍下方两个包着头巾的小女子就是她和姐姐了。这是属于小人物的故事,画面里洋溢着冬天的温暖。"在我们的历史观念、历史叙述,以及历史视野中,却往往是见事不见人,或者见到的都是群体、伟人,很少见到个人,特别是普通人的身影,更无从感受个体的心灵世界。个人史的书写和阅读最终将改变这种历史遗留下来的偏见和缺失。"[①]

秦秀英和动物的故事是生活笔记的重点。她认为动物聪明,人对它好,它就对人有情有义。在她往日的生活世界里,曾经被这些聪明的动物四面包围:"每天我从地头回来,一开大门,鸡也跑来了,羊也跑来了,猫从屋里也跑来往我腿上蹭了。猪吼了,骡子叫了,猫也吵了,我把猫抱上哄它,'咪呼咪呼,小咪呼',它就不吵了。等我进了家,羊也卧下了,猪也不吼了,鸡也跑开了——这些牲口啊,咋就能听出人的脚步声呢!"[②] 她和这些动物的关系,已经超越了人与动物养与被养的关系,她把它们看成是生活里不可或缺的一部分,有被尊重被爱的权利。包产到户后大集体的牲口分到各户,没权没势又不会溜须,分给她家的是一头又没力气又咬人的三岁小骡子,瘦得肋骨一根一根的。她把小骡子拉回家,舀了一碗高粱喂它,从那以后,它看见她就叫。在她的精心饲养下,第二年小骡子长成又标致又有力气的大骡子,人见人爱。"生人不敢进圈里拉它,不过,它可听我话了,我割下草让它驮,太高了放不到它背上,就让它站到低处,它就乖乖地站到低处去了。它还能

---

[①] 谢玺璋:《个人史写作与阅读》,《中国新闻出版报》2014年4月18日第6版。
[②] 秦秀英:《胡麻的天空》,浙江人民出版社2015年版,第33页。

听出我的脚步声,我一开门,它就叫起来。"① 她还养过一只小狼,很小的时候能听懂她的话,帮着她看家护院,她下地干活回来或者从邻居家看完电视回来,它都知道,提前跑来迎接。小狼得病死后,她舍不得扔掉,看它身上落了很多苍蝇才把它埋了。她在妹妹家看见一只脚的鸡,要到家来精心饲养,这只拐子鸡没多久就生蛋了,别看它走路不得劲,厉害得很,什么牲口也不能过它跟前。它一年孵两窝小鸡,家里的鸡群迅速壮大。搬家的时候她把拐子鸡送给了亲戚,结果被人偷走,现在想起来还后悔,要是有地方养应该一直养它到死。在秦秀英的文字和图画里存在着一种朴素的齐物论,她"将鸟兽虫鱼都提高到人的地位来看待,虽然面对共同的对象人与动物的感受可能不一样,但同样有喜怒哀乐,同样有以自己的方式生活的权利"②。这样的观察视角和创作视角,使得《胡麻的天空》格外出彩。

秦秀英的生活笔记里还有往日故乡的野生植物。住在二喜民圪蛋的时候,她家院子门口有棵哈莫儿,就像一把伞似的,鸡爱往里钻。后来她去滩里移了几棵小红柳苗苗和一棵小哈莫儿,在家门口就能看风景了。哈莫儿叶子是深绿色的,果实密密麻麻,现在的名字叫"沙漠樱桃",如今有人建厂,开发它的药用价值。红柳开粉红色的花,秋天可以割下来编笤头,还能编篓子和笸箩。她画用红柳做成的笆齿和杈齿,细细描画用红柳编的篓子、篮子和细笤头,并说明现在人们不用笤头了,路边的红柳没人割,有的长得像大树似的。芨芨草是一种野生宿根草,秋天割了春天又长出来,芽芽可以嚼着吃,老了可以割了编囤,还能拧绳、做纸、扎扫帚。她细细描画用芨芨草做成的洗锅刷子、刷墙刷子、扫帚和门帘,她还画与芨芨草共生的羊草、白刺、碱蓬、盐瓜瓜、乳苣、杂配藜等野生草类,画芨芨草世界里的黄鼠、野兔、野鸡、鹌鹑、百灵灵、麻灵灵、鹁鸪、老鹰和沙蜥。如今好多荒凉碱滩都开了地,芨芨草长不出来了,只有坟地里的芨芨草还像以前一样多。野生植物的世界已经发生变迁,今非昔比,在秦秀英的字里行间惋惜多于喜

---

① 秦秀英:《胡麻的天空》,浙江人民出版社2015年版,第31页。
② 陈少明:《自我、他人与世界——庄子〈齐物论〉主题的再解读》,《学术月刊》2002年第1期。

悦。河套地区的野菜也今非昔比,虽然都是苦菜、甜苣、蒲公英、车前子,现在吃是为了有营养,以前吃是为了活着。小时候母亲曾把苦菜腌成酸菜,跟人换点米饭活命。1960年粮食不够吃,她每天要去很远的地方掏苦菜,回家做成苦菜糊糊一家人活命。这是秦秀英个人家庭变迁的一角,也是河套地区社会变迁的缩影。"由于笔记具有随笔记录的特点,使笔记作品比较贴近生活,反映社会现实,具有真实性的特点。大量的史料性笔记,都是作者耳闻目睹的随笔记录,能够较真实地反映社会现实。"[1]

秦秀英的生活笔记里还有阴山、黄河的变迁。阴山离二喜民圪蛋一百多里路,抬头就能看见。以前她没去过阴山,每次下过雨,从村里望去,山青蓝青蓝的,好像离得更近了。1996年她自己爬过乌拉特中旗的阴山,在山顶上看见一群一群的牛羊,远处是绿油油的大草滩,那时候不知道石头上有岩画。2013年她和子女一起爬乌拉特后旗的阴山,看到山顶的石头红红的,干得裂成一片片的,山上植物少,风大,土少。这次他们在石头上找到岩画,画的是乌龟,他们还找到鱼的岩画。查了资料才知道,解放后阴山开了矿,好多岩画被炸药炸掉了。1958年冬天,她跟着父亲第一次过黄河,去对岸看外婆。到了黄河边一看,是一眼望不到边的冰滩。父女俩怕滑进深水潭,在冰滩上挪着走,挪到对岸太阳也落了。到了2014年冬天,大寒节气黄河还在淌水,她头一回听说黄河冬天不结冻。以前老辈人说黄河不结冻不好,来年要遭年馑。她画巴彦淖尔夏天的黄河和黄河大桥,画临河到磴口那段两边冻冰、中间淌水的黄河,感叹"人也变,天也变,天气变得快成南方了"[2]。如果说河套地区野生植物的变迁让她有喜有忧,阴山、黄河的变迁已经让她惴惴不安了。

梳理秦秀英的生活笔记,内容繁杂但脉络清晰。她和人、动物、野菜的故事都属于家事,记录了河套平原一个普通农民六十年间的家庭变迁。她和人、动物、野菜打了半辈子交道,为人妇为人母,劳作几十年,到了晚年住进城里找到生活的乐趣,翻开另一页人生。这是儿女的

---

[1] 魏福惠:《笔记文学的特点及社会价值》,《社会科学辑刊》1993年第3期。
[2] 秦秀英:《胡麻的天空》,浙江人民出版社2015年版,第113页。

孝心，也是时代的馈赠。往日故乡的野生植物和阴山、黄河的变迁背后，则是整个社会发生的巨大变迁。她从农村到了城里，又从巴彦淖尔到了上海，还有机会各地旅游，目睹了社会巨变，她在描摹新生活的同时，却对冬天黄河不结冻和各种各样的开发开采抱有本能的警惕和担心。这样的警惕和担心很多人有，秦秀英从她的视角、以她的方式表现出来，尤其发人深省。

《胡麻的天空》是一位母亲平凡又丰富的心灵史，是她的个人记忆，"记忆更多的像一个民族的自我疗救，而讲述本身也成为一种不断修复一个社会集体创伤的独特形式"[1]。这样的记忆非常珍贵。

## 第九节　许燕吉：名门之后的底层叙事

**作者介绍**　许燕吉（1933—2014），出生于北京。父亲许地山是民国时期著名作家、学者，笔名落花生，其名篇《落花生》曾选入课本，影响几代人。1941年8月许地山在香港猝死，四个月后日本侵占香港，许燕吉跟着母亲与哥哥逃回内地，颠沛流离，1946年在南京落脚。1950年考入北京农业大学畜牧系，1954年被分配到河北省农业科学研究所下属的石家庄奶牛场，历经肃反等一系列运动。1958年先被打成"反革命""右派"，开除公职，孩子胎死腹中，后被逮捕，定为"新生现行反革命"，判处有期徒刑，剥夺政治权利，丈夫为了跟她划清界限提出离婚。1964年刑满释放后，她在河北省第二监狱就业，1969年底被遣散到河北省新乐县坚固村。为填饱肚子，1971年嫁给陕西省武功县官村目不识丁的农民魏兆庆。1979年获得平反，恢复公职。1981年调回南京照顾母亲，在江苏省农业科学院牧医所工作到退休，与魏兆庆共度晚年，曾任南京市政协委员、台盟南京市委委员、南京市台联理事。2013年出版自传《我是落花生的女儿》。

许燕吉的自传《我是落花生的女儿》讲述了她80年的人生历程，从家境优裕的名家幼女到新中国第一代大学生，从"右派""反革命"

---

[1]　唐小兵：《让历史记忆照亮未来》，《读书》2014年第2期。

到陕西农妇，她以独特的个人经历见证了 20 世纪中国的历史侧面。该书出版后引起很大反响，先后被评为《光明日报》2013 年度好书、《北京晨报》2013 年度致敬图书、新浪 2013 年度十大好书之一。全书 36 万字，花费许燕吉十年时间，是她第一部作品，也是最后一部作品；是个人史，也是民族史的一部分。从细节描述、叙述视角、叙述语言和叙事态度等方面，既可以看到父亲对她的文学影响，也可以看到"落花生"精神的传承。

## 一 生动的细节描述——为百年民族史提供注脚

许燕吉本属于名门望族，祖父许南英，台湾爱国诗人，曾投笔从戎，当过台湾民众自发抗日军队的"统领"。日本占领台湾后逃回大陆，客死南洋；外祖父周大烈，维新派老学究，教过书，当过官，出过国；父亲许地山燕京大学毕业，曾在燕京大学任教；母亲周俟松北京师范大学数学系毕业。在她两岁时，父亲赴香港大学任教，母亲相夫教子，管理一大家子的生活，住处面山背海，风景优美，家里有小汽车。她美好的童年时光在 1941 年戛然而止。这年 8 月父亲去世，12 月香港被日本人占领。她随母亲逃回内地后，在抗战的烽火中四处飘零。抗战结束，她随母亲落脚南京，在内战的动荡岁月中继续求学。内战结束，她以优异成绩考入北京农业大学，下决心服务社会报效国家，工作以后却被卷入一场又一场政治运动，成为女囚。

自古以来，历史典籍浩如烟海，即便是当代史，官方提供的也往往是大人物和大事件。但对许燕吉而言，"历史，有的不仅仅是大人物和波澜壮阔的历史大事件，更多的是无数普通人的辛劳、痛苦和隐忍，那是历史的伤口，也是历史的真实。我希望你们既看到水面上的花，也看到那些不怎么好看的根"[①]。为了让读者了解"历史的伤口"，看到那些"不怎么好看的根"，她在自传中提供了大量生动的细节。在叙事性文学作品中，细节是最小的描写单位，看似微不足道，同样力顶千钧。

日本攻占香港，在相关历史书上均有记载。港英政府投降前香港经历了怎样的炮火，军队做过怎样的抵抗，香港沦陷后老百姓的生活状况

---

① 许燕吉：《我是落花生的女儿》，湖南人民出版社 2013 年版，封底勒口处的文字。

如何，相关记载提供的也仅仅是数据。许燕吉的自传告诉我们，打起仗来，她家的英国房客马上投军去了，妈妈抢着买了三麻袋粮食，哥哥在炸弹声中吓得直哭，为躲避炮火，一家三口在炮火声中入教受洗，婆婆和用人挖野菜煮着吃，一枚炮弹落在院里，一大家子险些被炸死。而在香港沦陷后，日本人登门明抢，要被子，要房子。粮食供应不上，每人每天只有两百克，其他副食和油都没有，经常可以看见路边躺着饿死的人，盖条麻袋，露出大黑脚板，港九两处一天收过九百多具尸体。"收尸队员告诉妈妈，头天看那人还有一口气，没收，第二天一看，身上被片得红鲜鲜的，被饿人吃了！自那以后，剩下一口气的他们也收，省得那人再挨刀割。"① 这样的细节今天读来触目惊心。

为了让读者进一步了解沦陷后的香港社会，许燕吉还选取了战前和战后的皇后大道进行了详细对比：战前那里有许多大商场，橱窗里的东西好看极了，有眨着眼睛的猫头鹰招牌灯，转螺旋的柱子灯，还有飘出馋人味道的食品店、咖啡屋；战后中弹的楼房还立着，不是没了顶就是残了墙，门窗都没有了，只剩下空架子。在皇后大道她还亲眼见到收尸队集中起来的活骷髅，"在一栋破楼底下，躺了一片干枯的人。昏暗中，我看见他们向我伸出胳膊，掬着手，深眼眶中闪着灼灼的目光。一阵恶臭扑过来，一瞬间我差点儿喊出来，扭头一气跑回了医院，心还扑通乱跳，直想要哭"②。

咫尺之遥的炮弹，被饿人片得血淋淋的死尸，颓败的皇后大道，成片的活骷髅，许燕吉讲述的这些细节特别具有典型意义，是对香港那段历史最好的补充注释。

1944年4月，日军发动了豫湘桂战役，长沙、衡阳相继失守，桂林告急。9月13日，桂林城防司令部发布最后一次强迫疏散令，疏散路线主要是沿着湘桂、黔桂铁路西撤，这条线路平常每天仅开两列火车，数十万难民从长沙、衡阳、桂林逃往贵阳、昆明、重庆，途中饱尝了饥饿、疾病、劳顿、炮火的煎熬，这就是中国历史上的"湘桂大撤退"，是第二次世界大战中震惊中外的悲剧。长期以来，抗战的历史讲

---

① 许燕吉：《我是落花生的女儿》，湖南人民出版社2013年版，第43页。
② 同上书，第45页。

## 第五章 民间述史个案解读

述有很多,"撤退"的这段历史最近几年才有人提及。

在许燕吉的自传里,这段历史是一个又一个细节。抗战逃回内地后,她随母亲途经广东和广西,曾在湖南短暂落脚。长沙被围后,一家人卷入湘桂大撤退的洪流。在桂林期间,她看到街上从早到晚络绎不绝的都是逃难的人群,月台上人挤人,行李堆得阻塞交通。"那时火车已经没有什么班次钟点了,逃难的见车就上,上不去就爬到火车顶上坐着,连车厢下面铁管子上都搭了板子躺着人,更不用说火车头的两边和车厢的台阶上了。"[1] 铁路沿线两侧有许多死人,有从火车顶上震下来的,挤下来的,也有被烟呛死的。从贵阳翻山越岭逃往重庆,搭乘的是交通银行的货车,"交通银行的货车装得已经超过了车帮,又插上些木杆,围上些板子,搂上一圈绳子,我们就高高地坐在了货上。出了贵阳市,又上来了七八个人,这是司机私带的客,当时称'黄鱼',顿时我们就挤得不能再挤了。司机有办法,让我们把腿都塞进货包的缝隙里,刘娘说这叫'镶嵌'起来了。司机又让像我哥哥这样的小伙子坐到车帮上,两腿垂到车外面。这是危险作业,可谁也不敢得罪司机"[2]。这样的境况还要安慰自己,能坐车逃出来应该知足。作为亲历者,许燕吉在火车上的见闻和货车上的经历都是独一无二的,至少是湘桂大撤退缺少计划、缺少组织的佐证之一。

作为亲历者,她也记录了日本投降后重庆狂欢的细节:"有人举着号外大声地喊,大声地笑,有人相互拥抱转着圈子跳,街边的饭馆里面全是人,桌子上下都站着举杯欢腾的人们。一辆公共汽车陷在人海中,有个人探出身子拿着酒瓶,向下面的人敬酒。还有个人也探着身子出来逮谁跟谁握手,整个重庆街上的人们似乎都不存在相识与不相识的界限了,都像醉了一般。"[3] 在这里,"白描化的细节描写,把作者的主观感受外化,融入作者的情感和审美体验"[4],当渴盼已久的胜利终于来临,她和那些人一样欣喜若狂,仅寥寥数笔即再现了当时的狂欢场景。

此后,解放南京前物价飞涨,钞票兑换银圆价格瞬息万变,解放南

---

[1] 许燕吉:《我是落花生的女儿》,湖南人民出版社2013年版,第77页。
[2] 同上书,第83—84页。
[3] 同上书,第98—99页。
[4] 陈平原:《中国小说叙事模式的转变》,北京大学出版社2004年版,第8页。

京当天司法院大楼熊熊燃烧,许燕吉都有记载。三十多年后,获知中央给右派安置工作这个细节特别耐人寻味:继子到英语老师宿舍去交作业本,他的英语有些基础,老师问起继子说妈妈教的,同为右派的物理老师得知她是右派,约定见面时间和地点把相关政策告诉她。那时候落实政策的工作已经到了扫尾阶段,她总算搭上末班车。正如新浪给许燕吉的颁奖词:"不是所有的传奇都留下绚烂与惊艳,一生曲折、颠沛流离的许燕吉老人,以'落花生'的朴实赤诚为生命底色,将八十岁人生娓娓道来。以老人命运为轴,辐射出的大量细节、人物与事件,留下无数珍贵的历史断面。一部令人唏嘘不已的个人口述史,大时代中小人物的飘零,为一个民族的百年史提供了无可替代、丰富真实的注脚。"[①]

## 二 知识分子的底层视角——还原荒诞岁月

底层视角,"主要指叙述话语来自真正的底层生活,并以底层人的视野关注正在经历着的底层人生"[②]。中国自古崇尚读书,学而优则仕的知识分子在底层民众面前历来都有优越感。许燕吉不同,她生活在动荡岁月,被时代的浪潮从高山卷入海底,从国家干部变成铁窗女囚,再从摘帽右派到陕西农妇,在底层社会生活数十年。她的底层视角不是讨巧作秀,是自然而然。一个知识分子的底层视角,恰好还原了20世纪50年代到70年代二十多年的荒诞岁月。

首先是荒诞的政治运动。早在许燕吉读大学的时候,政治运动就已经开始了。1950年冬全国开展声势浩大的镇压反革命运动,卢沟桥边沙坡下是刑场之一。"学校组织同学们去看,枪声一响,同学的队伍顿时分成两半,有朝前跑的,有朝后跑的。回校后,青年团开会,朝前跑的有没有受表扬不知道,就知道朝后跑的都挨了批评,说是对被镇压的反革命少了阶级仇恨,敌我立场不坚定。幸而那天是个星期日,我进城望弥撒去了,否则没见过枪毙人的我,也不知会往前跑还是往后跑。"[③]高校组织学生围观死刑执行,本来就与文明背道而驰,在血腥现场学生

---

① 新浪读书:《〈我是落花生的女儿〉作者许燕吉病逝》,http://book.sina.com.cn/news/c/2014-01-14/1700592179.shtml。
② 程华:《问题意识、底层视角和知识分子立场》,《小说评论》2008年第2期。
③ 许燕吉:《我是落花生的女儿》,湖南人民出版社2013年版,第170页。

本能散开，朝后跑居然和敌我立场不坚定画上等号，成为被批评的把柄，病态且荒谬。

1955年肃反运动，因为把要上交的材料戏称为"鬼材料"，许燕吉遭同伴汇报，被炮轰，被搜查，在自己宿舍里被囚禁半年。1957年春实行大鸣大放，石家庄奶牛场号召大家帮助党整风，一时间大院里贴了很多大字报。许燕吉认为有意见应该向党直接反映，贴大字报不是与人为善的态度，她要求和场长对话。她的意见是以提问的方式进行的，一共是四个问题，场长的解释她都不满意。譬如搞运动不许打人，为什么有的所领导要打人，场长解释出于义愤，这是他个人的错误。

> 我的想法：……他打人是为了运动，为了党，犯了错误就是个人的？！联想到屡见的斗而无果，我脱口问道："党员可能犯错误，那么党是不是也能犯错误呢？"
>
> 周场长严肃地说："党是毛主席领导的，还有党中央的集体领导，不可能犯错误。"
>
> 我的想法：？[1]

许燕吉讲述这段往事用了两个小标题——"傻蛇出洞""瞎蛾扑火"，其中提意见这部分内容非常详尽，她提出的问题、场长的说法和她的个人想法——列举。无论是自嘲意味的标题，还是详尽的意见内容今天读来都具有反讽意味。在1958年反右运动中，她因以上言行被定为反革命、右派"双皮老虎"，被开除公职，开除工会会籍，开除出畜牧医学会。她找到当地劳动局，希望找份工作，工作人员明确说："我们这里是人民的劳动局，是为人民服务的。你是什么人？你是反革命右派分子，是国民不是人民，劳动局不是为你们这种人服务的！"[2] 随后女儿胎死腹中，她服刑六年，在监狱就业五年，在高墙内生活了十一年。"文化大革命"开始后，犯人和她这样姓"犯"的就业人员都被卷进去，每天参与批斗或者被批斗。最荒诞的批斗会是批斗那几个搞流

---

[1] 许燕吉：《我是落花生的女儿》，湖南人民出版社2013年版，第217—218页。
[2] 同上书，第227页。

氓、搞同性恋的人：

> 女马队长说一定得把那最难以启齿的事儿都当众说出来，认为只有这样才能改得彻底。殊不知那最后一层遮羞布被揭去，这人就再没有羞耻，就更无所顾忌了。可能男马队长不知道女马队长的教育理论，那天他也来参加会，全场就他一个男人，幸好他坐在场边，只能扭着颈子面向墙壁。我和另外一人同时看了男马队长一眼，不约而同地又对视了一下，爆笑就冲上喉咙，又不得不咬着嘴唇硬压下去，憋得眼泪都流出来了。①

人之所以为人，就是有隐私和羞耻心，一旦隐私和羞耻心被剥夺，剩下的只能是丑恶和荒诞了。许燕吉人到暮年写自传，目的很明确："既想送给那些与我有相似经历的人——他们也都老去了，也想送给那些期待了解这段历史的年轻人——你们还有很长的路可以走"②，她是希望这些荒诞的政治悲剧不再重演。

其次是可怕的饥饿年代。1959年到1962年当时称"三年自然灾害"，实际上是自然灾害和政策失误造成的三年饥荒。饥荒遍野的三年，作为囚犯的许燕吉未能幸免。最初，粮食比例太低，饼子拿不起来，伙房只得把笼屉抬到院子里，发饼子的人手拿细竿指，犯人捧到碗里已是一盘散沙。后来连粗渣儿也吃不上，三餐改两餐，每餐一勺麻酱汤，就是榨芝麻油的油渣儿，还有一块拳头大小的红薯。浮肿的人越来越多，脸跟大头娃娃似的。另一种是干瘦，跟骷髅一般。接着开始死人：

> 那天我走过阅览室，见文宣组姓刘的那个男犯拿了个大缸子正仰面而饮，我便进去问他："你还渴吗？"他说是家里送来点儿酱油，兑着喝点儿。我告诉他酱油没什么营养，喝这些水还得排出去，要消耗更多的能量，是负能。他也是知识分子，能够了解，苦

---

① 许燕吉：《我是落花生的女儿》，湖南人民出版社2013年版，第337页。
② 同上书，封底勒口处的文字。

笑着说:"没办法,不喝受不了。喝了能缓解一会儿。"仅过了两天,我再看见他,他已经躺在小车里,睁着眼张着嘴,还在呼吸,但已没有了意识。管教让就业职工拉他去医院,医院说不能治,又拉了回来。那一天,五六百人的南兵营就死了14个。后来知道,两千多人的省第二监狱,高峰时一天死了37个。①

现代人已经很难有饥饿的体会,对曾经发生过的饥荒了解甚少。许燕吉不仅提供了一个知识分子的死亡和监狱里的死亡数据,她还进一步还原长期在生死临界线上那种非同一般的饥饿:"长期的饥饿是悠悠的,随时随地钳着人,脑子总在想食物,谈话也总想说食物,看书也会在食物的字眼儿上重复几遍。困难时期开始之初,有一次大组长误了饭,伙房给她打了一份拿回宿舍来吃,全体女犯都聚焦在她的嘴上,我也在其中。当我发觉后把眼光移开,可不自觉地眼睛又盯回了原处,眼睛不听脑子指挥了。"1962年春节情况有了改善,每人给二两米饭和一小调羹红烧肉。"我本打算把这多年未用的美食在嘴里多嚼一会儿,不料进口就咽了下去,舌头也不听大脑支配了,烦恼也白搭。"② 在饥饿面前,眼睛不听脑子指挥,舌头不听大脑支配,生理本能战胜一切也主导一切,这些来自牢狱的知识分子对饥饿年代的还原,真实又可怕,荒诞又辛酸。

最后是可笑的逼婚和结婚谈判。"文化大革命"开始后,许燕吉因不愿意跟就业人员结婚受到批斗,说不结婚是和天主教还没断。她说明自己结过婚,丈夫也不是天主教徒。大家群起而攻之,又批评她的人生观、改造观。在逼迫两个修女登记结婚后,女马队长也硬性命令许燕吉登记结婚,幸好被男马队长及时挡驾。不久,许燕吉和犯人吴一江相爱,却因全面备战疏散人口,她被遣散到河北省新乐县农村。一年辛苦劳作下来,竟填不饱肚子。即使为即将出狱的吴一江着想,她唯一的出路也是嫁给别人。"想到我只有靠嫁人才能活下去,和妓女有什么本质的区别?不过我这算批发,妓女是零售而已。屈辱、愤懑、无奈、无助

---

① 许燕吉:《我是落花生的女儿》,湖南人民出版社2013年版,第288页。
② 同上书,第288—289页。

压得我几乎要爆炸。"① 从那时开始，许燕吉彻底放弃了爱情。为寻安身之处，许燕吉投奔了身在陕西的哥哥，由哥哥为她物色候选人。

　　许燕吉第二次结婚之前，家里开过家庭会，专门讨论女婿的人选，权衡利弊后选定陕西省武功县官村农民魏兆庆，这个人一字不识，年长十岁，带着一个不满十岁的儿子，贫农成分，头脑清楚。"这个家庭会很像是做生意在权衡投资方向，后来，我嫂子把我和姓魏的结婚证称作'发票'。"② 相亲时有相亲谈判，一个白胡子老头陪着男方，两个人进门就蹲在地上，一个小煤油灯，什么也看不清，寒暄几句谈判就开始了。谈来谈去对方就两个意思，一是要钱没有，二是进门以后不用做啥。谈判结束忙着准签证的事，第三天临走她才看清对方的眉眼。1971年麦收时节，两个人登记以后走到半路歇息，还有第二轮谈判：

　　　　兆庆先说："咱们辈分大，这里的风俗，孙子辈的可以对爷奶辈的开玩笑。他们说什么，你不要生气。"

　　　　"河北省农村也一样，我不生气。不过你娶老婆和你娃说了吗，他愿意不？"

　　　　"娃还碎，不懂个啥，他若是不叫你，你也不要生气。"

　　　　"忽然家里就多了个后妈，娃自然不习惯，时间长了就好了。以后咱们在一起生活，还会有好多的不习惯，我希望各人还保留各人的生活方式，不用要求和自己一样。譬如你蹲着吃饭，我就得坐着吃饭，我用不着你坐着吃，你也别叫我跟你一样蹲着吃。"

　　　　"那是当然，你是知识分子，我是农民大老粗，就不能一样嘛！可是古人说：入乡随俗，种庄稼还讲个因地制宜，咱们也就不能弄得太特殊，总得让大家看得惯，对吧？"

　　　　"对的，在群众中自然要和大家一样，我是说在家里，为些生活小事，不要强求对方听从自己。"

　　　　"行！只要条件许可，你看怎样好就怎样办，我没意见。"

　　　　就这样，我们订了个"互不侵犯主权、互不干涉内政"的和

---

① 许燕吉：《我是落花生的女儿》，湖南人民出版社2013年版，第367页。
② 同上书，第370页。

平共处条约。①

从监狱里的逼婚到研究女婿人选的家庭会,从相亲谈判到登记后的第二轮谈判,看似荒诞,却很实际。在特定的荒诞岁月里,婚姻和爱情无关,婚姻也非儿戏,婚姻只是权衡各种利弊后的无奈选择。

身陷生活最底层,是许燕吉的人生不幸,却是读者的幸运。我们有幸和许燕吉一样,从底层视角回首往事,重温荒诞岁月中的种种荒诞。"纵观许燕吉坎坷悲苦的一生,她所承受的,似乎已不是一个人或一个家族的悲剧,而是那个时代知识分子的悲剧。"② 她的独特经历可以看作历史的一枚切片,不仅映照出中华民族在20世纪遭受的苦难和艰辛,还可以知晓时代大背景下人们的生存状态。评论家李建军认为:"以底层人的身份,表达对底层人的悲悯,这就是许燕吉身上最突出的情感特征,也是她的这部自传特别闪光的地方。从许燕吉的叙事中,我们所看到的'动荡年代'和'禁锢年代'的中国底层社会的真相和细节,如此丰富,如此真实,以至于我们完全可以将它看作纯粹意义上的底层文学。"③

## 三 质朴的叙述语言——为同代人立传

许燕吉的叙述语言生动、细致、朴实无华。《我是落花生的女儿》是自传,也是共传,她在讲述自己坎坷命运的同时,也讲述了身边那些普通人的命运,有带大自己的用人,陪伴她成长的亲人、同学、师长、同事、朋友,因各种原因入狱的囚犯等等,是一部涉及几十个人物命运的平民个人史。与官方自上而下的视角不同,许燕吉的视角是平视的,她带着怜惜之情为和她一样命运坎坷的小人物立传。在这些人物中,许燕吉花费笔墨较多的是用人刘妈、母亲的朋友刘兰畦、修女孙瑶真、继子的生母赵昂昂。

刘妈是许家的用人,先做帮佣,后来一手把许燕吉带大。在这部自

---

① 许燕吉:《我是落花生的女儿》,湖南人民出版社2013年版,第401—402页。
② 蔡思明:《箪食瓢饮,光明有日——读〈我是落花生的女儿〉》,《博览群书》2014年第8期。
③ 李建军:《苦难境遇与落花生精神——许燕吉论》,《小说评论》2014年第2期。

传中她始终没有名字,或许像很多底层女性一样,只有娘家或夫家给予的姓氏,根本没有名字。她是个白净大个子的小脚女人,面相和善,眼珠和头发都有点儿黄,打开发髻发浪如瀑,做事有些粗枝大叶,跟许燕吉情同母女。长大成人后,许燕吉才了解了刘妈的身世。她是河北三河人,母亲早故,父亲嗜赌,买不起嫁妆,出嫁较迟。夫家也穷,生过一儿一女,丈夫早亡,她只好把孩子交给娘家弟媳,自己随村里人进城当用人。儿子很小就死了,女儿在弟弟家长到出嫁,给人做了填房。她一辈子带大七个小孩子,就是没带自己的。刘妈回到农村后,弟弟在院子里又盖了一间房给她住,还买了三亩地才够吃。和弟弟比,她屋里只多了一个小闹钟,出去干了二十多年,就落下这件东西。许燕吉本想挣钱以后为刘妈养老,1955 年曾买了两块布料送给刘妈,命运弄人,这竟是两个人最后一次见面。许燕吉一笔带过的小闹钟,在刘妈的生命里具有某种象征意义。当年闹钟还少,是某些城市人生活的一部分,农村人劳作靠公鸡打鸣或更声。刘妈在城里做了二十多年用人,小闹钟和她的劳作密不可分。但以她的身份和收入,无法在城市安身立命,只能回到农村,她从城市带回去的除了积攒的收入,也只能是朝夕相伴的小闹钟。那是她城市生活经历的纪念品,也是她回到农村后的无用摆设。

刘兰畦毕业于北京师范大学教育系,许燕吉一直叫她刘娘。她的婚姻是父母包办,上大学就结了婚,没毕业就生了儿子。丈夫跟她商量娶妾,她断然拒绝,提出离婚。儿子和女儿交给母亲照管,她全身心投入教育事业。她是教育专家,对许燕吉精心呵护、耐心教育,桃李满天下,女儿缺少照顾因病离世。1955 年,她曾代表中国去瑞士参加世界妇女大会。只因为她觉得干部子弟的幼儿园太脱离社会,对孩子不利,用了"贵族"这个尖锐的字眼,1957 年被打成右派分子,发配到山区一个农场去改造,劳动改造到退休,熬成了"摘帽右派"。退休后她还能为儿子家承担大部分家务,后来干活儿时大腿骨折,没有医生肯给右派分子看病,导致残疾,生活不能自理。只有小孙女每天来给她倒便盆,和她说几句话。许燕吉曾买了四只万向轮,请木匠给刘娘做了把能活动又带坐便盆的椅子,以为这样她的境遇会好一点儿。后来刘娘却从那把椅子上摔下来,中风去世。儿子没能回来,孩子们戴着红领巾也不能送葬,火化时只有儿媳一个人去。"骨灰没留,墓地就更没有了。无处凭吊,无处寄托哀思,只有常常地悔恨,我活着一天,刘娘就在我心中。这也是我心上一道永远不会愈合的创伤。"① 在动荡年代,刘兰畦是新女性中的优秀代表,婚姻失败,她投身事业,卓有成绩。虽然没有给儿女当好母亲,却是众多青少年最好的母亲。仅仅因为一句真话刺激了某些人脆弱的神经,她的人生急转直下,她凄惨的晚年具有一定的代表性,是禁锢年代里很多敢讲真话的知识分子悲剧中最典型的一个。

天主教徒孙瑶真是许燕吉狱中的朋友,原名宝荣,1915年出生在河北宁津县一个天主教家庭。15岁到郑州入会当预备修女,20岁做了正式修女,跟波兰神父学习四年后成为能独当一面的眼科医生。解放以后回到故乡继续行医,后因莫须有的罪名被判处八年有期徒刑。有个女犯恶习不改,在狱中还是小偷小摸,浑身脏臭,大家都不理。春节前全体拆洗被子,她说不会,孙瑶真就耐心教她,发现她身上虱子成堆,又打来开水给她烫,烫得大铁盆下面沉淀了几厘米厚的死虱子。女犯中老得行动不便的、病得卧床不起的、弱智的、精神不正常的,管教把她们都放在孙瑶真组里,病危的也让她去给送终。不管男犯女犯,还是监狱干部,凡是眼疾都由她医治。医务室男犯和一个常找他看病的女犯有不轨行为,为此受到加刑处分。审问他时,他说:"瑶真常来医务室,可她像个圣女似的,一点儿也引不起我的邪念。"② 可见正能压邪。出狱时孙瑶真表示不背叛宗教,官方给她加了个反革命分子的身份。"文化大革命"初期,孙瑶真被捕入劳教所,劳教所逼着修女结婚。她选了弱智的劳教人员二傻,回到二傻所在的村子,照顾他吃饱穿暖,自守贞洁。平反以后得到的赔偿款,她送给二傻的本家,托他收留二傻,穿的和铺盖还由她供给,直到二傻过世,这段婚姻彻底结束。1989年她回到郑州修女会,继续传教行医,91岁时平静离世。在孙瑶真身上,我们可以了解真正的信徒,他们怜悯众生,呵护弱小,坚持信仰,能够把监狱当作修道的地方。

赵昂昂是农村妇女,1937年出生在甘肃省甘谷县,定的是娃娃亲,丈夫汪跃金虽是复员干部,却脾气火暴,常为一点儿小事对她拳脚相

---

① 许燕吉:《我是落花生的女儿》,湖南人民出版社2013年版,第109页。
② 同上书,第313页。

加。1959年饥荒开始，丈夫自顾自逃到外地，她领着儿子党余一路乞讨逃到陕西官村，嫁给魏兆庆，生活和睦，生下儿子科科。饥荒过后，赵昂昂的弟弟找到姐姐，本意索要彩礼，没有达到目的，便把姐姐的下落告诉了姐夫。1963年春节过后，汪跃金来到官村寻妻索子。回家不到半年，趁汪跃金外出开会，赵昂昂怀着身孕带着党余再次逃到官村，生下汪跃金的女儿。1964年国家实行遣返政策，没有和原地丈夫离婚的妇女一律遣返，躲藏逃避的要追查。政策不容抗拒，魏兆庆在限期内把赵昂昂和女儿送到火车站。三个月后，党余在哭喊声中被汪跃金拖走。回到甘谷赵昂昂就病了，1966年去世，年仅29岁。赵昂昂的悲剧早在娃娃亲时代已埋下祸根，穷乡僻壤突然降临的饥饿加剧了悲剧进程，逃荒到官村跟魏兆庆一起生活，让她感受到短暂的体贴和温暖，也让汪跃金的虐待变本加厉，最终她的生命过早凋零。

除此之外，许燕吉还写了一些小人物，虽着墨不多，留给人的印象极为深刻。郄艮庭是一个山村妇女，丈夫早死，她和外界接触极少。解放后兴修水利，迁移人口，几个村的人口集中到小学校打地铺，不分男女挤在一处。她被外村老头儿强奸，不敢声张。老头儿被人毒死后，审讯时她轻信审讯人员的话，以为承认投毒即可回去跟儿女团聚，却被判处无期徒刑。尹书金家在冀中农村，没上过学，困难时期家里商量卖掉小侄女，她毅然决定参加修水利的重体力劳动，拿到饼子不舍得吃，咽着口水流着眼泪。"散工回去，小侄女总是在门槛上'担着'——农村门槛高，小孩子把肚子压在门槛上，头向下栽着，这样'担着'可以减轻饥饿的痛苦。她已经没有力气到路口去等那两个救命的饼子，只能这样'担'在门槛上，听到姑姑的脚步，她就抬起头伸出两只手。"① 就是这样日子还是过不下去，家里只有把她卖了，那人已经三十出头，大她十几岁。她尚未发育成熟，逃回娘家被母亲劝回，她以为男人死了就可以回家，却因投毒被捕入狱，许燕吉认识她的时候她才17岁。许燕吉笔下的这些小人物身份不同、命运各异、轻如鸿毛，是很多史学家和作家不屑一顾的对象，她们在许燕吉的作品中集合后构成了平民女性

---

① 许燕吉：《我是落花生的女儿》，湖南人民出版社2013年版，第307页。

群像，真实，可信，通过这些小人物读者对当代历史可以了解更多。

**四　平静的叙述态度——诠释"落花生"精神**

许燕吉的讲述里没有激愤，也无怨气，她的叙述态度始终是平静的，即便讲她所经历的大起大落、大悲大喜，她也是节制的，娓娓道来，偶尔自嘲，始终乐观。"许燕吉的自传之所以不同凡响，之所以克服许多同类作品常见的自怨自艾的局限，一个非常重要的原因，就是它总表现出一种'落花生'的精神气质。"①

在许燕吉的自传中我们可以了解，许地山风趣幽默，才华横溢，但和劳苦大众没有一点儿隔阂。一家人坐电气火车郊游，他上火车头和司机聊天。一家人看龙舟比赛，他去岸边和船工们在一起。他跟挑担子上山来的卖菜婆、卖蛋婆也能聊得开心。家里常来人求助，许地山总是尽力满足他们。许地山去世，许燕吉只有8岁，但父亲对她的影响却是终生的，"他那质朴的'落花生精神'已遗传到我的血液中：不羡靓果枝头，甘为土中一颗小花生，尽力作为'有用的人'"②。纵观许燕吉的自传，她几乎是在用80年的生命历程诠释"落花生"精神，那就是做有用的人。

第一是在事业上诠释"落花生"精神。大学毕业后，许燕吉要求到现场工作，直接和牲畜打交道。工作才三个月，省里给奶牛场调拨了十几头奶牛，要到张家口附近的沙子岭农校去接运，她和一位男同事抬着水桶、麻袋和粗绳走十几里路到了火车站，汗水在头发上结了冰，摇摇头哗啦哗啦响。把牛装进闷罐车皮后，她白天饮牛喂草，清扫粪尿，晚上跟同事轮流睡在草上。等到这些牛一个不少运到奶牛场，全所的人都知道，新来的女大学生干活儿比男的还泼辣。她紧接着提出搞竹筒自来水，工人劳动强度大大减轻，牛奶产量节节升高。落实政策后，她到陕西省武功县畜牧兽医站工作，站长看她年纪大，每天八里路骑自行车上班，没给什么任务。她认为不能白领国家工资，每天跑一至两个基层站，行程五里以上。参加全国奶山羊基地县科技培训班后，她办赛羊

---

① 李建军：《苦难境遇与落花生精神——许燕吉论》，《小说评论》2014年第2期。
② 许燕吉：《我是落花生的女儿》，湖南人民出版社2013年版，第1页。

会，宣传普及奶羊的技术，跑遍全县给一千多只奶羊做了鉴定分等，农民收入增加，乳品厂原料增加，奶粉供不应求。在全省奶山羊基地县会议上，她的调查报告得到省畜牧兽医站领导的表扬。调到南京后，她还坚持在生产第一线工作，在全省跑，在点上蹲，尽心尽力工作，得过几次部颁、省颁的奖。不管历经多少磨难，她都用事业践行了"落花生"精神——做有用的人。

第二是在磨难中诠释"落花生"精神。在反右运动以及后来的"文革"中，中国的知识分子经历了沉重的打击，许燕吉却用她的质朴与达观找到了一条活下去的路。作为"新生现行反革命"被宣判后，她的心态很快恢复正常："我诚实，不损人利己，不两面三刀，是我的做人之本，走到这一步是别无选择，没做不道德的事，问心无愧、年轻体健是我的好条件，一定下狠心争取提前释放。现在刑期已过了两个月，还有70个月，光明有日，箪食瓢饮，不改其乐。"① 入狱后她与人为善，尽己所能帮助他人。在她的建议下，工房后盖了简易女厕所，监舍内也用简易便坑替代了大尿桶。特别是饥荒年代里，看到许多人低头垂泪或凝神发呆，她请示管教，把她们都赶到院子里，编几节活动量不大的体操，再教大家念几段报上登的或自己编的顺口溜，内容与食物有关，大家都感兴趣，学得也快。每天再搞个联欢会，做点儿游戏，消磨时间，驱散沉闷。那一年狱中死的人不少，妇女车间没有减员。饥荒过后，她还在狱中挑起了个戏班子，管理一切杂事。不管历经多少磨难，她始终洁身自好，磨难中的所作所为已经践行了"落花生"精神——做有用的人。

第三是在感情问题上诠释"落花生"精神。复职之初，便有人劝她给魏老头一些钱，离婚算了。但是许燕吉并没有这么做，她对魏兆庆始终不离不弃，她的感情生活一度成为媒体捕捉的卖点，很多媒体做过报道。许燕吉在自传中这样解释：

> 我对于婚姻还是严肃的，即使没有爱情，也是一个契约。这老头子没做什么伤害我的事，十来年都和平共处，不能因为我现在社

---

① 许燕吉：《我是落花生的女儿》，湖南人民出版社2013年版，第245—246页。

会地位和经济收入提高了,就和平共处不了,就得断绝"外交"关系。社会地位的高下是当政者予以的,自己还是那个自己,并没有什么可自诩的。再者,这个老头子已老,没有劳动力了,我有义务养活他。人受教育的程度和出身环境、经济条件及社会进步程度有关系,文化程度有高低,但人格是平等的。老头子的天赋不低,社会经验比我丰富,我们道德观念基本一致,在一起生活,互相都没有压力。①

这段解释冷静且客观。人格平等这点知识分子都了解,但和白丁老农一个屋檐下相互尊重、和平共处却不是很多人能够做到的。对待背弃她的前夫,她打开心结,前夫还是老同学。对待狱中相恋的对象,她把爱情升华为友情。不管历经多少磨难,她都在感情问题上践行了"落花生"精神——做对他人有益的人。

在自传的最后许燕吉写下"后语":"我相信快乐得自己给自己找的道理。虽然老了,幸无大病,遗体捐献手续已办过,做一个高级的阿Q,等待自然规律的胜利吧!"② 2013年12月,许燕吉被查出患有癌症,不到四十天便溘然离世。遗体被捐赠给医院,没有追悼会,也没有遗体告别仪式,她在生命的最后一程仍旧践行了"落花生"精神——做有用的人。

许燕吉的自传最初取名《麻花人生》,"是形容它的被扭曲。国内的同龄人几十年来也未见平坦风顺,只是我的人生被扭曲得多几圈而已。麻花虽然被扭被炸,仍不失可口"③。这是她在多灾多难的人生中一贯坚持的乐观、平静和豁达的态度。"对于我们这个时代来讲,许燕吉的作品具有积极的示范性。它告诉我们,好的文学是懂得尊重读者的文学,是有教养的文学,是朴实的文学,是能给人希望感和力量感的文学。"④

---

① 许燕吉:《我是落花生的女儿》,湖南人民出版社2013年版,第445—446页。
② 同上书,第448页。
③ 许燕吉:《我是落花生的女儿》,湖南人民出版社2013年版,第1页。
④ 李建军:《苦难境遇与落花生精神——许燕吉论》,《小说评论》2014年第2期。

## 第十节　刘梅香：祖孙两代的心灵对话

**作者介绍**　刘梅香，1923年生，浙江松阳人，十岁左右读过村坊学堂，十七岁读小学，十八岁考入南迁后的浙江省立湘湖乡村师范学校。因抗战形势需要，1941—1945年间她随学校一边流亡一边学习。师范毕业后在浙江多地任小学教师，直至退休。张哲，浙江杭州人，刘梅香的外孙，曾从事互联网和媒体工作。《梅子青时》为刘梅香口述、张哲所著作品。

在2015年的民间述史作品中，刘梅香、张哲的《梅子青时》受到关注。该书2015年9月由北京联合出版公司出版，曾获得2015新浪中国好书榜年度"十大好书"，其颁奖词是："一个普通老人的生命史，70年前的青春扑面而来，为大时代提供了充满鲜活质感的细节。同时祖孙间温暖的对话，更是提示读者关注祖辈、父辈即将湮没的记忆，这是历史传承不可或缺的链条。"[1] 除获评新浪好书外，还获评西西弗书店年度十大好书、2015中国书业年度图书·传记类（提名）、深圳读书月2015"年度十大好书"（提名）。

刘梅香原本是杭州一名普通的小学教师，和所有同代人一样，经历了战乱、"文革"、拨乱反正，退休以后目睹同龄人一个个死去。突然有一天，她一个人不小心在家摔晕，被火急火燎送往医院，外孙张哲回家帮她找东西，在抽屉里意外发现一个用蓝布包裹的小册子。翻开一看，一页页白纸上竟都是笔迹不同、长短不等的留言，原来是外婆在湘师的毕业纪念册。外婆顺利做完手术出院后，张哲便常常跑到外婆那里去，请她讲讲自己的故事。纪念册、老照片、通讯录，一件件旧物打开了外婆的记忆闸门，之后诞生了这本《梅子青时》。

《梅子青时》既是外婆的抗战求学回忆录，也是祖孙两代间的心灵对话，复调的运用为这部述史作品平添了诸多文学魅力。复调原是音乐

---

[1] 新浪读书：《新浪中国好书榜2015年度"十大好书"颁奖词》，http：//book.sina.com.cn/news/review/w/2016－01－12/0019787466.shtml。

术语，音乐学上的复调音乐"由两组以上同时进行的旋律组成，各声部各自独立，但又彼此形成和声关系，以对位法为主要创作技法"①。1929年，苏联著名文艺理论家巴赫金在其著作《陀思妥耶夫斯基的创作问题》（1963年修订版更名为《陀思妥耶夫斯基诗学问题》）中最先将复调引入小说理论，他认为："有着众多的各自独立而不相融合的声音和意识，由具有充分价值的不同声音组成真正的复调——这确实是陀思妥耶夫斯基长篇小说的基本特点。"② 巴赫金反对独白，在他看来生活的本质是对话，思想、艺术和语言的本质也是对话，复调是对话的最高形式。《梅子青时》就是这样由不同的声音和意识组成的复调叙事。

### 一 叙述视角：多视角的转换

视角也称视点，原本是绘画中的术语，后来被文学叙事借鉴，叙述视角指"叙述者或人物与叙述文中的事件相对应的位置或状态，或者说，叙述者或人物从什么角度观察故事"③。同样一个故事，不同的视角有不同的讲法，视角的选择牵一发而动全身，事关故事成败，往往是写作者费尽心思考虑的问题。

"一部小说的视角构成有两个系统：一个是作者系统，一个是人物系统。不同的小说家由于不同的修辞目的选择不同的视点系统。但从绝对意义上说，没有作者视点的小说是不存在的。"④ 民间述史作品亦如此。《梅子青时》的作者张哲记述外婆的青春往事时主要选取了两个视角：一个是作者系统——"我"的视角，一个是人物系统——外婆刘梅香的视角，这两个视角交替进行，都是第一人称叙事，可谓独具匠心。

视角转换的难度在于如何自然而然，既让读者意识到视角转换，又避免过分雕琢的痕迹，《梅子青时》的叙述视角转换大体运用了三种

---

① 李凤亮：《复调：音乐术语与小说观念——从巴赫金到热奈特再到昆德拉》，《外国文学研究》2003年第1期。

② [苏]巴赫金：《巴赫金全集》第五卷，白春仁、顾亚铃译，河北教育出版社2009年版，第4页。

③ 胡亚敏：《叙事学》，华中师范大学出版社2008年版，第16页。

④ 李建军：《小说修辞学》，中国人民大学出版社2003年版，第119页。

方式：

一是外观上的微妙变化，使用了符号化的暗示。作者"我"的讲述序号使用阿拉伯数字标出，外婆的讲述序号用汉字标出，这样就有了序号"1""二""3""四""5""六"的奇异排序。两个视角的讲述内容字体上也有不同，作者"我"的讲述使用宋体，外婆的讲述使用仿宋。这样的处理体贴周到，容易理解。

二是内容上的明显区分，形成了自然分野。作者"我"的视角着眼于现实：外婆生病、住院、治疗、康复；外婆的视角着眼于往事：出生、长大、求学、战乱、毕业、工作。即便没有符号化暗示，读者也能知道谁在叙事。

三是语言上的恰当过渡，在跳跃中完成衔接。初章《时空奇遇》开篇，作者就营造出紧张的气氛，九十多岁的外婆意外摔伤住院，"我"第二天前去看望，发现外婆老了，手指发黄，脖子上满是褶皱，说话有气无力，"不论她曾经多么勇猛地闯过了一关又一关，我有种强烈的预感，这一次，她很可能过不去了"。悬念铺垫好，语言上的过渡完成，紧接着进入外婆的视角讲述："我有过十二个兄弟姐妹，连我应该是十三个。但是他们都没有活过二十岁……"①

在次章《流动的学堂》里，语言上的过渡更明显，也更自然。比如讲到战乱，先是作者"我"的疑问："'不过外婆，还有件事我不懂。'我帮她把靠枕调整了一下，让她坐得更舒服些，'日本飞机为什么专挑广因寺炸呢？他们知道这里面是湘湖师范吗？'"接着是外婆的讲述："为啥单单对广因寺突然袭击呢？因为湘湖师范曾经在一九三九年七月七号卢沟桥事变两周年那天，办了一场抗战纪念碑落成典礼，到广因寺参加的有三千多人……"② 视角的成功转换连接起作者"我"和外婆，连接起"现在"与"过去"。

除作者"我"和外婆的视角之外，这本书还援引了其他视角，有网上搜索到的有关中峰寺（湘师曾搬迁于此）的文字说明，外婆的同窗桑叶舟近期的视频资料说明，有张哲外公写的回忆性文章，外婆学生

---

① 刘梅香、张哲：《梅子青时》，北京联合出版公司2015年版，第4页。
② 同上书，第109—110页。

## 第五章　民间述史个案解读

写的公开信等等,这些视角讲述的内容对故事起着补充和印证作用。民间述史作品大多单一视角讲述,即历史事件的亲历者"我"的讲述,讲述"我"的所见所闻,这种视角带着作者的体温,真实可信。但也有视角雷同、过于狭窄的局限,《梅子青时》的视角频繁转换,信息量更丰富,令人耳目一新。

**二　叙述结构:历史与现实的对位**

"对位"原本是复调音乐的一种写作技法,两个或几个有关但是独立的旋律合成一个单一的和声结构,每个旋律又保持它自己的线条或横向的旋律特点。巴赫金借用"对位"来阐述复调小说在结构上的特点,复调小说在结构安排上往往存在相互平行、相互对照的多条情节线索,或者塑造出相互对照的不同人物形象,这些线索或形象相互关联又各自存在,各自表现不同的思想意识。

《梅子青时》在结构上表现为明显的对位性。张哲接受采访时曾表示:"那些写下毕业赠言的同学们,绝大多数我都没有见过真人,但是凭着这些泛黄纸上留下的生动字迹,加上外婆的讲述,他们的容貌和声音,他们的一生,仿佛跃然眼前。"[1] 他决定把外婆的故事和故事中的人写成一本书,叫作"梅子青时":梅,暗合着外婆刘梅香的名字;青,则有着青春的隐喻义。他没有把它写成一本单纯的口述回忆录或是"自传",而是采用了复调叙事。《梅子青时》有两条相互对照的故事线索:一条是正在发生的现实——外婆生病住院,需要手术;一条是外婆讲述的历史——九十年间的尘封往事。这两条线索同时存在、发展,相互独立又紧密联系,历史与现实的对位构成种种"时空奇遇",也构成此书的整体结构。

首先是情节线索的对位。现实生活中,作者"我"奉命回家找外婆的电话本,电话本没找到,却在一叠本子的最底下意外发现外婆的青春纪念册,封面和封底用深蓝色的布包裹着,可能因为年代久远,表面有一些接近黑色的污渍。手术成功外婆出院以后,随着纪念册和外婆记

---

[1] 张玉瑶:《〈梅子青时〉一位九十岁外婆的致青春》,《北京晚报》2015年10月2日第17版。

忆的同时打开，"我"突然发现："从认识这个被我称作外婆的人那天起，她一直都是个老太太。如果说岁月为她带去过什么改变，那也只不过是老、更老、都这么老了。但是，在那之前呢？没有人生下来就是老人，外婆也一样。她年轻过，这大概没错，只是我从没有仔细去想这回事。就算去想，也没法眼见为实。所幸此刻眼前物证人证俱在，所以，我想趁现在找回外婆的青春年少，找回她的一生。"① 随着交流增多、理解增多，作者"我"开始反思对外婆的成见，反思"我"和外婆的关系。

外婆刘梅香讲述的主要故事从出生到"文革"，跨越五十年。讲她的出生地浙江松阳古市镇，讲家族历史，讲求学经历，讲曾经的贫寒生活，讲"文革"中的所见所闻。她在村坊长大，当地重男轻女，阿叔女儿多，刚刚出生的女儿被他亲手摔死，扔到溪坑，父亲也不太支持女孩上学。她讲得最多的还是抗战烽烟里的湘师生活。湘湖师范学校是陶行知参与创建的一所乡村师范学校，原来在杭州萧山。抗战爆发后，湘湖师范学校不断南迁流亡，七迁校址，辗转义乌、松阳、庆元、新窑、景宁、古市等地。1941年湘师迁到松阳县的时候，曾举办了一场招生考试，赴考的有两千多人，刘梅香参加了这次考试，成为湘师新生，跟湘师全体师生在炮火中一起学习也一起流亡。湘师最艰苦的日子没有菜吃，水里撒把盐，就算是汤了，大家舀来泡饭吃。有一次，一个女同学做值日来晚了，看见盐汤，还以为是大家吃完后的剩汤，直接端去倒掉。搬到福建松溪中峰寺的时候，学生只有放寒暑假时才能回家，刘梅香单程要走五天，回到家里满脚水泡，不得不把脚搁起来养上好些天。好在路上男女同学一大群人结伴走，不觉得路程漫长。老师讲课没有粉笔，没有黑板，学生没有课本，重要的内容印在绿色的毛竹做成的粗纸上。最可怕的还是日本人的袭击：

> 在我就要读完一年级的时候，学校发生了一件大事，那是一九四二年的五月二十二号，当天我正在叶川头的分部种菜，突然看到头顶上三架飞机向下直冲而来。我愣住了！第一反应是逃，但是菜

---

① 刘梅香、张哲：《梅子青时》，北京联合出版公司2015年版，第65页。

园很小,一边是墙壁,另一边也过不去,逃到哪里去?只好原地趴下。我心里暗暗地念:

"不要炸到我这里,不要炸到我这里……"

结果呢,飞机真的没有炸到我这里,从我头上一飞而过。①

不是所有人都这么幸运,这次轰炸湘师死了多人。歌咏团女主角被炸得只剩下裤袋,裤袋里一封信尚未寄出;有个女生被认为是地下党员,被炸得连尸骨都没有了。轰炸过后,本地同学疏散回乡,村坊也不安全了,刘梅香随父母逃到山上仍需要时时防范。日本人进犯,年轻女子在劫难逃,有个产妇被强奸后,一边哭一边蹲在溪坑边洗身体。日本人在松阳停留一个月,死伤老百姓三千多人。

现实生活和历史讲述在前三章中是两条平行线,在最后一章合并。外婆和湘湖师范的闺密陶爱凤、楼庭芬好了一辈子,"我"和家人促成了外婆的白发闺密聚会,全书在三个白发老人的闺密会中落幕,两条线索有了一个美满的交点。

从某种意义上说,一切历史都是个人史——所有舞台宏大、布景繁复的大历史,都是一个个平凡人细微的个人生活史。当抗日战争这段七十年前的大历史逐渐淡出大众记忆,变成国家意志下的庆典仪式时,刘梅香的青春纪念册和青春往事让那段历史有了一群面目清晰、情感跃动的个人,他们是那段历史的亲历者和见证人,他们的个人史成为大历史的必要补充。

其次是人物形象的对照。恩格斯在评论拉斐尔的《济金根》时曾说:"我相信,如果把各个人物用更加对立的方式彼此区别得更加鲜明些,剧本的思想内容是不会受到损害的。"②《梅子青时》的主要人物作者"我"和外婆刘梅香也是如此。

书中写到"我"的文字很少,但个性仍然比较突出,作者进行了符号化处理:"在电影《魔力月光》里,伍迪·艾伦塑造了一个刻薄的

---

① 刘梅香、张哲:《梅子青时》,北京联合出版公司2015年版,第104页。
② 中共中央马克思恩格斯斯大林著作编译局:《马克思恩格斯选集》第4卷,人民出版社1997年版,第344页。

男人斯坦利。他重视科学和逻辑，因而看身边任何人都不顺眼，认为他们缺乏理性，揶揄他们为'野蛮人'。而每当我来到病房里，就会觉得自己是斯坦利。"① 因为同病房家属和护工说话声大，"我"同她们发生争吵。"我"跟外婆同星座，同血型，同生肖，性格应该非常相似才对。事实相反，外婆有时不分场合当众说一些让"我"难堪的话，让"我"对外婆不仅心存敬畏，甚至也有不满。外婆摔晕后，"我"开始反省自己是不是对人太挑剔。"直到发现这本蓝皮毕业纪念册，我忽然悟到，它就像一根线，把我跟外婆牵扯到一起。而在这之后，我自己将是另一根线，牵起外婆和她过往的人生。"②

刘梅香是乡下女子，曾有十几个兄弟姐妹，只有她顽强地活了下来，青年时代一心求学，湘师生活影响了她一生。湘湖师范在校园里推行新式民主教育，让学生从小习惯过民主生活。学校组织文艺社团，鼓励学生劳作，教授乡民识字，甚至鼓励学生恋爱，开"恋爱班会"、办恋爱特刊，让男女同学一道来讨论恋爱中怎样相处、男性怎样平等对待女性等问题，有些同学才十四五岁，就公开有了男女朋友，会大声喊"我爱你"来表达爱意。湘湖师范的四年教育，让朴素的民主和平等理念扎根于心底，也让刘梅香将这种理念继续播撒出去。"文革"期间，有的学生停课闹革命，老师被迫离开课堂，刘梅香公开阐明自己的原则：下面有一个学生，也要按照教学计划上课。一个学生没有，站到教室里下课再走。不上课可以，将来不给补课；知识是自己的，随便哪个朝代都要用到。应该说，这样的勇气是湘湖师范生活滋养出来的，也是刘梅香的个性使然，只要是她认准的事情就一定会坚持下去。退休后几次摔成骨折，刘梅香都恢复如初，每天跟邻居打麻将，散步做操健步如飞，讲起话来中气十足。她把退休教师这个身份看得很重，当成一种普通人无法享有的殊荣。

"我"和外婆刘梅香是截然不同的两代人，在这种形象对照中反差越发巨大："我"重视科学和逻辑，有些刻薄和挑剔；外婆命运曲折，性格倔强、坚韧，生命力顽强。也可以说，"我"代表的是当下的年轻

---

① 刘梅香、张哲：《梅子青时》，北京联合出版公司2015年版，第34页。
② 同上书，第184页。

第五章　民间述史个案解读

人，外婆代表的是老一辈人，两者的对照实际上是现实与历史的对照。当故事中有代际隔阂的祖孙两代达成谅解和默契，现实与历史的巨大沟壑间也似乎架起一座桥梁。

除主要人物外，次要人物也有对照。湘湖师范的老师都大名鼎鼎，俞子夷是著名教育家，胡子很长，他讲课的时候连眉毛、耳朵都会动。看学生疲劳，他会故意从口袋里摸出一块饼干嚼，学生一笑提了精神，再继续上课。理化课讲到有关章节，他常从袋里摸出有关的仪器教具或实验用的化学原料来做实验给学生看。校长金海观属于新派人物，不管学校里哪个老师请假，他都能代课，即便仅仅代过一次课，他也能叫出学生的名字。他和刘梅香偶遇看出她紧张，有意避开功课不谈，漫不经心地问花、鸟、石头的名称，讲与此相关的知识。他还没有党派成见，全力保护爱国学生。训育主任骆允治是政府派来做学生思想工作的，本身是国民党员，但对学生活动睁一只眼闭一只眼，地下党活动太激进了，他才会提醒下。作为导师，毕业前夕他曾赠言刘梅香："从我个人的眼光里看出去，松阳人的优点是：纯厚、质朴、忠诚；缺点是：柔弱、固执、少远见。愿你能取长补短！"[①] 这种善意的提醒及时且诚恳。几位老师各有所长，构成人物形象之间的对照。他们曾经是刘梅香湘师生活的一部分，共同影响了她的一生，成为她的成长背景，他们的形象也与率真、倔强的少女刘梅香形象形成对照。

陶爱凤和楼庭芬都随学校逃难而来，与刘梅香是好姐妹，三人吃饭一道吃，衣服一道穿，钞票一道用。陶爱凤长得漂亮，能歌善舞，喜欢帮助别人，心里藏不住话。放假回家，刘梅香想起学校里有两件衣服还晾在晾衣竿上，写信给陶爱凤，让她帮忙收衣服。很快就收到了陶爱凤的回信："香：哈哈哈哈哈哈哈！我已经穿上了。"隔着信纸好像能听到她爽快的笑声。楼庭芬瘦瘦小小，心思细腻，眉头老皱着，看上去多愁善感，她是以第二名考进湘师的女学霸。在刘梅香丈夫去世后，她请刘梅香来家住了一个月，陪她度过了那段最难熬的日子。两个闺密个性反差巨大，形成对照，也和主要人物刘梅香构成对照："陶爱凤像太阳，将无尽的光明和温暖送给需要抚慰的人；楼庭芬像月亮，细腻、缜

---

① 刘梅香、张哲：《梅子青时》，北京联合出版公司2015年版，第179页。

密而忠诚。和她们比起来，外婆就如同一颗星星，她永远固守在天边的一角，不够火热，不够耀眼。但是宇宙如果少了这颗星，就不是宇宙了。"①

总体看，叙述结构的对位，使得《梅子青时》的结构整体上表现出对称之美，既有呼应又有变化，富有活力。

### 三 叙述语言：多声部的合奏

对话性是复调叙事的重要特征，贯穿于《梅子青时》始终，主要是作者与主人公的对话，亦有作者及主人公的自我对话。"语言要成为艺术形象，必须与说话人的形象结合，成为说话人嘴里的声音。"② 故事在对话中逐渐完整，人物个性也在讲述中徐徐展开。除此之外，《梅子青时》还运用了相关人物叙述和另类叙述，这让文本呈现出多声部的合奏，为故事讲述提供了便利。

作者"我"的叙述里追问较多，简洁冷静。毕业纪念册和老照片里都是些什么样的人？有着怎样的故事？是否也有小情小爱？这些人后来怎么样了？作者一直在追问，他追问的也正是读者想知道的。追问之外的叙述是有所节制的，不论是对外婆的担心还是自我反省，点到为止，他着力于故事和细节。外婆有个通讯录列着湘湖师范所有师生的姓名，外婆所在的简师十六届名单，大约一半的名字被用方框框住，画下这些方框的，有的是黑色钢笔，有的是铅笔，也有红色圆珠笔，显示它们是分许多次先后画下的。"在通讯录的另一页，乡师十九届的名单里，排在第一的名字外边也被铅笔框了起来，但框是歪歪斜斜的，离横平竖直差得很远。画下这个框的人，当时要么是不够用心，要么是无法用心。框是外婆画的。被框住的名字是王保森，他是我的外公。"③ 没有抒情，没有议论，也没有多余的一句话，但这些冷静的文字不乏撞击人心的力量。因为冷静和节制，这种力量不弱反强。

主人公刘梅香的叙述方言口语较多，乐观从容。刘梅香的叙述总体

---

① 刘梅香、张哲：《梅子青时》，北京联合出版公司2015年版，第258页。
② [苏]巴赫金：《巴赫金全集》第五卷，白春仁、晓河译，河北教育出版社2009年版，第120页。
③ 刘梅香、张哲：《梅子青时》，北京联合出版公司2015年版，第252页。

上是日常口语，早年故事讲述还使用了方言，"伢儿""困觉""攒"等等，这种生活化的讲述读来比较亲切。在讲述湘师艰苦生活时，她的口气基本是乐观的，苦中作乐的趣事较多。由此可以看出，在迁徙和迁徙之间、轰炸和轰炸之间，湘师师生们依然以最乐观的态度吃饭、睡觉、读书、做人，他们好像习惯了这种"流动的学堂"，对他们来说，无论搬到哪里，无论条件多么艰苦，只要有地方暂时放下一张平静的书桌，他们就要认真上完一节课。湘师学生自己种菜，多出来的菜本地同学可以拎回家。有一次刘梅香正要上桥，被几个男同学拦住，说要帮着拎过桥，过了桥拎回家才知道，菜篮底下被他们偷塞了一块大石头。即便是在抗战烽烟下，男生依然保留了天性中的顽皮。人到暮年，提起那些曾同甘共苦、并肩战斗过的人，刘梅香的语气也是淡定的，"死了""也死了""都死了""死掉了"。对九旬老人来说，周遭人的生生死死早就看惯了，谈及生死才会如此坦然。

相关人物叙述使用书面语言，有外公王保森的纪念性文章，也有外婆学生的登报道歉，或沉重或诚恳。王保森的《俞子夷抗战在松阳散记》是对抗战时期湘师生活的必要补充，他的父亲被日本人抓去当挑夫，死在日本人手里，俞子夷先生落在日本人手里受到侮辱，险些丧命。他的叙述语气十分沉重："湘湖师范被炸后，形势十分紧张，学校决定向庆元方向搬迁。从古市去庆元全是崎岖山路，俞先生家有七十多岁的岳母、体弱多病的师母、患有残疾的长女，一家人行动不便，决定暂时避到乡村去……"① "文革"时外婆被学生贴大字报，时过境迁，这个学生专门登报道歉，讲述事情的来龙去脉，用词谨慎，语气诚恳："刘老师看到我们读不了书很心痛，把我们叫到学校说：'所有学校都停课了，我给你们上课吧。只要有一个人来听，我就给你们上。'我很奇怪，也很感动，刘老师怎么一点也不记我的仇？我心里总感到有点对不起她，于是每天坚持听课，动机是想报答老师的苦心。"② 这些相关人物叙述与主人公叙述两相对照，起到补充作用。

另类叙述别出心裁。《梅子青时》的叙述语言不应忽略另外一个部

---

① 刘梅香、张哲：《梅子青时》，北京联合出版公司2015年版，第118页。
② 同上书，第243页。

分，那就是毕业纪念册上的留言。这些留言的日期很多是一九四四年五六月间，离毕业还有一年，同学因各种原因陆续离开，虽然也是互相勉励或互道珍重的主题，但带有明显的时代痕迹，属于另类叙事，也是《梅子青时》特别独到的部分：

> 我们在动荡中"相聚"又"相别"，等待太平时的欢聚。要别了，我的心非常紊乱，恕我不能多写了……
> ——佚名
>
> 梅香，我真的写不出了，因我的心安定不下。最后祝你快乐！
> ——骆四卿
>
> 生活即教育，生存须奋斗。与梅香同学共勉之。
> ——邱乾达
>
> 空口号是无济于事的——像画饼不足以充饥一样。人类应该平等的——可是，现在呢？这就得用力去打碎魔鬼的头颅。梅香同学勉之。
> ——周天青
>
> "人定胜天"，环境是人的生长要素之一，故有许多人往往会因为环境的恶劣而屈服，但亦颇有许多人他能借自己的力量来创造环境。
> ——严时豪

黄介忠平时顽劣，疥疮结了痂，都会偷偷撕下来，摆在桌子上吓唬女同学。临近毕业，黄介忠在毕业纪念册上的留言多了几分郑重："多一分折磨，多一分成功。梅香：不要因受折磨而消极悲观，应该积极地去奋斗。"

这些留言本来无意于叙事，却发挥了叙事作用。每一个留言背后，都是一个年轻的生命和他们跃动的青春，这些留言相叠加，就是抗战时期湘湖师范学生的心声。这些留言和那些老照片一起，既是整个故事的佐证，也与其他叙事相呼应，形成参差错落的多声部。

《梅子青时》的复调叙事留下了一段可能被湮没、幸好被记录的民间记忆，这本书也提醒我们注意：在我们的父辈和祖辈中还有多少故事

第五章 民间述史个案解读

应该记录下来？托尔维克曾说，当过去不再照耀未来，人的心灵就会茫然地游荡。而"在记忆的领域，如何推动记忆权其实质是在公共领域的表达权的平等意识，以及开拓各种渠道让更多的人能有机会和资源将自身的历史经验和历史记忆呈现出来，对于当代中国代际、人际、朝野之间建立相互的连带感乃至互信和认同感，是一件特别紧要的事情"[①]。

## 第十一节 赖施娟：知识分子的成长记录

**作者介绍** 赖施娟，1943年生，江西省景德镇人。1960年考入江西师范学院，就读中文系，1964年毕业分配到江西萍乡上栗中学任语文教师。1969年下放到略下，后在略下小学教初中，1972年从略下调入萍乡镇中学，1973年8月调入萍乡二中教高中。1986年调入江西师范大学任教，2000年调入福建师范大学任教，2004年退休。2013年出版个人史《活路》（海峡文艺出版社出版）。

《活路》是福建师范大学年近七十的赖施娟教授在儿女的劝说下写出的个人史、家族史。赖施娟先是开通了博客，在博客上写写过去的回忆，写写退休后的生活。后来，受到福建师范大学文学院及院长郑家建先生的资助，将博文编辑出版。《活路》记录了作者从出生到2012年近七十年的人生历程，书中既有作者个人的成长历程，也有祖父辈的发家史，作者所生活过的城市、乡村的民俗史，以及"文革"时期地方社会生活的史料等。赖施娟的家族中，有很多知识分子，有的从事教育行业，有的从事医学行业，有的从事科技行业或瓷器行业，赖施娟的父亲曾是江西师范学院的教授，赖施娟就成长于文学之家。从《活路》中我们可以真切地感受到一代知识分子在历史长河中跌宕起伏的一生，其中的酸甜苦辣无不渗透着一代知识分子成长中的艰辛与坚韧。

### 一 柔韧的生存哲学

在《活路》中，伴随着赖施娟前半生的都是"极致"的生存困

---

① 唐小兵：《让历史记忆照亮未来》，《读书》2014年第2期。

境——战乱与政乱。这段历史既是作者及其身边人的生存史,又是我们国家的成长史,个人的小历史与家国的大历史密不可分。赖施娟在抗战时期出生,解放前经历了战乱,解放后经历了"反右""文革"等动乱年代。虽然她家境殷实,祖父是房地产商,外祖父是商会会长,父亲是知识分子,但在种种极端的历史条件下,她不可避免地遭遇了诸多生存困境。面对这种种生存困境,赖施娟展现出的是柔韧的生命意志,正是这种柔韧的生存哲学使赖施娟战胜了各种生存磨难,在人生的苦难中执着前行,最终收获了人生这棵大树上的幸福之果。

在生活中,赖施娟拥有承受苦难的坚忍与韧性,因此,面对苦难时,她总能心平气和,举重若轻。

赖施娟是伴随着防空警报声降生的,因为她的母亲挺着大肚子一次又一次地躲避空袭,结果她提前半个月来到处于战乱中的人世。1960年,赖施娟考入大学,就读江西师范学院中文系,当时正赶上国家极度困难的三年自然灾害时期,她在大学吃的第一顿早饭就是稻草饼干。稻草饼干是用稻草粉包红糖做成的,这在当时属好食物,因为学校还号召学生养小球藻吃。"也就是用小便储存起来,时间久了,上面会有一层绿丝样的东西,这就是小球藻。我还记得生物系邓教授站在水池上眉飞色舞地给大家讲课,什么是小球藻,小球藻的营养价值,如何养小球藻,等等。听完课,大家就开始行动。我们班在礼堂和附小之间的空地上有一个大水池,每天都有一个小组值日养殖小球藻,将全班聚集的尿倒入水池;另外第五宿舍男同学寝室窗台上都放着大大小小的各种盆,养殖着小球藻,所以那个时期的小便非常值钱,一点都不能浪费。"[①]作者用非常平静的语调来叙述饥饿时期的记忆,作为一个大户人家的大小姐,我们看不到她身上的娇弱之气,看不到她对这种困苦生活的畏惧之情。她甚至还能帮父母减轻负担,在学校省点儿粮票买点儿饭送回家,或者星期天去农民的菜地买包菜皮。在这种难挨的忍受饥饿的日子里,作者却遍读古今中外名著,打下了扎实的文学基础。

赖施娟大学毕业后分到江西上栗中学,虽然这是一所省重点中学,但地理位置偏僻,位于湘赣边陲,距萍乡市100多里的山区。在上栗镇

---

① 赖施娟:《活路》,海峡文艺出版社2013年版,第94页。

第五章　民间述史个案解读

下了公共汽车后，需步行穿过一条沙石马路，然后爬过一座光秃秃的土山，大约走四里多路到达山顶，这时能望见上栗中学了，可是走到那里至少还得四十多分钟。路途遥远不说，交通也不方便，作者有一次差点因交通事故葬身在这条路上。学校办公与生活等条件也较差，如吃饭需要老师们每月翻山越岭六七里路到上栗镇去挑米，女老师要挑 40 斤。面对这样"极致"的生存困境，赖施娟没有抱怨，而是乐观、坚强地去面对，她上班就坚决要求当班主任，全身心地投入到教学和班级管理中，努力地去追求自己的人生理想。

1968 年，赖施娟和丈夫陈良运当时所在的萍乡共产主义劳动大学也不可避免地卷入动乱之中，因为写诗多，陈良运被想当然地认为一定会有问题，于是他们被抄家，陈良运被带走"称半边猪"。"所谓'称半边猪'，就是用绳子吊住人的一个手大拇指，一个脚大拇指往上拉，弄不好手指和脚趾都会被扯断。他们带走良运，我不放心找了过去，见他们将良运吊起，我大叫着：'要文斗，不要武斗！''要文斗，不要武斗！'结果他们来追我，良运在那里痛苦地要我不要叫，我被他们追上后，他们用推刀推去了我半边头发，我跑到二楼房中，关起门大哭，又不放心良运。后来才知道，他们追我时，已将良运放了下来，保住了这两个指头。"①当时他们夫妻只有二十多岁，面对这样的厄运，陈良运没有消沉，而是每天悠闲自得地坐在家门口拉着京胡唱样板戏《红灯记》，这是一种问心无愧的镇定自若。

当时，赖施娟对政治运动的残酷性还没有什么概念，但是她心里有自己对于是非善恶的衡量标准，不管政治斗争怎样激烈，她总能听从内心的良知，坚守人性之善，宽恕一切。1969 年，赖施娟在略下没房子住，省吃俭用，在手里只有 350 元，又怀有身孕的情况下开始盖房子。盖房子花了 1500 元，欠了大队和生产队很多钱，甚至被上门讨债。生活窘迫导致赖施娟第二个孩子出生时严重营养不良，一根头发都没有。

在这些生存困境面前，赖施娟与丈夫拥有的是承受苦难的坚忍与韧性，这是他们在苦难中生存下去的润滑油。这种柔韧的生存哲学消解了生存中的悲苦，使生活中的不幸都变成了回忆中的"享有"，这是一种

---

① 赖施娟：《活路》，海峡文艺出版社 2013 年版，第 154 页。

精神财富。

在工作上赖施娟同样具有承受苦难的坚忍与韧性。

1977年恢复高考,作者当时在萍乡二中任教,有的学生成绩较差,作者给一位学生面批作文,批改完后,这位女生再用同一题目写,作者再给她面批,学生一共写了七次,老师面批了七次,作文才通过。"我要她将第七稿与第一稿对照,她看完后说了一句话:'老师,我现在知道如何写作文了。'以后她的作文进步很大,我虽然花费了时间,但目的达到了。"① 正是作者和同事们坚持"抓两头,带中间。我们不想放过任何一个学生,希望每个学生都能得到深造的机会"②,最后学生高考取得了非常优异的成绩。这就是赖施娟的韧性,她热爱教师这个行业,热爱学生,只要给她奉献的机会,她就会付出十倍百倍的努力。

在《活路》中,赖施娟还重点写了自己的丈夫陈良运由一个农村孩子成长为一名知名学者的坎坷历程。他们在大学校园里相遇,互相倾慕对方的才华而走到了一起。陈良运高二就在《人民文学》发表了两首诗,上大学后又在《人民文学》《江西文艺》《江西日报》等报刊发表了《黄洋界放歌》等十余首诗,甚至还在《南昌晚报》开辟了诗歌专栏《农村短笛》,每周都在上面发几首短诗。他们毕业后被分到了萍乡,陈良运在萍乡师范,赖施娟到了偏僻的萍乡上栗中学。之后他们经历了两地生活、饥荒、武斗、下放等人生困境,曾经诗如泉涌的陈良运因"十年动乱",写诗的灵气被磨没了。1980年,他重新找到了自己的人生方向,开始写诗评,第一篇诗评就发表在《文艺报》上。之后,一鼓作气,写了几部诗学、易学、美学专著。凭借自己的才气和勤奋,陈良运先后被调到江西师范大学、福建师范大学,当上了教授、博士生导师。"良运是个非常勤奋的人,没有星期天,没有节假日。在没有电脑的情况下,天天习惯性地坐在桌边'爬格子'。"③ 陈良运的一首自勉诗应该是他柔韧的生存哲学的写照:"你没有取得多大的成绩,/不要自以为了不起,/应该把两个字:'谦虚'/铭刻在你的心里。/你的前

---

① 赖施娟:《活路》,海峡文艺出版社2013年版,第190页。
② 同上书,第189页。
③ 同上书,第202页。

面是一座高山，/你还在山脚下盘桓，/多少比你登得高的人，/都在竞相地攀向峰巅！/事业的道路多么漫长，/你才开步走了一小段，/与其左顾右盼耗费精神，/不如低头把路赶！/逆境是人生的好教师，/冷眼闲语更使人奋发，/记住爱因斯坦的名言：/'成就＝劳动＋睡觉＋闭嘴巴'。"①

可见，赖施娟和陈良运这对夫妻都有远大的抱负，面对困境时能够承受与隐忍，面对顺境时不骄不躁，这种柔韧的生存哲学助推他们走向属于自己的幸福。

### 二 慰藉心灵的人性光辉

在《活路》中，处处闪耀着善良与仁爱的人性光辉，这种带有普照性的人性之美，给作者也给读者带来了心灵的慰藉。赖施娟对当时生活中的罪恶与丑恶描写得不多，却总能捕捉到人性中善良、美好的东西，并把它们精细地描摹出来，作品中充满了正能量。这是赖施娟仁爱之心的彰显，也给读者以善与美的温情抚慰。

在《活路》中，给予我们感动与震撼的是一些小人物的善。

1966年5月，赖施娟从萍乡坐客车返回上栗中学，途中因司机礼让对面开来的越南战士的车，他们的车前车轮卡在了悬崖边的大树里，其余三个车轮悬空，下面就是一百多米深的山谷，如果大树折断，将车毁人亡。幸亏司机是个老司机，他非常冷静，让乘客不要动，保持客车平衡。经过二十几分钟，四十多辆越南战士的军车过去后，司机让乘客一个一个轻轻地从左边车头下来，然后他猛地将车向左后方退了一步，前右轮从树里抽出，将车开到了安全的地方。过后司机给乘客鞠躬道歉，说："对不起，各位受惊了，我开车几十年，这还是第一次，我自己都吓出了冷汗。在此向大家道歉！"② 这个司机不仅车技高超，品德也值得点赞。他友善地为越南战士的车让路，机智、沉着地保护乘客，险情解除后主动向乘客道歉。整个过程都是满满的温馨情怀，这就是人性的感召力，是人性中熠熠生辉的光环。

---

① 赖施娟：《活路》，海峡文艺出版社2013年版，第202页。
② 同上书，第145页。

赖施娟在《活路》中还写到了自己的姑姑，父亲的胞姐。因为赖施娟的父亲小时候吃过赖施娟姑姑的奶，姑姑特别关爱他。姑姑结婚没几年丈夫就去世了，她靠自己做的绣品养活年迈的婆婆和自己的儿子。婆婆去世，儿子成家后，姑姑有时会到他们家住一段日子。她一进门就打扫卫生，手不停地做事，给他们一家人做饭做鞋。尤其在赖施娟的父亲被批斗的那段日子里，姑姑来赖施娟家住的日子较长。正是有这些亲人和乡邻的关爱，才使赖施娟和家人在极端的生存困境中生存下去。

赖施娟的母亲也是个善良之人。一次邻居皮匠得了和赖施娟一样的病，家穷，舍不得买药，就把赖施娟家倒掉的中药渣拾回服用。母亲见此，就请老中医给皮匠也开了药方，配了十帖药送给皮匠，治好了皮匠的病。"有一次，我看见皮匠大妈在翻动我家倒掉的药渣，并将牛大肠捡走了，我将这事告诉了母亲。母亲装作不知道，去皮匠家串门，有意将话题引到我脱肛这件事上，皮匠大妈才说出皮匠天天坐着不动也脱肛。于是母亲带我看病时，将皮匠的病情告诉了老中医，老中医也开出了药方，母亲配了十帖药给皮匠，皮匠夫妇硬要给钱，母亲不收。说也奇怪，皮匠喝了这十帖药竟然好了。后来皮匠偷偷地量了我的脚，做了一双红皮鞋送给我，这可能就是我穿的第一双皮鞋。"[①] 这是作者住在湖北书院时的街坊邻里之间的故事，能看出他们邻里之间融洽、亲密的关系，大家互相关心，友善、仁爱，民风淳朴。

书中还写到作者上小学二年级时，有一次被两个高年级的男生欺负，有个作者并不认识的叫小贞的高年级女生帮助了她。后来，小贞还教作者跳绳、跳舞、做前滚翻，还带作者去河西摘毛栗，小贞爬上树去摘，摘完把多的一份分给作者。小贞善良，有正义感，她给予作者的是一种温情的关爱。

作者的三儿子小时候和小伙伴一起玩时，不慎掉入湖中，一个30多岁的工人立即跳进湖里将孩子救了上来。作者买了几尺绵绸，包了点钱去酬谢，可工人却将东西和钱送了回来，在赖施娟诚恳地劝说下才收下。这是素昧平生的陌生人给予的救命之恩，这个工人无私、忠厚，闪耀着底层百姓身上的人性光辉。

---

① 赖施娟：《活路》，海峡文艺出版社2013年版，第18页。

赖施娟本身也是一个具有人道主义情怀的知识分子，她对身边人就充满了仁爱、善良、悲悯之情。1969年赖施娟和丈夫被下放到丈夫的老家略下，开始住在陈良运的四叔家，后来被小气的四婶下了逐客令，他们只好租了钟姓人家一间搅拌肥料的房子住。钟家老大友生婆娘是个精神病人，赖施娟家吃饭时，友生婆娘就会领着五个瘦骨嶙峋的孩子站在赖施娟家门口，赖施娟就让婆婆多炒点儿菜，拿给他们吃，有时有好吃的还给他们家送去一碗。赖施娟的这种善良使她在略下颇受欢迎，也使她在略下享受到了宁静的生活、淳厚的民风，宽厚、仁爱的普通百姓是赖施娟生存逆境中的温情慰藉。

人生的困境最能拷问人性，赖施娟在记录生存中的苦涩时，总是不忘去挖掘人性深处的善良与美丽。《活路》回望了作者过往生活中的种种"善"，亲人间的相互挂念，邻里间的相互照顾，陌生人间的相互关爱，有了这些"善"，生活的穷困与艰难都变得微不足道，这也是作者在书中自然而然地营造出的一种情感氛围。

### 三 浸润成长的文化风俗

在《活路》中，有作者对浸润自己成长的文化风俗的深情回望。

赖施娟出身大户人家，父亲又是大学中文系的教授，生存环境文化氛围浓郁，使她耳濡目染，后来也考入大学，就读中文系，先后当上了中小学老师和大学教授。作者小时候在湖北书院住了四年，经常跟随谢家大妈到戏院看戏，《嫦娥奔月》《武松打虎》《牛郎织女》《打渔杀家》《穆桂英挂帅》等都是那时看的。"使我以后对戏曲产生了兴趣，特别是越剧和黄梅戏，也喜欢听昆曲和赣剧中的南词。"[①] 可见，戏曲文化成了作者的文学启蒙。作者在三眼井住的时候，一个小单位租用了作者家房子的后部分，这个单位有几箱子小人书，由姓杨的叔叔管着。暑假，杨叔叔每天都要给作者及其姐弟们还书、借书，不厌其烦。《红楼梦》《水浒传》《三国演义》等名著作者都是在那时候读的。上中学后她开始读父亲的藏书，这些都为作者的精神成长打下了良好的文化基础。

---

① 赖施娟：《活路》，海峡文艺出版社2013年版，第57页。

在《活路》中，作者还描述了一些依然具有魅力的文化风俗：

> 离比赛还有一个多小时，河东岸边已经人山人海；因停止了渡船，人们过不了河西，河西岸边的人就少多了。平静的河面早已被各地来的龙船划破，河水荡漾。龙船很窄，二尺余宽，只能容一人；有二丈多长，船头和船尾都向上翘，船头比船尾翘得高，像一条腾空而起的龙。八个人排成一排，两手各握一支船桨，另一人面对着八人坐在船头，这是指挥者，指挥的人多是击鼓。九个壮汉一律赤膊，身上披着红、黄、绿、蓝、紫等色彩的绶带，一只船一种颜色。"咚——咚——咚咚——"的鼓声零零碎碎地响起，水面上点点的鼓声与岸上人们嘈杂的谈笑声交织在一起，不绝于耳。①

这是对1949年景德镇端午节风俗的描写。赛龙舟是当地百姓的传统娱乐文化节目，这在当时是百姓文化生活中的重要部分，人们在赛龙舟的比赛中感受到生活的快乐与美好，也彰显了百姓的精神气质与审美取向。作者通过一个孩子的视角来描写赛龙舟的热闹场面，画面感很强，语言细腻传神，生动地再现了当年赛龙舟的精彩场面，极具观赏价值。

再试看下面几个文化风俗的描写片段：

> 中秋的晚上，一轮明月悬挂在天空，皎洁的月光洒在昌江两岸，太平军和百姓三五成群地坐在昌江边促膝谈心，当太平军问到瓷窑是什么形状时，一位老窑工顺手将河边的圆渣饼捡起，一块一块地往上垒，垒出一个三四尺高的圆柱形状的窑，里面放上干柴，点火烧了起来。河边到处是渣饼，不少人也跟着垒窑，也都烧起来，顿时太平窑的火光照亮了昌江河岸。自此以后，每年的八月十五中秋节，人们都会在河边空旷的地方烧太平窑，以纪念太平军。②

---

① 赖施娟：《活路》，海峡文艺出版社2013年版，第48页。
② 同上书，第50页。

第五章　民间述史个案解读

　　瓷都景德镇每逢春节有一个叫彩的习惯，所谓"叫彩"，就是从三十晚上到元宵节之间，别人上你家讲吉利话，或你上别人家讲吉利话。叫彩上门的人越多，就预示着这一年越吉利。所以一般人家，都喜欢有人上门叫彩。人家叫了彩，你得准备个红包打发，钱多钱少不要紧，你已经得了个彩头。叫彩有二种，一种是亲戚、朋友，带着小孩上门，大人不好意思说，多半让小孩讲，而且带有玩笑的性质。1950年春节的"叫彩"，让我至今难忘。①

　　还有一种叫彩是乞丐上门，这多是女的。她们拿着一根莲花闹，边打莲花闹边唱。唱的也是吉利话，唱完后要钱，这种纯粹是讨钱。但莲花闹打起来很漂亮，唱起来也很好听。莲花闹是用一根一米左右长的细竹子，留住竹节，每节两边挖通一半，镶嵌几组铜钱，一根莲花闹有十几组铜钱。莲花闹一打起来，铜钱很有节奏地响，伴着音乐的节拍，可说是载歌载舞。②

　　这些节日习俗，既是一种娱乐，又是民族凝聚力的再现，是对传统文化的一种认同。在民间，有着花样繁多的文化风俗，有的是百姓在节日里的自娱自乐，有的是辛苦劳作之后的休闲调节。这样的文化风俗呈现的是厚重的审美内蕴，是对传统文化的传承。这些丰富多样的审美形式承载了百姓对文化风俗的情感信仰。"因为优秀的民俗审美文化能够融合社会集体理性价值观和地方性个体感性生命与情感形式为鲜丽的审美形式外观，成为地方民众所喜闻乐见的休闲和娱乐形式，使民众享用其中而不问缘由。"③《活路》中的民俗文化增强了作品的文化内蕴，表现了作者对传统民俗的怀恋，作者的成长也受到了这些民俗文化的熏陶。《活路》中也描述了一些负面的文化风俗，如重男轻女、封建迷信，等等。书中既有对积极正面的文化风俗的怀恋，又有对陈腐的负面文化风俗的否定。

　　《活路》的写作方式也让我们感受到了新媒体时代的文化特色。新

---

① 赖施娟：《活路》，海峡文艺出版社2013年版，第52页。
② 同上书，第54页。
③ 尤西林：《人文精神与现代性》，陕西人民出版社2006年版，第15页。

媒体时代，赖施娟作为一名大学教师可以写作个人史，可以在博客上发布个人史，可以即时与网友读者互动探讨自己的个人史。博客给予赖施娟自由的言说空间，她可以随时记录自己的生命轨迹，如赖施娟退休后，到国内外旅游，云南、新疆、欧洲、美国……她将照片与文字发布到博客上，我们看到，这些经历使作者不仅对国内各地的文化风俗有了更深入的了解，而且还能亲身感受国外的文化风俗，并将国外的文化风俗与中国的文化风俗进行比较，引导读者思考。"这种依靠现代技术的个人史写作，不仅是废除等级观念的新观念之下的写作，而且是建立在作者与读者沟通基础上的个人史写作，它将提供更多真实的历史与文学资料。"[①] 这的确是在新媒体文化浸润下的个人史写作，与传统的写作方式有很大差别，尤其是主副文本的交相呼应，给人以耳目一新的感觉，"就界面文本本身而言，博客造就了一种奇特的网络写作姿态：博客既是私人的，又是公共的。它的私人面目，使得书写博客的人感觉自己是在'写自我'，这极大地增加了知识分子博客书写的人格表达的意义；同时，博客是公共的，是面向一个整体群落进行符号征服的区域。在博客的散散落落的书写中，很多学者似乎一下子找到了书写情怀的出口，并相信利用这种'出口'可以和很多人平心论道，激扬文字"[②]。新媒体使"说话人和受话人彼此分离又使他们彼此靠拢"[③]。这未尝不是另外一种意义上的文化变迁，新媒体已成为知识分子彰显自己魅力的符号资本。

作为一部家族史，《活路》不仅记录了赖施娟所在的这个大家庭的历史变迁，也浓缩了我们国家的历史进程和知识分子的成长足迹，是知识分子认识自我、实现自我价值的心灵之路，体现了作者对人生、人性与家国历史、文化的思考与探寻。这类家族史重在"扬根"，不仅追溯了家族历史，也使家族的精神得以延续，使后代有一种心灵皈依的自豪。

---

① 陈卫：《有关妈妈的个人史》（代序），见赖施娟《活路》，海峡出版社2013年版，第2页。
② 周志强：《博客与知识分子的网络生存》，《中国图书评论》2006年第12期。
③ [美]马可·波斯特：《第二媒介时代》，范静哗译，南京大学出版社2001年版，第59页。

第五章　民间述史个案解读

# 第十二节　侯永禄：农村历史的本色书写

**作者介绍**　侯永禄（1931—2005），曾用名侯永学，陕西省合阳县路井镇路一村农民。他六岁去私塾读书，1944年高小毕业后进入合阳县简易师范，1948年加入新民主主义青年团，1949年回乡务农。新中国成立后，侯永禄长期担任会计，也当过民办教师、赤脚医生、大队农科站站长、路井公社"抽取黄河水灌溉工程"指挥部工作组组长、大队党支部书记、大队长等职务。村干部卸任后，他依旧是一个拿着锄头开荒的老农，担任路一村义务邮递员十八年。他坚持写日记、撰家史、记账本长达六十余年，中国青年出版社、人民文学出版社先后出版了他的"农民五部曲"——《农民日记》《农民笔记》《农民家书》《农民家史》《农民账本》，总计260万字。2006年《农民日记》出版后，受到新华社、中央电视台、凤凰卫视、《中国日报》、《陕西日报》、美国《华盛顿邮报》等上百家国内外媒体的关注与好评。《农民家书》被国家新闻出版总署评为"2011年度大众喜爱的50种图书"之一，被《中国新闻出版报》评为"2011年度十大畅销图书"之一。

《农民日记》是侯永禄"农民五部曲"中的首部作品，也是代表作品，总计24万字。央视《读书》栏目曾对其进行过专题介绍。1940年的腊月十三，侯永禄因父亲去世而写了第一篇日记，自此不曾停歇。只有初中文化的侯永禄坚持60年以日记的形式记录自己与村民的生存经历，确实是一个壮举。《农民日记》涉及了许多重大的历史背景，可谓是农村历史的本色书写。

## 一　草根笔下的乡土历史

在相当长的时间里，农民一直"被关注"和"被书写"。这些自上而下的关注和书写都来自外部，他们真实的声音和生存状态往往被忽略和掩盖。近些年有些机构和民间团体开始关注普通人的口述史，其中也有农民，但因时间久远，讲述人年事已高，很多历史叙述还需要进一步核实。相对而言，侯永禄横跨六十年的日常生活记录可信度更高，更具史料价值。他的记录见证了抗日战争、解放战争、抗美援朝、"三反""五反"、互助组、合作社、人民公社、三年困难时期、"文化大革命"、改革开放等不同历史时期的"三农"问题,"折射出一个家庭、一个村庄乃至一个民族的发展脉络和历史命运"①。

侯永禄记录的首先是一部家史。"既回避了过去底层叙述中以代言人自居的窘境,同时又能第一次以真正平等的姿态探触到农民的生存核心地带,聆听他们日常的矛盾、痛苦、敷衍、苟且等不乏琐碎、平庸、趣味主义的凡俗曲调。"②

侯永禄的父亲是位铁匠,家里有三十多亩地,父亲去世后兵荒马乱,兵粮、差款样样按地亩多少摊派,孤儿寡母备受欺凌。母亲认定没文化受欺负,省吃俭用供他读书。实行土地改革后,侯家被划为中农,在路井地区由互助组、初级社、高级社到人民公社化的过程中,家庭生活跟着变化。初级合作社令侯家生活改善,1954年的家庭支出里有买酒、买肉、买瓜果、买书订报的款项。转入高级社后,土地不再参与分红,侯家收入明显减少。在把队里三头牛犊拉到家里喂养后,收入增加,1957年底,侯永禄以145元买下"白山"牌自行车。这也是国家与农民间的第一次"蜜月期"③,像千千万万个家庭一样,新中国给侯家生活带来活力,侯永禄欢欣鼓舞,心存感念。

"大跃进"的浮夸风深刻影响到侯家,几乎将侯家带入绝境。官方数据显示:整个合阳县1959年、1960年和1961年征购的粮食分别占粮食总产量的33.2%、30.9%和47.4%。在全县粮食生产陷入低谷的1961年,全年粮食总产量为9737万斤,征购粮竟高达4611万斤。④1960年底,侯家老小7口人每顿饭口粮是1斤2两。妻子去食堂打完稀饭糊糊后,还要等着匀锅底那一点点汤饭底子。月子里她连馒头渣也

---

① 邓群刚:《当代中国民间文献资料的搜集、整理与利用现状综述》,《中共党史研究》2011年第9期。
② 肖伟胜:《底层叙述的多重变奏——关于〈农民日记〉札记》,《社会科学论坛》(学术评论卷)2007年第4期。
③ 曹树基:《国家与农民的两次蜜月》,《读书》2002年第7期。
④ 陕西省地方志编纂委员会:《陕西省志·农牧志》,陕西人民出版社1993年版,第83页。

没见过，晚上饿得不行了，在炕洞里煨上个萝卜，就算上好的营养品了。生活极度困难的时候，刚出生的三儿子险些送人。为了全家人不受饿，夫妻俩见活就干。妻子白天干农活，晚上给大队半夜半夜地弹花，冬天出乡卖豆腐。孩子们则去街上拾瓜皮，捡煤渣。《农民账本》表明，1961年春节前夕侯家没有任何支出。集市上一张红纸卖到2元钱，一斤萝卜5角，一个蒸馍1元。这年他给孩子们的压岁钱仅有0.1元，五个子女仅有2分钱。1962年侯家还是入不敷出，鸡蛋卖了11元，却没有买肉记录。一个普通农家的艰难岁月，在他的账本和文字中真实呈现。

饥荒过后，政府划分的自留地在侯家同样发挥了作用，"糜子和谷集体的因地薄肥少，亩产四五十斤，自留地的亩产在200斤上下"[①]。到了1963年，吃粮虽不成问题了，但夏季工分还不够买口粮的钱。生产队有规定，欠钱户不交现金不能装粮。妻子求到队里有存款的户拨了20元，口粮才全部装回家。大儿子胜天暑假开始参与劳动，"整晌整天地跟上永禄拉车车，和别的两个大人拉一个车车同样地挣工分。到运粪或拉壕时，人家车车拉得快，他父子俩拉得慢，少拉了回数时，便趁大家休息时，把少拉的补齐，才坐下来休息。反正11岁的娃，要和二三十岁的小伙挣成同样多的工分。"[②] 大女儿引玲虽然考上中学，但因家庭困难无奈放弃，她参加劳动后，家里的日子渐渐有了起色。1965年底，侯家花费159元买了"飞人牌"缝纫机。总体看，解决吃饭问题仍然是20世纪60年代侯家生活的主题，在全家人共同努力下，吃饭问题得到解决。

20世纪70年代以后，侯家生活发生巨变。大儿子被煤矿招走，后来通过个人努力当上中学老师。其余三个儿子都考上大学，大学毕业后，两个成为大学老师，一个从事研究工作。六个儿女中只有二女儿还是农民。从侯家人的身份变化看，恢复高考制度前，参军和招工是农村青年改变身份的主要方式，由掌管权力的人直接控制，大儿子招工和二儿子当兵的经历都颇曲折。恢复高考制度后，教育成为改变身份的首

---

① 侯永禄：《农民笔记》，中国青年出版社2012年版，第120页。
② 侯永禄：《农民家史》，人民文学出版社2012年版，第211页。

选,"知识改变命运"在侯永禄儿子们身上得到集中体现。生活巨变还表现在生活条件的改善,1973年侯家安上了电灯,1978年花149元买了一辆加重"红旗牌"自行车,12元买了闹钟,28.6元买了"蝴蝶牌"收音机。在子女资助下,1989年买回彩色电视机,1999年有了煤气灶,2000年家里装上电话。侯家代际之间的相互影响相当明显,父母严格管教帮助儿女成长成才,儿女成长成才后反哺父母,形成良性循环。

每个家庭都有自己的家史,很多人对家史失传不以为意,而在快速发展的现代社会,一个人只有了解从哪里来,才能更明确自己要往哪里去,不至于迷失自己。从这个意义上说,侯永禄留给子孙的是一笔巨大的精神财富。

侯永禄记录的还是一部村庄史。"村庄是农民生产、生活、娱乐的基本单位",国家的各种政策、法律和制度都是通过村庄来实现的,因此,村庄也是"国家权力与分散小农打交道的中介"[1]。侯永禄角色特殊,他当过会计和大队干部,管理过学校,在合作医疗站和大队棉绒厂工作过,协助工作组查过账,直接参与到村庄的政治、经济、教育、医疗各个领域,他的日常生活本身已经成为村庄史的组成部分,他的文字无意间呈现了一个村庄50年的曲折发展。

他生活在路一村,以前曾叫"后新庄"和"路一大队"。土地改革后农村建立互助组,成立合作社,大大提高了农民的生产积极性。但1954年春节过后,粮食统购工作进入了强迫命令阶段,卖余粮不再是自报,而是采取自报公议或民主评议,各庄对怀疑有粮不卖的户进行搜查,一经发现便要进行批判,有人因为藏粮被发现害怕批判跳井自杀。乡长在总结会上虽然对强迫命令的行为做了检查,但"党的威信在群众心目中大大降低"。基层干部是国家政策的解读者和执行者,直接面对大众,他们的解读能力和工作方式直接关系到大众利益,也关系到执政党的威信,随着大众公民意识的觉醒更是如此。

1954年9月,路井乡第一初级农业生产合作社成立,共有社员115

---

[1] 贺雪峰:《论中国农村的区域差异——村庄社会结构的视角》,《开放时代》2012年第10期。

户，社员收入增加。1956年4月，路井乡高级农业生产合作社成立，由8个初级社联合而成，共有社员680多户，土地全部变成公有制。1958年8月，路井人民公社成立，不但包括原来的12个高级农业社，还包括两个乡。这是路井地区"一大二公"的开端，也是全国轰轰烈烈开展的人民公社化运动的缩影。

从1958年11月开始各大队食堂吃饭不再要馍票和菜票，人们能吃多少吃多少，做活也不记工了。看起来是"各尽所能、各取所需"，似乎一步跨入了共产主义，实际效果是："每天晚上，队长出工铃一打，临时组织突击拉粪。几十个人拉一个大胶轮车，送上一两回粪，回到食堂大吃一顿。有人拉车时也挂条绳，车跑得快，他落在后边，赶也赶不上，咋能使上劲呢？拉毕到食堂吃饭时，吃了一碗又一碗，直吃得口里发哼声，几乎走不动。形成了'干活磨洋工，吃饭放卫星'的现象。大多数人出勤不出力，到场算个数，有时连勤也不出了，今天你有病，明天他感冒，出现了'病人多，孕妇多，产妇多'现象。特别是一些重活、累活，像除圈、铡草、轧花等没人爱干。"① 在这段文字记录中，"一大二公"的负面效应只是初露端倪，人性的弱点却暴露无遗。

1960年，全国继续高举"总路线""大跃进""人民公社"三面红旗，各大队的高牌楼越修越气派，路井街上竟然连油漆都买不到了。实际上，"大跃进"时期所修的水利工程，没有几处用得上，路井修的老八沟水库闸门，经不起第一次暴雨便被冲垮了，从未蓄过一点儿水。"大跃进"和自然灾害造成普遍饥荒，路井大队的牲口数大量减少，社员的口粮标准只有15斤，3岁以下小孩只有3斤，全大队半年死亡50人，其中因营养极度不良死亡的有十多人。1961年开始矫枉过正：过于庞大的路井公社划分为路井、独店、孟庄三个公社，路井大队也分为三个大队，路一大队回到200来户的规模；根据中央指示，大队食堂停办，给社员划分自留地；各小队有了自主权，粮食实行大包干。"文革"时期路一大队也成立了"翻江倒海"战斗队，让支书、大队长、贫协主席戴上高帽子，敲锣打鼓地游街转巷，开会批判。后来从公社到大队不断开会、学习、批斗、斗私批修，没有经济问题的侯永禄同样被

---

① 侯永禄：《农民日记》，中国青年出版社2006年版，第74页。

批斗下台。

跟很多有关村庄的讲述不同,会计出身的侯永禄对当年的各种数字不仅了如指掌,还记录在案,留下一个村庄数十年曲折发展的"铁证"。他的数据也与后来官方公布的统计数字相呼应。农业部的统计数字显示:整个六七十年代的 20 年中,乡村居民人均粮食年消费量为 179.4 公斤,超过 200 公斤的仅有 1979 年(207 公斤)。[1] 到 1979 年底,侯永禄所在的合阳县 98% 的生产队负有外债,社员分配(包括实物折价)每人年均仅 69 元。[2]

1982 年大队社员通过表决决定实行大包干,"生产队"就此从侯永禄的文字中消失了。直到 1996 年 10 月,他的文字里才出现路一村召开村民议事会,研究讨论安装自来水的事。而 1999 年当地的农林特产税的任务特别高,村里为了完成任务,征收时出现强迫命令的现象。我们一方面可以看出村庄在发展,另一方面必须看到基层建设工作仍需改进。

侯永禄的记录还是乡土中国的变迁史,60 年风风雨雨体现在具体的细节里。"王朝的兴衰,民族的存亡,只有通过人的活动的内在动机和行动抉择才能获得合理的恰如其分的说明,历史只是无数追求着自己目的的人的活动的总和,是人们行动动机和意志的'总的合力'。"[3] 乡土中国的变迁史,正是由无数个侯永禄这样的小人物的活动组成的。

1950 年前,乡土中国处在战乱中,因未交清款子,侯永禄的母亲被官府派来的人抓去押在保里。他用自己换回母亲,母亲东挪西借凑够款子才赎回他。1958 年全国农村开展消灭麻雀的群众运动,在侯永禄的文字里是一次捕捉麻雀的全区统一行动:鸡叫时起床吃饭,天不亮就开始行动。敲着脸盆敲着锣,一声号令,便一齐捕捉麻雀。但折腾了一天,全队成百人就捉到 1 只麻雀,晚上捉到 5 只。全国上下大炼钢铁,延伸到乡间是各队大搞工业集资,收集社员家中的废铜烂铁。侯永禄把父亲打铁用的大锤、大钳、虎头钳、铁砧都当作废铜烂铁支援出去了。1960 年国家制订的出口计划脱离实际,具体落实到路井公社,鲜蛋收

---

[1] 中华人民共和国农业部计划司:《中国农村经济统计大全(1949—1986)》,农业出版社 1989 年版,第 576—577 页。
[2] 合阳县志编纂委员会:《合阳县志》,陕西人民出版社 1996 年版,第 159 页。
[3] 王学训:《历史价值论》,《长白学刊》2009 年第 5 期。

购任务每人半斤多，黑市鸡蛋价格从每个5分涨到1元、2元。大队、小队干部在外买回的鸡蛋按人按户摊钱。仅路井大队就花了4820元，其中社员1000元，小队2618元，大队1202元。"文革"时期的村庄大变样，火辣辣的太阳底下，地、富、反、坏"四类分子"排成队，听从红卫兵的指挥，在麦场和大队部的门口绕场转圈跑，哪个跑得稍慢，鞭子便抽到身上。这些细节不乏荒诞色彩，也不乏悲凉之气，但60年的乡土中国就是在荒诞和悲凉中一路摸索一路前行。而侯家在2000年安装的固定电话，则是具有象征意味的细节，是乡土中国向现代化迈进的标志之一。

一个有趣的细节是，侯家人的名字都和乡土中国的变迁密切关联。侯永禄本人的名字，是早些年父亲让教书先生给取的，取义永享俸禄。到了"文革"时期破"四旧"狂风猛吹，他觉得永享俸禄是剥削阶级思想的表现，便在公社党员大会上把"永禄"改成"永学"，并刻了"侯永学"的章子。到了20世纪90年代，二儿子汇款写的是侯永禄，邮局工作人员问起，他才改回原来的名字重新刻章。侯永禄的妻子小名银焕，1954年全国普选，乡间进行选民登记，让银焕有了自己的大名"赵菊兰"。1950年出生的大女儿本来取名"智玲"，母亲建议改成"引玲"，为的是让娃引来一个小子娃。1952年大儿子出生，当时提倡破除迷信，树立破除迷信、人定胜天的信念，侯永禄不顾母亲反对，给儿子取名"胜天"。二儿子出生在1958年整党整风之时，取名"风胜"，后来上学老师改为"丰胜"，意为"丰收胜利"。1960年三儿子出生在公社"三反"会议期间，取名"三"不好听，按母亲的意思叫"万胜"。四儿子1964年出生，从毛主席语录中取来一句话，取名"争胜"。在侯家这些名字里，浓缩了乡土中国的诸多记忆，既有长辈的朴素愿望，也有具体发生的历史事件，以及在具体历史情境中普通人积极或无奈的选择。

## 二　秦腔秦味的方言土语

秦腔发源于黄土高原，最初是压抑生活里时常爆发出的"呀、哟"类自由的吆喝，后来发展成中国西北最古老的戏剧之一。"悠扬的拖腔里有反复的比兴手法，有浓厚的方言村语，表露出高原的人们在风寒水干的气候下经济相对贫困的无奈和性格上的硬冲特征。"① 侯永禄所在的关中地区是一马平川的黄土大地,这里的人们更有秦人遗风,"这种粗犷的性格反映在秦腔中,便是唱腔高亢激越,感情饱满,变化强烈的特点,没有过多的语言修饰,还有'吼'的烈性"②。在秦腔的耳濡目染下,侯永禄的文字里也浸染着秦腔秦调。

一是方言表达,朗朗上口。一方水土养一方人,对侯永禄来说,方言是与他血脉相连的一种存在方式,因此在他的文字里随处可见方言的影子。称孩子为"娃",称厢房为"厦房",称土块、土坯为"胡基",称风疹为"风屎",称外套为"褂子",捎带着表达为"捎页子",板脸表达为"吊脸",磨面表达为"䃆",完成表达为"毕",好人家表达为"好向",新婚回门表达为"回面",等等。"每种语言的产生,都与这个民族生存环境、哲学、文学化有很大关系。如果把语言一换,就把语言中那些内涵都弄丢了,只能附到别的民族别的语言上去。"③ 这些方言也是这样,有的脱胎于中原官话,有的是千百年口口相传,乡间的有些活动只有方言表达才是最精准的,普通话无法取代。

侯永禄初中文化,又是中共党员,在当时算是有文化、有觉悟的人,他以启发民智、鼓舞群众为己任,经常自编快板、唱词和春联。他的自创作品从戏剧中汲取精华,合辙押韵,很适合传唱。做节育手术后,他感觉良好,便编了一段计划生育的快板在社员大会上念,用亲身经历宣传计划生育的好处,其中还给大家算了一笔经济账:"我国人口四亿半,十五年添两万万,能添美国一个半,能添一个大苏联。工业农业速度慢,人口急剧往上添,需要多,生产慢,生活短期难改善。若要生活快改善,计划生育莫忙乱,一家少生几个娃,全国就是几千万。"快板结尾处,他帮助大家解除疑虑:"有些坏人胡宣传,他说街上把人阉,阉了的人病来缠,整天疼得怪叫唤,不能劳动和生产,不能再把好

---

① 吴永生、冯健、张小林:《中国民歌文化的地域特征及其地理基础》,《人文地理》2005年第2期。
② 方嘉雯:《基于文化地理学视角的秦腔文化起源与扩散》,《人文地理》2013年第3期。
③ 贾平凹、王尧:《在传统与现代之间的新汉语写作》,《当代作家评论》2002年第6期。

事办。真叫娃娃门前站，防止暗把娃娃阉，又说吴庄死了人，县上来人把尸验。这些话，是谣言，破坏政策理不端，快板说的是正事，莫当这是编闲传。"① 他的文字也具有这样的文风，通俗易懂，朗朗上口。

二是开门见山，直截了当。1960年路井公社展开割麦大比武，老百姓质疑这样的比赛："有的说：'割麦不收份子，硬叫太阳往干的晒哩！硬叫麦颗籽到完的落哩！'有的说：'这不叫割麦比赛，这是比赛看谁糟蹋得多，麦茬有半尺高，一地乱踏，像是牲口打过滚一样。'有的说：'梁县长亲自领着干的，就不看这质量，这叫颗粒归仓吗？这叫颗粒不要，光要麦秆秆。'"② 老百姓的语言直接针对形式主义，开门见山，一针见血。

同样处在饥荒年代，因为身份的不同，在表达上有微妙差异。侯永禄的文字记录是："咱每一分钱真像在肋子上串着一样，花之前要算来算去，看该不该花，能不花的钱就尽量不花。我去澄县煤矿翻几架沟带炭，连买一碗开水的几分钱也舍不得花。带个瓶子灌上开水，放在车子上，上坡渴了喝上两口凉开水就行了。家用一分钱，我也要写在家用账上。我为找一二分钱的差错，经常半夜半夜地核对寻找。"③ 这样的表达也很直接，记录了身为大队干部的侯永禄个体的无奈和心酸。

相比之下，老百姓的表达方式更诙谐幽默，也更直截了当：

> 这时候受饿少的人是食堂的炊管员和饲养员。社员有句顺口溜："牛哭哩，猪笑哩，饲养员偷料哩！"社员说："粮食吃到口，先要过五关：场里打下，入到队内库房，交给保管员，秤高秤低，损耗库溢，这是第一关。再由队里领回食堂，由管理员负责库溢库损，这是第二关。然后加工碨面，入水剥麸，出粉率有高有低，由碨面人负责，这是第三关。然后交给做饭的，将面蒸成馍，做成饭，这是第四关。最后由掌勺的人舀给社员饭，发给社员馍，碗有大小，勺有宽窄，相好的、对劲的，见面低头不问的，这才过了第

---

① 侯永禄：《农民日记》，中国青年出版社2006年版，第130—132页。
② 同上书，第78页。
③ 同上书，第115—116页。

五关。"社员还说："狼吃鬼掐,给社员剩个瓜把!"又说："社员不怕标准低不够吃,只害怕吃不够这低标准。"①

如果说侯永禄的文字还是角落里斯斯文文的"清唱",他记下的这些社员的话已经构成无数个体的"低吼",表达的是不满和愤怒。

美国政治学家詹姆斯·斯考特研究农民对政府的抗议表达时发现:"他们会通过笑话、歌曲、不敬的手势或委婉的说法来表达不满及愤怒。这类行为与平日对有权有势的人所公开表达的尊敬和服从是完全不同的。"② 20世纪60年代初,路井地区的老百姓也创作了很多民谣,表达自己的不满情绪:"王书记,想升官,打一石,报两石,把社员饿得怪叫唤。""人民公社好,顿顿吃不饱。""人民公社是天堂,社员饿得遭饥荒。""干得再紧,吃不过留粮标准。""排除万难,一顿吃完。""毛主席万岁,喝糊糊站队。""队长见队长,穿的皮大氅,保管见保管,都是肥大脸,会计见会计,谁的'飞鸽'利。"这些民谣同样是"低吼",只是迫于特定的政治环境,"低吼"才没有变成"高吼"。正如《农民日记》的编者所言,侯永禄的记录"既朴实敦厚,也不失小民情趣,既透射着中国农民勤劳、隐忍、善良、淳朴的伟大品格,也毫不避讳地讲出了农民掏心窝子的大实话,凸显历史学家和社会学家眼里第一手原始资料的宝贵价值"③。

## 三 原汁原味的乡规民约

乡规民约,是同乡人自订自守的规约,也是民间自我管理的传统形式,历史悠久。"从社会学角度看,乡规民约比之城市居民制订的各类守则、公约,应当具有更为综合性、多方面的功能和效用。"④ 因为同乡人有着趋同的社会心理和相同的民俗。侯永禄的记录为读者还原了20世纪合阳农村的乡规民约,有的现在仍旧保留,有的已经与时俱进。

从婚约变化看,总体走向自由和开放。"传统上,婚姻是构成家

---

① 侯永禄:《农民日记》,中国青年出版社2006年版,第85页。
② 洪长泰:《新文化史与中国政治》,一方出版有限公司2003年版,第104页。
③ 谢慈仪:《岁月有痕》,见侯永禄《农民日记》,中国青年出版社2006年版,第1页。
④ 叶小文:《论乡规民约的性质》,《贵州社会科学》1984年第2期。

族、产生亲族的基础,结婚不是件私事,而是两个家庭的结合,是一种编织社会关系网络的方式。因此,选择谁与自己终生相伴,也不完全取决于当事人的喜好和意志,而更多地受家庭制度、社会价值和风俗习惯的制约。"[1] 侯家两代人的婚约差别很大。侯永禄和妻子1945年订婚,1947年结婚,他们的婚约全凭媒妁之言。侯家孤儿寡母,赵家寡母孤女,首先具备了门当户对的基本条件。战乱年代里,"一根独苗,没有弟兄,永远不要分家,永远不怕抽壮丁"也成为男方家比较诱人的条件。再加上一个信得过的媒人和两个说好话的亲戚,这桩婚约就定下了,娘家无人实地查看,两个年轻人也没机会见面。等到结完婚,岳母知道侯家房子破破烂烂,女婿又瘦又小,也只好自己认命。

引玲是侯家的长女,20世纪60年代,家庭成分是缔结婚姻的重要条件。那时候家境好的家庭往往成分不好,家庭成分好的往往家境不好,父母左右为难,后来为她选择了一位家境贫寒的复员军人,不仅成分好,还是共产党员。胜天是侯家长子,他的婚约也不取决于当事人的喜好和意志,是种种条件制约下的结果。侯永禄告诫长子,家里兄弟多,不要对女方要求太高,免得众兄弟以后的媳妇更难找,并用身边的例证晓之以理。胜天和女方见了面,觉得不理想,嘴里不敢说。1969年订婚,1970年结婚。胜天到煤矿工作后,远离了父亲的束缚,也有能力选择未来,这段维持了六年的婚姻宣告结束。到了有机会读大学的兄弟辈,兄弟三人都远离故土自由恋爱,婚约基本取决于当事人的喜好和意志。在20世纪60年代与70年代的婚约里,父母之命、媒妁之言仍在发挥作用,到了20世纪80年代已经弱化。

"家庭有一定的生命周期,成员数量的变化、代际流动、婚姻缔结、生产消费等都体现了家庭单位在特定时期的需要,并标志着家庭的走向。家庭生命周期的方方面面,恰恰也是对社会环境的回应。"[2] 从1947年到2000年,侯家人口总体增加,由一个人口少的家庭变成人口多的家庭,再衍生出六个小家庭,都体现了家庭在特定时期的需要,而

---

[1] 徐安琪:《择偶标准:五十年变迁及其原因分析》,《社会学研究》2000年第6期。
[2] 杨秀丽:《日常生活的历史书写——从〈农民日记〉窥视当代中国乡村生活》,《中国农业大学学报》(社会科学版)2011年第2期。

侯家人的婚约变化也是对乡规民约和社会环境的回应。

从 20 世纪的丧仪看，关中仍保留着厚葬之风。早在 1954 年，侯家就卖了四间厦子，买了柏木棺材板。1955 年收入增加后，便请人为母亲和岳母做好棺木。1977 年 78 岁的母亲去世后，侯永禄请来大队的文艺组唱了半晚上戏，第二天在家里开了百余人参加的追悼会。1979 年岳母病危，他们给老人穿好老衣抬上架子车，连夜送往老屋，这也是老人的夙愿：老在自己的老屋里。安葬前有临墓仪式，他们为老人铺了八条褥子，盖了十一条被子。因为岳母是五保户，生产队杀了一口猪，来人坐了十桌席。"五七"前夜，乡间有哭"五七"的规矩，他特意把妻子送回老屋。母亲去世三周年，也是烧脱服纸的日子，家里宴请行礼。岳母去世十周年，家人专程祭奠，妻子念了一遍他写了又改的祭文。在别人看来这是两个无足轻重的生命，对他和妻子而言这是他们生命的源头之一，送葬与祭奠是对长辈的感恩和纪念，也是在向逝去的生命致敬。对后辈来说，这样的丧仪是传统教育课，也是生命教育课，这样的乡规民约需要传承。

从节庆活动看，民俗内容一直在悄然变化。社火是民间传统的庆典狂欢活动，关中平原的社火尤为引人注目。侯永禄重点记录了两次社火，时间跨度很大，一次是 1949 年，一次是 1997 年，社火的形式和内容变化很大。

新中国成立，庆祝胜利的社火极为隆重。各茶坊酒肆、商店当铺都挂上国旗，大街小巷贴满红红绿绿的标语。社火队伍最前面的是庆祝中华人民共和国成立的红色横幅，四名舞狮人和八头威风凛凛的雄狮喷火吐烟地过来了，二十多名舞龙人和两条鳞光闪闪的巨龙腾云驾雾地过来了，紧跟在队伍后面的是戴着红袖章、拿着红缨枪的男女民兵，跑旱船的、踩高跷的、扭秧歌的、打腰鼓的载歌载舞。"最震撼人心的莫过于威风锣鼓了。几十面蒙着牛皮的大鼓，几十口扎着红绸的大铙，再加上几十个锅盖大小的铜锣，按照古老的节拍，传统的鼓点传出有力的响声，走在游行队伍最后面的是'社火'的压轴戏'血骨尸'。'血骨尸'是路井地区特有的一种民间文化艺术。几十个血气方刚的小伙子，赤裸着上身，装扮成古典戏曲中不同的人物。他们的头部、颈部、肩部、胸部或者腹部，或插一把血淋淋的尖刀，或戳一根血淋淋的竹棍，

第五章　民间述史个案解读

或嵌一把血淋淋的斧头，白骨森然，血肉模糊，令人毛骨悚然，不寒而栗。由于天气寒冷，这些光着膀子、扮作'血骨尸'的年轻后生们通常要事先喝上大量的烈性酒，以抵御严寒。人们好多年没有见过'血骨尸'了，着实让刚刚解放的庄稼人痛快。'血骨尸'表现的不再是秦桧、曹操、法海等千百年来人们唾骂的奸贼，而是黄世仁、穆仁智等地主老财，更有那千刀万剐的'蒋光头'。"① 1997年的社火队伍里则出现了摩托车、小轿车，舞狮子、耍龙灯，跑旱船依旧有，以往的压轴戏"血骨尸"没有了。我们在为农村巨变感到欣慰之余，也有些许遗憾。

侯永禄的文字和那些发黄的老照片、残破的契约、账本一样，是一份民间直接产生并保存在民间的珍贵文献。"与官方文献不同，民间文献资料揭示了底层民众的思想、信仰和观念，包含着乡村社会最基层的运作方式和底层普通民众的声音，能够展现出丰富多彩的农村生活场景。其'原生态'的内容立体地再现了历史发展过程中某一时期真实的社会景象。"② 这些难得一见的物证，对于当代中国的研究而言具有标本意义。

## 第十三节　丁午：艰难岁月的童话表达

**作者介绍**　丁午（1931—2011），原名蹇人斌，贵州遵义人，漫画家。1952年中央美术学院毕业后，任《中国青年报》美编，1979年调入人民美术出版社，先后任编审、儿童美术编辑室主任，《儿童漫画》《漫画大王》主编。创作的连环漫画《熊猫百货商店》《小熊猫当木匠》均拍成动画片，连载系列连环漫画《熊猫小胖》获全国儿童读物一等奖。他为众多儿童读物创作了大量精美插图，系列连环漫画有《小刺猬》《谁丢了尾巴》《森林里的故事》《小熊猫当木匠》《爱丽丝漫游奇境》《傻熊和猴子》《大狼巴巴呜》《一个变两个》《身价》《咕咚》及《舒克和贝塔历险记》（多人合画）、《咕咚来了》等。出版过

---

① 侯永禄：《农民日记》，中国青年出版社2006年版，第22页。
② 邓群刚：《当代中国民间文献资料的搜集、整理与利用现状综述》，《中共党史研究》2011年第9期。

· 227 ·

《丁午漫画日记》,最早引进日本漫画《机器猫》《樱桃小丸子》等,"机器猫"的中译名即由他所取。

2011年丁午去世,家人在整理遗物时,发现了他在下放"五七"干校期间写给女儿小艾的信。女儿当时8岁,认字不多,那些信主要是画出来的,共61封,277幅画。2013年,这部画出来的书信集《小艾,爸爸特别特别地想你》由人民美术出版社出版,先后获得2013年《新京报》生活类好书、2013中国好书等,成为畅销书。

## 一 历史价值:家国记忆的隐晦表达

《小艾,爸爸特别特别地想你》记录了丁午的"五七"干校生活,从1969年5月至1972年8月。实际上,丁午在黄湖"五七"干校的生活长达五年,直到1974年他才因形势变化随众撤离。此书编辑、人民美术出版社社长汪家明认为:"这是特别年代特别生活最如实的记录,是特别年代特别情感发自内心的表露。它是历史,是人心的历史,也是社会的历史,是活灵活现的中国一隅的生活史。"[①]

《小艾,爸爸特别特别地想你》首先是一部"五七"干校生活史。"五七"干校是特定年代的历史产物,在"文革"初期出现,在"文革"以后终结。1966年5月7日,毛泽东在给林彪的批示信中提出:"军队应该是一个大学校","这个大学校,学政治,学军事,学文化。又能从事农副业生产,又能办一些中小工厂,生产自己需要的若干产品和与国家等价交换的产品","又能从事群众文化工作","又要随时参加批评资产阶级的文化革命斗争"。[②] 这就是著名的"五七指示"。1968年5月7日,黑龙江省革委会在庆安创办了柳河"五七"干校,这是全国第一所"五七"干校,将"五七指示"确定为办校方针。毛泽东对柳河"五七"干校的做法明确批示后,从中央到地方大办"五七"干校形成风潮。"文革"初期机构精简,加上被打倒的干部和知识分

---

[①] 汪家明:《碰上了,别错过——谈〈小艾,爸爸特别特别地想你〉的编辑出版》,《中国编辑》2014年第4期。

[②] 中共中央文献研究室:《建国以来毛泽东文稿》第12册,中央文献出版社1998年版,第53—54页。

子,形成了庞大的闲置干部队伍,直接推动了此种风潮。据有关资料统计,"当时包括中共中央、国务院等大批国家机关在河南、湖北、江西等十八个省区创办了一百零五所'五七干校',先后遣送、安置了十多万下放干部、三万家属和五千名知识青年"[1]。河南信阳的黄湖"五七"干校由团中央创办,是全国遍地开花的"五七"干校中的一个,《中国青年报》美编丁午也是中央国家机关十多万下放干部中的一个。

"五七"干校是一个什么样的世界?下放干部的生活状况如何?目前出版的作品主要有两类:一类是纪实作品,如赵丰的《红色牛棚——中国"五七"干校纪实》、战凤翰的《柳河"五七"干校纪事》等;一类是当事人的回忆性文章,如陈白尘的《牛棚日记》、张光年的《向阳日记》等。前者是大量采访后的历史回顾,后者是当事人痛定思痛的控诉,宏观叙事与微观叙事相结合,可以了解很多信息。丁午的作品属于另类,既不是历史回顾,也不是痛定思痛的控诉,他的文字和漫画直接呈现"五七"干校时期的"当下",是父亲写给女儿的私人信件。在写给八岁女儿的信中,丁午对干校生活的描述是有所筛选的,"极力想把干校生活诗意化、趣味化,反而使这些信中保存的时代信息更加令人伤心。苦中作乐,首先是苦,这种残暴的苦,强加到无数善良的知识分子身上,铸成国家的巨大悲哀。从这个意义上说,这些幸存的信件就有了更为独特的价值"[2]。

根据"五七指示","五七"干校是知识分子进行体力劳动、改造世界观的场所,学员的日常生活主要是生产劳动、政治学习和各种批判运动,最突出的特点是一切活动政治化。丁午的书信集虽然有诸多隐晦,但仍然为我们提供了"五七"干校生活全景。

干校的目标是要通过体力劳动改造知识分子,建立起一个自给自足的小社会,因此学员的劳动强度比较大。丁午在干校做过的工种比较复杂,农活有耕地、插秧、割麦、栽西红柿、收玉米,杂活有修路、做砖、种树、赶车、做饭、挖鱼塘、挖泥塘、做门窗、盖房子、杀鹅杀猪

---

[1] 戴新伟:《特别年代的特别家书》,《书城》2014年第1期。
[2] 汪家明:《顺着笔尖流淌下来的真谛——〈小艾,爸爸特别特别地想你〉》,《中国出版》2013年第4期。

杀牛。割麦子打着红旗排队去，要割好多天，有时候要跑到很远的地方去，天不亮就出发，天黑以后才回来。有一天丁午刚干完活，有人叫他去收玉米，收完玉米去打饭，刚端起饭菜，大米运来了，他放下饭碗去背大米，一口袋大米一百七十多斤，背完大米才接着吃饭。做木匠的时候，休息日经常不休息，每天早晨去干活，直到晚上十一点多才回家。

干校的生活条件很艰苦。肥皂和洗衣粉等日用品，需要请人从北京捎带。黄湖干校早期的居住条件不得而知，时间不长他们住进了自己盖的房子里。在1970年1月2日的信中，丁午告诉女儿："爸爸已经搬到新房子里住了。这个房子就是我们自己盖的，可是没有门，晚上特别冷，爸爸就在房子里烧一堆火，这样就一点都不冷了！可是睡觉的时候就不能烧火了，所以很冷，今天早晨爸爸就装门。爸爸还没有学会装门，一天才装了两个门，也许明天就会装了。"①文字之外，他勾画了生火取暖和装门的情景，居住条件的简陋一览无余。业余时间打乒乓球，球拍和小案子需要自制。丁午经常和同伴游泳、捉蛇、钓鱼，鱼、田螺、青蛙、麻雀、蛇跟蛇蛋都成为他们向大自然猎取的美食。每到新年他们才能吃到饺子，三次新年吃饺子，他都有记载，这些记录传达的信息是食物的匮乏。他在书信中多次提到生病和受伤，其中疟疾一次、高烧一次、传染病一次、手伤四次、腿伤三次、眼伤一次、捉猪被撞伤一次，工作条件和医疗条件可以想见。

干校生活高度政治化。干校学员在高强度的体力劳动之外，还要参加政治学习和各种运动。这样的内容丁午在家信中竭力回避，但身处政治学习和各种运动中，实在是避之不及。长期政治学习的影响已经渗透到丁午写信的内容里，他嘱咐女儿："在学校里要好好学习毛主席著作，争取今年做一个五好战士！好好学习，语文、算术、珠算都要学好，不但得100分，还要真的学会，会写讲用稿，会写信，会算账。"②"毛主席著作""五好战士""讲用稿"都属于特殊年代的符号，要求一个九岁孩子去学习还是太勉为其难了，这样的叮嘱里面满含着一个父亲的良苦用心。

---

① 丁午：《小艾，爸爸特别特别地想你》，人民美术出版社2013年版，第82—84页。
② 同上书，第197页。

## 第五章 民间述史个案解读

　　1970年8月30日他写给女儿的信内容极少，有一幅在蚊帐里剥花生的画，告诉女儿这一小筒花生要和妈妈、姥姥一起吃，因为分得太少了，他一粒也没吃。在这封信的左下角，他写了三行字特别叮嘱女儿："爸爸给你写的信都收好，不要给别人看。"[①] 这封信和其他家信一样，并没有不可告人的内容，为什么"不要给别人看"？在特殊年代里，政治空气的紧张程度和知识分子的紧张心理可以猜想。

　　在1971年5月3日的信中，丁午告诉女儿因为特别忙，今年五一节不放假，也没有演《智取威虎山》。他有时候一个人到河边洗衣服，洗完衣服，站在河边使劲儿地唱："你知道谁在听吗？小河里的鱼，岸上的青蛙，树上的小鸟，天上的云彩，他们都在听。你看云彩都笑了，他一定爱听爸爸唱的歌，你说是吗？"他画了自己穿着带补丁的衣裤站在河边仰天高歌，河里的鱼露出水面，青蛙抬头观望，三只小鸟站在枝头。他还问起五一节的焰火，说小艾这次的信写得看也看不清，接着很突兀地写了一句："你告诉婆婆，爸爸现在白天都劳动，晚上才搞运动。"[②] 这句话的分量，孩子不知道，亲身经历"文革"的人会知道。

　　丁午的父亲毕业于日本千叶医科大学，曾任国立北平大学医学院附属医院院长，抗战中任国立西北联大医学院院长，是中国皮肤性病学科的奠基人之一，母亲是日本人。因为家庭出身和其他原因，离开北京之前他和妻子已准备离婚，女儿算是跟他，但因年龄小只能留在北京。特殊的出身、濒临破碎的家庭、身体和精神双重疲惫的干校生活都在折磨他。在他最无助最痛苦的时候，小河里的鱼、岸上的青蛙、树上的小鸟、天上的云彩才是他最忠实的听众，不谙世事的女儿才是他最安全可靠的精神支撑。因此，《小艾，爸爸特别特别地想你》既是一部"五七"干校生活史，也是丁午干校生活的个人史，从个人视角记录了一段不应遗忘的家国记忆。

　　1979年2月，国务院向全国发出《国务院关于停办五七干校有关问题的通知》，各级各类"五七"干校一律停办。从国家层面上看，"'五七'干校创办虽然有着良好的初衷，但却对我国政治、经济、文

---

[①] 丁午：《小艾，爸爸特别特别地想你》，人民美术出版社2013年版，第142页。
[②] 同上书，第220—222页。

化有着巨大的负效应"①。从个人层面上看,在丁午创作力最旺盛时期下放干校变相劳改,造成了人才浪费和感情折磨。"虽然,历史上任何具体的事实、人物、现象和过程,都会由于其存在的合理性的消失而成为过去,但其中内蕴的人类价值创造却必然地化入历史的长河中,成为历史进步整体链条中的环节,成为以后人类活动的原因、前提和基础。"② 这样的悲剧不应也不会重演。

## 二 情感价值:"笑育"中的人生哲学

微笑教育是近年才提出来的儿童教育理念,当年丁午对女儿的教育与之契合。虽然长时间和女儿相隔两地,虽然政治形势严峻,自己前途未卜,虽然已经和妻子走到离婚的边缘,但这个"缺席"的父亲却用他的爱与才华写下他对孩子的思念和期望,并让这些书信飞过千山万水来到孩子身边,陪伴她长大。特殊年代里的一笔一画情真意切,这也正是这本书的情感价值。

传统中国家庭内部分工明确"男主外,女主内",父亲在家庭教育中长期缺席,这种情况至今并无改观。调查表明,"大部分中国父亲只是负责对孩子的经济支持、学业鼓励等较为宽泛的方面,而更细致地照料孩子的事情,如和孩子一起做家务、给孩子讲故事等则更多由母亲来做"③。

另据媒体报道,当前中国家长的微笑教育堪忧:"美国心理学专家琳达·卡姆拉斯曾在《中美儿童发展》中指出,三周岁美国孩子的微笑要比同龄的中国孩子多55.6%。中国父母在易发怒程度上要比美国父母高出26%,在严厉程度上则要超出52.2%。""美国河郡学院心理学与教育学教授卡萝尔·亨青格的研究表明,与美国儿童相比,中国儿童发生内向孤僻、焦虑和社交问题的比例分别高出92%、1.3%和138%。"④

---

① 张绍春:《从经济层面看五七干校的负效应》,《当代中国史研究》2009年第7期。
② 王学训:《历史价值论》,《长白学刊》2009年第5期。
③ 许岩、纪林芹、张文新:《城市父亲参与儿童教养的特点及其性别角色的关系》,《心理发展与教育》2006年第3期。
④ 安蓓、王作葵:《中国孩子缺少笑容教育》,《羊城晚报》2004年8月18日第A6版。

## 第五章 民间述史个案解读

微笑教育是"教育者在教育教学过程中用微笑教师观、微笑学生观和微笑家长观去指导自己的教育教学实践,从而走进学生心灵,和学生心心相印、共同成长的教育"①。微笑教育要求家长不要一味对孩子进行批评和说教,而应多给他们一些笑容,通过语言、表情等方式经常与孩子进行平等的沟通,这对培养孩子的健康心理至关重要。

梳理丁午写给女儿的信,他的"笑育"可以分为几个方面:

一是在伤痛中传递幽默。弗洛伊德认为幽默是健康的防御机制之一,马斯洛把幽默感列入自我实现者的十五种人格特征之一。在当代西方文化中,幽默感已被认为是一种富有魅力的人格特质。对于漫画家丁午来说,在日常生活中发现笑料、传达幽默也许不难,难得的是自己走霉运的时候依然能发现笑料、传达幽默。丁午在干校生活时数次受伤,伤痛在他写给女儿的信中都变成好玩的事情:"爸爸手还没有好,差不多每天都扎针,手上扎了好几根针,好像一个刺猬。你说好玩吗?"②画面是一只扎着五根银针的手背,手背下面还画了一只小刺猬,让人忍俊不禁。"前些天,爸爸摔了一跤,腿特痛,走路得用一根棍子。你说好玩吗?"③画面是六十度倾斜的人物,靠一根棍子支撑身体,旁边还有一只狗定定地看着棍子,幽默的效果即刻产生。

另一次受伤,丁午干脆采取了讲故事的形式:

现在给你讲一个故事:
有一天爸爸的眼睛只剩一只了。可是到了晚上,又变成两只。这是怎么回事呢?
爸爸正在劳动,大洪在搬木头,大极了的大木头。
后来,大洪把大木头一扔,正扔在一把锯上,这把锯就起来了,飞到了爸爸的眼睛上,后来……后来……
后来,爸爸的眼睛就包起来了,所以就剩下了一只。后来又好了,就又变成两只。

---

① 黄俊宫:《论微笑教育的课堂教学效果》,《中国成人教育》2008年第9期。
② 丁午:《小艾,爸爸特别特别地想你》,人民美术出版社2013年版,第94页。
③ 同上书,第108页。

文学视域下的民间述史研究

> 毛主席教导我们说:"下定决心,不怕牺牲,排除万难,去争取胜利。"
> 
> 爸爸包上眼睛又爬到房上去劳动了!①

精心设置的悬念,轻松调侃的语气,极其简洁的受伤过程勾画,无论是一只眼睛还是两只眼睛,人物的表情都是笑,丁午像是在讲别人的故事,无关痛痒。弗洛伊德说过:最幽默的人,是最能适应的人。丁午就是最能适应的人,他能在伤痛中发现喜剧性因素,向女儿传达快乐。

二是在逆境中传递乐观。"乐观是一种人格特质,其理论核心是个人对未来事件的积极期望,相信事件的好结果更有可能发生,表现为一种积极的解释风格,在压力情境下,乐观是调节心理健康和身体健康的一种重要的内部资源。"② 一个知识分子初到干校下地劳动,其疲惫可想而知,但丁午传递的是乐观:"爸爸现在晒得特别黑,只有牙是白的,你看见一定不认得我了,以为是黑人回来了!爸爸身体很好,每天劳动完了,别人睡午觉,爸爸就和沈培叔叔去游泳,一点都不怕累!"③ 斜斜的线条从人物脸部画到上身,再用嘴唇上下的胡须反衬,黑白分明的效果就出来了。他染上疟疾,躺了七天七夜,大病初愈后,他告诉女儿自己身体已经和原来一样棒了。为让女儿放心,他在旁边画了个肌肉男做注释。后来脸盆让猪给踩破,右手让电锯割破了两个手指,左手又让锯割破了,他告诉女儿吃了止痛片就不怎么痛了。他想象着要是在北京家里就好了,小艾可以给爸爸洗脸,他继而勾画出小艾给爸爸洗脸的温馨画面。身处逆境,遭遇种种不顺,他向女儿传达的仍然是快乐。

三是残酷的年代里传递善良。有关干校生活的回忆录很多,绝大多数作者披露的都是知识分子内心的苦闷,特别是在"文革"大背景下,在残酷的阶级斗争和路线斗争面前人与人关系的恶化。丁午身在其中,不会不洞悉人性中阴暗的部分,但他急于向女儿传达的是人性中美好的部分。他对别人的帮助念念不忘,在给女儿的书信里,他不仅传递善

---

① 丁午:《小艾,爸爸特别特别地想你》,人民美术出版社2013年版,第203—206页。
② 温娟娟、郑雪、张灵:《国外乐观研究述评》,《心理科学进展》2007年第1期。
③ 丁午:《小艾,爸爸特别特别地想你》,人民美术出版社2013年版,第21页。

意，还不忘提醒女儿向这样的人学习。

在1970年7月20日的信中,他告诉女儿自己得了疟疾:"好多阿姨、叔叔对爸爸特别好,给爸爸送来好多好吃的东西,送给爸爸的鸡蛋还是热的呢!在爸爸发烧的时候有人给爸爸送来了扇子。你说这些阿姨叔叔好吗?你也要这样做,在别人有困难的时候帮助人家!"[1] 在1972年2月2日的信中,他告诉女儿自己发高烧,连续两天39度以上,他受到周围人关照:"张伯树伯伯一夜没有睡觉,把冷手巾放在爸爸头上……爸爸病了,许多叔叔、阿姨都很关心。你看桌子上都是他们送给爸爸的东西,有咸鸭蛋、橘子罐头、挂面、香油、红枣、橘子、苹果、奶粉、虾米、大头菜……许多好吃的东西,这些东西在黄湖是买不到的。爸爸枕头底下还有好多好吃的糖。你看叔叔阿姨们多好啊!好多同志还常来看爸爸!张伯树伯伯每天给爸爸打饭。"在信的末尾,他继续叮嘱女儿:"你也要像叔叔阿姨们那样,在别人有困难的时候帮助别人,好吗?爸爸病好了,就把两只苹果送给了一个生病的小孩子。"[2] 父母是孩子的人生导师,孩子的为人处世方式主要是从家长那里习得。抽样调查得出的结论也是如此,"父亲积极情绪表达对儿童能力具有促进作用,消极情绪表达则可能使儿童表现更多的外显和内隐行为问题,并阻碍儿童的社会发展能力"[3]。丁午希望通过自己的言传身教,让女儿成为一个善良的人。

四是毫无保留地传递爱与思念。中国父亲在情感表达上往往是内敛的,即便对子女满腹是爱,也羞于言说。实际上,一个称职的父亲应该善于表达对孩子的爱。丁午在给女儿的信里从不掩饰爱和思念,他告诉女儿,一下子收到两封信高兴极了。他把小艾的照片看了许多次,收到信封里又拿出来,又收到信封里,再拿出来……后来灯灭了还想看,就划一根火柴看,一根火柴灭了,就又划了一根。画面上的父亲,一个张嘴大笑两只手高高举着两个信封,一个坐在床上在引燃的火柴下看照片,脸上有一颗豆大的泪滴。在另一封信里,他的情感表达更直接:

---

[1] 丁午:《小艾,爸爸特别特别地想你》,人民美术出版社2013年版,第30—31页。
[2] 同上书,第275—279页。
[3] 梁宗保、孙铃、张光珍、陈会昌、张萍:《父亲情绪表达与儿童适应:气质的调节作用》,《心理发展与教育》2011年第4期。

>  你不写信来爸爸一点都不生气，爸爸永远都不会生你的气！永远都不会！永远都不会！永远都不会！
>
>  爸爸特别特别特别地想你！
>
>  爸爸特别特别特别地想你！
>
>  爸爸想让你来！
>
>  你的信爸爸看了好几遍，好几遍，好几遍！你的信就放在爸爸枕头旁边！
>
>  爸爸特别特别特别地想你，爸爸真想飞到你的身边去！
>
>  可惜爸爸没有翅膀！可惜没有！可惜没有！[①]

这封信反复较多，既有词语的反复，也有句子的反复，表达率真，画面是生出翅膀飞翔的父亲和拍手大笑的女儿，与文字相呼应，父亲的爱与思念溢满纸张。

这本书最后一封信的落款时间是 1972 年 8 月 30 日。同年 9 月，小艾即因家庭变故跟随父亲来到黄湖干校，父女俩在这里相依为命生活了两年。这些信以前给城市生活中的小艾带去无限的乐趣和遐想，也给来到干校生活的小艾带来熟悉的感觉，她只需要对号入座。干校生活虽然艰苦，她却认为那是小孩子的"天堂"，"两年的时间里，给我留下了数不清的温馨的回忆"[②]。小艾现在美国，生活得很快乐，她告诉记者："你乐观地去看这个世界，这个世界就会对你报以笑容。这是父亲的人生信条，也是我的人生信条。"[③] 一个父亲对女儿的终生影响，在她的身上得到体现，父亲早年种下的情感种子，不仅生根发芽，而且开花结果。

## 三 艺术价值：画出来的童话世界

为最大限度地呈现原稿的艺术价值，《小艾，爸爸特别特别地想

---

[①] 丁午：《小艾，爸爸特别特别地想你》，人民美术出版社 2013 年版，第 121—122 页。

[②] 蹇艾：《我特别特别地想你》，见《小艾，爸爸特别特别地想你》，人民美术出版社 2013 年版，第 77 页。

[③] 一雨：《漫画家丁午的"笑育"》，《黄河·黄土·黄种人》2015 年第 7 期。

你》的出版方人民美术出版社煞费苦心。丁午的钢笔画四十年前画在纸上,已经变色发黄,墨水有深有浅,线条有急有缓,随着情绪起伏而变化。原稿中还有眼泪流过的地方,不小心抹脏的地方,画家勾抹过的地方,信件折叠过的地方,小艾用圆珠笔涂画过的痕迹。出版社最终采用四色印刷来做这本书,情感的痕迹和历史的痕迹都得以保留。

这些画给女儿的信文字与漫画相得益彰,具有较强的艺术观赏性,可以和挪威漫画家古尔布兰生的《童年与故乡》媲美。古尔布兰生用文字和漫画把童年故乡生活的精彩片段生动有趣地表现出来,丁午则在干校的艰难生活中用文字和漫画为女儿勾画出应该属于她的童话世界。

"童话是人类最初的故事,'祖母'的叙述为孩子建构了'想象的真实'。"① 但传统的以成人为中心的童话观过分狭隘,仅仅把童话当成是教育儿童的工具。实际上,童话的本质既不是"幻想性",也不是"教育儿童","构成童话本质的是一种永恒的'童年精神气质'。'童年精神气质'产生于具备童心意识的群体中"②。丁午就是这样一个具有童心意识的漫画家,《小艾,爸爸特别特别地想你》也弥漫着"童年精神气质",其艺术价值主要表现在以下三个方面:

第一,儿童视角的张扬。儿童视角"是以儿童的眼光、思维和感觉讲述故事的一种叙事策略。它以儿童叙述者身份的获得来完成文本空间的建构"③。家长在与儿童交流的过程中经常是居高临下的视角,难免从成人视角进行教训和说教,童话作家也经常以"教育儿童"为己任,不知不觉采用成人视角。这样的视角和交流其实很可怕,首先扼杀的是儿童的好奇心和想象力。

丁午画给女儿的信大多是儿童视角,让我们耳目一新。他从儿童视角给女儿讲疟疾:有一种蚊子咬人的时候,把一种小极了的小虫子叫疟原菌的留下来,这种小虫子在肉里面一闹爸爸就病了。他欣喜地讲小野鸡的诞生:有个阿姨拾到四只野鸡蛋,过一会儿听到鸡蛋里有敲门一样的声音,再过一会儿蛋裂缝了,裂缝越来越大,最后一只小野鸡钻出来了。在北京

---

① 刘云杉:《教科书中的童话世界——一个社会学视角的解读》,《教育研究与实践》2000年第5期。
② 李利芳:《论童话的本质及其当代意义》,《兰州大学学报》2003年第2期。
③ 王黎君:《论儿童视角小说的文本特征》,《浙江社会科学》2010年第8期。

文学视域下的民间述史研究

长大的女儿对农村生活一无所知,他用女儿熟悉的事物打比方:有时候他坐着牛车去干活儿,就像小艾坐电车去少年之家一样;中午他们在工地吃饭,就像一家人曾经在万寿山野餐一样;小毛驴最爱吃他画的画,把贴在墙上的画都吃了,就像小艾吃山楂片一样;有条牛叫大洋马,跟他特别好,有时候他骑在牛背上,就像骑自行车一样。这种儿童视角的描述,拉近了孩子和陌生事物的距离,让孩子更容易感知和领悟。

多数父亲喜欢在孩子面前"装",树立自己高大完美的形象。丁午不装,他愿意把自己的缺陷暴露在女儿面前:

> 小艾,爸爸每天中午吃完饭就到河里去游泳,游完泳就又该劳动了。这样光游泳,就忘记洗衣服,结果衣服存了一大堆都没有洗,特脏。有一天,一个阿姨看了说爸爸太懒了,这一天爸爸就没有游泳,把一大堆衣服都洗干净了。
>
> 洗完了衣服,特别累,出了一身汗。这时候,听见有人叫"丁午、丁午",我找了半天,才看见是一只青蛙在喊爸爸(就是认识爸爸的那个青蛙)。他一边拍手,一边笑着说:"累了吧!看你以后还这么懒吗?"
>
> 小艾,你说应该怎么办?是存一大堆衣服再洗,还是脏了马上就洗呢?你写信时告诉我吧![①]

在这封信里,堆起来的脏衣服几乎有一人高,一个人在河边洗衣服,而在信的右下角,是一只硕大的青蛙,正拍手大笑。丁午这样自我矮化俯身讨教,并没有降低父亲形象,在读者心目中,这个父亲因为懒惰更可亲可爱。

丁午也不回避自己的过失。他告诉女儿,一个小孩把树上的鸟窝捅下来后,把四只小鸟和一个窝都送给了他。他把小鸟和窝放在一顶草帽里挂起来,每天都喂它们,有时喂馒头,有时喂饭。起初小鸟的爸爸妈妈到这儿来要它们的孩子,后来看孩子们吃得挺好,再也不来了。熟悉以后,小鸟听得懂他的口哨,他一吹口哨小鸟就在草帽里乱叫,不知在

---

[①] 丁午:《小艾,爸爸特别特别地想你》,人民美术出版社2013年版,第25—26页。

说些什么。可惜好景不长，也许是因为喂食太多，小鸟接二连三死去，最后家里只剩一顶空草帽。他很难过，问女儿是不是也难过。他用漫画勾勒了四只小鸟从被端窝到死去的过程，与空草帽对应的是一个男人脸上的泪滴。只有儿童视角，才会记录下这样的故事，才会因小鸟的光顾而雀跃，因小鸟的死去而难过和懊悔。

第二，驰骋千里的想象力。"想象力是人类保持自身活力和发展动力的原始文化基因，是人类把自身从有限的现实世界带向无限的可能世界的不竭动力，是贯穿人类精神生活一切方面的最隐秘最伟大的力量。"[①] 由于和女儿长期分离，漫画家的想象力被充分调动起来，大量富有想象力的漫画就在与女儿远隔千里的干校诞生了。他画自己在河里游泳，小艾也跟在身边和他一起游泳，旁边还有一只凑热闹的大青蛙；晚上去地里看麻，天上有个月牙，他好像看见小艾在月牙上笑，就对着月牙唱了好些小艾喜欢的歌；吃玉米的时候，他想象着女儿将来到了黄湖，两个人一块儿吃玉米的样子；登台演完《智取威虎山》里的杨子荣，他画自己将来给小艾一个人表演；天冷了，他画女儿穿棉猴的样子；女儿十岁生日的时候，他回顾女儿从出生到长大的趣味画面；女儿在信里说个子长高了，梳起辫子，他又画自己和梳辫子的小艾站在一起的情形；干完一天的活儿天都黑了，看见又大又圆的月亮，想起远在北京的女儿，他画《月亮和爸爸和小艾》，画面上的月亮超级大，伸出两只细长的手，一只手搭在爸爸身上，一只手搭在女儿身上。这样的漫画充满童心、童趣，也是他为女儿营建的童话世界的一部分。

小艾大概写信告诉他最近看了铁树开花，他的回信里充满了想象："铁树要六十年才开一次花吗？那么你要想再看一次那一棵铁树开花，你就是七十岁了，爸爸就是一百岁了。到那时候，爸爸一定带你去看铁树开花，好吗？一百岁的爸爸带着七十岁的小艾，去看铁树开花，过六十年以后爸爸的白胡子和小艾的小辫都长到地上去了。"[②] 画面是父女两人六十年以后的情形，一个满脸皱纹、白须飘飘，一个手提袋子、长辫及地。没有想象就没有艺术，驰骋千里的想象力让丁午把父女两人的

---

① 潘庆玉：《想象力的教育危机与哲学思考（上）》，《当代教育科学》2010年第15期。
② 丁午：《小艾，爸爸特别特别地想你》，人民美术出版社2013年版，第261页。

· 239 ·

过去、现在和未来融汇成一条奔腾不息的河流，这样的河流化解了一位父亲的思念之苦，也让一位艺术家孤独的心得到慰藉。

第三，苦难中的童话发现。丁午在干校做了很长时间木匠，身上多次受伤，放假经常得不到休息，有时候别人都回家过年了，木工组还要继续工作。但童心是童话生命力的源泉，一个身心疲惫的父亲带着童心看待周围事物的时候，仍然发现了其中的童话。他有滋有味地给女儿介绍他的新朋友，画面上的父亲帽子上插的是一支铅笔，锛、锯、弯尺、钉锤、斧头、凿、刨两旁站立，这些小家伙无一例外地面带笑容。受伤的时候他告诉女儿：在手指上看见了小艾！原来，他包手的布条是小艾上幼儿园时的床单，那上面用红线缝了一个"艾"字。他妙趣横生地向女儿讲述身边的生灵：猪最爱吃草，还爱吃大田螺，吃的时候咔吧咔吧响，就像我们吃花生米一样。猪住的房子叫猪圈，它们都在一个大饭碗里吃饭，有的猪吃高兴了，把脚伸到饭碗里面去，真不讲卫生。一只大白猪生了十只小白猪，小极了，像老鼠一样。猪场里还有两条大狗，一条小狗，他写信的时候大狗"花子"就在旁边看着，歪着头。在他的描述中干校生活何其美妙，实际上他是把生活中的苦难收下留给自己，把从中发现的童话讲给孩子。

丁午是一位敏感的艺术家，特别留意身边的自然变化，并把大自然的童话讲给女儿。有一天到田野玩，远远看见几只灰色的大鸟，腿长极了，脖子也长，走近的时候它们就飞到天上去，展开的翅膀很大。他其实就想跟它们说几句话，把书包里好吃的东西给它们，它们可真傻。他画了一幅远景，人和鸟都在远处。还画了一幅近景，大鸟在头上展翅离开，画中人物在向它们招手。冬天到了，万物凋零，某一天他远远地看见一棵树，树上有好多树叶，这是怎么回事？走近一瞧，树叶都飞了。原来树上不是树叶，是一大群小鸟，人走过来它们都飞了。这件事他用了一个小标题《树叶飞了》，还画了两幅画，一幅是树叶茂密的枝头，另一幅是小鸟飞奔离去。大自然的四季变换在他画给女儿的信中多次提起，即便冬季也是如此美妙：

  黄湖的树瘦了，爸爸胖了，你知道为什么吗？
  因为天冷了，树叶都掉了，它就瘦了；爸爸穿的衣服多了，就胖了。

青蛙和蛇都看不见了，你知道它们上哪儿去了吗？天冷了，它们身上又没有毛毛，受不了就钻到地底下去了。你看看青蛙在地底下睡大觉，也不吃饭。它要睡到明年春天才醒哪！[①]

在这封信里，他画了一棵细瘦的光秃秃的树，画了穿着棉袄的自己，画了洞穴中卧在床上呼呼大睡的青蛙。这样的画面遮蔽了现实生活中的黯淡和残酷，温暖了小艾的童年。小艾是不幸的，童年时代遭逢"文革"和家庭变故；小艾又是幸运的，有这样一位拼尽全力给她营建童话世界的父亲。小艾童年时代健康成长，成人以后快乐生活，应部分归功于这些画出来的信，那也是她对父亲最好的回馈。

无论如何童话都是美的，它在艰难岁月里激励着漫画家写写画画，留下这样一本书信集，帮助我们了解历史，理解亲情，守护岌岌可危的精神家园，这也是《小艾，爸爸特别特别地想你》在当代社会的最重要意义。

## 第十四节 马宏杰：底层关怀与民俗传承

**作者介绍** 马宏杰，1963年生，河南洛阳人，回族。1983年开始摄影，做过工人、记者。现任中国国家地理杂志社图片编辑、摄影师。2009—2010年，马宏杰的摄影作品《家当》参加了丹麦、挪威的"弥散成像"展览。2011年5月，马宏杰出版专题摄影作品集《民本》一书。2014年4月，完成了历时十年的《中国人的家当》的全部拍摄。2014年出版非虚构作品《西部招妻》（浙江人民出版社出版），2015年出版非虚构作品《最后的耍猴人》（浙江人民出版社出版）。此外，还拍有《唐三彩的故乡》《割漆人》《朱仙镇木板年画》《采石场》等二十多组专题图片。

马宏杰是一位坚持将镜头对准底层小人物的纪实摄影家，《西部招

---

[①] 丁午：《小艾，爸爸特别特别地想你》，人民美术出版社2013年版，第253页。

妻》和《最后的耍猴人》是他的两部代表性作品,两部作品都是照片与文字相融合,也都是作者深入底层跟踪拍摄后创作出来的作品。《西部招妻》记录了两个农村青年招妻的艰难历程,一个是农村残疾男子老三的多次相亲、娶亲的过程,一个是农村青年刘祥武招妻的曲折经历,作者跟拍了近三十年;《最后的耍猴人》记录的是河南新野耍猴人的艰辛生活与猴戏这一民间艺术在我国发源、发展的历程,作者跟拍了近十年。马宏杰的目光始终追随着底层百姓,关注他们的生存状况,充满了悲悯情怀。

### 一　底层百姓的生存实录

摄影是马宏杰深度在场调查的方式,这种记录生活的方式具有真实性、形象性的特点,而且像马宏杰这样十年乃至三十年地坚持拍摄与记录底层生活,也确实少见。《最后的耍猴人》与《西部招妻》都是马宏杰跟踪拍摄的底层百姓生活的真实写照。

《最后的耍猴人》是耍猴人的生存实录。2002年,马宏杰开始深入到耍猴人的生活之中,甚至跟着耍猴人杨林贵扒火车,拍摄他们的真实生活。马宏杰和耍猴人一起吃、住、行,即使吃、住、行条件好一些,他也不丢下他们,他觉得"那样会和耍猴人产生距离,也不符合职业摄影师的精神"①。

耍猴人的生活非常艰苦。他们因为家穷,地里产不了多少粮食,才外出耍猴赚钱。杨林贵他们外出耍猴时遇到雨天不能出去耍猴,就在城里捡废品维持生活。平时他们就吃白水煮面,只加一把盐。他们常常在露天住宿,有时在高架桥下,有时在建筑工地围墙外搭个窝棚,有时睡在庄稼地里,能住在被人遗弃或未盖好的房子里,对他们来说就相当于住高级宾馆一样。

扒火车是耍猴人最痛苦的经历。为了省车钱,也因为旅客列车不让他们带猴子上车,他们就违章扒乘货物列车。一个叫张志忠的耍猴人扒乘二十年火车,一次去新疆扒火车用了七天七夜,有时怕睡着后从火车上掉下去,就用绳子把自己绑在火车栏杆上。"他们常常要在裸露的列

---

① 马宏杰:《最后的耍猴人》,浙江人民出版社2015年版,第81页。

车车厢里经受数天的煎熬,除了忍饥挨饿,冬天还要忍受零下十几摄氏度的严寒,夏天则要忍受四五十度的高温。路途长的时候要走上七天七夜,短的也要三天三夜。坐在车厢里,渴了就喝自来水,饿了就啃一个家里带来的馒头。人吃什么,猴子就吃什么。"[1] 除了要躲避寒冷和雨水,他们还要躲避警察,如果被抓住,不是罚款就是被赶下车。有的在与警察的周旋中跳车,不是被轧死,就是摔断胳膊腿。身体残疾了,不能再耍猴,生活就变得更贫穷。

《西部招妻》记录的是老三与刘祥武招妻的经历。残疾农民老三相亲与娶妻的历程艰难又曲折。底层百姓生活本就艰辛,残疾的底层百姓生活就更为艰难。老三原名叫郑民,是河南洛阳郊区的农民。他3岁时因小儿麻痹症使左侧肢体留下残疾,行动不便。为了给老三娶上媳妇,家里花光了积蓄。第一个媳妇有智力障碍,不愿与老三上床睡觉,离了。于是老三去宁夏花钱"买媳妇",从1998年起,作者就跟着老三去宁夏相亲。宁夏因为贫穷,人们才卖女儿,想尽办法卖个好价钱。老三去招妻的泾源县新民乡杨堡村就非常穷,如果地里收成不好时当地人就要结伙外出要饭。与老三相亲的香玲家炕上连一条褥子都没有,烧炕没有木材,而是用从街上拾来的烂布与废旧轮胎。这些贫困地区的老媒婆为了多挣些中介费,总是翻云覆雨,不停地加价,为此老三花了不少冤枉钱。2001年,老三娶了香玲,仅过了三个月,麻烦就来了。香玲好吃懒做,她不和家人说就到小卖部赊小食品;她不愿意跟老三去卖菜,因为她不认得钱上的数字,不会算账收钱;后来她还和婆婆闹分家,和老三大打出手。这段婚姻只持续了七个月。2004年老三被骗婚,花了两万多元钱,新媳妇当天就跑了,为此老三的父亲气病身亡。2005年,老三终于又结婚了,媳妇还给老三生了一个女孩,虽然老婆红梅中间因为要回老家看看得不到允许,还喝了老鼠药,但2009年,被父亲领回老家的红梅因为惦记孩子,又回到了老三的身边。

残疾的老三找媳妇难,健康的刘祥武找媳妇同样难。刘祥武社会经验较多,有正义感,也有些愤世嫉俗,他渴望拥有一个安稳、幸福的家庭,但却因有一个需要他照顾的疯哥哥而难以实现自己的愿望。刘祥武

---

[1] 马宏杰:《最后的耍猴人》,浙江人民出版社2015年版,第23页。

的哥哥小时候因受到惊吓而精神分裂,长大后智商跟两三岁的孩子似的,生活不能自理。刘祥武不忍心抛下哥哥不管,但带着这样一个哥哥,就没有女人愿意嫁给他。"来到我们这里的女人能否留得住,也是个问题。我家里穷,加上我哥哥是个精神病人,人家愿不愿意跟我都是个问题。我想找个外地的,她不会计较钱多钱少,不缺吃不缺穿,能和我过日子就行,不要求她的文化程度,什么都不要求。"① 然而,即使"什么都不要求",也没有女人愿意跟刘祥武。

在《西部招妻》中,除了老三和刘祥武令人唏嘘的婚事,我们还看到了贫困地区很多女孩令人心酸的婚事,她们因为贫穷,大多嫁给了残疾、傻子、年龄大的男人,或者二婚、三婚的男人。她们无法自己选择心仪的丈夫,甚至被卖来卖去,有的远嫁他乡后,又因各种原因离婚回到故土。马宏杰书写了这些挣扎在社会底层者的命运沉浮与生存苦难,他们孤独无助,希望得到外部的支持,但由于他们自身的生存能力较弱,又处于一个相对封闭的环境中,常常被忽略。马宏杰希望通过这些底层百姓的小视角去表现社会的大问题,让读者透过本真的语言与图片来感受底层百姓的生存状况,从而引发社会的关注。

耍猴人、老三、刘祥武,以及贫困山区的那些女孩,他们都是被忽略的社会底层,生活环境相对封闭,生存艰难,处境悲凉,他们的人生就是历经永无止境的苦难,苦难似乎成了他们无法摆脱的生存状态。马宏杰通过自己的镜头,真实地再现了他们的生存状况,让我们真切地感受到他们物质生活的艰难与精神生活的贫瘠。马宏杰充满生活质感的书写给读者以强烈的震撼,但如果能深入到底层百姓的内心世界,披露他们精神世界的苦痛更能引起人们的深思。马宏杰在作品中很少长篇大论式的议论,抱怨和批判也不多,社会批判的力度较弱,他的目的更多在于对客观、真实的底层社会的有力再现,呼吁社会把更多关注的目光投向弱势的底层,体现了马宏杰高度的社会责任感与充满人道色彩的悲悯情怀。

## 二 人性善恶的深层触摸

虽然底层百姓的生命中充满了无尽的苦难,但人性之光并没有被苦

---

① 马宏杰:《最后的耍猴人》,浙江人民出版社2015年版,第137页。

难埋葬。耍猴人虽生活在社会底层，但他们同样有自尊心，同时也渴望别人的尊重。因此耍猴人虽然违规扒货车，但他们却有自己的原则，不拿车上的任何东西，车上拉的电视、冰箱、香烟等，绝对不拿。他们无论在哪里耍猴，无论生活多么艰难，都坚持凭自己的血汗挣钱，不去乞讨，更不偷窃。他们不愿意被人歧视。耍猴人杨林贵说："我还给自己定了一个原则：不准乞讨。我靠耍猴赚钱，不给任何人下跪，这是我的江湖规矩。"① "非典"之后，杨林贵就不再去城市中心耍猴了，因为很多城市都在创建文明卫生城市，他不想给城市抹黑。这就是耍猴人的人生信仰，是他们对自我生命尊严的执着坚守，也是耍猴人人性之美的体现。"他们虽然用的是最底层、最辛苦的方式赚钱，但其中透露出一种骨气，这是河南新野耍猴人的人格力量。"②

马宏杰让我们看到了耍猴人的人格魅力，他们善良，有骨气，团结，又讲义气。1956 年，耍猴人张首先和张书伸有一次在路边捡到2000 多元钱，他们在原地等失主，原来失主是一个厂的人事科科长，这钱是他们全厂工人的工资。张首先和张书伸把钱如数归还给失主，这就是最朴素的人性美。耍猴人虽然贫穷，但他们却坚守着高贵的品格，使自己生命的尊严凛然不可亵渎。杨林贵他们在外出耍猴的日子里，还救助过很多有难处的人。有一次，一个叫邓洪波的年轻人被骗加入了传销队伍，他趁机逃跑，身无分文，衣着单薄，又冷又饿，杨林贵做好了饭就给小伙子盛了一碗，并让他饿了随时过来。还有一次，杨林贵他们班子里的杨海成为修他们住的漏雨的房子摔断了锁骨，他们那次外出挣的钱都给他治病做手术用了。有一个耍猴人外出耍猴时去世，同去的耍猴人就将挣的钱都送给了死者的父亲，并表示以后要像儿子一样孝敬老人。杨林贵说："都是走江湖耍猴的兄弟，不管出了什么事都得大家一起承担，走江湖讲的就是义气。"③ 这就是耍猴人的江湖道义，这种"义气"是苦难人生中的灯盏，照亮了他们前行的路，这些艰难人生中的温情给人以精神上的抚慰。

---

① 马宏杰：《最后的耍猴人》，浙江人民出版社 2015 年版，第 79 页。
② 同上书，第 88 页。
③ 同上书，第 116 页。

"在我这一路的跟踪采访中,我看得出,不管是警察、保安还是当地的铁路工人,大多数都正义、善良、宽容且有责任心。"[1] 杨林贵也认为遇到的好人总比坏人多。有的铁路工人或警察对他们有时挺严厉,有时看他们难,也就睁一只眼闭一只眼放他们上车,有时还告诉他们上货车后坐哪儿比较安全。2004年,杨林贵他们在海拉尔耍猴时,露宿在别人家的阳台下,当地人看他们可怜,给他们送来衣服和鞋子,还告诉他们哪里人多好赚钱,哪里的小饭店比较便宜。《西部招妻》中老三的母亲也很善良,要饭的到他们家,她不仅给他们钱,还让他们在家吃住几日;老三娶香玲时,香玲的父亲、表哥等来送行,返回时,老三的母亲特意给他们买了卧铺,让他们睡着回家;香玲和老三离婚要走时,老三的母亲还好心地给香玲和她父亲拿了100元路费。这些虽然都是非常细微的小事,但足以展现人心之善,这些善良、厚道之举,是苦难人生中的温情抚慰,是人性善的最好展示。

不过,耍猴人遇到的并不都是善人,耍猴时,他们跟观众要钱也经常遇到羞辱,甚至有生命危险。"2003年'非典'之前,杨林志在安徽合肥赶庙会耍猴时,因为向一个年轻人要五角钱,人家不给,便说了几句不高兴的话,这个人顺手操起一块板砖打在杨林志头上,杨林志当场就昏过去了。2004年7月,在东北齐齐哈尔,一个老板模样的人从兜里拿出一沓崭新的百元大钞,对要钱的耍猴人说:'看见钱了吧?看一下就算给过了。'"[2] 有一次两个人冒称是法院的,不仅不给钱,还搜他们身上的钱,因只搜到5元,还把杨林贵他们打得浑身是血。还有一次在成都火车站耍猴,因跟一个火车站综合治理办公室的人要钱,被人家打得鼻青脸肿不说,还被送到收容所,并被没收了六只猴子。面对这一切人格上的羞辱与身体上的伤害,耍猴人总是选择隐忍、退让,从不还击。

虽然耍猴人在外面做事总是谨慎小心,自我约束,避免惹是生非,但这并不能使他们躲开不幸。《最后的耍猴人》中就写了一个耍猴人乔梅亭老人的不幸遭遇。乔梅亭1945年出生,19岁时父亲因病无钱医治

---

[1] 马宏杰:《最后的耍猴人》,浙江人民出版社2015年版,第52页。
[2] 同上书,第64—65页。

去世。为了照顾母亲和七个弟弟妹妹，乔梅亭终身未娶，不是没人嫁给他，曾有喜欢他的女人住在他家里不愿意走，但乔梅亭怕结婚后被女人管着，不能帮弟弟妹妹们。他用耍猴赚来的钱供弟弟妹妹读书、盖房子、结婚，但他没想到的是，他牺牲了自己一生的幸福来成全每个弟弟，弟弟们却因为乔梅亭给他们每个人结婚花的钱不一样多而抱怨他，没一个对他怀有感恩之心，甚至都不再和他来往。2014年，乔梅亭还被一个马戏团的老板骗去了辛苦攒下的18万元钱。人性之善的匮乏导致一个善良之人的悲剧，乔梅亭善的付出没有获得善的回报，他得到的是一次次的被抛弃与被欺骗，这对于在人生的苦难中挣扎的乔梅亭来说，是更大的伤害与苦痛。

《西部招妻》中还写到了一些"不善"之人，如宁夏的老媒婆为了多赚些钱，看老三招媳妇心切，总是在说好的价格上再加价，"我们没来时，谈的彩礼钱原本是12000元，老三的家人也接受了这个价钱。可是到下午，彩礼钱就涨到了15000元。经受过反复挫折的老三家人，也只好接受了这样的涨价。媒人看到老三一家人这么好说话，就再次加价，并且提出要一次付清现金，银镯才能跟老三回洛阳成亲"[①]。贫穷使老媒婆内心的恶迅速膨胀，让她们失去了做人的诚信。贫穷其实并不可怕，可怕的是贫穷催生了人性之恶，使人失去了信仰与尊严。在金钱欲望的支配下，人性中的善变得弱小与无力，诚信的缺失使本就贫困的人们越发缺少温情的抚慰。老媒婆说媒的过程让我们感受到了人性的龌龊，弱势凶狠地欺负弱势，这一切都源于贫困，在特定的生存环境下，人性会变得复杂。

这一点在贫困地区表现得极为突出。老三招妻的大湾乡绿塬村非常穷，村子四周的山光秃秃的，缺少经济来源，一片泡菜叶子就可以成为孩子们奢侈的小吃。那里的人们非常节俭，载人的三轮车仅需1元钱，也没人舍得掏钱坐；家里的被子多年也不洗，脏得看不出颜色，因为没钱买洗衣粉；为了省钱，他们一天只吃两顿饭，每顿饭都是水煮揪面皮和炒土豆丝，过节也难得吃上一次肉；百分之六七十的女孩没受过学校教育；为了挣钱，有的妇女会花二三百元收养死了母亲的小孩子，等女

---

[①] 马宏杰：《西部招妻》，浙江人民出版社2014年版，第73页。

孩长大时就可以得到上万元的彩礼。"在这样极其贫困的地区，善良的心与金钱的诱惑，这么自然地结合在人们的生活里，而且那么平静。"①这就是触目惊心的真实的贫困地区的底层生活，极度穷困扭曲了人的良知，诚信成为几乎消失的珍宝，这也是造成人性悲剧的根源。对于这些生活在苦难中的底层百姓来说，当最基本的生存需求都无法维持的时候，他们根本无暇顾及道义与尊严，生存困境有时会直接引发精神困境。"近年来作品接触人性渐渐多了。人性人情乃是一大热点。但有些作品强调人之'性本善'或'性本恶'的单一层面，却忽视了善与恶交叉或互渗的特点。还有的把恶人恶性凝固化，很少看到人性异化的觉醒与还原。"②"人性的善恶多由外在环境的刺激与诱使而生发出来，善与恶不是始终不变的，人性之中善恶俱存，关键是看外部的空气和土壤更适合哪一个生长。"③马宏杰注意到了人性的这种复杂性，敏锐地捕捉到了善与恶互渗的生活现象，对人性的多层面进行了深入开掘与生动再现。

马宏杰在再现底层生活真实的同时，也凸显了复杂的人性，让我们窥探到人性畸变的多维空间。人性之恶让我们触摸到了生活的冷酷与黑暗，人性之善让我们感受到生活的温暖与亮色，善是我们人类能生存下去的希望。马宏杰没有对人性的善恶进行简单的价值评判，他只是以悲天悯人的情怀客观再现生活的本真，他专注于事实与细节，直面底层百姓的生存现状，努力彰显隐匿于生存困境背后的人性的力量。

### 三 民俗文化的濒危与传承

我国有丰富的传统文化资源，当然，这里有精华，也有糟粕，但目前来看，一些非物质文化遗产在当下已岌岌可危，甚至有的已失传。猴戏是非物质文化遗产，但它却面临着生死存亡的艰难抉择。韩国在2005年将"江陵端午祭"申请成为非物质遗产，其他国家也有将起源于中国的一些传统文化申请成为本国文化遗产的想法。如何保护我国的

---

① 马宏杰：《西部招妻》，浙江人民出版社2014年版，第31页。
② 张韧：《从新写实走进底层文学》，《文艺争鸣》2004年第3期。
③ 侯玲宽：《试析余华长篇小说中的人性之恶与人性之善》，《社会科学论坛》2010年第5期。

第五章　民间述史个案解读

非物质文化遗产,这应引起我们国家的重视。

《最后的耍猴人》记录的就是"耍猴"这一传统民俗,书中附配的大量照片使之成为可视的民俗事象,这种民间文化既传承历史,又活在当下,曾给百姓带来了很多快乐。在景德镇,一个16岁的女孩看完猴戏,对杨林贵说:"老爷爷,你这一生给多少人带来了快乐啊!"[1] 当然,也有人不理解,在湖北,一个穿着得体的公务员对杨林贵说:"你干点什么不好,非要干这下三流的事。"到底是"下三流",还是予人快乐,马宏杰给读者提供了全面、真实的信息。马宏杰通过跟踪拍摄留下了宝贵的第一手资料,给读者再现了"耍猴"这一民俗的发源、发展与变化的历程,也让读者对耍猴人和猴戏有了深入的了解。

耍猴的历史可追溯到明代。耍猴人多半来自河南新野县,新野县土地贫瘠,产粮少,因此新野的农民忙完农活后就外出耍猴,以养家糊口。猴戏在传承过程中就有了很多文化积淀,它蕴含着耍猴人独特的想象力与文化意识。即使在20世纪80年代,猴戏也还有很多文化色彩,如猴子会戴上面具,穿上戏服,一共有九种不同的脸谱和帽子,猴子会随着耍猴人的唱词进行表演。耍猴有很多规矩,如"三六九往外走",出门前要上香、拜财神,出门时不能说不吉利的话,出门时不能碰见女人,如果碰见就得改天再走,早晨起来不许说"豺狼虎豹"等。"猴戏有正戏、杂戏之分,以艺猴是否戴面具为区分。若要演正戏,就得让猴子戴上不同的面具,行话叫'啃脸子'。猴不能像人那样画脸谱,猴子是靠用嘴咬着面具后面的一根横棍把面具戴在脸上的,这就叫'啃脸子'。"[2] "一台猴戏至少要演六出正戏,猴子要先后戴六个面具。这六个面具是包公、老汉、老黄忠、杨六郎、姑娘、严嵩。一出戏一般是20分钟左右,六出戏演完大约要两个小时。"[3] "杂戏就是'耍高跷''拉车''狗猴犁地''走钢丝''骑羊过独木桥'等十余个不戴面具的节目。"[4]《最后的耍猴人》还记录了一些猴戏唱词,并分析:"在这些猴戏唱词中,只有《穆桂英挂帅》沿用了豫剧的唱词,其余都是把历

---

[1] 马宏杰:《最后的耍猴人》,浙江人民出版社2015年版,第150页。
[2] 同上书,第111页。
[3] 同上书,第112—113页。
[4] 同上书,第113页。

史、故事以顺口溜的形式编出来的唱词,耍猴人演唱时用的是新野方言。"①

此外,马宏杰还记录了我国各地区的猴子崇拜情结。如在重庆,有让猴子给孩子摸脸消灾的习俗;在青海,五月初五把猴毛封进香囊挂脖子上辟邪;在云贵交界的一些地区,人们用猴子的皮来治疗患瘟疫的马;在甘肃,有让猴子扫猪圈使猪更健壮的风俗。海外华人聚集区也有猴文化,如这些华人区都有猴王庙,他们崇拜孙悟空识别善恶、机智善变、不畏艰难险阻的精神,与华人创业的心态相吻合。

可见,猴戏及与猴子相关的一些民俗都是地域特色鲜明的民间文化,也是濒危的民俗文化,这些民俗文化都可视为我国的非物质文化遗产。非物质文化遗产是我国民族文化之根,也是民族文化创新的源头。保护非物质文化遗产就是弘扬与传承我国的历史文化,延续中华民族的文化记忆。

不过,猴戏等民俗文化的传承并不乐观,耍猴人甚至历经磨难,如"文革"时耍猴被定为"四旧",红卫兵逼着主人把猴子打死,把耍猴的锣、小车、扁担、箱子都砸碎,如果谁家藏猴子,就要被游街示众,开批斗会。1976年之后,才允许外出耍猴,耍猴人还被定性为"文艺工作者"。然而,2014年7月10日,鲍凤山、鲍庆山、苏国印和田军安四人在牡丹江耍猴时,被牡丹江森林公安局刑事拘留,罪名是"非法运输野生动物罪"。这也是我国第一起耍猴人被定罪的案件,2015年1月20日,此案在河南新野县法院进行了公开宣判,他们四人被改判无罪。这一判决体现了对暴力执法的否定,法院能公正执法也是对保护非物质文化遗产,传承猴戏的认可。

但目前来看,猴戏这种非物质文化遗产的生存现状极不乐观,没有固定的演出地点,传承人又越来越少。更重要的是,耍猴的文化精神与注重动物保护的时代精神相背离,猴戏里的文化色彩越来越少,只剩下耍猴人与猴子之间的打闹,有时耍猴表演甚至与流浪、低俗、乞讨等结合在一起,无法与百姓的审美理念相适应。再者,现在的娱乐方式也越来越多,所以耍猴越来越不受欢迎。

---

① 马宏杰:《最后的耍猴人》,浙江人民出版社2015年版,第116页。

## 第五章 民间述史个案解读

在兴安东路黑玫瑰大酒店对面的人行道上，杨林贵又拉开场子。刚开始耍了不到十分钟，一个30多岁的男人就站出来愤怒地指责他这样的表演是在虐待动物，让他们马上走人。无奈之下，杨林贵只好带着猴子离开。这些年他们遇到越来越多这样的情况。城里的人，尤其是饲养宠物的人，对这些耍猴人的表演越来越反感。如今，人们的文化生活也不像前些年那样简单无聊了，人们的同情心越来越浓，他们对于这种简单并带有虐待倾向的耍猴表演，已经不像以前那样单纯以看热闹的心态来对待。毕竟，城里人也不可能理解这些耍猴人的真实生活。①

的确，如果不是马宏杰的深入采访，耍猴人可能会一直被误会下去。他们虽然在耍猴时打猴子，但并不是真打，只是鞭子甩得响，并没有打在猴子身上。耍猴人其实是最爱猴子的，他们像对待自己的孩子一样对待猴子。吃饭时要先给猴子盛第一碗饭；猴子走累了，耍猴人就把猴子驮在肩膀上走；新生的小猴子更娇贵，冷了要抱在怀里，晚上睡觉要放在被窝里；有的养猴人还会给受伤的猴子做截肢或接骨手术。但是，耍猴时，为了表演逼真，耍猴人常与猴子对打，导致观众误会。也正是这种单一的耍猴方式把猴戏的传承推向了一个窄胡同。正如前面提到的，耍猴人所到之地，警察常常会以"违法运输珍稀动物"为由，将耍猴人的猴子没收，或拘留耍猴人，这些都使猴戏承受了许多负面影响，使其传承受到更大的冲击。我们必须认识到，猴戏与许多传统民俗文化一样在不断地发展变化，新时代的猴戏必然不同于旧时代的猴戏，如何使这些民俗文化更好地传承下去是我们需要思考的问题。

马宏杰跨越十年乃至三十年的跟踪拍摄的确是一个令人钦佩的举动，其体现的是马宏杰力求洞见底层生存现实的勇气与忧患意识。"马宏杰大可不必选择这一类吃力未必讨好的选题，但他没有选择捷径，没有选择安逸，没有选择仅仅是行走于山水之间的悠闲自在，没有选择仅

---

① 马宏杰：《最后的耍猴人》，浙江人民出版社2015年版，第125页。

仅用镜头去展现大自然的美和诸多造化。"[1] 马宏杰的辛苦付出是有价值的，他拍摄的内容不仅是真实生活的记录，是底层百姓各个时代生活的缩影，更是历史的标本，"是一个消逝了就不再见的时代"[2]。马宏杰作品的意义在于对底层生存现状的"展示"，而不是"拯救"，他不是居高临下地怜悯自己的拍摄对象，也不是作为一个旁观者同情他们，他是全身心地介入底层百姓的生活之中，去还原他们真实的生活状态，他努力将人们的关注点引向底层关怀与精神救赎，这也正是其作品文化价值的支点。

---

[1] 杨锦麟：《接地气的马宏杰》，见马宏杰《最后的耍猴人》，浙江人民出版社2015年版，第8页。

[2] 马宏杰：《西部招妻》，浙江人民出版社2014年版，第5页。

# 后　　记

　　这本书的出版要感谢姜淑梅老人。
　　2014年我们要申报教育部课题，团队成员坐在一起研究申报什么题目，张爱玲老师说："我陪我娘（张爱玲是姜淑梅的女儿，笔名艾苓）上北京录节目时，主持人说我娘的作品属于民间述史，2013年出版了多部民间述史作品，咱们研究这个课题怎么样？"大家一听，立刻叫好。我们敏感地觉得这是一个好课题，因为它既是当下的一个热点，又没有人专门对它进行研究。于是我们开始搜集资料，阅读作品，梳理文献，填写课题申报表。在这之前我们申报过多次教育部社科课题都没获批，这一次虽然认真地填写了申报表，但并没有抱太大希望，没想到获批了，看来好的选题就是成功的一半。
　　说实话，之前我们对民间述史作品读得不多，研究更谈不上。课题获批后，我们开始潜下心来深入研读作品，姜淑梅的《乱时候，穷时候》《苦菜花，甘蔗芽》、赖施娟的《活路》、马宏杰的《西部招妻》《最后的耍猴人》、沈博爱的《蹉跎坡旧事：一代中国农人的耕读梦》、许燕吉的《我是落花生的女儿》、饶平如的《平如美棠：我俩的故事》、张泽石的《我的朝鲜战争：一个志愿军战俘的六十年回忆》、秦秀英的《胡麻的天空》、关庚的《我的上世纪：一个北京平民的私人生活绘本》等几十部作品都成为我们的研究对象。我们把民间述史的作者定位为非专业作家，也非历史学家的普通公民，他们有的以亲历者身份描述大历史背景下的个人生活记忆，有的以田野调查的方式记录普通百姓原生态的生存状况。这些作品大多以抗战、反右、"文革"、知青上山下乡等大历史事件为背景，回忆个人或家族的小历史。这些鲜活的小历史让我们感受到了大历史的细节，也让我们确信每个公民和每个家族都有值得书写的历史,这是我国宝贵的非物质文化遗产,是实实在在、地地道道的"人民的文艺"。研究这些小历史可以深化我们民族的历史记忆,也可以充分利用民间文化资源推动社会文化的发展与繁荣。通过研读民间述史作品,我们也认识到民间述史作品与专业作家创作的非虚构作品互为映衬,是21世纪文坛上的亮点,这是新媒体时代民众的精神需求得到认可的一个表现,它打破了原有的文化消费模式,是平民文化共享的印证。这些认识都增强了我们继续研究下去的信心。

在本书撰写过程中,我们遇到的最大困难是研究资料的缺乏,作品需要我们一本本在网上书店耐心地"淘",研究文献需要我们在中国知网一篇篇耐心地"搜"。相关研究很少,有很多民间述史作品的研究还是空白,有的在中国知网上检索不到任何相关研究信息。但正因为研究者少,才使我们有了更大的发挥空间,也体现出我们这个课题的开创意义。

经过两年多的研究,我们终于完成了这本专著的写作。这本书共分五章,我们先对民间述史的概念、特征、价值、热因等进行了界定与分析,然后又对十几部有代表性的民间述史作品进行了个案分析。由于字数限制,我们没能对所有的民间述史作品进行个案鉴赏,且鉴赏的深度和广度还有待加强。在我们研究的过程中,不断有新的民间述史作品问世,我们希望接下来能继续全面、深入地进行相关研究。

本书第一章、第二章及第五章的第十一节、十四节由任雅玲撰写;第三章、第四章与第五章的第一、二、三、五、七、八、九、十、十二、十三节由张爱玲撰写;第五章的第四节由由婧涵撰写,第五章的第六节由王向荣撰写。最后由任雅玲统稿并修改。

在本书出版之前,我们课题组成员完成了多篇与本课题相关的论文,先后发表在《当代作家评论》《求索》《文艺评论》等刊物上,这些论文的部分内容已成为本书的内容,在此,要特别感谢李桂玲、向志柱、林超然等编辑的肯定与支持。

在本书撰写过程中得到了部分民间述史作者及亲友的支持,有的提供资料,有的提出修改意见,他们的关注与大力支持是我们完成此课题的最大动力。

在此也要感谢绥化学院领导与同事的支持与帮助,尤其要感谢王立

## 后　记

宪教授不辞辛苦地帮助我们校对，感谢我校科技处的张扬老师在课题的立项与中期检查等环节给予我们的热情周到的服务。

感谢黑龙江科技大学的高方教授给我们推荐了中国社会科学出版社的编辑罗莉老师，在本书出版过程中，得到了罗莉与责任编辑刘艳两位老师的热心支持与帮助，在此特向两位老师致以诚挚的谢意！

由于时间仓促，加之水平所限，本书一定会有许多不足，恳请读者批评指正。

2016 年 8 月 27 日